COMO EU SOU AGORA

AMBER SMITH

COMO EU SOU AGORA

Tradução
Adriana Fidalgo

2ª edição
Rio de Janeiro-RJ / São Paulo-SP, 2025

VERUS
EDITORA

Título original
The Way I Am Now

ISBN: 978-65-5924-235-1

Verus Editora Ltda.
Rua Argentina, 171, São Cristóvão, Rio de Janeiro/RJ, 20921-380
www.veruseditora.com.br

CIP-BRASIL. CATALOGAÇÃO NA FONTE
SINDICATO NACIONAL DOS EDITORES DE LIVROS, RJ

S646c
Smith, Amber
Como eu sou agora / Amber Smith ; tradução Adriana Fidalgo. - 2. ed. - Rio de Janeiro : Verus, 2025.

Tradução de: The Way I Am Now
Sequência de: Como eu era antes
ISBN 978-65-5924-235-1

1. Romance americano. I. Fidalgo, Adriana. II. Título.

24-89291 CDD: 813
CDU: 82-31(73)

Gabriela Faray Ferreira Lopes - Bibliotecária - CRB-7/6643

Revisado conforme o novo acordo ortográfico.

Para nós.
Para todos nós — caóticos e imperfeitos —
que ousamos desejar, ter esperança, nos curar.

NOTA DA AUTORA

CARO LEITOR,

Quando escrevi *Como eu era antes*, há mais de dez anos, não estava em meus planos que alguém um dia o lesse. Eu não tinha certeza se seria capaz de compartilhar com o mundo algo tão pessoal. Estava escrevendo para mim mesma, para lidar com meus próprios pensamentos e emoções na condição de sobrevivente, e como alguém que tinha conhecido muitos outros sobreviventes de violência e abuso. Mas quando, hesitante, comecei a compartilhar o que havia escrito com alguns amigos próximos, ficou evidente que a história era maior do que eu. E comecei a alimentar a esperança de poder contribuir com algo significativo para uma discussão mais ampla.

Sempre tive uma ideia bem particular sobre o que acontece com Eden depois que a história termina. No entanto, quando escrevi a versão definitiva, no início de 2015, não consegui conceber um final que, no íntimo, não acreditasse que poderia realmente acontecer. E eu também não suportava a ideia de dar a Eden um final que ficasse aquém do que ela merecia. Então encerrei a história com uma esperança, um desejo.

A história de Eden é muitas coisas, mas, na essência, é sobre encontrar a própria voz, e, ao escrevê-la, encontrei a minha. Nos anos seguintes, vi a coragem e a bravura de muitas pessoas durante o movimento #MeToo, se recusando a serem silenciadas, lutando para conseguir até mesmo um mínimo de justiça. Inúmeros leitores também entraram em contato, se abrindo comigo sobre o conforto que encontraram ao ver suas histórias refletidas na de Eden. Empoderada por suas vozes, continuei a trabalhar temas de amor e ódio, violência e justiça em meus livros. No entanto, Eden sempre esteve rodeando a minha mente. As ideias surgiam inesperadamente e batiam em meu ombro, sussurravam em meu ouvido, se recusando a ir embora. Por fim, fortalecida por sua potência e vulnerabilidade, o capítulo seguinte da história de Eden — um novo começo — finalmente parece possível.

Com amor, Amber

PARTE UM

Abril

EDEN

ESTOU DESAPARECENDO DE novo. Começa nas beiradas, com as minhas extremidades ficando indistintas. Os dedos das mãos e dos pés ficam estáticos e dormentes sem nenhum aviso. Agarro a borda da pia do banheiro e tento me segurar, mas minhas mãos não obedecem. Meus braços parecem fracos. E agora os joelhos também vacilam.

Meu coração é o próximo, bombeando de forma acelerada e irregular.

Tento respirar.

Meus pulmões são como cimento, pesados e rígidos.

Eu nunca deveria ter concordado com isso. Não agora. É cedo demais.

Passo a mão pelo espelho úmido, e meu reflexo embaça muito rapidamente. Engasgo com uma risada ou um soluço, não sei dizer, porque estou mesmo desaparecendo. Literal e figurativamente, e de todas as formas possíveis. Estou quase sumindo. Fecho os olhos com força, tentando localizar um pensamento... apenas um... o que ela me aconselhou a fazer quando isso acontecesse.

Conte cinco coisas que você está vendo. Abro os olhos. Escovas de dente no suporte de cerâmica. Um. Ok, está tudo bem. Dois: meu celular, ali na bancada, acendendo com a chegada de várias mensagens. Três: um copo d'água coberto de gotas devido à condensação. Quatro: o frasco âmbar cheio de comprimidos dos quais estou tentando não precisar. Baixo o olhar para minhas mãos, ainda trêmulas. Elas são o número cinco.

Quatro coisas que você está sentindo. Pingos de água caindo do meu cabelo e escorrendo pelas minhas costas e ombros. Ladrilhos lisos, escorregadios sob meus pés. Toalha macia enrolada em meu corpo úmido. A pia de porcelana, fria e dura sob minhas mãos dormentes.

Três sons. O zumbido do exaustor, o ofegar raso de minha respiração ficando mais rápido, e uma batida na porta do banheiro.

Dois cheiros. Xampu de pêssego e creme. Sabonete líquido de eucalipto.

Um gosto. Enxaguante bucal de menta com um pouco de gosto de vômito no final, me fazendo engasgar de novo. Engulo em seco.

— Pelo amor de Deus — sibilo, limpando o espelho novamente. Desta vez com as duas mãos, uma sobre a outra, esfregando o vidro. Eu me recuso a ceder. Hoje não. Cerro os punhos até sentir os dedos estalarem. Inspiro profundamente, e enfim meu corpo consegue sorver um pouco de ar. — Você está bem. — Expiro. — Eu estou bem — minto.

Observo o círculo preto do ralo enquanto meus olhos se desviam para o frasco. Certo. Abro a tampa com minhas mãos inúteis e deixo um comprimido branco cair. Eu o engulo, engulo com vontade. E então bebo o copo inteiro de água em um só gole, deixando pequenos filetes escorrerem pelos cantos da boca, pelo pescoço, sem me preocupar em limpá-los.

— Edy? — É minha mãe, batendo na porta de novo. — Tudo bem? Mara veio te buscar.

— Sim, eu... — Minha respiração interrompe a palavra. — Estou quase pronta.

JOSH

JÁ SE PASSARAM quatro meses desde que voltei. Quatro meses desde que vi meus pais. Quatro meses desde a briga com meu pai. Quatro meses desde que estive aqui, em meu quarto. Cheguei em casa há apenas algumas horas, nem vi meu pai ainda, e já me sinto como se estivesse sufocando.

Eu me deito, deixo a cabeça afundar nos travesseiros e, conforme fecho os olhos, parece que posso sentir o cheiro dela, a sensação dura apenas um segundo. Porque, da última vez que estive aqui, ela estava ao meu lado, na minha cama, nenhum segredo entre nós. Dessa vez, quando viro a cabeça, levo o travesseiro ao rosto e inspiro ainda mais fundo.

O celular vibra em minha mão. É Dominic, meu colega de quarto, que praticamente fez toda a minha mala, me arrastou para fora do apartamento e me colocou em seu carro a fim de me despachar de volta para casa esta semana. Uma hora eu tinha de voltar para casa.

A mensagem diz:

Estou falando sério. esteja pronto em dez minutos... e nem pense em me dar bolo

Começo a responder, mas agora, com o celular em minhas mãos e Eden mais uma vez em minha mente, prefiro abrir nossas mensagens, as três últimas ainda estão no feed, sem resposta. Faz tempo que não as abro, mas as releio sem parar agora, tentando descobrir o que eu disse de errado. Eu havia visto a matéria sobre a prisão do cara. Perguntei a ela como estava lidando com tudo. Eu a lembrei de que era seu amigo.

Disse que ela podia contar comigo para o que precisasse. Verifiquei alguns dias depois, e de novo na semana seguinte. Até liguei e deixei um recado na caixa postal.

A última coisa que escrevi para ela foi: devo me preocupar?

Eden não me respondeu e eu não quis ser invasivo. Meses já se passaram, e foi assim que ficamos. Digito um simples oi e encaro a palavra, aquelas duas letras me desafiando a pressionar a tecla de enviar.

Ouço um rangido na porta do quarto, que se abre com duas batidas fortes, seguidas por uma pausa e mais uma. Meu pai.

— Josh? — diz ele. — Você está em casa.

— Sim. — Apago a mensagem depressa, e deixo o celular virado com a tela para baixo em cima da cama. — E aí?

— Nada, eu... só, hum, queria dizer oi. — Ele enfia as mãos bem fundo nos bolsos da calça jeans, os olhos límpidos e focados enquanto me observa. — Não vi seu carro lá fora.

— É, Dominic me trouxe — explico. Sinto que estou diminuindo a distância entre nós e a raiva logo começa a crescer dentro de mim.

— Ah — diz ele, assentindo.

Pego o telefone de novo, torcendo para que ele entenda a indireta.

— Na verdade, se tiver um minuto, eu gostaria muito de falar com você. Sobre a última vez que esteve em casa. Olha, eu sei que não estive muito presente enquanto você estava lidando com... — Ele hesita, tentando encontrar as palavras que também não me parecem muito presentes.

Eu o estudo com atenção, procurando algum sinal de que realmente se lembra do que eu estava enfrentando em minha última visita. Faço uma aposta interna enquanto espero: se ele se lembrar de qualquer fragmento do que aconteceu há quatro meses, não vou sair esta noite. Vou conversar, como ele pediu. Vou dizer que o perdoo, e talvez até esteja sendo sincero.

— Você sabe — recomeça ele. — Quando você estava lidando com tudo aquilo.

— O que é isso, reparação? — pergunto. — Já chegou no passo nove do AA? *De novo* — murmuro baixinho.

— Não — diz ele, com uma ligeira careta. — Não é isso, Josh.

Eu suspiro e largo o celular mais uma vez.

— Pai, me desculpe — digo, embora eu *não* esteja arrependido. Mas também não quero que ele tenha outra recaída por conta do meu golpe baixo. — Merda, eu só...

— Não, tudo bem, Joshie. — Ele estende as mãos na frente do peito e balança a cabeça, simplesmente resignado. — Está tudo bem. Eu mereci. — Ele dá alguns passos para trás até conseguir segurar o batente da porta, como se precisasse de algo em que se apoiar. Então abre a boca para dizer mais alguma coisa, mas a campainha o interrompe. Posso ouvir minha mãe lá embaixo, conversando com Dominic.

— Não sei por que eu falei isso. — Tento me desculpar novamente. — Sinto muito.

Está tudo bem, ele articula para mim, e então se vira para o corredor, cumprimentando Dominic como o pai perfeito que às vezes consegue ser.

— Dominic DiCarlo em carne e osso! A temporada foi boa para você, pelo que ouvi. — O que ele não diz é que *para mim* a temporada foi uma merda... ele não precisa dizer, todos nós sabemos. — Você está mantendo este aqui na linha, tenho certeza — acrescenta ele, em seu típico tom bem-humorado.

— Você sabe — brinca Dominic, apertando a mão estendida de meu pai. — Alguém tem que mantê-lo na linha. — Ele está todo alegre até que olha para mim. Estou tirando o boné e tentando desamarrotar a camisa. — Cara, você não está nem um pouco pronto.

EDEN

MINHAS MÃOS ESTÃO firmes agora, enquanto alcançam a maçaneta. Firmes enquanto baixo o quebra-sol do carro de Mara e passo rímel nos cílios. Firmes enquanto Steve se acomoda no assento ao meu lado e entrelaça os dedos nos meus, sorrindo com afeto ao dizer:

— Ei, eu estava com saudade.

Meu coração desacelerou agora que a medicação se espalhou na corrente sanguínea. Mesmo sabendo que não é uma calma natural, acho que é o suficiente para eu fazer isso pelos meus amigos. Sair e agir normalmente por uma última noite, antes de jogar outra bomba em cima de todos eles. Então eu minto.

— Eu também.

O namorado de Mara, Cameron, bate a porta do passageiro ao entrar. Ele beija Mara, depois olha para mim.

— Provavelmente vamos perder o show de abertura — diz.

— Não vamos — Steve responde por mim, então se inclina e beija meu ombro nu. — Que bom que decidiu vir.

— Também gostei — repito, sentindo que isso deveria ser verdade.

— Já estava na hora de você voltar a sair — argumenta ele.

— Foi o que eu disse a ela, Steve. — Mara entra na conversa, toda sorridente.

— Pense nesta noite como um recomeço — continua ele. — Você vai voltar à escola na segunda-feira, e então nós vamos curtir os últimos meses do nosso ano de formatura. Finalmente. Nós merecemos!

— Sim, porra, merecemos — concorda Cameron.

Eles agem como se eu estivesse me recuperando de uma gripe forte ou algo do tipo. Como se, agora que não estou mais guardando segredos, as coisas pudessem voltar ao normal em um passe de mágica, seja lá o que *normal* signifique. Como se terminar o ensino médio não fosse uma de minhas últimas prioridades no momento. Ou talvez eles estejam certos, e eu devesse simplesmente tentar ignorar toda aquela merda e ser uma adolescente comum pelos próximos dois meses, enquanto ainda posso.

— Cameron. — Ouço a minha voz sobressaindo-se à música, e todos se viram para me encarar. — Nós compramos os ingressos justamente para a atração principal, né? Então, se a gente se atrasar, tudo bem.

Não que eu me importe muito, mas eu devia a eles um pouco de entusiasmo.

Ele revira os olhos e se vira.

— Você quer dizer que *eu* comprei os ingressos — murmura Cameron. Ele é o único que não está fingindo, não está sendo gentil comigo do nada, por causa de tudo o que aconteceu, e me sinto estranhamente grata por isso. — Pode me reembolsar quando quiser, a propósito.

A implicância de algum modo faz Mara sorrir, e Steve aperta minha mão com muita força, ambos interpretando essa interação como um sinal de que ainda resta algum ânimo em mim. Eu pigarreio, me preparando para lhes dar o aviso que minha terapeuta me ajudou a elaborar durante a sessão da semana.

— Então, pessoal, hum — começo. — Eu só queria dizer... Sabe, já faz um tempo que eu não fico perto de muitas pessoas, e eu posso, tipo, ficar ansiosa ou...

— Está tudo bem — interrompe Steve, me puxando para mais perto. — Não se preocupe, nós vamos estar lá com você.

— Tá bom, é que talvez eu precise dar uma pausa e tomar um pouco de ar por alguns minutos, ou sei lá... Se eu fizer isso, não é nada de mais, eu estou bem, então não quero que ninguém se preocupe nem ache que a gente tem que ir embora ou qualquer coisa assim. — Não soou tão bem quanto ensaiei, mas falei o que precisava ser dito. Limites.

Agora aqueles ansiosos olhos de cachorrinho estão mais uma vez em mim. E Mara me encara pelo retrovisor, por entre olhos semicerrados.

— Quero dizer, talvez não aconteça. É difícil saber — acrescento, esperando que eles parem de me olhar desse jeito. — Ou eu poderia encher a cara de verdade e vamos todos nos divertir pra caralho.

— *Edy* — repreende Mara, ao mesmo tempo que Steve grita:

— Não!

— Brincadeirinha — digo, com um sorriso. Também já tem quatro meses que não faço nada ruim. Embora minha terapeuta insista para eu substituir ruim por "não saudável". Não virei nenhuma bebida, não saí com nenhum cara aleatório, nem fumei qualquer tipo de substância. Ainda não tenho certeza de que recorrer àqueles comprimidos quando me sinto sobrecarregada é diferente das outras coisas *não saudáveis*. Não tenho certeza de quem decide o que é bom e o que é ruim. Mas estou tentando assim mesmo, seguindo as regras, porque quero me sentir melhor, ser melhor. De verdade.

ooo

Saindo do estacionamento, encontramos um grupo de universitários com bebidas na mão, parados ao lado de uma velha mesa de piquenique de madeira, que parecia parcialmente escorada na parede do prédio. A fumaça dos cigarros deles me atrai enquanto passamos por ali, e eu os observo rindo e entornando suas bebidas. Se Steve não estivesse segurando minha mão com tanta força, se as coisas não fossem diferentes agora, eu provavelmente estaria me oferecendo para ficar ali com eles, encontrando um lugar fácil para me encaixar.

Mas as coisas *são* diferentes agora; aquele tipo de facilidade não parece mais existir para mim.

Na porta, cada um de nós recebe uma pulseira rosa-néon com as palavras MENOR DE 21. O cara que a coloca em mim desliza o dedo sob a parte interna de meu pulso ao prendê-la. Sei que não é nada, mas, de alguma forma, já me sinto violada por esse breve toque, e ainda assim, estranhamente indiferente a ele.

A pulseira está muito apertada. Eu a puxo na tentativa de deixar um pouco mais larga, mas ela é feita do tipo de papel que você não consegue rasgar nem deslizar até tirar do pulso.

Mara não parece se incomodar com a sua, então tento esquecer.

A música ecoa dos alto-falantes. Há pessoas bebendo, rindo e gritando em todos os lugares. Alguém esbarra em mim, e eu sei, eu sei que meu corpo deveria estar sentindo alguma coisa em relação a isso tudo. Aquele choque conhecido de adrenalina, coração acelerado, respiração ofegante. Mas não há nada. Exceto aquela sensação de desaparecer novamente, só que dessa vez não dá início a um ataque de pânico. Só me faz sentir como se parte de mim não estivesse de fato aqui. E, de repente, não tenho certeza se posso confiar em mim mesma para determinar se estou segura ou não junto a essa parte de mim que se encontra adormecida.

Dessa vez, seguro a mão de Steve com mais força enquanto ele nos leva para mais perto do palco. Mara segura minha outra mão e, quando olho para trás, para Cameron segurando a dela, eu me lembro do recreio do jardim de infância, criancinhas formando uma corrente humana para atravessar a rua até o parquinho. Odeio precisar disso agora.

— Tudo bem? — pergunta Mara, ao pé do meu ouvido, enquanto corpos começam a se agrupar ao nosso redor.

Eu assinto.

E está tudo bem. Mais ou menos. Durante a primeira música da banda que abre o show, fico bem. Até me permito balançar um pouco. Não dançar ou pular nem mexer os quadris ou fechar os olhos e tocar meu namorado como Mara está fazendo, passando a impressão de ser algo muito fácil. A sensação é diferente, de um jeito químico. Sinto a ausência do álcool, e em seu lugar, a presença da medicação anuviando minha mente.

Quando a banda — a favorita de Steve e a que fomos ver — sobe no palco, eu me sinto emergir de novo. A princípio suavemente. Há aquele familiar batimento cardíaco irregular no peito e minha respiração se torna ofegante e desregrada, o baixo reverbera em meu crânio.

— Está tudo bem — sussurro, incapaz de ouvir minha própria voz devido ao volume da música. Solto a mão de Steve. Minhas palmas estão ficando suadas. E, de repente, fico muito consciente de cada parte de meu corpo em contato com os corpos das outras pessoas enquanto elas esbarram em mim.

Olho em volta, depressa demais, absorvendo de uma só vez tudo o que deixei passar quando chegamos. Vejo as cores de nossa escola; uma jaqueta do time do colégio capta as luzes do palco. Imediatamente sinto algo em meu estômago se revirar; não sei por que não havia me ocorrido a possibilidade de encontrar alunos da escola esta noite. Afinal, estamos aqui. Mas então eu o vejo em flashes, cabeça para trás, rindo. Cara Atlético. Um dos velhos amigos de Josh.

Não. Estou imaginando coisas. Fecho os olhos por um segundo. Reiniciar.

Quando os abro, porém, ele ainda está lá. É definitivamente o Cara Atlético. O que me encurralou em meu armário naquele dia, depois da escola. O mesmo que me perseguiu pelo corredor. Que queria me assustar, queria que eu pagasse por meu irmão ter batido em Josh. Olho fixamente para a frente, para o palco. Estou no presente. Não no passado. Mas não consigo evitar; espio mais uma vez. Fecho os olhos de novo. Ouço sua voz novamente em meu ouvido. *Ouvi dizer que você é bem safadinha.*

Minha cabeça começa a latejar.

Eu pigarreio, ou tento.

— Steve! — grito, mas ele não me ouve. Toco em seu ombro e ele olha para mim. Coloco as mãos em concha em volta da boca, e ele se inclina em minha direção. Estou quase gritando em seu ouvido. — Vou sair.

— O quê? — ele berra.

Aponto para a saída.

— Está tudo bem? — grita ele.

Eu assinto.

— Sim, só estou me sentindo estranha.

— O quê? — ele repete, aos berros.

— Dor de cabeça — grito em resposta.

— Quer que eu vá com você?

Balanço a cabeça.

— Pode ficar, sério.

Ele olha para a frente e para trás, entre mim e a banda.

— Tem certeza?

— Sim, é só uma dor de cabeça. — Mas não tenho certeza de que ele ouve.

Mara se dá conta de que estou saindo e segura meu braço. Ela diz alguma coisa que não consigo entender.

— É só uma dor de cabeça — explico a ela. — Já volto.

Ela abre a boca para argumentar e segura meu outro braço, de um jeito que nos deixa cara a cara, mas, inesperada e felizmente, Cameron é quem toca em seu pulso, com delicadeza, fazendo-a me soltar. Ele acena para mim e mantém Mara no lugar.

Eu me espremo pelas brechas no meio dos corpos, prendendo a respiração enquanto luto contra a corrente. Minha cabeça está latejando mais forte agora, no ritmo da música, mas fora de sincronia com meus passos, me desequilibrando. A música ecoa em meu peito. Enfim abro caminho pela pior parte, saltando como uma bola de fliperama enquanto luto para passar pela fila de pessoas que ainda esperam para entrar.

Penso ter ouvido meu nome acima de todas as vozes e notas que ressoam pelas portas.

Do lado de fora, vou direto para o estacionamento, e agora tenho certeza de que ele está chamando meu nome. Steve sempre quer bancar o príncipe encantado, mas, se ele é o príncipe, eu sou apenas mais uma maldita Cinderela, minhas pílulas mágicas perderam o efeito, o feitiço foi quebrado. Estou em farrapos e o baile continuará sem mim. Eu não pertenço mais a este lugar; jamais pertenci. Enquanto tento recuperar o fôlego e o ar frio bate no suor do meu rosto e pescoço, estou consciente de que não há nenhuma chance de eu conseguir voltar para lá.

Inclino a cabeça para o céu e inspiro fundo, fecho os olhos enquanto expiro lentamente. Dentro e fora. Dentro e fora, como minha terapeuta me ensinou. Sinto um toque suave na parte de trás do braço.

— Eu disse que estou bem, Steve, sério. — Dou meia-volta. — É só uma dor de... cabeça.

JOSH

DOMINIC CONTINUA RECLAMANDO da demora para entrarmos, do quanto já perdemos do show. Ele está enviando mensagens para nossos amigos lá dentro... que, na verdade, atualmente são mais amigos *dele*.

— Eles estão guardando lugar para a gente perto do fundo — avisa ele. Quando não respondo, ele acrescenta: — Pare.

— Parar com o quê?

— Estou sentindo você ruminar daqui. — Ele ergue o olhar do celular para mim, fazendo um contato visual bem breve. — Pare com isso.

— Desculpe, é que eu simplesmente não entendo qual é o lance com essa banda — comento, fingindo que meu mau humor é por não ter conseguido entrar no evento, e não por causa da situação com meu pai. — Eles só tiveram seus cinco minutos de fama no início dos anos 2000. — Dou de ombros.

— E eles são *daqui* — enfatiza Dominic. — Tenha orgulho da sua cidade natal, seu ingrato.

Balanço a cabeça porque sei que ele também não se importa. Não é essa a razão de estarmos aqui, neste show ou de termos voltado para casa. Ele vai se encontrar com alguém — o mesmo alguém com quem vem trocando mensagens esse tempo todo —, mas não confessa de uma vez que era por isso que queria minha companhia.

— Nesse ritmo, nós vamos perder o show inteiro — murmura ele. — E então você vai poder realizar o seu desejo, afinal.

— Bem, a gente não estaria tão atrasado se você não tivesse feito eu trocar de roupa.

— De nada por não te deixar sair de casa daquele jeito — ele ironiza, então me encara, finalmente guardando o celular no bolso. — Às vezes você é tão hétero que nem sabe como tem sorte por eu ser seu amigo.

Ele estende o braço para tentar arrumar meu cabelo, mas afasto sua mão.

— Sério?

— Seu cabelo está marcado do boné, cara! — Ele está rindo quando estende o braço em minha direção mais uma vez. Eu me esquivo e esbarro em alguém.

— Desculpa, licença — digo, me virando bem a tempo de vê-la de perfil ao passar depressa. Eu me volto para Dominic. — Era...?

— Quem? — pergunta Dominic.

Olho de novo. Ela está avançando em direção ao estacionamento. O cabelo parece diferente, mas é o seu jeito de andar com certeza, sei pelo modo como mantém os braços cruzados junto ao peito.

— Eden? — chamo, mas é impossível ela conseguir me ouvir nesta multidão. — Olha — digo a Dominic —, volto em um segundo.

— Josh, não — diz ele, com a mão em meu ombro e nenhum sinal de bom humor em seu tom de voz. — Fala sério, nós estamos quase...

— Sim, eu sei — digo a ele, já saindo da fila. — É só um minuto, tá bom?

— Josh! — eu o ouço gritar atrás de mim.

Meu coração bate forte enquanto corro atrás dessa garota que pode ou não ser Eden. Ela continua andando bem depressa, e então para abruptamente.

Finalmente a alcanço, parada no estacionamento.

— Eden? — falo mais baixo agora. Estendo a mão, meus dedos tocam seu braço.

E eu sei que é ela antes mesmo que se vire, porque meu corpo memorizou sua reação ao meu toque faz muito tempo.

Ela diz algo sobre estar com dor de cabeça enquanto gira para me encarar.

— *É* você — digo, de um jeito estúpido.

A boca dela se abre, parando por um segundo antes de sorrir. Ela nem diz nada; apenas dá um passo à frente, direto para mim, e sua cabeça se aninha perfeitamente sob meu queixo, como sempre. Não sei por que fico tão surpreso quando tudo parece tão natural, o que mais poderíamos fazer além de abraçar um ao outro assim? Seus pulmões se expandem como se ela estivesse me respirando, e eu enterro o rosto em seu cabelo... só por um segundo, digo a mim mesmo. Ela tem um cheiro tão doce e suave, como algum tipo de fruta. Ela murmura meu nome em minha camisa, e percebo que esqueci como é bom ouvi-lo em sua boca. Quando a envolvo em meus braços, meus dedos tocam a pele dos seus. É tão familiar, reconfortante, eu poderia ficar assim pelo resto da vida. Mas ela se afasta um pouco, as mãos descansando em minha cintura enquanto me encara.

— Você é literalmente a última pessoa que eu pensei que encontraria hoje — ela admite, ainda sorrindo.

Por mais que eu esteja preocupado, chateado e deprimido com tudo o que aconteceu, não posso deixar de sorrir de volta.

— Literalmente a última? — repito. — Essa doeu.

Isso a faz rir, e é o melhor som do mundo.

— Bem, você me entendeu.

— Sim, entendi. — Ela me solta e cruza os braços novamente enquanto se afasta. Coloco as mãos nos bolsos. — Não sou tão descolado quanto você. Entendi.

— Tão descolado quanto *eu*? — repete ela, com uma leve cadência na voz. — Sim, certo. Não, eu quis dizer... o que você está fazendo na cidade? Não deveria estar na faculdade?

— Férias de primavera.

— Ah. — Ela olha em volta e acena com a cabeça em direção à fila. — Você precisa voltar ou...

— Não — respondo, mais que depressa.

— Quero dizer, se você quiser... — diz ela, no mesmo instante em que pergunto:

— A gente podia...

— Desculpe — dizemos os dois ao mesmo tempo, interrompendo um ao outro.

Ela aponta para uma mesa de piquenique de madeira bem na esquina do edifício. Eu a acompanho e a observo com atenção. Talvez tenha engordado um pouco desde a última vez que a vi, seu corpo parece um pouco mais macio e, ainda assim, mais forte, e, meu Deus, ela está deslumbrante sob a luz da rua. O rosto e o cabelo... tudo. Eu me dou conta de que, em todos esses anos que a conheço, nunca a vi assim, usando uma camisa sem mangas, short jeans e sandálias. Estávamos sempre nos meses frios, outono ou inverno. Ver suas pernas e braços nus, as unhas pintadas... partes que só conheci no contexto do meu quarto... me faz desejar que estivesse frio. Tento evitar que ela me pegue encarando. Mesmo assim ela me flagra.

No entanto, em vez de me questionar, ela se limita a olhar para os próprios pés e dizer:

— Então, você está de férias e decide voltar justo para cá? A cidade mais tediosa dos Estados Unidos?

— Ei, eu já te falei, Eden, sou meio que um tédio.

Ela dá um empurrãozinho em meu ombro, o que me faz querer envolvê-la nos braços outra vez.

Chegamos à mesa, e, quando me sento no banco, ela sobe para se sentar no tampo, com as pernas muito perto de mim. Sinto uma enorme vontade de me inclinar para a frente e beijar seus joelhos, passar as mãos nas suas coxas, deitar a cabeça em seu colo.

Deus, preciso impedir meu cérebro de seguir essa linha de raciocínio. O que há de errado comigo? Preciso parar com isso agora. Então, prontamente me aproximo e me sento na mesa ao seu lado.

— Isso é estranho? — pergunta Eden.

— Não — minto. — De jeito nenhum.

— Sério? Porque estou estranhamente nervosa em ver você. Feliz — acrescenta, com as mãos mexendo na bainha da camisa —, mas nervosa.

— Não fique — peço a ela, embora mal consiga pronunciar as palavras com o meu coração pulsando na garganta desse jeito. Não considero nervosismo; é mais como se cada terminação nervosa minha voltasse à vida na presença dela, de uma só vez. Ela me olha da mesma forma de sempre. Como se realmente me visse, e, pela primeira vez desde nosso último encontro, percebo que não me sinto tão perdido. E por saber que é sempre muito fácil conversar com ela, sempre fácil verbalizar exatamente o que estou pensando, sem filtro, forço minha boca a dizer outra coisa em vez do que está em minha mente.

— Você cortou o cabelo.

Ela passa a mão pelos fios, afastando-os do rosto.

— Sim, estou me reinventando. — Ela faz um muxoxo, algo entre uma tosse e uma risada, e revira os olhos. — Ou algo assim.

— Gostei.

Ela inclina a cabeça para a frente e abre aquele sorriso tímido que só me dá — *dava* — quando eu tentava elogiá-la, e seu cabelo cai para a frente, no rosto. Estendo a mão e coloco uma mecha para trás de sua orelha como já fiz tantas vezes, os dedos roçando sua bochecha. Só me lembro de que não posso mais fazer isso quando ela me encara.

— Desculpe. Reflexo ou sei lá. Desculpe — repito.

— Tudo bem. Você pode me tocar — assegura ela. Meu coração, que parece ter ido parar na garganta outra vez, me silencia. — Quero dizer, somos amigos agora, certo?

Assinto, ainda incapaz de falar. É muito mais fácil sermos apenas amigos quando não estamos sentados assim, um ao lado do outro.

Eden pigarreia e vira todo o corpo para mim, me olhando diretamente. Ela estende a mão, seus dedos tocam brevemente o cabelo perto da minha testa antes dela roçar as costas da mão na lateral do meu rosto. Uma parte de mim quer tanto se inclinar, buscar seu toque.

— Seu cabelo está mais comprido — constata ela. — E você está deixando a barba crescer.

Agora sou eu quem sorri, todo tímido e constrangido.

— Bem, não estou deixando a barba crescer de propósito; só está por fazer.

— Ok, barba por fazer, então — diz ela, sorrindo como se estivesse decidindo algo. — Gostei. É muito, hum, Josh versão facul — acrescenta, forçando uma voz mais grave.

Eu rio, ela também, e toda a tensão entre nós meio que evapora. Eu sei que a estou encarando fixamente de novo, mas não consigo evitar. Tudo isso está acabando comigo. Do melhor jeito possível.

— O que foi? — pergunta ela.

Preciso me forçar a desviar o olhar, balançando a cabeça.

— Nada.

— Então por que todos esses sorrisinhos e suspiros? — pergunta Eden, desenhando um círculo no ar com o dedo enquanto aponta para mim.

— Não, nada. É que, quando eu penso em você, de algum jeito eu sempre esqueço como você pode ser engraçada. — Em geral, quando penso nela, só lembro do quão triste ela pode ficar em alguns momentos e do quanto eu me preocupo. Mas quando estou ao seu lado me lembro, quase de imediato, que apesar de toda a escuridão, ela também pode ser radiante. Mordo o lábio para me impedir de dizer tudo isso em voz alta. Porque não é o tipo de coisa que se diz para uma garota por quem você estava apaixonado enquanto estão sentados em cima de uma velha mesa de piquenique atrás de um prédio grafitado, onde pessoas bêbadas passam aleatoriamente e uma banda de rock toca ao fundo, em um lugar fedorento.

— Você pensa em mim? — ela pergunta, de repente séria.

— Você sabe que sim.

Há um silêncio, e deixo as palavras suspensas entre nós, porque é *óbvio* que Eden sabe que penso nela. Como ela pode sequer me perguntar isso?

Pela primeira vez, é ela quem quebra o silêncio.

— Eu queria responder sua mensagem, sabe? — admite ela, como se estivesse lendo meus pensamentos. — Eu devia ter respondido.

— E por que não respondeu?

— Parecia que tinha muita coisa que precisava ser dita, ou... — Ela hesita. — Coisas que não daria para dizer por mensagem, no fim das contas.

— Você pode me ligar quando quiser.

— Ah, definitivamente era muita coisa para se dizer numa ligação — acrescenta ela, e sinto que não sei exatamente o que ela está tentando me dizer, mas, ao mesmo tempo, meio que a entendo.

— Pensei que você estivesse com raiva de mim — admito.

— O quê? Por quê? — ela explode, a voz alta. — Como eu poderia ficar com raiva de *você*? Você é... — Ela se interrompe.

— Eu sou o quê?

— Você... — começa, mas para novamente e respira fundo. — Você é a melhor pessoa que eu conheço. Seria impossível ficar brava com você, especialmente porque você não fez nada de errado.

Mas é esse o problema, eu já não tenho tanta certeza de que não fiz nada de errado.

— Não sei, fiquei pensando que você não estivesse só com raiva de mim, mas também triste ou, tipo, decepcionada.

— Do que você está falando?

— Você sabe, por causa da última vez que a gente se viu.

Ela está balançando a cabeça devagar, como se realmente não soubesse. Ela vai me obrigar a dizer com todas as letras.

— O jeito como eu te beijei — declaro por fim. — Eu refleti sobre o meu comportamento depois... refleti muito, na verdade. E, naquelas circunstâncias, com tudo o que estava acontecendo, com certeza era a última coisa de que você precisava. Além de todas as coisas que eu te falei. Foi bem inconveniente levando em conta a situação, não só por eu ter escolhido o pior momento possível, mas porque posso ter te deixado desconfor...

— Espere, espere, pare — interrompe ela. — Pensei que *eu* tivesse te beijado.

Não sei o que dizer. Penso no momento em meu quarto, quatro meses antes, e de repente tudo vira uma mistura de mãos e bocas; exaustão e desespero e emoções correndo soltas, mais descontroladas do que nunca, e agora não tenho certeza de quem beijou quem, quem deu o primeiro passo.

Mas a risada dela interrompe meus pensamentos. É alta, aguda e cristalina.

— E eu aqui, me sentindo a sem-noção.

— Sem-noção? — Também solto uma risada. — Por quê?

— Por te beijar depois que você já havia me dito com todas as letras que tinha uma namorada... e que era algo sério — acrescenta, usando minhas próprias e estúpidas palavras contra mim. — Eu poderia ter me poupado dessa vergonha, se soubesse que você era o culpado esse tempo todo.

Ela está brincando, eu sei, mas essa palavra... *Vergonha*. Sua voz parece se agarrar nas sílabas, como um espinho. É uma palavra que você só usa se estiver mesmo ali, à flor da pele. Então eu sei que não é hora de confessar toda a verdade sobre minha namorada — *ex*-namorada — ou contar que nós terminamos naquela noite, *por causa* daquela noite.

— Tudo minha culpa — digo em vez disso, rindo com ela. — Assumo total responsabilidade.

Um coro de aplausos explode da multidão do outro lado da parede, mas não poderia haver nada mais emocionante acontecendo lá dentro do que o que está acontecendo aqui, agora.

— Bem, foda-se, Josh. — Ela joga as mãos para cima. — É só mais um clássico Josh-Eden, não é?

Clássico Josh-Eden. Odeio amar como isso soa.

EDEN

TUDO SOA ESTRANHO para o meu corpo, o riso, a leveza. Isso me deixa agitada, mas de um jeito agradável, remete um pouco à sensação de tomar muita cafeína. Estar com ele de novo, sentada aqui, conversando, é como se eu estivesse inventando tudo — inventando *Josh* —, sonhando ou alucinando ou coisa parecida. Porque não tem nada de que eu precise mais esta noite do que disso, com Josh. E, meu Deus, eu não estou nem um pouco acostumada a conseguir o que preciso.

— Você parece bem, Eden — diz ele, mas seu sorriso está sumindo.

— Sim. — Assinto, mas não consigo encontrar seus olhos. — Hum… é, sim. — Continuo assentindo. Repetidamente.

— Você *parece* bem — repete ele, e sinto que soa mais como uma pergunta do que como uma observação, mas ainda não estou pronta para abrir mão da leveza que meu corpo está sentindo.

— Você que está dizendo. — Tento manter o tom irônico, no qual nos saímos bem, mas ele me estuda, estreitando os olhos como se estivesse tentando ver alguma coisa a distância, apesar de estar olhando para os meus olhos. Eu me concentro em minhas mãos, e não nele.

— E então… — encoraja ele, suavemente.

— O quê?

— Você está bem mesmo? — pergunta enfim.

Dou de ombros.

— Quero dizer, com certeza. Eu... estou melhor, acho. Não estou mais fazendo um monte de merda, então é isso. — E espero que ele entenda que, por "monte de merda", quero dizer que não estou sendo destrutiva nem dormindo com estranhos. — Ah, e parei de fumar — acrescento.

— Sério? — Ele sorri. — Parabéns. Estou impressionado.

— Obrigada. É um saco.

— Mas não foi bem isso que eu quis dizer — argumenta ele. — Eu quis dizer, como *você* está? Tipo, você está bem?

— Na verdade eu não tenho a opção de não estar bem. Mas estou tentando ficar m-melhor — gaguejo. Jesus. Não é uma pergunta difícil, mas não consigo responder.

— Sim, mas como você está se sentindo *de verdade*?

Ele vai me obrigar a dizer com todas as letras.

— O quê? Eu não estou bem, Josh — deixo escapar, quase gritando, mas então me controlo. — Desculpe. Mas, é, não estou. Entendeu?

— Tá bom — diz ele, baixinho. — Não quero discutir com você. Mas sabe que nunca precisa fingir comigo. É o que estou tentando dizer.

— Não estou fingindo nada — digo a ele. — Você é a única pessoa com quem não finjo, então... — Não termino a frase.

Ele abre a boca como se fosse dizer alguma coisa, mas então, de repente, se move em minha direção. Por uma fração de segundo eu acho que está se inclinando para me beijar. Meu coração começa a acelerar. Mas então ele estende a mão para tirar o celular do bolso de trás. Enquanto ele olha para a tela, tudo em que consigo pensar é que eu teria correspondido ao beijo... de novo, sempre. Mesmo com Steve lá dentro. Mesmo com a namorada de Josh em algum lugar. Eu teria.

— Alguém está sentindo a sua falta? — pergunto, realmente torcendo para que esse alguém não seja sua namorada... que ele não esteja prestes a me deixar para ficar com ela, embora devesse. — Você tem que ir?

Por favor, diga que não.

Ele olha para mim enquanto digita uma mensagem.

— Não. Só estou avisando o meu amigo que estou aqui. — Ele pousa o celular na mesa, com a tela para baixo, e me encara com aqueles olhos que me fizeram refém desde que mergulhei em suas profundezas, naquela estúpida sala de estudos, no primeiro dia do segundo ano, e jamais consegui me libertar.

— E você?

— O que tem eu? — pergunto, incapaz de me lembrar do que estávamos falando.

— Tem alguém sentindo a sua falta lá dentro?

— Duvido muito. — Inclino meu telefone em minha direção para conseguir ver a tela. Nada ainda. Então o coloco virado para baixo ao lado do celular de Josh. — Eu falei para eles que precisava de um pouco de ar. Estava ficando meio claustrofóbico lá dentro, e a música começou a me dar dor de cabeça. — Decido não mencionar a parte sobre ter visto Cara Atlético. Eu poderia acabar contando a ele toda a história do que aconteceu naquele dia, e preciso me concentrar no *agora*... me concentrar no agora... absorver tanto quanto puder, enquanto puder. — Acho que não estou me divertindo muito ultimamente — concluo, com um dar de ombros.

Ele continua me observando enquanto falo, e então estende o braço.

— Aqui, posso ver? — pergunta, apontando para minha mão.

Eu o deixo aninhar minha mão na sua, posicionando cuidadosamente o polegar e indicador onde meu polegar e indicador se encontram, beliscando aquela parte carnuda.

— É um lance de acupressão — explica ele, pressionando com mais força. — Supostamente, ajuda com dores de cabeça. Minha mãe fazia comigo quando eu era criança.

Fecho os olhos porque, de repente, isso parece intenso demais, íntimo e real demais, tudo demais. Não consigo aguentar. Sinto um nó na garganta, meus olhos se enchem de lágrimas. Eu poderia chorar agora se me permitisse, e nem tenho certeza do motivo. Mas não vou. Eu não vou chorar.

— Não está doendo muito, né? — pergunta ele, aliviando a pressão por um momento.

Balanço a cabeça, mas ainda não consigo abrir os olhos.

— Tem certeza?

Assinto.

Ele pressiona com força outra vez, silenciosamente.

É o oposto de desaparecer. É como se eu estivesse mais aqui do que jamais estive em qualquer lugar a qualquer momento em toda a minha vida. É todo o resto que está desaparecendo agora, não eu. Depois de mais alguns segundos, ele solta minha mão. Pega a outra e faz a mesma coisa. Enquanto ele alivia a pressão, respiro fundo, abro os olhos e o encaro novamente. Ele continua me observando com muita atenção.

— Como está a sua cabeça agora?

Ainda tenho cabeça?, penso. Porque tudo o que sinto é o ponto onde suas mãos tocam a minha. *E é exatamente por esse motivo que nunca respondi suas mensagens*, quero confessar. Mas não seria justo, considerando todas as coisas muito injustas que já fiz com ele. Ele não tem culpa de fazer a dor ir embora ou o mundo desaparecer.

— Melhor — digo a ele. — Obrigada.

Estamos meio que trocando olhares demorados, e, enquanto me balanço um pouco ao som da música abafada do outro lado da parede e me pergunto se nós dois estamos deixando de dizer as mesmas coisas, um dos telefones vibra.

— É o seu ou o meu? — ele pergunta, pegando o dele, e eu fico grata pela interrupção. — Deve ser o seu.

Steve: vc precisa de mim?

Respondo: não, estou bem

E, então, imediatamente: tem certeza?

Sim.

— Tudo tranquilo? — pergunta Josh. — Não quero te prender... bem, digo, na verdade eu quero. Mas não vou. Se você tiver que voltar.

— Não. Eu não vou voltar pra lá. — Coloco meu celular na mesa de novo e mexo na minha pulseira. — Nem queria vir, pra começo de conversa... mas estou feliz por ter vindo. — Não acho que eu esteja dando em cima dele; só estou sendo sincera. Acho.

— Eu também.

— Tem certeza de que não precisa voltar para os seus amigos? — pergunto a ele.

— Sinceramente, eu continuo esquecendo o motivo de estar aqui, em primeiro lugar. Mas acho que você meio que tem esse efeito sobre mim geralmente.

Mas *ele* talvez esteja flertando.

— Não sei como interpretar isso — respondo. — Não tenho certeza se é uma coisa boa.

Ele dá de ombros.

— Parece boa para mim.

O modo como ele está me olhando, meu Deus, não consigo respirar. Solto uma risada involuntária, porque é a única maneira de conseguir levar ar aos meus pulmões.

— Por que você está rindo? — pergunta, mas ele está quase rindo também. — Estou falando sério.

— Eu sei — digo a ele. — Eu também.

Ele assente e parece entender que isso está ficando demais para mim, porque pigarreia e ajeita a postura, mudando de assunto, se é que havia algum.

— Então, está quase se formando?

— Sim. Hum, mais ou menos.

— Mais ou menos?

— Quero dizer, sim, estou me formando, mas pra dizer a verdade não estou frequentando a escola no momento. Fisicamente, quero dizer. Eu tenho feito tudo pela internet.

Mas não conto a ele o motivo de não estar indo à escola. Que tive um colapso total na primeira semana, depois das férias de inverno... Um garoto esbarrou em mim na fila do refeitório, só que não percebi que era só isso que estava acontecendo. Parecia mais. Parecia que eu estava sendo atacada. E eu simplesmente reagi, chutei a canela dele e joguei a bandeja de comida em cima do cara. De todas as atitudes impulsivas, não sei por que tive *aquela*. Mas tive. E depois fugi, me encolhi no canto do refeitório, desabei no chão e comecei a hiperventilar na frente de todo mundo. Até os professores pareciam estar morrendo de medo de se aproximar de mim. Mas Steve estava lá. Ele me levou até a enfermaria e esperou comigo até minha mãe ir me buscar.

Meus olhos voltam a se concentrar no agora. Josh está olhando para mim, a preocupação vinca mais a sua testa conforme passo mais tempo calada.

Balanço a cabeça, afasto a lembrança, continuo falando como se não tivesse acabado de me ausentar.

— Hum, estou pensando em não voltar este ano, talvez ir direto para a faculdade comunitária enquanto termino o ensino médio. Tentar, não sei, descobrir o que eu quero fazer da vida.

— Sem pressão nem nada — diz ele, com aquele seu sorriso torto fazendo uma aparição.

— Né? — Eu tento rir, mas soa falso. Ele acena com a cabeça em um gesto compreensivo, como se entendesse por que nenhuma das faculdades em que me inscrevi me aceitou. — Eu detonei minha média pra valer nos últimos dois anos — explico mesmo assim.

— Não foi sua culpa de jeito nenhum.

Dou de ombros.

— Meio que foi. Quase não estudei para os exames de aptidão. E depois eu corri para enviar um monte de péssimas inscrições para faculdades aleatórias pouco antes do prazo final, em fevereiro. Aquele lance de última tentativa. Mas...

— Ainda não recebeu nenhuma resposta? — pergunta.

— Na verdade, recebi sim.

— Ei, não tem nada de errado com faculdade comunitária, sabe?

— Eu sei. — Suspiro. — Seja como for, esse é o plano, pelo menos por enquanto. Terminar o ensino médio pela internet e torcer para os meus amigos me perdoarem por não voltar. Quero dizer, é mais fácil assim.

— Qual parte?

— A escola, eu acho. É fácil estudar pela internet e é... — Eu me dou conta de que não articulei realmente qual é o problema, não em voz alta, para qualquer outra pessoa, pelo menos. — É difícil lá. É difícil *estar* lá. Acho que umas pessoas meio que sabem que alguma coisa está acontecendo, com todo aquele lance de cadeia e julgamento, eles sabem que de algum jeito eu estou envolvida. Não *deveriam* saber sobre mim e Mandy. Amanda, quero dizer. É a irmã dele. Mas maldita cidadezinha. As pessoas falam. É difícil, sabe? — Ouço o tremor em minha voz, e agora ele me olha como se eu fosse perder o controle ou algo assim. Dou de ombros, como se isso fosse resolver tudo.

— Sim — ele concorda. — Faz sentido.

— Obrigada.

— Por que está me agradecendo?

— Não sei, às vezes eu duvido de mim mesma. E acho que talvez devesse estar melhor, me sentir grata, já ter superado, sei lá. Tipo, acho que meus amigos não entendem de verdade. Acho que não faz sentido para eles, então é só... *validação* — argumento, usando uma das palavras prediletas de minha terapeuta.

— Bem, eles sabem, né? — pergunta Josh. — Seus amigos sabem o que aconteceu com você?

Aquele nó na garganta volta instantaneamente. Engulo em seco.

— Sabem; é que eu não tenho certeza se eles entendem por que ainda não estou... — Meu Deus, não consigo completar uma maldita frase.

— Bem? — ele termina por mim.

Assinto, e agora não há como esconder. Sinto as bochechas coradas e os olhos marejados e o sangue fervilhando sob a pele. Ele estende a mão e toca meu ombro, depois minha bochecha, e essa é a gota d'água.

— Josh — gemo, afastando sua mão do meu rosto. — Não quero ser um caos esta noite. — Mas estou me aninhando em seus braços abertos mesmo assim. Estou colocando uma das mãos em volta de seu ombro, a outra pressionada contra seu peito. É como ele disse antes, um reflexo. Um hábito, um bom hábito que eu tanto quero retomar. Estou de olhos fechados, bochecha no seu pescoço, sentindo sua voz vibrar.

— Está tudo bem — ele está dizendo. — Pode ser um caos. Eu não me importo.

Neste espaço minúsculo e delicado entre nós, percebo que o retumbar descompassado do meu coração não é porque ele está se despedaçando. É porque esta é a melhor, a mais forte sensação que experimento em meses. Quando abro a boca para dizer isso a ele, meus lábios roçam sua clavícula, e eu os deixo demorarem-se ali um segundo a mais.

Espero que ele não sinta minha boca aberta sobre sua pele. Mas ele deve ter sentido, porque então sua mão toca minha bochecha novamente, desce pelo meu pescoço, e, se eu abrir os olhos, não vou me conter e acho que ele também não, e Deus... por que sempre chegamos ao mesmo impasse, por que nunca é o momento certo para nós?

— Estou bem — asseguro, enquanto me afasto. — Estou bem. De verdade. — Não sei se estou tentando convencer a mim ou a ele.

— Tá bom — sussurra Josh, permitindo que eu me afaste.

— Eu realmente não estou tão frágil quanto pareço, quero que você saiba. Não sei por que estou sendo tão sentimental. — Enfim me atrevo a encará-lo de novo, agora que estou de volta à sua frente, do meu lado da linha invisível que acabei de desenhar na mesa, um braço de distância entre nós. — Quero dizer, eu meio que sei — admito, antes que possa me reprimir.

— Você sabe o quê?

— Eu sei por que estou sentimental — respondo, mas, mesmo quando as palavras saem de minha boca, não tenho certeza do que vou dizer a ele, do quanto será verdade.

— Por quê? — pergunta ele, então rapidamente acrescenta: — Não que você precise de um motivo ou algo assim.

Você. Você é a razão.

Mas não é o que digo.

— Nós tivemos notícias da promotora no início da semana — digo, em vez disso. — Eu, Amanda e Gen... Gennifer, acho que é o nome dela. Da namorada. Ou ex-namorada. Gennifer com G, é basicamente tudo o que eu sei sobre ela, mas... — divago, tropeçando nas palavras, não tenho certeza se realmente quero falar sobre isso com ele.

— Então vocês tiveram notícias sobre o julgamento, ou...? — pergunta, hesitante.

— Sim e não — respondo. — A tal audiência que a gente deveria ter na primavera foi adiada, então agora ela pode acontecer só no verão ou no outono. — Ainda tenho a mensagem da promotora Silverman no celular, sem resposta, assim como o correio de voz de Lane, nossa advogada da associação feminina, nomeada pelo tribunal, me avisando que estaria disponível se eu precisasse discutir o assunto. Olho para ele, me dando conta de que parei no meio da história.

— Sinto muito — lamenta ele, parecendo sincero.

— Acho que Kev... — Mas minha boca não me deixa terminar; preciso pigarrear antes de continuar: — Ele tem uma equipe nova e sofisticada que o representa agora. — Tomo fôlego, baixando o olhar para o colo, tentando apertar a pulseira no meu pulso.

Ele estende o braço e coloca a mão sobre a minha.

— Isso não muda o que ele fez — argumenta Josh. Paro de brincar com a pulseira estúpida e seguro sua mão; sei que estou apertando com muita força, mas ele não parece se importar.

— Só estou começando a me perguntar se essa história vai dar em alguma coisa. — Ergo o olhar para ele. — Se tudo isso sequer vale a pena.

— Não diga isso. Vale a pena — insiste ele, com um pequeno e reconfortante aperto em meus dedos.

Concordo com a cabeça, mas me forço a soltar sua mão, porque vou ter que fazer isso, mais cedo ou mais tarde.

Há um breve silêncio entre nós. Ele olha para baixo, depois para o estacionamento, como se estivesse tentando pensar em alguma coisa para dizer.

— Onde ele conseguiu dinheiro para contratar um advogado caro, afinal? — finalmente diz. — Com os pais não foi... eles não seriam capazes, não com a irmã dele sendo... — Ele deixa a frase no ar, sem conclusão, mas uma parte de mim quer mesmo saber o que ele ia dizer.

Não com a irmã dele sendo... o quê, *vítima?* É isso? Eu me pergunto. Ele pensa em Gennifer como vítima de Kevin também? *Eu* penso assim? E quanto a mim... sou uma vítima?

— Não, não foram os pais — enfim respondo... Não é hora de tentar acompanhar a partida de tênis vítima-barra-sobrevivente cuja bola está constantemente quicando de um lado de meu cérebro para o outro. Os pais deles estão do lado de Amanda, o que ainda parece bem surpreendente para mim, conhecendo a atração gravitacional exercida por Kevin.

— É algum ex-aluno rico da universidade... ou um grupo de alunos... que o está apoiando, só esperando para iniciá-lo em algum tipo de "veja como podemos nos livrar disso com o Hall da Fama". — Tento rir de minha piada de mau gosto, dou uma pausa para recuperar o fôlego, para controlar um pouco minhas emoções. — Realmente não sei. Tem tudo a ver com a porra do basquete e... — Mas me calo, imediatamente colocando a mão sobre a boca. Às vezes esqueço que ele também faz parte daquele mundo. — Desculpe, eu não quis dizer...

— Não, você está certa — interrompe, balançando a cabeça. — Não, eu entendo. A porra do basquete — repete, de algum modo com mais desprezo e amargura na voz do que eu.

— Eu não quis dizer que, tipo, *tudo* no basquete é ruim. Ou que os esportes são do mal ou coisa parecida. Só... só essa parte.

— Sim — diz ele, com a voz tensa, estreitando os olhos enquanto fita o nada. — A parte em que eles não querem manchar o nome do time. O legado, a imagem do time — ironiza, fazendo aspas no ar com os dedos, como se já tivesse ouvido essas frases muitas vezes antes. — Me desculpe, é que essa merda me faz... — Mas ele também não termina a frase. Josh suspira e esfrega a nuca, como se se sentisse tão abalado com tudo isso quanto eu.

— Tudo bem, vamos falar sobre isso então. Vamos conversar sobre *você*. Por favor, sério. Por favor.

— Eu? — pergunta ele, meio que dando de ombros e balançando a cabeça. — Não, não quero falar sobre mim.

— Você sempre me deixa falar demais sobre mim.

— Bem, não tem nada acontecendo comigo.

— Tem sim.

Ele me encara como se eu o tivesse assustado.

— Por que você diz isso?

Não sei ao certo por que falei aquilo, mas a resposta de Josh me diz que tenho razão. Somos interrompidos, antes que eu tente responder. As pessoas de repente saem pelas portas em grupos, gritando e debandando e interrompendo toda a atmosfera sensível que nos protege na bolha que criamos.

— Não acredito que já acabou — diz Josh, pegando o celular para conferir a hora.

Eu checo o meu também.

— Já são mais de onze. Como pode?

E então vejo a enxurrada de mensagens.

Steve: ei, vc vai voltar?

Mara: vc ta bem

Steve: ficando preocupado agora. vc tá ok?

Steve: vc pode responder pf

Mara: steve tá surtando

Mara: meio que estou tb aliás

Steve: onde vc está???

— Merda, eles estão me procurando — digo a Josh, enquanto digito uma mensagem, mas depois a apago, sem conseguir decidir quem seria mais compreensivo, Mara ou Steve. — Desculpa, por mim eu continuava conversando.

— Não, está tudo bem — assegura ele, estreitando os olhos para o celular por um segundo, antes de guardá-lo no bolso de novo. — Acho que estou com problemas com meus amigos também.

— Pode pôr a culpa em mim — sugiro a ele.

Ele apenas sorri, balançando a cabeça.

— Nunca.

As pessoas estão começando a se reunir em torno de nossa mesa agora, nos afastando.

— Acho melhor a gente ir — diz Josh, enquanto desce da mesa e estende a mão para mim.

Desço do banco para a calçada, ainda segurando sua mão, quando me viro e dou de cara com Steve.

JOSH

ESSE CARA ESTÁ perto demais para o meu gosto. Estou quase pedindo para ele recuar, mas então reconheço alguma coisa em sua expressão, quando seus olhos disparam de mim para Eden, depois para nossas mãos. Ela me solta bem depressa.

Reconheço a expressão porque deve refletir a minha.

— Ah — digo em voz alta, meu cérebro processando muito devagar o que está acontecendo.

Ele diz que estava a procurando e, quando Eden se afasta de mim, ele coloca o braço em volta do ombro dela, como se a reivindicasse. Ela é minha, seus olhos me dizem.

— Hum, Josh, este é Steve — diz Eden. — Steve, você deve lembrar do Josh... ele estudou com a gente.

— Não — responde o cara... *Steve.*

Outra garota se aproxima e coloca a mão no outro ombro de Eden. Eu a reconheço; já nos vimos uma vez.

— Ah, meu Deus! — exclama ela, me reconhecendo também.

Eden se afasta de Steve. Em vez disso, pega o braço da amiga.

— Não sei se você se lembra…

— Josh, sim, com certeza. Ei.

— Oi, é Mara, não é? — consigo dizer.

— Sim — responde ela, sorrindo. — Memória boa. — Então ela se desvencilha de Eden e puxa outro cara, que levanta a mão para acenar para mim. — Este é meu namorado, Cameron.

— Ah, sim. — Não sei como ainda consigo falar e respirar quando ela está tão perto de mim agora, mas prestes a se afastar, e não sei quando a verei novamente. — Acho que fazíamos uma aula juntos, não? Bio ou...

— Laboratório de química — corrige ele, com um aceno de cabeça.

— Isso — respondo, mas é difícil me concentrar, porque a vejo com os braços esticados, unindo as mãos e entrelaçando os dedos com muita força. Posso sentir o quanto ela está desconfortável. O cara, o tal *Steve*, agarra a mão dela, soltando-a do próprio entrelaço, e fica me encarando, como se quisesse briga. Sinto a agressividade irradiando dele, permeando minha pele.

Atrás deles, vejo Dominic atravessando a multidão em nossa direção. Ele se aproxima balançando a cabeça, com os braços erguidos no ar.

— Você perdeu tudo! — grita. E, como ele tem uma voz grave e imponente, que se sobressai na multidão, todos se viram para olhar.

Quando Dominic para ao meu lado e vê o que está acontecendo, ele me lança um olhar... um *eu te disse* misturado com pesar.

— Dominic — começo, grato por ter algo a dizer. — Esta é...

— Eden — termina ele, tão alegre que nem deixa transparecer como realmente se sente sobre ela... ou melhor, sobre *mim*, quando se trata dela. — Que bom enfim te conhecer.

— Ah! — exclama Eden, surpresa, eu imagino, por Dominic saber quem ela é. Mas, então, dá a ele um sorriso rápido e um aceno de cabeça. — Digo o mesmo.

Continuo as apresentações.

— E estes são Mara, Cameron e... — Encontro o olhar de Steve e sei que é uma atitude babaca, mas foi ele quem resolveu segurar a mão de Eden. — Desculpa, pode refrescar minha memória?

Ele cerra os dentes.

— Steve — sussurra.

— Isso. Steve.

Dominic toma conta da conversa, falando sobre a escola, o show, coisas normais. Fácil, como sempre é para ele. Encaro meus pés porque, se eu olhar para ela de novo, tenho medo de dizer alguma coisa dramática e estúpida, tipo *Esse cara, Eden, tem certeza? Você vai embora com esse cara? Esse cara nitidamente ciumento, possessivo e nervoso...* mas meus pensamentos de repente dão uma guinada... a menos que este seja eu. Talvez seja *eu* o cara nitidamente ciumento, possessivo e nervoso.

Quando olho para ela de novo, sua boca está ligeiramente aberta, e quero que diga alguma coisa, qualquer coisa, para me dar uma pista sobre o que está pensando, sobre o que *eu* deveria estar pensando. Porque cheguei a imaginar, por um minuto, *talvez*. Mas agora a vejo tomar fôlego e, quando tenho certeza de que vai falar, ela é interrompida pelo restante das pessoas que deveríamos encontrar. Um bando de caras que eram do time, umas garotas que reconheço vagamente da nossa turma de formandos. Todos gritando e balançando os braços, nos chamando. Eden olha para eles, e percebo que está se fechando, encolhendo-se, e então, quando me encara de novo, parece que é de uma distância tão imensa que seria impossível sequer ouvirmos um ao outro se tentássemos falar outra vez.

— Vai rolar um after — diz Dominic a eles, gesticulando para a multidão obviamente ansiosa para que nos juntássemos a ela. — Tá todo mundo convidado.

— Já temos um compromisso — diz Steve, aparentemente respondendo por todo o grupo.

— Mas obrigada — diz Mara, entrando na conversa.

— Tranquilo — diz Dominic, batendo em meu ombro e me despertando de meus devaneios. — Tudo certo?

Assinto, embora nada estivesse certo.

— Eden? — consigo falar. — Vamos... — *Embora. Tentar de novo. Fugir.*

— Vamos colocar o papo em dia logo — ela termina por mim. E quero tanto acreditar que existe algum significado mais profundo em suas palavras, alguma mensagem secreta de que não sou o único à procura de mensagens secretas. Enquanto observo os dois se afastarem, há muita coisa acontecendo, e é como se estivéssemos sendo separados um do outro por correntes opostas, nos arrastando para longe. Como se estivéssemos nos perdendo um do outro em algum tipo de desastre natural.

Eden me encara como se pudesse se virar e voltar correndo para mim, depois de tudo. Steve olha para trás também, um aviso. Ela olha para a frente de novo, e não volta a olhar para trás dessa vez.

— Então, essa é a infame Eden, hein? — pergunta Dominic.

Mas não consigo encontrar minha voz até que Eden esteja fora da vista. Sinto um peso no peito e, enquanto a vejo desaparecer, tenho vontade de correr atrás dela, o medo me dominando como da última vez que nos separamos, em dezembro. Quando eu estava parado nos degraus da frente de casa e a observei ir embora, sem saber se a veria de novo.

— Ei. — Dominic cutuca meu braço com o cotovelo. — Você está legal? Quer dar um perdido nesses caras? — Ele inclina a cabeça na direção de nossos antigos amigos. — Podemos fazer outra coisa. Sério, vai ser só o de sempre, beber e fazer merda. Posso dispensar.

— Não — digo, enfim. — Vamos, não quero estragar sua noite.

Ele inclina a cabeça de lado e estreita os olhos para mim, tentando não sorrir.

— O quê? — Balanço a cabeça. — Não sou tão desligado assim. Seu admirador secreto vai estar lá hoje, né? — pergunto. Acho que o nome do garoto é Luke, e só sei disso porque, uma vez, Dominic me perguntou com um ar malicioso se me lembrava dele da escola. Eu não me lembrava... ele estava em uma turma abaixo da nossa. Mas sei que esse é o verdadeiro motivo de Dominic querer voltar para a cidade. Eles estão conversando pela internet, embora Dominic pareça estranhamente reticente... e, desde que entramos para a faculdade, ele não é reticente quanto a nada. — É aquele cara, Luke, certo?

— Bem dissimulado e esperto você, hein? — responde ele.

— Só consigo pensar nesse motivo para você insistir em voltar para casa esta semana.

Dominic ri e suspira.

— Talvez eu seja o admirador secreto *dele*, pra ser sincero.

— Ah — digo. — Como se ele não tivesse se assumido ainda, você quer dizer?

— Não tenho certeza.

Assinto.

— Bem, beber e fazer merda parece ótimo no momento.

— Ok, esse é o espírito! — exclama ele, com muito entusiasmo.

— Vamos.

Conforme nos aproximamos de nossos velhos amigos, eles me dão as boas-vindas de braços abertos e tapinhas nas costas e aplausos e empurrões. Uma das garotas — Hannah, acho que ela diz — se apresenta quando passo por ela, e olha para mim como se esperasse que desse em cima dela. Minha boca de repente se enche com um gosto amargo que me dá náusea.

Vai ser uma noite longa e estúpida.

EDEN

O PERCURSO ATÉ a lanchonete vinte e quatro horas é insuportável. Steve, sentado no lado oposto do banco traseiro, olha pelo vidro durante todo o caminho. Mara e Cameron ficam nos lançando olhares, desconfortáveis.

— Nossa, estou morrendo de fome — diz Mara, tentando quebrar o constrangimento. — Espero que não esteja lotado.

Ninguém responde.

Cameron e Mara trocam um olhar, e então Cameron acrescenta:

— Cara, aquela segunda música foi demais, hein?

Nada.

Passamos por dois semáforos e Steve ainda está de bico, furioso, agindo como se eu tivesse feito algo errado.

— Você vai dizer alguma coisa? — finalmente pergunto.

Steve se vira para mim, me encarando pela primeira vez.

— Você não pode simplesmente desaparecer daquele jeito.

Mas é o que eu faço, penso. Estou desaparecendo o tempo todo. Estou desaparecendo agora mesmo. É só o que faço quando estou com você. Mas o que digo é:

— Não desapareci. Eu precisava sair de lá, e te avisei antes.

Ele balança a cabeça, como se eu não estivesse falando coisa com coisa.

— O quê? — exijo.

Seus olhos se movem para o banco da frente, e então ele se vira para mim, se aproximando.

— Você combinou de se encontrar com ele hoje?

— É sério que você está me perguntando isso? — retruco, mais do que alto o suficiente para os outros também ouvirem.

— Bom, você não pode me culpar se tudo aquilo me pareceu um pouco familiar — argumenta ele, ainda falando baixo, como se não quisesse *me* constranger na frente de nossos amigos.

Levo um segundo para rebobinar todos os meus pecados dos últimos anos até selecionar a lembrança à qual ele deve estar se referindo.

— Ah, então você quer falar disso? Tá bom, vamos nessa.

A lembrança daquela noite é confusa, mas recordo os pontos altos: estávamos em uma festa no dormitório, eu, Mara, Cameron e Steve. Mara vinha me pressionando para dar uma chance a Steve. Conversávamos no salão lotado, e a forma afetuosa dele me tratar se tornava cada vez mais ofensiva quanto mais eu bebia. Como se ele ainda pensasse que eu era a inocente nerd da banda da escola de quem era amigo no primeiro ano. Então eu o mandei buscar outra bebida e fiquei com o primeiro cara que olhou para mim. Até que meu irmão apareceu por algum motivo — não me lembro com detalhes — e nós tivemos uma briga aos gritos, na frente de todo mundo. Eu estava completamente bêbada e fui absurdamente maldosa com todo mundo, pelo que me contaram. Quando repassei a história com minha terapeuta, ela disse que parecia meu fundo do poço. Só espero que seja verdade.

— Edy? — chama Mara do banco da frente. — Tenho certeza de que não foi o que ele quis dizer. Né, Steve?

Eu a ignoro porque definitivamente foi o que ele quis dizer.

— Você sabe que a gente nem estava junto quando aquilo aconteceu, né?

— Tudo bem, não importa. — Ele agarra minha mão. Eu me desvencilho. — Esqueça o que eu falei.

— Esta noite, que é do que a gente *está* falando — continuo, tentando controlar o tremor em minha voz —, Josh me viu sair correndo e foi atrás de mim para ver se eu estava bem.

— Você me pediu para não ir — argumenta ele. — Você disse que estava bem!

— Obviamente eu não estava bem. — Como é que Josh sabe que não estou bem, mas Steve, aquele a quem vejo o tempo todo, aquele com quem supostamente tenho um relacionamento, não? — Você sabe que eu ando tendo uns ataques de ansiedade que, por sinal, me fazem sentir como se estivesse a um passo da porra da morte, e que eu não seria capaz de suportar aquele maldito show. E você insistiu para eu ir mesmo assim, e agora você...

Ele começa a rir, mas não de um jeito engraçado ha-ha; e sim moralista-raivoso, que me faz querer abrir a porta e pular do carro em movimento só para não continuar sentada ao seu lado.

— O que é tão engraçado?

— Você ainda não respondeu à pergunta.

— E nem vou!

— Pessoal! — grita Mara. — Estou tentando dirigir e vocês estão me proporcionando uma versão ensino fundamental das brigas pré-divórcio dos meus pais.

— Sim, dá pra pegar leve aí? — diz Cameron, e estou prestes a retrucar até perceber que ele está falando com Steve... pela primeira vez, sem me culpar por tudo.

O carro fica em silêncio até entrarmos no estacionamento, passando por buracos que ameaçam desmontar o velho Buick marrom de Mara. Ela embica em uma vaga livre e estaciona, então se vira e diz:

— Vamos entrar e pegar uma mesa. Vocês podem ficar aqui fora e discutir ou foder, ou seja lá o que precisam fazer. Enfim, vou pedir uma banana split. Tranquem o carro quando terminarem. — Ela joga as chaves no banco de trás, e os dois entram, nos deixando ali.

— Então, acho que nós vamos discutir — diz Steve, como se não tivesse começado.

— Bem, não vamos fazer a outra coisa.

— Certo — bufa. — Por que não estou surpreso?

— O que está querendo dizer?

— Você sabe.

— Não, não sei.

— Fala sério, eu nem sou um calouro todo louco por sexo, mas... — Ele se interrompe no meio da frase.

— Então, espere, estou confusa. O problema é eu ser vadia de mais ou vadia de menos pra você?

— Esquece, você só fica distorcendo o que eu digo.

— Não, só quero ter certeza de que entendi direito, *Stephen* — acrescento, usando seu nome inteiro, como costumava fazer quando éramos só amigos. — Tudo isso é porque eu não quis te pagar um boquete outro dia?

— Nossa, precisa falar assim? — o tom de voz dele paira entre um sussurro e um grito.

— Porque você sabe que me pediu no pior momento possível, né? Quando eu estava tentando ter uma conversa séria com você sobre voltar para a escola.

— Eu sei, e eu pedi desculpas. Mas não é só isso. — Ele revira os olhos para mim e suspira. — Por que eu sinto que você estava mais interessada em mim antes de a gente ficar junto?

Mordo o lábio, tentando conter um sorriso ou uma risada, ou pior. Porque eu poderia magoá-lo, se quisesse. Eu poderia contar a verdade: nunca estive tão interessada assim nele. Mas estou tentando ser boa. Tentando ser feliz em meu relacionamento com o garoto de idade apropriada que minha melhor amiga empurrou para cima de mim, porque acha que ele é o cara mais legal que conhecemos. A verdade é que ele simplesmente estava lá. E eu também estava lá, tentando o máximo que podia ser normal, pensando que talvez ele fosse a solução.

— Antes de a gente ficar junto — começo, ainda decidindo quão sincera posso me dar o luxo de ser — eu estava interessada em foder qualquer um que estivesse respirando, então...

— Legal. — Ele sai do carro, se inclina, olha para mim. — Que ótimo, muito obrigado. — Em seguida, bate a porta na minha cara.

Sincera demais. Pego as chaves de Mara e o sigo até o limite do estacionamento, onde ele está de costas para mim.

— Steve! — grito, marchando até ele. — Olha, o que eu quis dizer foi, tipo, você quer mesmo que eu continue agindo do jeito que eu agia antes de a gente ficar junto?

Ele gira tão rápido que preciso reprimir o impulso de me proteger.

— Você transou com ele? — ele deixa escapar.

— Está falando sério? A gente só estava conversando!

— Não estou falando de hoje — ele retruca. — Quero dizer, você *já transou* com ele?

— Por quê?

— Porque ele estava olhando para você como... — Ele cerra os punhos enquanto vira para um lado, depois para o outro, como se estivesse procurando palavras que deixou cair na calçada.

— Como o quê?

Seu rosto se contorce de desgosto quando ele recomeça:

— Como se... — E decido que não quero saber como Josh estava olhando para mim, afinal, porque é inútil saber algo assim.

— Como se ele estivesse preocupado? — concluo.

— E *eu* não estava preocupado? Mandei mensagens para você a noite toda, Edy! — grita.

— Tudo bem, desculpe, eu sei. Por favor, Steve, não quero brigar.

— Eu também não. — Há um silêncio, e, quando começa a falar novamente, ele está mais calmo. — É só... ele estava segurando a sua mão.

— Ele estava me ajudando a descer da mesa. E a gente só estava conversando. Somos amigos. É o que amigos fazem.

Ele balança a cabeça, como se as coisas que estou dizendo não importassem, e revira os olhos para mim, como se pensasse que está me pegando em uma mentira. Pelo visto, talvez eu devesse simplesmente ter beijado Josh como queria... que se fodessem os envolvidos.

— Mas vocês ficavam, né? — pergunta.

— Ele é meu amigo — repito, com mais firmeza.

Ele baixa o olhar para as mãos, então o volta para mim, apertando os olhos.

— Ele é meu amigo *agora*. E me ajudou muito, e é um cara supergentil, e você foi um babaca total com ele.

— Eu sei que fui! — grita. — Mas ele estava sendo um babaca também.

— Não, ele não estava.

Ele bufa e balança a cabeça.

— Você que não viu — diz ele, me ignorando.

Odeio quando ele fica com raiva; é desconcertante e assustador e me faz querer me encolher e recuar. Faz com que eu me sinta fraca, o que me assusta mais que qualquer outra coisa.

— Você sabe que eu não planejei encontrá-lo lá, não é? — finalmente digo, abrindo mão do último fragmento de autorrespeito ao qual estava me apegando.

— Eu sei — admite.

— Então por que você está assim?

Ele vira a cabeça e olha para mim como se eu fosse uma estúpida.

— Sabe, eu tenho noção de que você é um dez e eu sou tipo, o quê, um três? — responde ele, mais suave agora, mais como o seu eu habitual. — Em um dia bom.

— O quê? — Solto uma risada. — Não sou um…

— E aquele maldito cara. *Miller* — murmura ele. Sabia o nome de Josh afinal. — Quero dizer, caramba, tinha como ele ser mais alto?

— Espere, então você só está... com ciúme?

Ele dá de ombros e assente, a expressão murchando, envergonhado.

— E é por isso que você está sendo um babaca e me insultando?

— Sinto muito. — Ele estende um dos braços em minha direção e toca os dedos de minha mão direita com sua mão esquerda. — Na verdade, estou. É só isso, não sei, desde que a gente ficou junto eu me sinto muito inseguro. Como se você fosse perceber que é muita areia para o meu caminhãozinho e...

— Isso nem é... — tento interromper, mas ele me corta antes.

— Não, é sério. Eu sinto que é questão de tempo até eu te perder para um cara como ele.

Pego sua mão, e ele me puxa para um abraço.

— Não precisa se preocupar com isso — asseguro a ele. Porque não seria alguém *como* Josh... não há ninguém como Josh... seria *Josh*.

Steve levanta meu queixo enquanto me encara, e não sei dizer no que está realmente pensando, mas então se inclina e pressiona os lábios nos meus. Ele me envolve em seus braços de novo e diz "desculpe" mais uma vez.

Eu deveria dizer a ele que está tudo bem. Não porque está, e sim para tentar fazer as pazes. Mas não consigo me forçar a dizer as palavras, não quando posso fechar os olhos e ainda sentir os braços de Josh ao meu redor.

— Você vai ficar esta noite? — ele murmura junto a meu cabelo, antes de se afastar para me encarar. — Meu pai está na casa da namorada. Você poderia dizer para a sua mãe que vai dormir na casa da Mara.

Tudo o que eu quero fazer é ir para casa, cair no sofá e pegar no sono com a TV ligada. Mas, antes que eu possa pensar em uma resposta ou uma desculpa, ele continua:

— É que... eu sinto que a gente não passa nenhum tempo sozinho ultimamente. Estamos sempre com a Mara e o Cam. Você sabe que eu adoro os dois, mas sinto falta de nós.

— Vou mandar uma mensagem para Vanessa, quero dizer, para minha mãe — me corrijo. Tentando recriar o hábito. Minha terapeuta diz que vai ser bom para mim começar a chamar meus pais de mãe e pai, que uma hora vou começar a sentir que somos uma família novamente.

ooo

Entramos e eu avisto Mara e Cameron em uma mesa perto da cozinha. Mando Steve até lá e sinalizo para Mara que vou ao banheiro. Quando entro, me encosto na pia e espero por ela.

— As coisas estavam um pouco tensas lá fora — comenta Mara.

— Só um pouco — concordo. — Sinceramente, eu fiz alguma coisa errada?

— Não... quero dizer, não, mas... — Mara hesita, colocando a bolsa em cima da bancada. — Foi meio assustador quando você não respondia às mensagens, mas Steve definitivamente estava sendo um babaca. O que é bizarro, porque ele é tipo o rei da calma.

— Nem sempre — murmuro. Ela não se lembrava daquele dia na sala de estudos, quatro meses antes, quando ele brigou comigo na frente de todos? Ele me chamou de vaca, bastante justo, mas também me chamou de vadia, e, não importa quantas vezes se desculpe por ambas as ofensas, acho que não o perdoei por aquilo. — Não acredito que ele mencionou aquela festa estúpida.

Mara franze os lábios e inspira, com um silvo.

— Sim, foi um golpe bem baixo. Acho que até os grandes e doces ursinhos de pelúcia como Steve podem ser idiotas às vezes.

— Ursinhos de pelúcia ainda são ursos — argumento, mas ela não parece dar muita importância a minha declaração enquanto se inclina para limpar as manchas de rímel sob os olhos. Vou ter de me lembrar de repassar a situação com minha terapeuta; ela é ótima em me fazer sentir inteligente e perspicaz.

Mara encontra meus olhos no espelho.

— Então... Joshua Miller — diz ela... uma pergunta, uma declaração, um comando, uma exclamação.

— Então. — Inspiro profundamente, de repente incapaz de recuperar o fôlego. — Ele. Sim.

— *Joshhhh.* — Ela prolonga a palavra, me torturando, e então abre um sorriso malicioso. — E pelo jeito ele está ficando cada vez mais atraente, hein?

— Ah, sério? — pergunto a ela, embora não consiga apagar o sorrisinho do meu rosto. — Nossa, não comente com Steve. Falando nisso, pensei que você fosse Team Steve até o fim.

— E sou, mas... droga. — Ela se abana com a mão, como uma daquelas beldades sulistas em filmes preto e branco. — Quem diria que ele arrasava no look largado?

Balanço a cabeça, ignorando seu eterno desejo fingido por Josh, e me observo no espelho, grata por ter pelo menos tomado um banho.

— Foi estranho vê-lo.

— Faz sentido — murmura ela, enquanto passa o batom rubi no lábio superior. — Fazia um tempo que vocês não se viam. — Em seguida, ela retoca o lábio inferior. — Muita coisa aconteceu.

— Não, mas aí é que está. O estranho é que *não foi* estranho. Tipo, depois do constrangimento inicial, nós meio que continuamos de onde paramos e... — Eu me interrompo, antes de dizer alguma coisa muito sincera. Por exemplo, que estive em suspenso nos últimos meses, enquanto o restante da vida simplesmente seguia em frente sem mim, e esta noite, com Josh, foi como despausar, me sentir como se estivesse viva novamente, mesmo que só por um tempinho.

Mara se vira para mim agora.

— E o quê?

Abro a tampa de seu minúsculo e caro pote de brilho labial e mergulho o dedo anelar nele, então o passo nos lábios em vez de responder, de admitir que tenho pensado demais em Josh desde que comecei a sair com Steve, comparando tudo o que um faz — e deixa de fazer — com o outro.

— Você quer tentar isso de novo, né? Estou falando de toda essa *coisa*... com Josh.

— Toda essa coisa com Josh? — pergunto, quase rindo. — O que é isso?

— Você sabe, toda essa coisa paixão-secreta-pelo-sexy-gostoso--Joshua-Miller? — acrescenta, com um arrepio exagerado pelo corpo.

— Tudo bem. Em primeiro lugar, você é ridícula. E em segundo: mesmo que eu quisesse, não importa. — Dou de ombros e jogo o brilho labial de volta em sua bolsa. — Josh tem namorada.

Mara ri com a cabeça jogada para trás e depois diz:

— E Steve também tem namorada, não se esqueça!

Uma garçonete entra no banheiro, provavelmente para se certificar de que não estamos cheirando cocaína ali, ou algo do tipo.

— Cala a boca — murmuro baixinho. — Obviamente, ele também.

Quando nos aproximamos da porta, Mara para e dá meia-volta, a fim de me encarar novamente.

— Sou Team Edy, a propósito — declara.

E me olha com uma expressão séria, como há algum tempo já não faz; ela tem evitado muita seriedade desde que contei a ela o que aconteceu comigo. Acho que está tentando me pôr para cima, mas às vezes sinto saudade dessa expressão.

Ela dá uma apertadinha em minha mão.

— Você sabe disso, não sabe?

JOSH

SINTO O OLHAR de Dominic em mim durante todo o trajeto de carro.

— Precisamos de um código ou algo assim? — ele finalmente pergunta, enquanto para ao lado dos outros carros, no estacionamento atrás do campo de futebol.

— Código? Do que você está falando?

— Se você precisar ir embora.

— Por que eu precisaria ir embora?

— Todo esse lance de ver sua ex — explica ele, como se a resposta fosse óbvia.

— Eu já disse que estou bem.

— Sim, e eu te conheço bem demais para acreditar.

Faço menção de abrir a porta e ele a trava.

— Preciso de um código para você me deixar sair deste carro?

— É comigo que você está falando — diz ele. E me lança o olhar com que me fuzilou várias vezes durante o semestre, ao me flagrar prestes a fazer uma besteira. — Você pode pelo menos admitir que não está bem?

— Tá certo — cedo. — Foi uma droga vê-la com aquele babaca? Com certeza. Mas nós somos amigos; a gente não chegou a fazer algum tipo de promessa um ao outro, ou qualquer coisa assim.

— Vou dizer só uma coisa, e depois eu calo a boca, tudo bem?

Eu suspiro.

— Certo. Tudo bem.

— Ela me pareceu uma garota legal e tudo mais. Bonita, tenho que reconhecer. Sabe, com certeza ela não está tentando ser uma agente do mais puro caos na sua vida. Mas...

— Tudo bem — interrompo. — Não force.

— Só estou dizendo que talvez ter visto essa menina com outro cara não seja uma coisa tão ruim. Você pode finalmente superar.

— Superar? — Solto uma risada. — Eu já *superei*.

— Sim, tudo bem. — Ele semicerra os olhos para mim, levantando uma das sobrancelhas em seu típico olhar pare-de-falar-merda. — Só estou dizendo que você pode parar de soprar as brasas desse sentimento esquisito que tem por ela. Vai acabar se queimando.

— Eu já te falei, não é assim com a gente — insisto mais uma vez.

— Quero dizer, ela ainda está no ensino médio — continua ele, mesmo assim.

— Eu sei disso, D! — disparo. — E, repito, nós somos só amigos.

— Talvez, mas eu ainda sinto que ela está te enrolando, e nesse meio-tempo você...

— Não é isso — interrompo. — Ela não está fazendo isso, Dominic. Não mesmo.

— E nesse *meio-tempo* — diz ele, mais alto, me atropelando. — Você literalmente detonou a sua maldita vida inteira por causa da garota, e ela está com outro cara. Só quero ter certeza de que você entende... isso não é legal.

— Não é assim — repito. — Nada do que aconteceu foi culpa dela.

— Ah, não é culpa dela você ter terminado com a Bella e acabado na minha porta, sem um lugar pra morar?

— Não. E, tecnicamente, foi a Bella que terminou comigo.

— Certo, ok, então acho que não é culpa da Eden você ter passado as férias de inverno na pior, ter perdido um dos jogos mais importantes da temporada e quase ter sido expulso do time, depois que passou um dia com ela? Um dia — enfatiza ele, erguendo o indicador para provar seu ponto de vista, mesmo que o ponto de vista que esteja tentando provar não possa estar mais longe da realidade.

— Eu não... — Mas me detenho, porque é melhor que todos continuem pensando que simplesmente não compareci ao jogo, em vez de saberem o que aconteceu de verdade. — Não foi por causa da Eden.

— Então é só coincidência você não ter saído com ninguém desde então? Quero dizer, você nunca tentou resolver as coisas com a Bella... que, aliás, era uma pessoa muito confiável de quem todo mundo gostava muito.

— Olha, legal a sua preocupação, mas se não pararmos de falar sobre isso... — *Vou dizer alguma coisa que não deveria.* — Estou bem. Tá bom? Juro. É o suficiente para você?

Ele suspira, mas acena com a cabeça e pressiona o botão para destravar as portas. Abre o porta-malas. Saímos do carro, carregando os fardos de cerveja que compramos a caminho do estúpido rolé de última hora, e atravessamos o campo, passando pela silhueta gigante de nosso antigo mascote na parede de tijolos da arquibancada.

É quando Dominic diz:

— Ah! Que tal "águia"? Para nosso código.

— Enfiar "águia" em uma conversa não vai parecer nem um pouco furtivo.

— O código pode parecer furtivo — argumenta ele, rindo. — Cinquenta por cento de chance de ninguém nem saber o que isso significa.

Ele me arranca um sorriso.

— Você é mau — digo e, ao olhar para a frente, vejo as lanternas dos celulares já dançando nas arquibancadas. — Aqueles ali devem ser nossos amigos.

— Sou sincero — corrige ele. — E é você que está rindo.

— Não estou.

— Bem, não é nossa culpa que nossos amigos não foram abençoados com inteligência e físico como a gente — brinca Dominic, em sua melhor voz de drag queen, como ele a batizou, fazendo flexão de bíceps com os fardos.

— Sim — ironizo. — Ou com a sua modéstia.

— Cansei da modéstia! — ele grita para o ar noturno, e o som ecoa pelos prédios de tijolos de nossa escola.

— Quem está aí? DiCarlo? Miller! — soa uma voz das arquibancadas, imitando com perfeição nosso antigo treinador. — Tragam essas bundas pra cá! — berra Zac.

— Isso é tão idiota — gemo.

— *Você*, se comporte. — Dominic ri, mas para abruptamente quando dá uma olhada em Zac. — Ah, meu Deus — diz Dominic, entredentes. — Ele...?

— Continua usando a jaqueta do time da escola? — termino. — Sim, continua.

— Deixa pra lá. Esquece o que eu falei, não precisa se comportar — resmunga, enquanto subimos a arquibancada.

Há cerca de uma dúzia de pessoas aqui. Algumas estavam no show, como Zac, de quem consegui me esquivar até agora. Eles fazem uma zona, já estão bêbados. Vamos ter sorte se ninguém chamar a polícia para nos prender por invasão. A maioria eu reconheço da escola. Zac parece ser o autoproclamado líder. Houve um tempo em que pensei que ele fosse meu melhor amigo. Mas tudo mudou no último ano. Depois de Eden. Se bem que a maioria das coisas mudou para mim depois de Eden. Ele a chamou de vagabunda uma vez, depois que nós terminamos — mesmo depois que eu confessei o quanto a amava —, e mesmo agora, mais de dois anos depois, é a primeira coisa em que penso quando o vejo.

— Qual é a sensação de estar de volta? — pergunta Zac, rindo, abrindo bem os braços, como se descortinasse algum tipo de vasto império com o gesto.

— Parece que *você* nunca foi embora. — Não sei se estou curtindo com a cara dele ou tentando começar uma briga, mas Zac apenas sorri para mim de qualquer modo. Ele não entende, e provavelmente é melhor assim.

Eu me viro e admiro a vista. Aquele lugar que parecia tão importante, tão vida ou morte, parece pequeno agora. Na verdade não passa de quatro prédios de tijolos, um placar antigo, uma quadra de tênis, um campo de futebol, estacionamentos vazios e um mastro enferrujado no centro de tudo.

— Vitorioso! — responde Dominic. Não sei se ele está falando sério ou não. Ele talvez se sinta mesmo vitorioso; naquela época não era esse o caso, não com nossos companheiros de equipe, pelo menos. Por ser gay *e* negro em uma escola predominantemente heterossexual e branca, acho que ele tentou se tornar invisível, exceto quando estava em quadra. — Ser uma grande estrela do basquete universitário combina comigo.

— Aposto que sim — murmura Zac, e sou capaz de ouvir a inveja em sua voz, sem precisar encará-lo. — Miller, pensa rápido. — Eu me viro bem a tempo de pegar a lata de cerveja que ele está jogando para mim.

Dou a ele um aceno de cabeça e recuo até o nível superior da arquibancada. Posso ver que Dominic está fazendo a ronda, abrindo caminho até o único cara que realmente foi ali para ver. Vou me apresentar a ele daqui a pouco... afinal, Dominic foi legal com Eden esta noite, mesmo achando que ela não é boa para mim. É difícil explicá-la para ele, mostrar quão errado ele está a respeito dela, o que Eden significa para mim, sem lhe dizer coisas que não cabe a mim contar.

Três dos caras pulam a cerca e começam a competir entre si ao redor da pista, e duas das meninas, que eu acho que devem ter sido líderes de torcida, os seguem até o campo. Elas começam a fazer antigas coreografias de que lembro da temporada de basquete, só que estão tropeçando e rindo, caindo uma sobre a outra e gritando. Enquanto olho em volta, para todos em seus pequenos grupos, eu me pergunto se estão fingindo se divertir ou se de fato estão se divertindo, e se há alguma coisa errada comigo por não conseguir mais ser essa pessoa.

Pouso a cerveja no banco ao meu lado e pego o celular. Quero mandar uma mensagem para Eden, mas é como ela disse: tem coisa demais para uma mensagem agora. Então acabo guardando-o.

Aquela garota do show não está sendo muito discreta ao me secar. Eu gostaria de poder pendurar uma placa em volta do pescoço com as palavras MANTENHA DISTÂNCIA — NO MÍNIMO 100 METROS. Assim que a ideia me ocorre, Zac olha para mim e começa a subir os degraus. Abro a cerveja, e a lata protesta com um silvo carbonatado. Tomo um longo gole. Não vou conseguir sobreviver a uma conversa com ele sem bebida.

— Irmão — diz ele, se sentando ao meu lado. — Faz um tempo.

— Sim — concordo. *Gulp. Gulp. Gulp.*

— E aí? — continua. — Me conta tudo! O que tá rolando com você?

Dou de ombros, terminando o resto da cerveja. Ele puxa outra lata do bolso da jaqueta como em um passe de mágica e a entrega para mim.

— Obrigado. — Eu a abro.

— O que tá pegando, cara? — pergunta, olhando de soslaio para mim.

— Nada.

— Se você diz. — Ele toma um enorme gole. — Ei, tá vendo aquela menina? — indaga, apontando para ela com o gargalo da garrafa. — Ela estava perguntando de você, antes de você chegar.

— Hum.

— *Hum?* Só isso, hum? — Ele bufa uma risada e continua bebendo. — O cara do campus. Deve estar nadando de braçada com as mulheres.

— Ei — aviso, e tomo outro gole. — Fala sério.

— A menos que morar com o DiCarlo esteja te contaminando — diz ele, caindo na gargalhada.

— Ei! — protesto, com mais firmeza dessa vez. — Está me vendo rir?

— Relaxa, mano — grita ele, estendendo a mão ao meu redor e apertando meu ombro.

— Caramba, você sempre foi assim? — pergunto, mais para mim mesmo, enquanto me desvencilho de seu braço.

— Você sempre foi *assim*? — devolve ele.

— Só não estou interessado, tá bom? — respondo, para ver se ele muda de assunto. E tomo outro gole, tentando me controlar.

— Tá bom, tá bom. — Ele levanta as mãos como se eu estivesse sendo um babaca. — Vi você conversando com aquela garota no show. Era a... hum...? — Ele olha para o nada, estalando os dedos como se estivesse tentando invocar o nome dela.

— Eden — respondo.

— Certo — diz ele. — Uma dúvida: ela não meio que fodeu com você da última vez? Tipo te traiu ou alguma coisa assim?

— Não, ela não me traiu.

— Estamos falando da irmã mais nova do Caelin McCrorey, certo?

— Sim. — Eu o observo enquanto tomo outro longo gole. — Se não me falha a memória, você uma vez a chamou de puta, né?

Ele ri como se não fosse nada.

— É por *isso* que você está puto comigo?

— Quem disse que eu estou puto com você?

— Cara, isso aconteceu há um milhão de anos. — Ele me encara e um sorriso estranho começa a despontar em seu rosto, como se estivesse em parte satisfeito consigo mesmo e em parte com medo de mim. — O que foi? Ela disse alguma coisa sobre mim ou...? — Ele hesita. — Porque foi só uma brincadeira.

Ela nunca mencionou uma palavra sobre Zac, mas agora ele está me fazendo pensar se há algo mais do que aquele "puta" tossido no corredor, no último ano.

— Como o quê? — pergunto. — O que ela teria a dizer sobre você?

Antes que tenha a chance de responder, os três caras que estavam correndo ao redor da pista aparecem subindo as arquibancadas em nossa direção, as ex-líderes de torcida em seu encalço. Dominic também caminha até nós agora, o braço em volta do ombro do cara de quem ele gosta — não tão secretamente, pelo que estou vendo — e o resto do grupo seguindo logo atrás.

— Cara, alguém acabou de mencionar Caelin McCrorey? — pergunta um deles quando estão se aproximando. — Vocês souberam o que aconteceu com ele?

— Ah, sim — responde outro. — Ouvi dizer que ele foi expulso da faculdade, alguma coisa assim, né?

— Não, não. Você está confundindo ele com o amigo — retruca uma das ex-líderes de torcida. — Kevin, lembra? Kevin Armstrong.

Ouvir o nome dele me dá um arrepio na espinha. Tento chamar a atenção de Dominic. *Águia.*

— Ele não foi só expulso da faculdade. Eu soube que ele está na cadeia ou coisa parecida.

— Não, ele não está na cadeia — argumenta outra pessoa. — Mas ele chegou a ser preso.

Meu coração está acelerado. *Águia*, grito em minha mente.

— Aquele cara todo certinho? — cospe Zac, rindo. — Que porra ele aprontou?

Continuo bebendo. Ninguém parece saber. Meu coração desacelera um pouco. Talvez eles mudem de assunto.

— Eu sei — se intromete a outra ex-líder de torcida, esperando até que todos olhem para ela antes de continuar, mais alto: — Ele estuprou uma garota.

Um alvoroço de vozes irrompe, dizendo coisas como "o quê" e "é sério" e "que é isso", mas é a voz de Zac que se sobrepõe.

— Ok, agora eu quero saber o nome de quem está acusando o cara, porque isso é besteira!

Eu me viro para encará-lo, mas nenhuma palavra me ocorre, porque agora todos os meus pensamentos estão focados em me impedir de arrebentar a cara dele.

— Não, é verdade — diz a primeira ex-líder de torcida. — Eu conheço a garota. Nós a vimos. — Ela aponta para a outra ex-líder de torcida. — Lembra? Kevin a trouxe para casa no Dia de Ação de Graças do ano passado. Jen ou Gin, alguma coisa assim? Era namorada dele.
— Então Eden tinha razão; as pessoas realmente estão comentando.

— Obviamente não é mais — acrescenta a outra garota, bufando as palavras antes de cair na gargalhada.

— Ah, a namorada dele? — grita Zac, jogando um dos braços para a frente, todo desleixado. — Bom, aí tem.

— Como assim? — digo enfim, porque não consigo me controlar nesse nível.

— Fala sério, como é que a namorada pode acusar o cara de estupro?

Aperto a lata agora vazia entre as mãos.

— Você tem consciência de que está soando como um grandessíssimo babaca, né?

— Calma, Miller. — Zac me cutuca com o cotovelo. — Relaxa.

Dominic me lança um olhar hesitante. Ele me dará cobertura, embora não tenha ideia do motivo; é o que faz dele um bom amigo.

— Não mesmo, Zac — provoca. — Mostre que você é um babaca *sem* nos dizer que você é um babaca, estou certo?

As pessoas riem da resposta, mas Zac ainda está me olhando como se eu realmente o tivesse nocauteado. *Ótimo.*

— Bem, não é só ela — diz a ex-líder de torcida. — Tem pelo menos mais uma ou duas meninas. Não sei quem são, mas é coisa séria.

— Pra valer — acrescenta a outra garota, com a voz arrastada. — Pelo que eu soube, vai ter julgamento e tudo.

Vejo um fardo de cerveja que alguém trouxe e faço menção de pegar uma. Abro a lata imediatamente. Bebo depressa. Está bem difícil.

— É muito ruim — diz uma vozinha — que eu não fique surpresa se for verdade?

Ao meu lado, no banco abaixo do meu, vejo que foi aquela menina que fez o comentário. Hannah, a do show, aquela de quem Zac estava falando. Ela olha para mim e abre um sorriso tímido, antes de desviar o olhar.

— Ah, meu Deus! — exclama a amiga, sentada ao lado dela, segurando seu braço. — Como assim?

— Não! Nossa, não. Ele nunca fez nada comigo — responde Hannah. — Mas eu fiquei sozinha com ele uma vez, depois de um jogo, e tudo nele me deu calafrios.

— Como? — pergunto. Dominic me lança outro olhar, me fazendo perceber que estou sendo muito intenso. — Quer dizer, por quê, o qu... que ele fez?

— Ah, hum — ela gagueja, corando como se estivesse surpresa por eu falar com ela. — Não foi nada que ele fez exatamente — continua. — Só uma sensação, não sei. — Ela dá de ombros. — O jeito como ele ficou olhando para mim, talvez? Tipo, estranho. Meio que... — Hannah faz uma pausa e olha para o nada, como se estivesse tentando lembrar com mais nitidez.

E por um segundo — uma fração de segundo, agora que estou de fato olhando com atenção — vejo algo que me lembra Eden, de algum modo. Tomo um gole. Não é que ela se pareça com Eden; não parece. É algo mais profundo, e acho que tem a ver com certa timidez nos gestos, o que me faz lembrar dela. A constatação me atinge forte enquanto espero ela terminar de falar. Kevin deve ter percebido esse mesmo traço nela, independentemente de qual seja. Assim como deve ter o visto em Eden. Como se uma parte dela estivesse desprotegida, vulnerável. A ideia de que eu esteja vendo algo que ele viu me assusta.

— Predatório — termina ela, com confiança, mas depois balança a cabeça e solta uma risadinha. — Alguma coisa assim, não sei. Só sei que me fez não querer ficar sozinha com ele de novo. Tipo, nunca mais.

— Sim, provavelmente é uma boa ideia. — Faço que sim com a cabeça, engolindo qualquer outra resposta. Alguém está me entregando mais uma bebida. Estou bebendo demais, depressa, mas aceito mesmo assim. Dominic faz algum tipo de gesto com a mão, parece com um "vai com calma", mas, se ele tivesse alguma ideia de como esse momento está sendo desconfortável, não iria me censurar.

— Bem, tudo isso faz muito sentido — diz a amiga de Hannah. — Sempre achei Kevin Armstrong supergostoso. E só me sinto atraída por psicopatas de carteirinha. Então, sim, tem a ver.

Todo mundo ri como se fosse uma grande piada.

Eu me levanto muito depressa e o mundo gira. Preciso me segurar no guarda-corpo para não perder o equilíbrio.

— Aonde você vai? — grita Zac atrás de mim. — Ei, Miller!

Nem presto atenção. Apenas me concentro em descer os degraus sem derramar minha bebida. Chego à parte mais baixa e Dominic aparece de repente, diante de mim. Eu me viro para olhar... ele não estava lá em cima com o restante do grupo?

E, quando estou dando meia-volta para encará-lo, ele coloca a mão no meu ombro, como se estivesse me firmando.

— Ei, você está bem?

— Sim, estou bem — minto. — Vou alçar um voo solo, só isso.

— O quê? — pergunta ele, parecendo completamente confuso.

— Você sabe, o lance da metáfora da *águia*?

— Você está de porre e mesmo assim usa a palavra "metáfora" — comenta, balançando a cabeça. — Como pode já estar tão bêbado?

— Eu não bebo, lembra?

— Olha, vou precisar ficar um pouco sóbrio antes de poder dirigir. Você vai mesmo ficar bem, sozinho por um tempo?

— Estou bem. Eu só... vou tomar uma caminhada.

— Você vai tomar uma caminhada? — repete ele.

— Dar! — eu me corrijo, enunciando cuidadosamente. — Sim! Se manda. Sério. Vai ficar com o seu... *homem* — determino, depois de passar por "garoto" e "amigo" e "namorado" e "cara" e "parceiro" em minha cabeça.

— Ah, ele é o meu homem agora? Tá bom. — Dominic ri histericamente. — Vou total pegar no seu pé mais tarde por conta disso.

— Você é um baita amigo, sabia?

— Tá bom, tá bom. Você também é. Vai tomar a sua caminhada, nós vamos embora logo, ok?

Caminho de volta para a escola, e realmente não sei para onde estou indo até que me vejo parado ali, naquela faixa de grama entre a quadra de tênis e o estacionamento dos alunos. Quando tento tomar mais um gole, noto que a lata está vazia. Eu a esmago e miro a lata de lixo na entrada da quadra de tênis.

— Ele arremessa — digo em voz alta. — Ele *marca*.

Ouço palmas atrás de mim; eu me viro.

— Belo arremesso — elogia ela. Hannah.

— Ah. Não vi você aí.

— Tudo bem se eu te fizer companhia? — pergunta ela, puxando um cantil de dentro da bolsa. — Eu trouxe coisa da boa.

— Lógico — respondo, com relutância, apenas para manter Zac longe dela.

Nós nos sentamos no mesmo lugar onde me sentei com Eden no dia em que ela disse que toparia sair comigo. Havia dentes-de-leão crescendo por toda parte; tínhamos todo um lance com dentes-de-leão e desejos. E ela estava bancando a garota difícil, mas me deu condição mesmo assim. Posso fechar os olhos e vê-la nitidamente, sentada ali no sol.

Deslizo as mãos pela grama. Está recém-cortada. Não há nada crescendo aqui no momento.

— Gostei do que você disse lá atrás — revela Hannah, enquanto me oferece o cantil.

Eu o pego e levo aos lábios. Uísque. *Goles pequenos desta vez*, aconselho a mim mesmo. Dou de ombros e devolvo o cantil a ela.

— Acho que eu meio que cansei de tudo isso.

Ela assente e toma um gole muito mais longo, franzindo o rosto enquanto engole.

— Preciso confessar, eu tinha um megacrush por você quando a gente estava na escola. Com certeza você nem sabia que eu existia.

Ela passa o cantil de volta para mim, e tomo um gole antes de tentar encontrar uma resposta.

— Meu Deus, isso soou estranho, né? — Ela ri e cobre o rosto com as mãos, depois abre dois dedos para me espiar.

— Hum, não — digo finalmente. — Não, só não estou mesmo em condições... quero dizer, fico lisonjeado em saber, mas...

— Mas você tem namorada, certo? Lógico que tem, por que não teria?

— Na verdade não, mas não estou... — Paro no meio da frase porque não sei dizer o que é. Não tenho namorada mesmo, mas também não me sinto totalmente disponível. — Quero dizer, só acho que é meio...

— Complicado? — ela termina, com uma risada empática.

— Exatamente.

Ela toma um gole grande, passa de novo o cantil para mim e, enquanto bebo, olha em volta e diz:

— Bem, estamos sozinhos aqui, agora.

— Você parece muito legal, eu só...

Ela se inclina tão rápido que não consigo detê-la. Sua boca está molhada na minha, o gosto de uísque forte em sua língua, fazendo com que eu me sinta ainda mais bêbado. Estou correspondendo ao beijo, embora não devesse. E parece bom, mesmo que eu não queira que seja. Não beijei ninguém desde aquele dia, quatro meses atrás, quando beijei Eden... ou ela me beijou.

Ela sobe em meu colo, monta em mim, a saia comprida puxada para cima. Ela pega minhas mãos nas suas e as esfrega em suas coxas. Não posso deixar de pensar nas pernas nuas de Eden mais cedo. Sua pele é tão quente. Macia. E agora suas mãos estão em meu peito, me empurrando para o chão. E eu a levo para baixo comigo. Estou divagando, minha cabeça tão confusa. Eu gostaria de tê-la beijado esta noite. Gostaria de ter encontrado as palavras certas para contar tudo a ela. Eden estava ao meu alcance. Bem ali em meus braços. E eu a deixei ir. De novo.

Eu me sinto sendo puxado de volta para meu corpo quando abro os olhos. Estou deitado de costas na grama agora, e não é o corpo dela pressionado contra o meu, não é em seu cabelo que minhas mãos estão emaranhadas. Ela está sentada sobre mim, e está rindo, dizendo:

— É Hannah, na verdade.

— O-O quê?

— Você acabou de me chamar de Eden.

— Merda, me desculpe — digo, tentando recuperar o fôlego. — Minha cabeça está... não estou pensando direito. Eu sei o seu nome, juro.

— Está tudo bem — diz ela, esfregando a mão no meu jeans. — Se você me beijar desse jeito de novo, pode me chamar do que você quiser.

— Não, eu... eu não estou mesmo em condições de... eu só. — Estou ficando irritado, minha cabeça parece cheia demais enquanto luto para me sentar. — Deus — murmuro para mim mesmo. — Que se foda.

— Sim. — Ela ri. — É mais ou menos isso que estou tentando fazer. — Ela se inclina para me beijar mais uma vez, e tenho de arrancar suas mãos de cima de mim.

— Não mesmo. Não posso. — Eu me afasto e me levanto, abotoando o jeans e rapidamente enfiando o cinto de volta na fivela. Ela olha para mim com uma curiosidade imensa, superconfusa. — Me desculpe, realmente não é culpa sua.

Ela não diz nada enquanto se levanta e vai embora. Nem olha para trás.

— Não é culpa sua — grito para suas costas. — Sério.

Não é culpa dela. Ela só não é Eden.

Chuto a grama e acerto o cantil de metal, quase caindo quando me inclino para pegá-lo. Eu me sento, tomo outro gole e tiro o celular do bolso.

EDEN

ESTAMOS COCHILANDO EM meio a um filme rodando no notebook de Steve quando meu celular vibra na mesinha de cabeceira. Levanto a cabeça de seu peito para ver a hora.

Ele me abraça com mais força enquanto nos acomodamos. Mas então, no segundo seguinte, do nada ele está sentado, me afastando.

— Sério?! — grita, olhando para meu celular enquanto a tela escurece. — Por que ele está te mandando mensagem à uma e meia da manhã?

— Não sei — respondo. — Quer mesmo que eu leia?

— Não — diz ele, abruptamente.

Estendo a mão sobre ele e viro meu telefone com a tela para baixo, fingindo que não me importo que ele tenha acabado de olhá-lo sem minha permissão, que não me importo com o que quer que Josh tenha dito. Steve está olhando para mim como se eu devesse a ele algum tipo de explicação.

— Ainda não acabamos? — pergunto. — Porque, se vamos discutir isso de novo, prefiro ir para casa.

Com relutância, ele se deita ao meu lado. O celular vibra uma segunda vez, e nós dois o ignoramos. Na terceira vez, Steve se senta novamente.

— Ah, meu Deus, o que esse cara quer?

Pego meu telefone e dessa vez o desligo, mas não antes de vislumbrar o início de cada mensagem iluminando a tela:

Foi legal...

Me desculpe se...

Posso te ver...

— Não sei. E não me importo — minto. — Esqueça — digo a ele. Muito embora eu já esteja tentando completar o final de cada frase, muito embora tudo o que eu queira fazer seja olhar para as palavras e analisar cada uma por horas a fio.

— Desculpe — Steve diz, fechando o notebook e o colocando no chão. — Isso meio que acabou com o clima. — Se bem que não tinha mais clima antes mesmo de a gente chegar aqui. Ele se deita ao meu lado em um acesso de raiva.

— Mais uma vez, eu sinto que você está me culpando ou algo assim. Olha, eu não pedi para ele me mandar mensagem.

— Eu sei — diz Steve. — Não estou culpando você. Estou culpando *ele*, acredite em mim.

Hesito em concluir meu argumento, que é, de novo, somos amigos e amigos trocam mensagens, e não gosto que ele pense que sua opinião tem qualquer relevância na questão. Mas, em vez disso, pergunto:

— Você ainda quer que eu fique?

— Com certeza — ele responde, com um pouco mais de suavidade, enquanto olha para mim.

— Bem, pode me emprestar uma camiseta ou alguma coisa para dormir? Eu não tinha planejado passar a noite fora de casa.

— Ah, sim. Desculpe, eu devia ter oferecido — diz ele, lembrando que supostamente é um cara legal. Ele pula da cama e eu o sigo até a cômoda, da qual abre uma gaveta transbordando com suas camisetas de estampas nerds, todas emboladas umas nas outras. — Pode escolher.

Procuro até encontrar a que o vi usar tantas vezes ao longo daqueles anos em que fomos amigos, depois inimigos, em seguida meio amigos de novo, e agora isto, o que quer que estejamos tentando no momento. Tem a foto de um gato segurando um osso, com a legenda ACHEI UM ÚMERO. Eu a coloco na minha frente e me viro para encará-lo.

— Que tal esta?

Ele ri e assente.

— Perfeita.

E começo a relaxar pela primeira vez desde que larguei a mão de Josh. Cara a cara, acho que os dois percebemos, ao mesmo tempo, que nenhum de nós sabe bem o que fazer. Vimos um ao outro sem roupa algumas vezes antes, mas não assim, parados um de frente para o outro.

— Hum — diz ele, passando nervosamente a mão pelo cabelo. — Quer que eu me vire ou...?

— Não — respondo, insegura, enquanto tiro a camisa e a coloco em cima da cômoda. Mas agora estou me sentindo um pouco constrangida por ficar parada aqui, só de sutiã, então começo a desabotoar e abrir meu short para ter o que fazer com as mãos. Steve tira a calça jeans e a coloca ao lado da minha camisa, nos deixando quites.

Agora ele está usando apenas sua cueca boxer e a camiseta da banda de antes. Ele pega a camiseta do osso e a posiciona sobre minha cabeça para que eu possa facilmente deslizar meus braços por ela. Felizmente, é grande o suficiente para cobrir minha bunda.

— Obrigada.

Termino de tirar o short e coloco a mão embaixo da camiseta para tirar o sutiã. Deitamos na cama, e ele olha para mim, com aquele sorriso tímido que me lembra a versão caloura, gordinha e desajeitada do Steve de quem eu costumava ser amiga.

— O quê?

— Nunca imaginei que essa camiseta pudesse parecer tão sexy.

Estendo a mão para apagar a luz, rindo. Mas ele me beija, com intensidade, abafando a minha risada. Então move as mãos sobre a camiseta com mais determinação, mais livremente do que jamais me tocou nos três meses em que estamos oficialmente juntos. Steve geralmente é muito tímido quando as coisas esquentam, mas o modo como está puxando todo o meu corpo para mais perto meio que me tira o fôlego. Talvez seja porque o pai não está em casa, ou por causa de Josh, sem dúvida ainda martelando em sua cabeça.

Não sei. Seja o que for, quero me deixar levar. Não quero lutar contra isso, não quero continuar à espera de que cada detalhe se resolva antes de poder aproveitar. Seu beijo e seu peso, a proximidade. Ele levanta a camiseta até minha barriga e tira a sua por cima da cabeça, então estamos pele a pele. Ele posiciona minha perna em torno de sua cintura, se esfregando contra meu quadril, sua coxa pressionando o ponto entre minhas pernas.

— Você gosta assim? — sussurra.

Eu faço que sim no pequeno espaço entre nós.

Pouco me importa que eu não o ame. Gosto dele; confio nele. O bastante, pelo menos. Mesmo que os acontecimentos da noite só tenham me provado que obviamente ele não confia em mim, tento não pensar em nada disso. Ele passa a mão pela minha barriga, para dentro da calcinha, e geme quando seus dedos deslizam na minha pele.

— Eu tenho uma camisinha — diz ele com os lábios nos meus. — Se você quiser tentar de novo.

Já tentamos fazer sexo três vezes, mas alguma coisa sempre dá errado. Na primeira vez fui eu que surtei, na segunda foi ele, e na terceira nós dois estávamos muito nervosos, e não durou o suficiente para sequer contar como sexo. Eu diria sim agora, se achasse que seria fácil. Mas essas coisas nunca são simples com ele, e acho que não aguento mais um golpe emocional hoje.

— Espere — digo, tirando sua mão da minha calcinha. — Podemos só ficar assim por enquanto? — pergunto a ele, puxando seu corpo para mais perto com meus braços e pernas. — Isso é tão gostoso.

— Faço o que você quiser. — Ele me beija enquanto se reposiciona entre minhas pernas, de modo que todo o seu corpo esteja colado ao meu, apenas duas finas camadas de tecido entre nós para embotar a sensação da força com que ele está me pressionando, a fricção de nossos corpos mal contida pelo tecido. — Assim está bom? — pergunta, sem fôlego.

Solto um arquejo.

— Sim.

Nós dois estamos mais ofegantes e nos movendo mais rápido. E, enquanto suas mãos deslizam sob minha camiseta agora, não consigo tirar Josh da cabeça. Não consigo parar de pensar em *suas* mãos me tocando, seus braços, sua respiração, sua voz, seu corpo. Abro os olhos no escuro para tentar me lembrar de onde estou, mas de nada adianta, porque o cômodo se torna o quarto de Josh.

Um gemido escapa de minha boca, e fico com medo de que, de algum modo, ele seja capaz de descobrir que não é por sua causa. Mas Steve arremete com mais força, e começo a me perguntar se sua mente também está em outro lugar. Não posso deixar de pensar que, se estivéssemos realmente transando, e não nos esfregando um no outro sem cerimônia, ele realmente estaria me machucando. Mas não estamos, digo a mim mesma, não estamos transando, então ele não está me machucando. Tudo bem.

— Meu Deus, estou quase gozando — diz ele, enquanto penso em tudo isso.

Fecho os olhos novamente e então tento, tento tanto, pensar em Josh, e não em Steve. Sou uma pessoa ruim, eu sei. Mas não quero que isso acabe. Não sei quando vou me sentir assim de novo, e quero saborear a sensação enquanto puder. Ele está me pressionando com tanta força que estico os braços acima da cabeça, alcançando a parede atrás de nós, apenas para ter algo sólido onde segurar.

— Estou tão perto — sussurra ele no meu pescoço.

Mas, antes que eu possa considerar quão perto ou longe estou, ele segura meus braços de modo tão abrupto que o gesto me traz de volta à realidade.

— Steve. — *Está bruto demais*, quero dizer, mas tudo está acontecendo tão rápido. Ele envolve meus pulsos com as mãos e prende meus braços na cama. — Steve? — repito, mas ele não está me vendo, não está me ouvindo. Eu empurro e puxo meus braços. Tento me mover. Não consigo. Aperto as pernas ao seu redor, tentando fazê-lo desacelerar. Tento chamar seu nome de novo, mas minha voz está em frangalhos e não estou conseguindo falar mais alto.

Parece que algo em meu coração se estica e se rompe, como um elástico, uma força avança em minha direção, mãos me puxando para as profundezas. Água escura e gelada através da qual não consigo enxergar.

Sou tragada por essa escuridão até conseguir me encontrar de novo. E não é mais Steve; não é Josh. Meus pulsos estão presos, juntos, tão apertados que temo que estejam se quebrando aos poucos. De novo. Outra mão em volta da minha garganta. De novo. Uma voz me mandando calar a boca. *De novo.* Estou me afogando. Não consigo evitar. Estou lutando contra ele. Grito pedindo para parar; acho que sim, pelo menos. Não estou respirando. Por muito tempo, não estou respirando. Estou me afogando, devo estar. E então, quando tenho certeza de que vou simplesmente desistir, afundar, morrer, o aperto daquelas garras se afrouxa, e rompo a superfície da água escura, ofegante, me debatendo.

De pé, acendo a luz. Estou respirando pesadamente, tossindo, andando, tentando afastar as lembranças que acabaram de invadir minha mente, meu corpo, sem aviso.

Steve me observa por alguns segundos, sentado na cama, um travesseiro sobre o colo.

— Edy! — ele grita, de olhos arregalados, como se não fosse a primeira vez que diz meu nome. — Edy, onde você estava ainda agora?

— Onde *você* estava? — disparo em resposta.

— Eu estava aqui — diz ele. — Eu... eu estou aqui. — E ele está me olhando com tanta inocência, não consigo aguentar. Eu me viro e coloco as mãos na escrivaninha, tentando juntar coragem, e deixo escapar um suspiro lento e trêmulo. Eu me olho no espelho. Bordas cristalinas e definidas. Nada de borrão, nenhum ato de desaparecimento. Estou totalmente presente.

— Por favor, volte para a cama, Edy — chama Steve, gentilmente.

Encontro seus olhos no espelho e tenho de desviar o olhar mais uma vez.

— Preciso de um minuto — consigo dizer a ele entre respirações. E, então, observo enquanto seu reflexo se levanta da cama e caminha cautelosamente até mim.

— Você está me assustando — diz ele. — Me diga o que eu fiz. Por favor?

— Nada — respondo, com a voz estrangulada. — Não foi você.

— Só pode ter sido — contesta ele. — Tudo estava bem... tão gostoso, você disse que estava *gostoso*... e então alguma coisa aconteceu.

Balanço a cabeça. Ele coloca as mãos em meus ombros, me virando devagar para encará-lo. Ele pega minhas mãos.

— Caramba, você está tremendo.

Eu arranco as mãos de seu aperto e as sacudo.

— Estou bem.

— É um ataque de pânico, de ansiedade ou algo assim? — Ele congela, parecendo genuinamente preocupado. — O que eu faço?

— Só... só fique aí — digo a ele, estendendo os braços para que ele não se aproxime. — Por um segundo. — Ofego. — Está bem?

Ele assente. Ele não se mexe. Dou um passo para trás e me apoio na mesa de novo. Fecho os olhos. Inspiro e expiro. Para dentro e para fora. Dentro e fora até que meus pulmões funcionem novamente.

Quando abro os olhos, Steve está sentado na beira da cama. Ele vestiu a camisa de novo.

— Volte aqui, vamos só ficar abraçados, ok? — ele pede, enquanto levanta o cobertor para eu deitar. Eu me encosto nele, que me cobre com todo o corpo. Steve é sempre bom nessa parte. — Eu não sou ele — assegura baixinho, alisando meu cabelo para trás. — Você sabe disso, né?

Se eu falar, posso chorar, então apenas concordo com a cabeça. Porque sei de quem ele está falando. Ele não é Kevin. Óbvio que não. Mas ele também não é Josh.

JOSH

— **ELE É UM** cara muito bacana — ouço Dominic dizer. — Sério, o melhor amigo que eu já tive. Só está confuso por causa dessa garota, acho. Além disso, ele quase nunca bebe, então ficou estragado pra caralho hoje.

— Não, eu entendo — responde alguém. — Já passei por isso. Bem, não por causa de uma garota, mas... você sabe...

Abro os olhos. As luzes da rua piscam através do vidro do carro de Dominic. Estou de lado, encolhido no banco de trás. Eu me ouço gemer. Qualquer barulho faz minha cabeça ecoar.

— Ei, bela adormecida — diz o admirador secreto de Dominic, sorrindo enquanto se vira para me encarar do banco do passageiro.

— Bela adormecida meu cu — diz Dominic. — Trate de não vomitar aí.

Pego meu telefone, a tela parece embaçada e eu tento me concentrar. São três da manhã.

— Ela não me respondeu — murmuro.

— Luke, você pode pegar o celular dele? Não queremos um bêbado ligando para a ex.

— Aqui, por que você não me dá isso? — Ele é tão educado e gentil que eu entrego meu telefone.

— Luke — repito o nome dele. — Sou tão mal-educado, eu n-não... me apresentei.

— Você se apresentou, Josh — rebate Luke.

— Umas cinco vezes — acrescenta Dominic.

— Ela não mandou mensagem — eu me ouço repetir.

— Eu sei — diz Dominic. — Tudo bem.

ooo

Quando dou por mim, estou de pé, mais ou menos, entre Dominic e Luke. Eles me amparam, um de cada lado, seus braços sob os meus, e subo tropeçando os degraus da frente. Dominic procura as chaves em meu bolso de trás, como se eu não pudesse pegar minhas próprias chaves. E quero dizer a eles que não precisam mesmo fazer tudo isso, mas não consigo articular as palavras.

ooo

Em pouco tempo estamos cambaleando pela porta, e estendo a mão para segurar a maçaneta para que não bata na parede e acorde minha mãe, mas, de algum modo, dou um tropeção e todos nós caímos em cima uns dos outros.

ooo

Começo a rir, embora esteja tentando ficar quieto. Dominic fica dizendo *shhhhh*.

ooo

Os dois me largam no sofá.

ooo

Então Dominic e Luke estão do outro lado da sala, de costas para mim, o tempo avançando novamente, minha mãe e meu pai parados aqui, em seus roupões e chinelos. Estão todos falando baixo demais para eu ouvir.

ooo

Agora eles estão debruçados sobre mim, mamãe cobre a boca com a mão e balança a cabeça. Papai me olha como se houvesse algo seriamente errado comigo, como se eu estivesse terrivelmente desfigurado ou algo assim. Levo a mão ao rosto com dificuldade, tateando em busca de olhos, nariz e boca, tudo parece estar no lugar certo.

ooo

Deixo meus olhos se fecharem novamente.

EDEN

ELE ACORDA QUANDO estou esticando o braço sobre ele para pegar meu celular, ainda desligado.

— O que você está fazendo? — ele pergunta, a voz toda áspera e grogue enquanto estreita os olhos contra a luz do dia. — Ah, não. Por que você tirou minha camisa?

— Preciso ir para casa — sussurro.

— É sábado — ele geme, estendendo a mão para mim. — Por que você já está vestida?

— Tenho que ir — respondo novamente, em voz baixa.

— Não, por favor, ainda não. Fique um pouco. Fala sério, quando vamos conseguir fazer isso de novo?

Eu me sento na cama ao seu lado, e deixo que ele me puxe para perto, porque não sei quando faremos isso de novo. *Se* fizermos isso de novo. Minha cabeça está apoiada em seu ombro; seu braço está em volta de mim. Fecho os olhos, e sinto seu peito subir e descer. Seria fácil ficar assim. Quase me permito flutuar de volta ao sono, mas então ele inspira profundamente e diz:

— Edy?

— Hum?

— Podemos conversar sobre ontem à noite?

Não sei ao certo qual detalhe da noite passada ele quer discutir — Josh, nossa briga ou nossa última tentativa triste e humilhante de intimidade —, mas sinto que a conclusão será a mesma, independentemente do que acontecer.

— Precisamos mesmo? — pergunto a ele.

— Bem, mais ou menos — ele responde, se sentando e me obrigando a sentar também. Ele se ajeita para que fiquemos de frente um para o outro, em seguida esfrega os olhos para espantar o sono. — Né?

— Provavelmente — admito.

Ele pega minha mão e a beija.

— Desculpe — lamenta ele.

— Pelo quê?

— Tudo.

— Steve, pare, você não precisa...

— Não, eu sabia que estava te pressionando para sair ontem. Eu simplesmente queria você lá. Mas foi egoísta da minha parte. E eu sei que passei dos limites de verdade quando falei aquela merda estúpida sobre você e... *ele*. — Acho que ele não consegue pronunciar o nome de Josh. Às vezes também não consigo, mas acho que no caso de Steve é por um motivo muito diferente.

— Obrigada.

— E depois aqui, na cama — começa, mas hesita, tocando a boca, suprimindo o desejo de roer uma unha. — Eu sinto que estraguei tudo pra valer.

— Não, você não estragou nada.

— Eu provoquei um ataque de pânico em você, Edy.

— Não foi sua culpa, sério — tento dizer a ele, mas não é cem por cento verdade.

— Por favor, só me diga o que eu fiz para que eu não faça de novo.

Ele prende a respiração e me olha com tanta intensidade que parece pensar ter feito algo muito pior do que o que realmente aconteceu.

— Não é... não foi *tão* ruim — começo, e ele se inclina para mais perto. — Você só, tipo, meio que segurou meus braços com força.

— Sei — diz ele, esperando mais de mim.

— Com bastante força — acrescento.

— Ah — murmura ele, franzindo as sobrancelhas.

— Quero dizer, você ficou me segurando. *Com muita* força.

— Bem, mas eu pensei que você quisesse assim. — Ele baixa o olhar para os lençóis amarrotados, o local onde estávamos deitados, como se estivesse revivendo tudo. — Eu pensei que você estivesse gostando.

— Eu... eu estava — asseguro a ele. — Até aquele momento, pelo menos. Eu não conseguia me mexer, e fiquei com muito medo, e estava tentando te pedir para parar, e senti como se você não estivesse me ouvindo.

— Mas eu estava. Eu parei. Parei na mesma hora.

Não lembro. Não me lembro de ele ter parado. Por outro lado, na verdade não sei o que aconteceu entre a sensação de ser puxada para debaixo d'água e quando emergi, já no meio de um ataque de ansiedade.

— Você parou? — pergunto.

— Lógico — ele insiste, pegando minhas mãos. — Claro que sim. Juro que parei no segundo em que você me pediu para parar. Você... você acredita em mim, né?

— Eu acredito em você; simplesmente não consigo me lembrar — admito, e não tenho certeza de qual de nós está mais chateado com essa percepção. — Me fez reviver... o que aconteceu. Quero dizer, *ele* também fez isso. Kevin — acrescento, porque a promotora Silverman me disse que eu precisava praticar dizer o nome dele com confiança, e parar de soar tão insegura.

— Nossa, não me dei conta — diz Steve, esfregando a testa. — Eu sinto muito.

— Eu sei. É...

— Mas você sabe que eu teria te soltado. Quero dizer, nem pensei que estivesse te segurando com tanta força, pra começo de conversa. Imaginei que você iria conseguir levantar se... — Mas suas palavras vão sumindo enquanto balanço a cabeça. Acho que só agora ele está se dando conta de quão facilmente poderia me dominar se quisesse, porque se inclina sobre meu colo e beija meus pulsos no ponto em que suas mãos os prenderam. Quando volta a se sentar, seus olhos estão brilhantes. — Você sabe que eu nunca iria te machucar nem tentar te forçar...

— Sim, eu sei. — Pelo menos minha cabeça sabe. Meu corpo ainda não recebeu a mensagem. — Mas não pensei nisso naquele momento.

Ele balança a cabeça e pigarreia, como se estivesse prestes a dizer outra coisa, mas hesita antes de continuar.

— O quê? — pergunto.

— Eu te amo — diz ele, em voz baixa.

Olho para nossas mãos e sinto uma pressão enorme subindo do fundo de minha garganta. Ontem à noite eu não me importava com o amor, mas esta manhã as coisas mudaram de figura.

— Não precisa dizer de volta — acrescenta ele. — Mas eu amo, eu te amo. — Cada vez que ele se declara, sinto como se apunhalasse meu coração. — Eu te amo desde o Clube do Anuário, na nona série, inferno, provavelmente desde o ensino fundamental.

— Não, Steve — digo, e solto uma de suas mãos para poder enxugar as lágrimas se acumulando no canto de meus olhos. — Você não me ama.

— Não me diga como eu me sinto — ele argumenta gentilmente, enquanto estende a mão para tocar meu rosto.

— Tá, não vou te dizer como você se sente, mas posso te dizer o que eu penso?

Ele concorda.

— Acho que você ama a pessoa que conheceu naquela época, a pessoa que acredita que eu posso voltar a ser um dia. Mas não é o mesmo que me amar como eu sou agora.

— Edy, não diga isso. Isso não é...

— Não, até esse detalhe, Steve. *Edy.* Não quero ser chamada de "Edy", e todo mundo usa o diminutivo mesmo assim. Mas eu não sou ela. — Não posso mais me conter; não posso parar no meio do caminho. — Eu não sou ela e eu... acho que não consigo continuar com isso.

— O que você está dizendo? — pergunta ele, mordendo o lábio, como se estivesse com medo de deixar as palavras saírem. — Você está...? Você não está terminando comigo, está?

Assinto, e ele deixa a cabeça cair em suas mãos. Odeio o fato de que não é a primeira vez que faço Steve chorar.

— Desculpe. — Estico a mão, mas não consigo me obrigar a tocá-lo. — Eu queria que desse certo, juro, de verdade.

Ele me encara com lágrimas nos olhos.

— Poderia, se você tentasse — implora ele.

— Você acha que não estou tentando? — As palavras soam estranguladas, mas eu continuo: — A cada minuto estou tentando. Tanto. Mas tanto. — E agora nós dois estamos chorando. — Você me odeia? — pergunto. — Por favor, não me odeie.

Ele balança a cabeça, então se inclina para mim, e, pela primeira vez, sou eu quem o abraça. Meu braço cai sobre ele, mas não me movo.

— Steve? — chamo enfim, depois que nossa respiração se acalma e não há mais soluços ou fungadas.

— Sim? — responde ele, a voz rouca.

— Na verdade você é um dez. Você sabe disso, né?

Ele ri.

— Mentirosa.

— Não sou.

Ele olha para mim e sorri.

— Posso te contar outra coisa?

Ele assente.

— Não vou voltar para a escola.

Ele abre a boca, mas depois a fecha.

— Simplesmente não vou conseguir lidar com tudo aquilo — explico. — Muita coisa aconteceu.

— Eu sei — diz ele, deitando a cabeça em meu ombro. — Podemos ficar assim só mais um pouco? — pergunta.

— Claro — respondo.

JOSH

ACORDO NA MINHA cama. A luz que entra pela janela é tão forte, parece que estou encarando o sol. Fecho os olhos novamente, e tenho um vislumbre de meu pai e Dominic me carregando pelas escadas. Pela porta do quarto. Os dois me jogando na cama.

Ainda com a roupa de ontem, verifico os bolsos em busca do celular. Não está aqui. Eu me sento, o corpo pesado, a cabeça latejando. Apalpo toda a cama, olho embaixo dos lençóis, no chão. Então me levanto e sou imediatamente derrubado pela gravidade.

Eu me levanto de novo, mais devagar dessa vez. Verifico a mesa, mexo nos papéis ao redor, jogo livros no chão. Não está aqui. Começo a caminhar em direção à porta. Vou refazer meus passos. Devo ter deixado o telefone cair.

Minha mãe chega antes disso.

— Josh, por que você está bagunçando tudo?

— Não estou bagunçando nada; estou procurando meu celular — respondo. — Você viu? Acho que caiu do meu bolso.

— Seu celular pode esperar — retruca meu pai, de repente parado na soleira. Eles entram como se tivessem ficado no corredor a manhã toda, só esperando que eu acordasse. Mamãe ajeita as cobertas sobre minha cama e se senta, dando tapinhas no colchão ao seu lado.

— Precisamos conversar, querido — diz mamãe. — Sente-se.

Papai assente e dá um passo à frente.

Eu me sento. A última vez que eles me encurralaram assim foi quando eu tinha dez anos e nosso primeiro gato morreu.

— O que aconteceu? — pergunto.

— Nos diga você — responde papai.

— Como assim?

— Josh — começa mamãe, de repente irritada. — Esta noite. O que foi aquilo?

— Nada. — Minha cabeça racha com cada sílaba que me obrigam a proferir.

— Joshua — diz mamãe, usando a tática do nome completo. — Você não teria conseguido entrar sem...

— Vocês estão falando daquilo? — Tento rir, como se não me sentisse à beira da morte. — Vocês estão exagerando. Bebi demais. Todo mundo lá exagerou na bebida.

— Ah, bom, se todo mundo estava se embebedando — mamãe joga as mãos para o alto —, então não importa; está tudo bem.

— Foi uma noite fora da curva. — Não acredito que os dois estão pegando no meu pé assim. — E eu não dirigi depois de beber.

— E você também não estava conseguindo andar — acusa papai.

Eu me levanto. Não vou aceitar o sermão sentado. Certamente não de meu pai.

— Não tenho direito a fazer merda? — pergunto, sentindo o coração bater mais rápido.

Eles me encaram.

— Não, estou perguntando — argumento. — Não fiz *nada* de errado no ensino médio, preciso lembrar vocês? Nunca faltei à escola, não bebi, jamais usei drogas, não fumei uma única vez. Merda, nunca nem peguei uma detenção!

— Você não está mais no ensino médio — diz mamãe.

— Então. Exatamente. Não sou criança. Nem moro mais aqui. Tenho vinte anos e foi a primeira vez que...

— Não foi a primeira vez que você ficou muito bêbado, Joshua — interrompe mamãe, se levantando também. — Embora eu seja grata por não ter voltado para casa espancado dessa vez.

— *Mãe* — começo... Como ela ousa tocar no assunto? — Aquilo foi diferente.

— Ei, espere, como assim? — pergunta papai, fazendo o sinal de *tempo* com as mãos, como costumava pedir quando era meu treinador nos jogos de moleque e o árbitro marcava uma falta em mim. — Quando ele foi espancado?

— Nas férias de inverno. No último ano, Matt — revela mamãe, puxando a data exata da memória. Quando briguei com o irmão de Eden, ou melhor, quando ele brigou comigo; na verdade não foi uma grande luta, já que eu mal consegui sequer reunir a vontade de me defender.

— Lógico que você tinha de lembrar da *única* vez que eu realmente me atrevi a agir de acordo com a minha idade, né? — disparo, e seus olhos se arregalam com minha traição... sempre jogamos no mesmo time.

— Entrar tropeçando em casa, bêbado, com os dedos sangrando, com hematomas e um olho roxo, não é se comportar de acordo com *nenhuma* idade. É agir de modo inconsequente e perigoso. E não, você está enganado. Isso... — Ela gesticula com as mãos em minha direção. — Isso tudo é muito parecido.

— Por que só agora estou sendo informado sobre a briga? — pergunta papai, atropelando mamãe.

— Como isso é parecido? — pergunto, ignorando-o.

— Por que só agora estou sendo informado sobre a briga? — repete papai, mais alto.

— Você estava lá, Matthew! — mamãe grita. — Como pôde esquecer? O irmão daquela garota o atacou.

— Ei, ele não me *atacou* — tento dizer, mas ela está focada em papai agora. *Lógico que ele não lembra.* Tinha voltado a beber na época, entre outras coisas.

— Tudo isso tem a ver com a mesma garota da última vez — diz ela ao meu pai, então se volta para mim. — Josh, toda vez que você se envolve com aquela garota...

— Quer parar de chamá-la de "aquela garota", mãe?

— Então, é a mesma garota de alguns meses atrás? — pergunta meu pai, a ficha caindo devagar demais para a paciência cada vez mais curta de mamãe.

— Isso não tem a ver com Eden. Não tem a ver com nada. Aliás, não aconteceu nada!

Ela olha de mim para papai, balançando a cabeça enquanto sai do quarto, resmungando:

— Não dou conta de vocês dois agora. Simplesmente não dou.

Quando ela sai, o ar no quarto parece um pouco mais leve. Eu expiro, esticando o pescoço de um lado para o outro.

— Você viu meu celular? — pergunto a ele, retomando minha busca sob a cama.

— Não — ele responde, todo exasperado. — Joshie, esqueça o maldito celular e fale comigo.

— Falar de quê? — Eu me sento na cama, subitamente tonto depois de me abaixar.

— Dominic disse que você encontrou a garota... essa ex-namorada... em um show, e, no minuto seguinte, acontece de novo, você está caindo de bêbado. Então o que foi que aconteceu?

Quando o encaro, encontrando seus olhos, sinto uma incontrolável vontade de rir. Porque é claro que ele quer falar sobre Eden *agora*.

— Pai, você sabe o nome dela. Se a chamar de "garota" mais uma vez, juro por Deus... — Mas me detenho; não adianta discutir. — Além disso, eu já disse que isso não tem nada a ver com ela. Foi uma festa. Tinha bebida. Fim de papo.

— Eden — ele se corrige. — Ok? Lembro que o nome dela é Eden. Qual é exatamente o problema com essa ga... com Eden? — pergunta. Então ele se aproxima, baixando a voz. — O que é? Fale, Josh. Pode me contar.

— Contar o quê? Não sei o que você quer que eu diga.

— Ela está grávida?

— O quê? — Eu me levanto novamente. — Do que diabos a gente está falando?

— Você a engravidou? — papai repete mais baixo, lançando um olhar rápido por cima do ombro. Ele está me encarando tão sério, tão preocupado e pronto para intervir e ajudar que começo a rir. — Ei, estou falando sério. É isso que está te atormentando? Porque a gente pode achar uma solução.

— Não, eu não a engravidei, pai. Mas foi um bom palpite. Quer tentar de novo?

— Estou tentando, juro.

— Você não lembra mesmo de nada do que eu te falei, não é?

Ele fecha os olhos, como se fosse eu quem o magoasse, e não o contrário. Meu pai apagou momentos importantes da minha vida, e, no geral, para mim pouco importa, mas aquele foi significativo e eu precisava que ele se lembrasse. E parece evidente que não ficou registrado. Ele não se lembra de eu abrir meu coração para ele, de lhe contar tudo, implorando por conselho, conforto. Lógico, só quando ele passou para o meu lado da mesa da cozinha e colocou o braço em volta de mim foi que senti o cheiro de álcool. E só quando parei de chorar foi que reconheci o vazio típico em seus olhos.

— Eu queria conversar com você sobre isso, dezembro do ano passado. Eu te procurei na época. Você pelo menos se lembra? — pergunto. — Eu entendo caso não consiga, já que eu descobri que você estava no meio de um porre.

— Lembro que você estava muito chateado. Disso eu lembro. Venho tentando falar com você desde então, e você sempre me afasta. Nem voltou para casa nas férias, Josh...

— Sim, eu não queria te ver mesmo — admito, sem me importar se estou ferindo seus sentimentos.

— E sabe de uma coisa? Eu entendo — argumenta ele. — Mas vamos lidar com o problema agora.

— Mamãe sabe, ou ela acha que você está sóbrio? Esse tempo todo?

— Ela sabe da minha recaída, sim. Mas eu entrei no eixo agora e... — Ele enfia a mão no bolso e tira um emblema que conheço bem. — Recebi minha ficha de noventa dias na semana passada.

— Quer saber, pai? Eu não ligo. Pode ficar chapado. Beba até se matar. Sinceramente, não me importo. Não consigo mais me importar. — Avanço em direção à porta. — Preciso achar meu celular. Com licença?

— Joshie, por favor. — Ele levanta as mãos como se não fosse me deixar escapar. — Estou ouvindo agora. Você precisava de mim e eu não te apoiei. Me desculpe se não o ter apoiado é o motivo para as coisas estarem saindo do prumo para você ultimamente, mas você não pode estragar seu futuro porque está com raiva de mim.

— Nem tudo tem a ver com você! Acredite ou não, eu tenho meus próprios problemas, que não têm absolutamente nada a ver com você.

— Você tem se embriagado. Tem sido imprudente. Está jogando o basquete no lixo... jogando seu futuro no lixo.

— Basquete? — ironizo. — O basquete não é o meu futuro.

— E se você tivesse sido expulso do time por aparecer bêbado naquele jogo do início do ano, o que teria acontecido, hein? Sua bolsa teria sido cancelada. Sabe quantas horas eu passei no telefone com seus treinadores, com o reitor e com seu conselheiro para ter certeza de que você só ficasse no banco pelo restante do semestre?

— Eu não estava bêbado — minto. Fui tragado por aquele buraco negro, como D chamou, nas férias de inverno. Quase não saía do apartamento. Eu estava de saco cheio da Eden, do meu pai, de mim mesmo... de não ser capaz de fazer nada a respeito de nenhum desses assuntos. E estava cansado de me sentir assim. Então, tomei umas doses antes do jogo. Funcionou. Eu me senti melhor. Mas não achei que estivesse *bêbado*. Não achei que alguém fosse notar. Só que o treinador percebeu. Ele percebeu na hora, e um dos assistentes me levou para casa, antes que alguém mais percebesse.

Papai continua parado ali, me olhando com os dentes cerrados, engolindo suas palavras.

— Eu estava doente — digo a ele. Ele acha que isso também é mentira, mas não posso explicar por que não é, então continuo: — E nunca pedi para você fazer nada... eu mesmo teria lidado com as consequências.

— Você estava de *ressaca* — argumenta ele, pensando que está me corrigindo. — Como agora.

— Justo você? — grito. — Como pode ficar aí me dando lição de moral?

— Porque eu sei como é isso melhor do que ninguém! — grita ele em resposta. — Não faça isso com você. Deus, você é tão parecido comigo — murmura para si mesmo. — Por favor, não seja como eu.

— Não sou nada como você; pare de dizer isso! — Toda a gritaria faz minha cabeça latejar, meu coração bater forte, meu estômago revirar. — Pai, saia da frente... vou vomitar — consigo dizer, me esquivando dele.

Chego ao banheiro e, enquanto esvazio todo o conteúdo do meu corpo, papai continua dando tapinhas em minhas costas.

— Ponha pra fora! — ele está dizendo, sem parar. — Coloque tudo pra fora. Você vai ficar bem.

Depois de ter certeza de que terminei, me sento no chão com as costas contra a parede. A sensação dos ladrilhos frios na minha pele é agradável. Observo meu pai pegar uma toalha no armário e a colocar embaixo da torneira aberta da pia. Então ele a torce e se senta ao meu lado. Depois coloca a toalha na parte de trás do meu pescoço.

— Pare, pai. — Afasto suas mãos.

— Só estou tentando ajudar.

Jogo a toalha sobre a bancada, porque alguma parte de mim realmente não quer se sentir melhor. Mas não vou dizer isso a ele, só o faria achar que há ainda mais coisas erradas comigo do que ele já acredita ter.

Ele suspira e, como não quero mais sermões, abro a boca. A primeira coisa que sai é:

— Mamãe está errada sobre Eden.

— Tudo bem — encoraja ele. — Estou ouvindo.

— Nada disso é culpa da Eden. Tá, talvez seja culpa dela em parte, mas não por causa de qualquer coisa que ela fez. A Eden não me fez nada. Eu só...

— Você o quê? — pergunta ele, me cutucando no braço. — Me diga o que está acontecendo. Por favor.

— Ela é especial. Eu me importo com ela de verdade.

— Mas?

— Não conte pra mamãe, certo? Eu realmente não devia estar falando sobre esse assunto.

Ele põe as mãos na frente do peito e balança a cabeça.

— Você sabe que eu não posso prometer até você me contar o que é.

— Ela foi estuprada.

Ele estala a língua.

— Jesus.

— Aconteceu antes de a gente ficar junto. E eu só descobri depois que a gente se separou. Muito tempo depois que a gente se separou. Ela me contou faz só alguns meses e...

— Em dezembro? — pergunta papai.

Faço que sim com a cabeça.

— E eu me senti tão... Não sei. Fui a primeira pessoa pra quem ela se abriu sobre o que aconteceu, e eu não sabia o que fazer ou dizer. — Eu me controlo para não emendar com *por isso eu precisava de você*. — Eu me senti impotente. Droga, ainda me sinto impotente.

— Sinto muito — lamenta papai.

— Acho que só gostaria de ter descoberto antes o que aconteceu. Sinto que devia saber, afinal, sem ela precisar me dizer. Como se eu pudesse ter feito alguma coisa para ajudar. Não sei, é como se um milhão de pensamentos passasse pela minha cabeça ao mesmo tempo. E se eu fiz alguma coisa quando estávamos juntos que tornou as coisas ainda piores pra ela? E se eu não prestei atenção ou a pressionei...

— Você quer dizer sexualmente ou...? — Apesar de todos os defeitos, meu pai sempre foi tranquilo com esse tipo de coisa, então eu sei que a pergunta foi feita estritamente para elucidar... sem nenhum juízo de valor.

Assinto.

— Principalmente, sim. Mas outras vezes também.

— Ah, Josh. Você sempre foi um cara correto. Tenho certeza de que foi um cavalheiro.

— Como você pode ter certeza? Nem eu tenho. Houve momentos em que fiquei com raiva da Eden pra valer, perdi a paciência. Mas só porque eu não entendia o que estava acontecendo. Agora que eu entendo, já questionei muito o que aconteceu entre a gente. Às vezes eu gostaria de poder recomeçar o nosso relacionamento do zero. Se pudesse mudar tudo, é o que eu faria.

— Nunca é tarde para tentar de novo. Certo?

Balanço a cabeça.

— Não sei, provavelmente é melhor a gente continuar sendo só amigo. Parece muito... complicado — hesito, pegando emprestada a palavra que Hannah usou. — Quero dizer, até eu encontrá-la de novo, e daí fica parecendo que seria tão fácil. Mas agora ela está com outro cara e, além disso, tem a diferença de idade...

— Ah. — A palavra soa sussurrada, a mais sutil interrupção, e vejo a preocupação vincar a testa do meu pai. — De quanto é a diferença de que nós estamos falando aqui, Josh?

— Ela tem dezessete. Então, não é tão terrível, mas está... está lá. Ela estava só duas séries atrás de mim na escola — eu tento explicar. — Enfim, ela está para se formar.

— Tudo bem — diz ele, parecendo relaxar um pouco. — Continue, desculpe.

— Eu quero... — começo. — Não sei, simplesmente não consigo... Acho que pensei... — Mas nem tenho certeza do que estou tentando dizer, não tenho mais certeza do que quero, do que penso. — Só achei que tivesse superado — finalmente admito.

Ele suspira e aperta meu ombro, abrindo espaço para essas palavras permanecerem no ar por um minuto.

— Bem, parece que você vai ter que encontrar um jeito de superar de verdade, parceiro. Um jeito diferente deste — argumenta ele, gesticulando para o espaço ao nosso redor... *deste* significava ressaca e meio morto no piso do banheiro.

— Sim — concordo.

— Tome um banho. Beba um pouco de água. Durma um pouco. — Papai dá mais um tapinha em minhas costas enquanto se levanta. — Você vai ficar bem, garanto. — E me deixa no banheiro, fechando a porta suavemente atrás de si. — Vou achar seu celular — grita do corredor.

EDEN

TOMO BANHO, VISTO roupas limpas e me sento à escrivaninha, calma e controlada, antes de finalmente ler as mensagens dele.

Foi legal te encontrar hoje. Estava com saudade de conversar com você.

Me desculpe se rolou um clima estranho com o seu namorado por minha causa. Ele parecia bem chateado. Espero que ele tenha entendido... o que rola entre a gente. Quer que eu explique pra ele que não está acontecendo nada? Digo, se precisar. Só quero que você seja feliz

Posso te ver de novo antes de voltar pra faculdade?

Também senti falta de conversar com você

Você não criou um clima estranho, o clima só... já existia

Diga quando/onde. Estarei lá.

Espero uma hora. Até ligo. Espero mais trinta minutos. Enquanto caminho até sua casa, repasso todas as vezes que fiz aquele trajeto antes. No escuro. No frio. A casa deles nunca muda. Sua gata sai em disparada da varanda quando me aproximo, descendo os degraus como se estivesse à minha espera. Quando me abaixo para acariciá-la, vejo algo entre os degraus e os arbustos. E, conforme me aproximo, descubro que é um celular. Eu o pego e viro nas mãos. É de Josh. Está sem bateria e com a tela rachada.

A porta se abre antes que eu tenha a chance de bater.

— Ah! — grito, pulando para trás, quase derrubando o telefone de Josh.

— Desculpe — diz o homem, que é basicamente uma versão mais velha de Josh. Fico muda por um instante enquanto assimilo as semelhanças. Mesma estatura, mesmo físico, mesma estrutura facial, mesmos olhos. Se não fossem as feições envelhecidas ou o cabelo grisalho, o nariz ligeiramente diferente, *seria* Josh. — Posso ajudar?

— Ah, hum, eu encontrei isto — aviso a ele, segurando o telefone. — Estava caído na calçada. Mandei uma mensagem para ele, mas acho que não recebeu. Liguei também. Obviamente foi por isso que ele não atendeu. — Estou divagando agora, e não consigo me conter. — Mas pensei que talvez eu devesse só vir vê-lo. Eu não tinha certeza de quanto tempo ele vai ficar na cidade, e não queria perder a oportunidade.

— Eden? — pergunta ele, olhando para mim enquanto pega o celular.

— Ah, certo. Desculpe, sim. Sou Eden. — Fico inquieta parada ali, tão nervosa... Não tinha imaginado que os pais dele estivessem em casa, numa manhã de sábado. Pais tendem a me odiar. Como se pudessem farejar problemas em mim, como se temessem que eu contagie seus filhos.

— Matt — diz ele, apontando para si mesmo, e eu imediatamente me lembro da vez em que Josh me disse seu nome do meio. *Joshua Matthew Miller*, ele me disse, e eu achei que soava como o melhor nome do mundo. — O pai — acrescenta, quando não respondo.

— Certo, sim. Oi — cumprimento, de um jeito estúpido. — É, hum, Josh está em casa?

A porta se abre mais, e a mãe dá um passo à frente. Eu a vi apenas uma vez antes, quando foi buscar Josh na escola, mas logo vejo Josh também em suas feições. O mesmo nariz, a mesma boca linda. Mas quando ela encontra meus olhos vejo uma tensão em seu semblante, uma rigidez em seu maxilar.

— Não é uma boa hora — ela me diz.

— Ah, com certeza. Tudo bem, sim. — Eu me atrapalho com as palavras. — Pode avisar a ele que passei por aqui? — pergunto, e de imediato me arrependo conforme a mãe de Josh me fuzila com o olhar mais intenso que já recebi e se afasta sem mais nenhuma palavra, deixando o pai de Josh ali.

— D-Desculpe — gaguejo de modo involuntário, enquanto me afasto da porta. — Eu não queria interromper nada.

— Não, espere — diz o pai, e sai para a varanda, fechando a porta atrás de si. — Não precisa se desculpar, você só nos pegou em uma manhã difícil.

Assinto. É óbvio que entendo. Eu mesma estou tendo uma manhã bem difícil. Mas não digo nada. Olho em volta, tentando me orientar, e é quando percebo que o carro de Josh não está à vista.

— Josh está... bem? — pergunto, meus olhos se fixando novamente na tela quebrada do celular na mão de Matt.

— Ele vai ficar bem — ele responde, o que me preocupa ainda mais.

Levo a mão ao coração quando o sinto disparar com meus pensamentos sombrios.

— O carro dele não está aqui. Não aconteceu nada, né? Não houve algum tipo de acidente ou... quero dizer, ele está bem, não está? Não está machucado nem nada?

— Não. — Ele é rápido em responder. — Deus, não. Nada assim. Ele só está com uma ressaca terrível hoje.

— *Josh*? — Minha voz sai esganiçada. Nada disso faz sentido. — Mas eu o vi ontem à noite. Ele não estava bebendo. Ele não bebe — explico a seu pai, que continua me olhando de um jeito estranhamente parecido com o jeito como Josh olha para mim quando parece pensar que sei mais do que estou deixando transparecer.

— Bem — suspira ele. — Ele com certeza bebeu ontem.

— Ah. — Eu expiro e deixo minha mão cair ao lado do corpo. — Tá bom. Você vai dizer a ele que eu vim? — pergunto de novo, certa de que a mãe dele não vai falar nada.

— Estou vendo que você se preocupa com meu filho — diz ele. — Não?

— Sim, eu me preocupo com ele mais do que... — Me sinto um pouco constrangida com minha sinceridade, mas isso faz Matt dar mais um passo em minha direção, e acho que talvez ele diga a Josh que estou aqui, afinal. — Qualquer um — concluo.

Mas ele não me deixa entrar; acena com a cabeça sombriamente e se senta no degrau mais alto do pórtico.

— Tem um minuto? — pergunta.

Eu assinto. Ele gesticula para que me sente. Eu obedeço. Ele não diz nada a princípio, e começo a me perguntar se deveria ser eu a falar. Realmente não conheço o protocolo parental para a ocasião. Ele toca o bolso da camisa, de onde tira um maço de cigarros que parece amassado e detonado, como se já estivesse ali há algum tempo.

— Se importa? — pergunta, batendo o maço na palma da mão, um isqueiro caindo de dentro.

— Não — respondo. — Tudo bem.

Ele pega um cigarro e o leva à boca. Então o acende e, enquanto a fumaça flutua ao nosso redor, sinto o coração martelar no peito, desejando aquele alívio, o imediatismo da sensação.

Ele inala profundamente e diz, enquanto segura a fumaça nos pulmões:

— Sempre tento parar, mas... — Em seguida, vira o rosto para longe de mim, a fim de soprar a torrente de fumaça pela boca. De repente fico tão tentada a pedir um, mas ele logo o apaga no degrau de concreto, depois de uma única longa e profunda tragada. Não tenho certeza se eu teria esse tipo de autocontrole.

— Eu me lembro de quando Josh era criança, ele adorava quadrinhos. — Ele faz uma pausa, sorrindo enquanto olha para o jardim. — Sempre líamos os gibis juntos.

Sorrio de volta, mas, de repente, não tenho certeza do rumo da conversa.

— Todo super-herói tem um ponto fraco — continua ele. — O lance com Josh é... ele sempre foi uma daquelas pessoas que projetam uma imagem de força, não sei se você está me entendendo. Sempre tão controlado por fora que é fácil esquecer que não significa que é realmente assim que ele se sente por dentro. Sempre acreditei que esse era uma espécie de ponto fraco para o meu filho.

— Eu sei — digo, e ele me olha como se estivesse tentando descobrir se eu realmente sei ler Josh ou se só estou concordando para ser simpática.

— Ele se tornou uma pessoa tão boa... não graças a mim, com certeza você sabe disso também — ele deixa escapar. Mas rapidamente continua: — Tenho muito orgulho de Josh, mas estou preocupado também — admite. — Ele se importa tanto com todo mundo. Quer que todo mundo fique bem. Mas acho que ele pode ficar tão obcecado se preocupando com as outras pessoas que não se preocupa o suficiente consigo mesmo enquanto isso. O que me assusta.

Prendo a respiração e expiro em uma risada curta e nervosa.

— Não consegui decidir se você está me culpando ou pedindo minha ajuda.

— Nenhum dos dois — diz ele, se levantando, e levando o cigarro meio fumado consigo. — Só achei que você devia saber.

— Ok. — Também me levanto. — Obrigada por me avisar.

— Foi um prazer conhecê-la, Eden — diz Matt.

— Sim, igualmente. — Dou apenas alguns passos antes de dar meia-volta. — Hum, talvez pudesse não dizer a ele que eu estive aqui, então. Eu só... eu posso conversar com ele em outra hora, acho. Uma hora melhor — acrescento, pensando nas palavras da mãe de Josh.

Ele abre aquele clássico sorriso torto de Josh enquanto segura o celular.

— Pode deixar que ele vai receber isto aqui.

PARTE DOIS

Julho

JOSH

ESTOU SENTADO ATRÁS do balcão da recepção do centro atlético, escaneando carteiras de estudante de minuto a minuto, me certificando de que a foto no banco de dados corresponde à pessoa que entra no prédio. O sol da tarde se infiltra pelas janelas do chão ao teto, me deixando cansado.

Sextas-feiras são sempre mortas por aqui, em especial durante os treinos de verão, então finalmente tenho a chance de estudar. Estou na metade do capítulo sobre métodos de pesquisa, para minha aula de psicologia, quando ouço o tilintar do chaveiro do treinador no corredor. Eu me endireito e tomo um gole de café, tentando parecer mais alerta do que estou.

Enquanto caminha até a mesa, ele diz:

— Segunda-feira bem cedo, hein?

— Sim. — Assinto. — Até segunda.

— Mande um abraço ao seu pai por mim — acrescenta.

— Pode deixar. Obrigado, treinador. Tenha um bom fim de semana.

Estou quase caindo nas graças de meu treinador outra vez. Ele me arranjou esse estágio para o verão, eu acho, principalmente para ficar de olho em mim. Se esforçou bastante para garantir que não houvesse tempo para eu estudar; não há tempo para nada, exceto trabalhar pra caramba a fim de provar meu valor. O que basicamente significa ser o *faz-tudo* do departamento inteiro. Alguém precisa de almoço, vou buscar. Um doador importante ou uma visita VIP precisa ser buscada no aeroporto, sou eu o motorista. Equipamentos de ginástica precisam de limpeza, sou eu o zelador. Um atleta esforçado precisa de um tutor... esse sou eu também. Pelo menos ele me deixou tirar o fim de semana de folga para dar um pulo em casa; eu disse que era um lance de família, e fiquei grato por ele não ter me pressionado para saber dos detalhes.

Acho que mereço o castigo, considerando o que fiz.

Mas toda manhã, quando o alarme do celular toca de madrugada para o treino, acontece um cabo de guerra em minha cabeça. Entre a parte de mim que sabe que tenho sorte pela oportunidade e quer cumprir o compromisso. Porque eu assumi o compromisso de aceitar a bolsa e jogar nesse time. Além disso, eu sei que isso deixa meu pai feliz. Mas a outra parte de mim só quer dormir de vez em quando, quer ser um estudante comum, que está na faculdade em busca de uma formação, em vez de para praticar um esporte do qual nem gosta de verdade.

A maioria dos caras da equipe só cursa três matérias por semestre porque simplesmente não têm horas suficientes no dia para mais, porém me forcei a fazer quatro no ano passado, contrariando a recomendação de meu conselheiro. Neste verão, estou tentando me matricular em pelo menos mais duas disciplinas; caso contrário, nesse ritmo, vou acabar ficando mais um ano na faculdade, e não quero jogar por mais tempo do que o necessário.

Não é que eu não soubesse no que estava me metendo. Eu sabia de todo o sacrifício estúpido e da pressão. Mas todo cansaço desses dois anos sem nem ter chegado à metade ainda me dá vontade de largar tudo. O basquete, até a faculdade. Mas hoje de manhã, antes da aula, minha professora de psicologia me perguntou uma coisa em que eu nunca havia pensado, e em que não parei de pensar desde então; ela queria saber se eu pensava em escolher uma licenciatura no outono.

— Uma licenciatura? — repeti. Mal havia me decidido por um *bacharelado*. Medicina esportiva foi algo que Bella me convenceu a fazer no primeiro ano, e parecia lógico na época. Ela fazia medicina... ainda faz, tenho certeza... e apresentou argumentos muito convincentes.

— Uma licenciatura em psicologia — explicou a dra. Gupta, quando percebeu que eu não estava compreendendo o que ela quis dizer. — Você já tem todos os pré-requisitos.

No último semestre, fiz duas matérias com a dra. Gupta, além de outra disciplina de psicologia, para cumprir um requisito de ciências sociais. Eu tinha meus créditos de psicologia avançada do ensino médio, então não precisei de nenhum curso extra de nível introdutório para começar as aulas de psicologia... fazia sentido. Afinal, me interesso pelo assunto, mas não era parte de nenhum plano maior. Só meio que aconteceu. Então, fiquei sem saber como responder a ela.

— Pense no assunto — sugeriu ela. — Me avise se tiver alguma dúvida.

Mas agora, sentado aqui, pensando seriamente em tudo aquilo, o raciocínio de Bella era sobretudo que eu praticava um esporte e ela estudava medicina, então poderíamos fazer algumas aulas juntos.

Pego o celular; ela me mandou uma mensagem no início da semana. A primeira vez que tive notícias da minha ex desde que terminamos, em dezembro.

Vai ficar no campus no verão?

Quer sair para beber um dia desses, colocar o papo em dia?

Tenho procrastinado para responder, porque me sentiria mal se dissesse que não, mas, se dissesse sim, consigo prever o que aconteceria. Ela me aceitaria de volta, apesar de tê-la magoado, e eu me deixaria levar, porque, em tese, nós dois fazíamos sentido. E minha parte racional, aquela que cumpre os compromissos mesmo quando não sente vontade, às vezes se pergunta se desperdicei a chance de ser feliz com ela. Eu me pergunto o que teria acontecido se não tivesse atendido a ligação de Eden naquela noite. Tenho noventa e nove por cento de certeza de que ainda estaria com Bella e de que não teria descoberto o que aconteceu com Eden, e continuaria sem saber da recaída de meu pai e nunca teria estragado as coisas no basquete no último inverno, e estes últimos sete meses teriam se passado com tranquilidade, tudo correndo como planejado.

No entanto, reler a mensagem da Bella me faz lembrar das coisas que não funcionaram na prática.

Ela perguntou se eu queria sair para beber, porque nem sabe que não gosto de bebida. Porque jamais contei a ela. E jamais contei porque aí ela iria perguntar o motivo, e eu também teria de contar a ela sobre meu pai e que, nas poucas vezes que decidi beber na vida, bebi demais e acabei me arrependendo pra caramba, cheio de medo de ser mais parecido com meu pai naquele aspecto do que gostaria de admitir. Porque, embora a gente morasse junto e se desse bem, e eu gostasse dela de verdade — embora a amasse, eu achava —, ainda havia coisas que eu nunca poderia dizer a ela. Não como fiz com Eden.

Deixo a mensagem ali, sem resposta, e mudo para a mensagem de Eden daquela manhã, a que me fez literalmente soltar uma gargalhada no vestiário.

No trabalho agr, aperfeiçoando o desenho de latte art na espuma

Ela enviou uma foto de uma caneca de borda larga com o logotipo da Bean, de nossa cidadezinha... Ela havia mencionado, algumas semanas antes, que tinha conseguido um trabalho lá.

Eu sei, eu sei. muitos baristas optam pelo óbvio coração ou roseta, mas minha assinatura é... o borrão.

É muito borrado (?). A Bean não fica devendo em nada para o Starbucks

obrigada.

vou fazer pra você meu latte borrão especial de baunilha da próxima vez que você vier aqui

Continuo em dúvida se devo contar a ela que vou voltar para casa este fim de semana. Nunca mais nos vimos depois das férias de primavera. Ela ligou, me deixou um correio de voz que ouvi sem parar nos últimos meses. Disse que queria me ver. Inventei desculpas — celular perdido, celular quebrado, fiquei doente, tive de conseguir um celular novo, andei ocupado, precisei vir embora mais cedo —, e nada daquilo era mentira, de certa forma, mesmo eu sentindo que era.

Ela tem mandado mensagens com bastante regularidade, mas é tudo coisa superficial, leve e arejada, como se nossa comunicação de repente tivesse mais a ver com quantidade que qualidade. Nunca foi assim antes. Sinto que alguma coisa mudou, mas não sei o que ou por quê, e estou com muito medo de perguntar. Felizmente ela não fala sobre *Steve*, pelo menos. Acho que eu não conseguiria lidar com isso ainda... talvez nunca consiga.

ooo

Viajo para casa na manhã seguinte, paro para encher o tanque no posto de sempre, uns trinta quilômetros depois de começar a viagem de cinco horas. Ergo o olhar para o número da bomba. Dois. A mesma que usei da última vez que voltei para casa, em dezembro.

Estava nevando naquela tarde, quando ela ligou pela primeira vez e desligou. Eu estava indo para o treino. Ela ligou e desligou quatro vezes seguidas. Eu tinha apagado seu número da agenda do celular fazia tempo, mas soube que era Eden com uma única respiração.

Tentei ao máximo não pensar naquilo, mas então, mais tarde naquela noite, estávamos sentados à mesa da cozinha, com os livros espalhados, estudando para as provas finais, quando outra ligação nos interrompeu. Atendi, mas ela desligou de novo, três vezes.

— Que saco — reclamou Bella. Na quarta vez, me pediu: — Ignore.

Mas não consegui.

— Eden, é você?

E então ela desligou na minha cara novamente.

— *Eden*, a sua ex? — perguntou Bella, pousando o marcador no livro. — O que *ela* quer?

Balancei a cabeça e me levantei da mesa. Liguei para Eden de volta. Fui ficando tão irritado enquanto esperava ela atender, e nem sabia o motivo. Talvez porque Bella estava ficando chateada ou talvez porque eu estava começando a me perguntar se queria ouvir ou não sua voz.

Ela atendeu, mas ainda se recusava a falar, e Bella estava ali ouvindo, então eu pedi que não me ligasse de novo. Por outro lado, fiquei imediatamente aliviado quando ela ligou um segundo depois mesmo assim.

— Ela está te perseguindo ou coisa parecida? — sibilou Bella, soando mais cruel do que eu já havia ouvido antes. — *Não* atenda, Josh... ela está te fazendo de bobo.

Mas eu atendi. E, quando Eden finalmente falou, sua voz quase me destroçou. Ela não parecia nada bem. Ficava repetindo "Eu me importava". Eu não sabia o que ela queria dizer, mas então ela insistiu: "Eu me importava com você. Sempre me importei com você."

Ela nunca havia dito isso antes, e ouvir assim, daquele jeito, me assustou.

— Você sabia? — perguntou. — Que eu me importava?

Eu não tinha ideia do que dizer, então optei pela verdade.

— Às vezes, acho.

Ela falou de todas aquelas coisas aleatórias sobre as quais mentiu para mim, e disse que era uma pessoa horrível, e que se odiava, e que eu devia odiá-la também. Parecia tão enigmática e errática, e eu tinha mesmo esperanças de que aquilo tudo fosse consequência da bebida ou algo assim, mas, quando perguntei se ela tinha bebido, Eden riu e respondeu que não, e percebi que ela tinha começado a chorar.

Alguma coisa estava errada. Eu não sabia o quê, mas sabia que ela não estava brincando. Tentei segurá-la na linha, mas a sentia cada vez mais distante a cada palavra que eu falava. Perguntei do que ela precisava, como eu poderia ajudar.

— Você não pode! — gritou ela.

Comecei a ficar muito assustado, porque ela parecia estar desmoronando, ou talvez se despedindo; de um jeito ou de outro, eu a estava perdendo depressa. Eden não parava de repetir coisas como "Desculpe" e "Eu não devia ter ligado", e tentei dizer a ela que estava tudo bem, mas era como se ela nem conseguisse mais me ouvir.

— É que eu sinto muito a sua falta às vezes, e queria que você soubesse que eu me importava. De verdade — sussurrou, tão baixinho que eu precisei cobrir a outra orelha só para poder ouvir. — E não tinha mais ninguém. Nunca. Espero que você acredite em mim.

— Espere, Eden — gritei, porque eu sabia... ela tinha terminado. — Não desligue — implorei, embora fosse tarde demais.

Bella ficou me observando enquanto eu andava de um lado para o outro, em nosso apartamento minúsculo, tentando freneticamente ligar de volta para Eden, deixando mensagem após mensagem. Estávamos juntos havia mais de um ano — eu estava planejando levá-la para casa comigo nas férias de inverno, para conhecer meus pais —, mas ela nunca tinha me visto daquele jeito.

— Calma — ela ficava dizendo. — Você está exagerando.

Mas eu não conseguia me acalmar. E não estava exagerando.

— Você não continua apaixonado por ela — argumentou ela a princípio, reprimindo uma risada. Mas não pronunciou as palavras como uma pergunta; ela estava afirmando. *Claro que você não continua apaixonado por uma garota do ensino médio, que nunca foi sua namorada de verdade, pra começo de conversa.* Eu tentava me dizer a mesma coisa. Eu conseguia passar meses sem que ela cruzasse minha mente. Eu tinha tirado Eden da cabeça. Mas, se fosse realmente verdade, então como ela podia ligar do nada depois de anos e eu simplesmente desmoronar ao som de sua voz?

— Você não continua — repetiu ela, quando não respondi. — Josh?

— O quê, Deus? — gritei, outra coisa que ela nunca havia me visto fazer antes.

— Ei, não desconte em mim — ela protestou, se levantando da mesa. Ela se aproximou e parou bem no meu caminho, me estudando. — Por que está perdendo a cabeça com isso?

— Bella, me dê um pouco de espaço. Você não entende. Alguma coisa está muito errada, tá bom?

— Bem, me ajude a entender, então.

Muito prática, ela esperou, parada ali na minha frente, como se eu pudesse *explicar* Eden para ela. Como se aquele fosse um desses problemas de cálculo avançado que podíamos resolver, simplesmente juntando esforços. Mas eu nunca poderia explicar Eden para ninguém, nem mesmo para mim.

— Tudo bem — disse Bella, cruzando os braços enquanto fiquei ali, em silêncio. — Não acredito que tenho que te perguntar isso, mas tem alguma coisa acontecendo entre você e ela?

— Bella, qual é? — Foi a melhor defesa que pude arrumar. Porque é lógico que tinha alguma coisa acontecendo entre a gente, sempre teve. Nós nunca terminamos. Mal começamos.

— Não é uma pergunta maldosa, Josh, só me diga a verdade — exigiu ela.

A verdade era muito complicada para eu conseguir explicar a Bella. Comecei a perceber naquele momento o que eu não entendia, *eu* também era complicado.

Mas a verdade sobre nós também era simples. Eden estava com raiva e eu triste, e não devíamos ter dado certo, mas demos. Deu certo, como se não estivéssemos muito danificados para isso. Talvez só às vezes, quando outras coisas não entravam no caminho. Como toda aquela tristeza, toda aquela raiva. E outras pessoas, e um péssimo senso de oportunidade e escrotices mesquinhas de adolescente. Lógico, tinha também as mentiras dela. Os segredos que eu sempre soube que ela escondia de mim.

Apesar de tudo, liguei de volta mesmo assim. Deixei minha namorada em nosso apartamento novo no meio da noite — no meio de uma discussão — mesmo assim. Eu me lembro de pensar, inclusive, que não devia estar disposto a jogar tudo para o alto por causa dela. Não devia conseguir ignorar quando minha namorada chorava copiosamente, implorando para que eu ficasse. Conseguir senti-la puxar meu braço e, mesmo assim, continuar saindo. Ouvi-la, e acreditar nele, enquanto ela me dava o primeiro e último ultimato de nosso relacionamento, "Não se atreva a ir atrás dela, não se quiser voltar", e nem assim conseguir me desculpar com sinceridade. Não devia ser capaz de fechar a porta na cara dela e entrar no carro mesmo assim.

Tudo porque ela me ligou. Tudo porque eu estava com medo. Com medo porque me ocorreu, de repente, que talvez agora fosse eu quem estava com raiva e Eden triste... triste *demais*.

Deixei um recado para ela, parado no posto de gasolina, congelando, no meio da noite. Avisei que estava a caminho, então rezei a todos os deuses, em todos os universos, para que quando o tanque estivesse cheio, ela tivesse me ligado e me mandado dar meia-volta. Eu queria que ela estivesse mentindo. Queria que ela retornasse e me dissesse que estava bem. Que não precisava de mim. Que não se importava. Que jamais se importara.

Eu queria acreditar que seu telefonema não era uma despedida... uma despedida definitiva. Porque, das muitas coisas de que eu não tinha certeza quando o assunto era Eden, eu sabia de uma. Ela seria capaz. Não sei por que eu sabia, mas simplesmente sabia. E, muito embora eu tivesse vivido sem ela por tanto tempo, não sabia se seria capaz de viver sem ela no mundo.

— Por favor, Eden — sussurrei, as palavras saindo em uma névoa branca e gelada. — Me ligue.

ooo

A bomba de gasolina dispara e, de repente, sou empurrado de volta para a luz do dia, no calor, o sol batendo em meu pescoço e ombros.

Observo meus braços, arrepios subindo pela carne, um calafrio correndo pela espinha.

Coloco o bico da bomba de volta no lugar e observo os números no visor piscando e voltando ao zero. Inspiro fundo e tento me livrar do frio que não sabia que ainda persistia em meus ossos desde aquela noite.

Entro no carro e pego o celular para enviar uma mensagem para Bella:

> Acho que um encontro não seria boa ideia pra mim. Mas espero que você esteja bem, Bella. Desculpe.

EDEN

AS MINHAS INSCRIÇÕES foram ridículas, eu tinha noção. Mandei materiais idênticos para todas as faculdades, incluindo uma redação padrão estúpida, que minha orientadora praticamente escreveu para mim, cumprindo todas as exigências, disse ela, do que as faculdades procuram. Lembro de ter pensado, por um momento: *E quanto ao que estou procurando?*

Todas, exceto a única inscrição que não achei que importaria.

Para aquela, escrevi alguma coisa que provavelmente deveria ter sido relegada a um diário, escondido em algum lugar remoto. Era em parte um pedido de desculpas para mim mesma, em parte uma carta de amor para Josh, em parte uma declaração de impacto de vítima a qualquer um que quisesse ouvir... tudo em forma de ensaio para o escritório de admissões da Universidade Tucker Hill. Ficou afetado demais e excessivamente honesto, e cheio de metáforas e muitas palavras brilhantes, mas senti orgulho do resultado. Tudo sobre segundas chances, tempo perdido e arrependimentos, e sobre ter esperança no futuro. E eu acreditava, escrevi com tanta confiança, que meu futuro estava ali.

Fui sincera quando escrevi aquele ensaio; um tiro no escuro, um desejo improvável de se realizar. E a improbabilidade de aquilo acontecer de verdade me fez ter a coragem de tentar.

Era final de janeiro, e eu vivia o êxtase de saber que Kevin havia sido preso, as pessoas pareciam acreditar em mim, e eu ainda pensava que aquilo contava para alguma coisa. Achei que ele logo estaria trancafiado e fora da minha vida — fora da vida de *todos* nós — de vez. Eu me sentia livre. Josh e eu estávamos conversando de novo, antes de eu largar a escola, antes de Steve, antes que as coisas ficassem muito mais difíceis. E então escrevi aquela redação na última hora. Não tinha ideia de que, meses depois, nada teria acontecido ainda para fazer avançar o julgamento, ou que me sentiria menos livre, menos esperançosa, a cada dia que passava.

Eu não tinha ideia de como os detalhes legais funcionavam, então, quando a promotora Silverman e Lane, nossa advogada nomeada pelo tribunal, explicaram que não ia ser apenas um julgamento eu contra Kevin, mas sim do estado contra ele, e que eu era só uma peça em uma engrenagem maior, me senti tão aliviada. Quase poderosa. Protegida mesmo. Porque eram três contra um — eu, Amanda e Gennifer —, enfim as chances pareciam justas. A união faz a força. Imaginei nós três entrando em um tribunal sofisticado, como uma gangue ou algo saído do cartaz de um filme: a ex-namorada, a irmã caçula e a garota comum, todas duronas e fortes, de braços dados em solidariedade.

Foi um lindo sonho.

Mas o sentimento não durou. Porque, como a promotora Silverman e Lane deixaram bem óbvio quando explicaram todo o processo de coleta de evidências, da audiência e do julgamento: em hipótese alguma tínhamos permissão para conversar uma com a outra sobre qualquer coisa relacionada ao caso, Kevin ou o que aconteceu com qualquer uma de nós. Porque poderíamos ser acusadas de... Não tenho certeza do quê, de mentir, acho, criando alguma narrativa criminosa genial. Eles não entendiam que Kevin era a verdadeira mente criminosa por trás de tudo, desde o início?

Mal me lembro da pessoa que eu era quando escrevi aquele ensaio. Pensei naquelas palavras vinte e quatro horas por dia, sete dias por semana, durante meses, até ser atingida por um fato: eu não precisava mais esperar. Bastava uma olhada em meu histórico escolar para que ninguém chegasse a ler aquela redação.

É por isso que estou com dificuldade para processar o e-mail em meu celular. Ele diz que saí da lista de espera e fui aceita. Li as palavras dez vezes, mas ainda não as entendo. Deve ser algum engano.

Procuro freneticamente pelo e-mail anterior.

Mal o li da primeira vez. Meus olhos assimilaram a palavra "infelizmente", e então o fechei na mesma hora... nem abri de novo. Mas não era uma rejeição. Eles me disseram que eu estava na lista de espera. Volto ao e-mail de hoje. Sim, afirma objetivamente: *Estamos felizes em lhe oferecer uma vaga para o semestre de outono.*

— Ah, meu Deus — sussurro.

— O quê? — pergunta meu irmão, Caelin, enquanto entra na cozinha, onde estou paralisada, com a porta do micro-ondas aberta, meu burrito esfriando, ainda com a camisa polo e a viseira da Bean, o cheiro de café grudado no cabelo e na pele.

— Eu... eu entrei — gaguejo, olhando para ele. — Na Tucker Hill.

— Puta merda, Eeds. — Ele sorri quando lhe entrego meu celular, e percebo quanto tempo faz que não o vejo sorrir. — Sério, que incrível. Eu nem sabia que você tinha se inscrito. Tucker Hill é uma faculdade muito boa.

— Eu sei. É por isso que eu pensei que nunca entraria, nem em um milhão de anos.

— Parabéns — cumprimenta ele, e estende os braços, fazendo menção de me abraçar, mas então para de súbito.

— Bem, mas meio que eu não posso ir, né? Quero dizer, a mensalidade é cara e fica longe...

— Eden, você tem que ir — interrompe ele. — Não é tão longe assim; não é nem fora do estado. Deve ficar a umas quatro ou cinco horas, no máximo.

— Tudo bem, mas *é* caro.

— Ah, foda-se o dinheiro — diz ele, me ignorando com um gesto de desdém. — Tem auxílio financeiro e bolsas, subsídios... empréstimo estudantil.

— Mas falta tão pouco tempo. Não vou conseguir me preparar, ainda mais com tudo o que está acontecendo. — O julgamento deve começar no outono. Nós dois não falamos sobre o assunto. Como deve ser para ele ver o ex-melhor amigo desse jeito? E a própria irmã…

— Sim, essa é mais uma razão para você sair daqui... você pode voltar quando precisar — argumenta ele, convenientemente não completando com *para o julgamento*. — E tem mais de um mês. É tempo suficiente.

— Mamãe e papai não vão achar legal. Eu, sozinha... Eles nem confiam em mim para pegar um carro emprestado e ir trabalhar. Aliás, esse é outro problema... Não tenho carro.

— Só para, tá bom? — Ele junta as mãos como se estivesse rezando. — Primeiro, desde quando você dá a mínima para o que eles pensam... ou para a minha opinião, aliás? — Ele ri, e eu também, porque, óbvio, é verdade. — E você pode descolar um carro. Eu te dou o meu, droga! — ele grita. — Pare de inventar desculpas.

— Você precisa do carro.

— Para que eu preciso de um carro? Tranquei o semestre — lembra ele. — Você vai para a faculdade.

Estou tentando pensar que tudo poderia dar certo, que nada disso é uma loucura. Solto uma risada e cubro a boca, sacudindo a cabeça enquanto olho para o celular novamente. De repente me sinto tonta e enjoada com o avassalador sentimento de novas possibilidades que cresce no meu peito.

— Tucker Hill — diz Caelin. — Não é onde Josh Miller estuda?

Assinto, lentamente.

— Então... isso significa que você e ele estão juntos de novo ou...? — pergunta, constrangido.

— Ele tem namorada. — Eu me ouço responder no automático. A frase que não me sai da cabeça nos últimos meses, mesmo que não seja exatamente o que meu irmão perguntou. — Quero dizer, a gente é só amigo — concluo.

ooo

Levo meu burrito morno para o quarto e fecho a porta. Abro o notebook. Quero tanto um cigarro, porque sinto todas essas emoções fervilhando em mim, medo, emoção, alegria e pavor, lutando pelo protagonismo.

Mas tomo fôlego, inspiro e expiro lentamente, então abro o e-mail, verificando mais uma vez, como se a mensagem fosse mudar de conteúdo do celular para o computador. Não mudou. Clico no link das subvenções e bolsas do departamento de inglês. Inglês, eu tinha dito que meu objetivo era o bacharelado em inglês. Tento me imaginar na universidade, como uma das pessoas naquelas idílicas fotos na internet. Talvez eu pudesse ser como aquela garota, sentada debaixo de uma árvore, com uma manta e um livro, lendo. Ou como aquele garoto, sorrindo na sala de aula. Eu poderia fazer parte do grupo de pessoas caminhando, conversando, rindo... vivendo com amigos. Fecho os olhos e tento sonhar: grandes edifícios e bibliotecas vastas, viver em uma cidade de verdade.

E depois há o outro detalhe. Fecho o notebook. O detalhe Josh. Toda aquela *coisa*... com Josh, como Mara disse na noite do show.

ooo

Estou remexendo a salada em meu prato no jantar, tentando encontrar o momento certo para tocar no assunto. Caelin fica me encarando, à espera de que eu diga alguma coisa. Mamãe está lendo no celular. Papai, que mal fala comigo ultimamente, está debruçado sobre o frango, comendo em silêncio, como de costume.

— Então — anuncia Caelin. — Eden tem uma notícia muito boa.

Mamãe levanta os olhos do telefone e limpa o canto da boca com o guardanapo.

— Boas notícias? Estamos precisando de boas notícias por aqui.

— Ahn, sim. É que eu fui aceita em Tucker Hill, para o outono.

— O quê? — exclama papai, largando o garfo, olhando de mim para Caelin, como se estivéssemos mantendo algum tipo de segredo.

— Eu só soube hoje — acrescento.

— E você... quer... ir? — pergunta mamãe, as palavras soando lentas e inseguras.

— Então... — começo, mas só o modo como ela perguntou me faz sentir que eu não deveria querer ir, como se não tivesse o direito de querer.

Caelin interrompe:

— Lógico que ela quer ir.

— Certo, lógico que você quer — diz mamãe, e sinto um *mas* prestes a sair de sua boca.

— E isso é bom — argumenta Caelin em minha defesa, reforçando um pouco minha determinação.

— Sim — concordo. — Por que eu tenho a impressão de que estou dando uma notícia ruim para vocês?

— Não, é uma ótima notícia. Sério — diz mamãe. — Só é um pouco inesperada.

— Tudo bem — ironizo. — Vocês estão felizes mesmo por mim?

— Com certeza! — responde mamãe. — Sim, claro que estamos. Desculpe, só estou pensando em tudo pelo que você tem passado. Sabe, finalmente parece que as coisas estão se ajustando por aqui, com seus *compromissos* e seu trabalho e... e você tem uma rotina. Só tenho medo de que uma grande mudança não seja do que você precisa agora.

— Ou é exatamente do que eu preciso. Já liguei para o consultório da minha terapeuta e posso continuar as sessões por telefone. E eu definitivamente posso arranjar outro emprego de meio período, para fazer café superfaturado. E posso voltar para cá no dia da audiência, caso aconteça, enfim... quero dizer, ela pode ser adiada novamente. Por que estou colocando toda a minha vida em espera?

Papai solta um suspiro ruidoso, balançando a cabeça.

— O quê? — pergunta Caelin a nosso pai, e até eu ouço o desafio em sua voz.

Papai estreita os olhos para Caelin.

— Como é?

— Eu disse a palavra "terapeuta" — murmuro baixinho. — Mencionei a audiência... sei que a gente devia estar agindo como se nada disso estivesse acontecendo.

— Eden — começa mamãe. — Ninguém está...

Mas papai a interrompe:

— Ela vai fazer o que quiser. Por que pedir permissão para nós?

— Quem, *eu*? — digo em alto e bom som, a ousadia de Caelin me contaminando, porque estou tão cansada de papai não falar comigo desde que tudo veio à tona, como se *eu* tivesse feito algo errado. — Então você está dizendo que realmente me quer aqui? Porque você mal me dirige a palavra.

— Isso n... — começa papai, se afastando da mesa, olhando para mamãe. — Ela é muito nova, Vanessa. É muito nova para ir embora. Isso n... — repete. — Isso não está acontecendo.

— Você nem vai olhar pra mim, sério? — grito.

— Eden — pede minha mãe. — Calma.

— Ah, meu Deus — murmura Caelin.

— O que você quer que eu faça aqui? — pergunto, sem nem mesmo tentar controlar o tom de voz. — O quê, trabalhar na Bean pelo resto da vida, fazer uma matéria da faculdade comunitária de vez em nunca? Eu tenho capacidade de fazer coisas, sabe? Eu quero isso. Não sei por que você está se comportando desse jeito.

Papai se levanta da mesa, caminha em direção à porta e então pega as chaves do carro.

É quando eu finalmente digo o que estive reprimindo pelos últimos sete meses.

— Você acha que tudo isso é minha culpa, não é?

Ele se vira, me encarando pela primeira vez em meses.

— Bem, eu não pedi para nada disso acontecer. O que Kevin fez não foi minha culpa, e estou cansada de você me culpar todo maldito dia! — grito.

— Seu pai não te culpa. — Mamãe também se levanta. — Conner, fale para ela — exige.

Caelin é o próximo a se levantar, olhando para nosso pai, depois para mim.

— Não, ele culpa a mim, Eden. — Meu irmão empurra a cadeira calmamente, em seguida vai para o quarto.

Papai dá meia-volta, abre a porta e sai.

— Pelo amor de Deus — sussurra minha mãe. — Eden, já volto. Nós vamos dar um jeito nisso... só preciso... — E então ela vai atrás de meu pai. Eu fico sozinha, sentada à mesa com quatro pratos pela metade.

— Vou sair — digo para ninguém.

ooo

Levo a noite toda para criar coragem e mandar uma mensagem para Josh. Desde aquela conversa que tive com o pai dele, na varanda da frente, vinha me esforçando para não despejar toda a minha merda em cima da cabeça dele. Vinha tentando o apoiar, caso *Josh* precisasse de mim, para variar. Tentei perguntar várias vezes como ele estava, mas ele não me deu abertura. Comecei a me preocupar, talvez nosso tempo tenha chegado ao fim. Talvez tenhamos perdido chances demais e finalmente as esgotado.

Deito de costas, olhando para o borrão do ventilador de teto, deixando-o me embalar em algum tipo de estranho estado meditativo. Com esforço, desvio os olhos. Rolo para o lado, sento e respiro fundo, abrindo a nossa conversa pela milionésima vez. Se eu esperar mais um pouco, vai ser tarde demais e vou ter que fazer tudo de novo amanhã.

Sei que é tarde... mas posso te ligar?

O telefone logo vibra em minha mão.

JOSH

O CELULAR TOCA muitas vezes antes que ela atenda, minha cabeça já girando com todo tipo de cenário terrível, adrenalina demais correndo em minhas veias.

— Ei — diz ela, calmamente.

— Oi. O que aconteceu?

Ela ri.

— Ok, por que "o que aconteceu" é a primeira coisa que você me diz?

Tento analisar sua voz.

— Desculpe. É que, em todos esses anos que te conheço, você só me liga quando tem alguma coisa errada.

— Sério?

— Ah, não sei — murmuro, sem querer que ela se sinta mal e evitando lembrar daquele telefonema de novo.

— Bem, não aconteceu nada, eu só — ela inspira profundamente e expira aos poucos — queria falar com você. Tudo bem?

— Claro. Já disse, pode me ligar a qualquer hora.

— Eu sei que você disse, mas... tá, obrigada. — Ela faz uma pausa. — Humm, sua namorada está por aí?

Não cheguei a contar a ela que tínhamos terminado. Nunca parecia encontrar um momento em que isso não soaria como se eu estivesse procurando um motivo oculto para tentar convencê-la a ficar comigo.

— Será que ela vai ficar brava por eu ligar tão tarde?

— Bem, eu liguei pra *você*, então... — Mudo o telefone para o outro ouvido, como se isso me ajudasse a pensar melhor. — Por quê, seu namorado ficaria bravo? — pergunto a ela em vez disso.

— Sim, provavelmente. — Ela ri aquela risada perfeita, a de verdade. — Se ele ainda fosse meu namorado.

— Ah — suspiro.

Ela ri de novo, esperando que eu me junte a ela, mas não consigo.

— Espere, é sério? — pergunto, antes que meu coração se empolgue demais. — Vocês não estão mais juntos?

— Sim — responde ela. — Quero dizer, sim, é sério. Não, não estamos mais juntos.

— Ah — repito.

— Josh?

— Desculpe. Hum, não, a única que iria ficar brava por a gente estar conversando agora é a Harley. — Agora é minha vez de esperar que ela ria, mas ela não o faz. — Sabe, a minha gata... Harley Quinn? Deixa pra lá. Estou, uh, na verdade estou em casa agora.

— Em casa leia-se na casa dos seus pais? — pergunta ela.

— Sim, só durante o fim de semana.

— Você não ia me contar?

— Ah, é só um bate-volta.

— Mas... você ia me contar?

— Bem, eu não tinha certeza se ia ter tempo pra te ver, então... — divago, à espera de que ela fale alguma coisa, porque... como vou contar a verdade a ela? *Não tenho certeza se confio em mim mesmo quando estou perto de você.* — Eden?

— Sim, estou aqui — diz ela, gentilmente.

— E se...?

— E se o quê?

— E se a gente conversasse pessoalmente? — pergunto a ela. — Posso ir aí?

Prendo a respiração em meio ao silêncio do outro lado da linha. Ela nunca me deixou visitá-la antes. Nem sei por que estou perguntando. Devia simplesmente tê-la convidado para vir à minha casa.

— Tudo bem se você não... — começo, mas ela me interrompe.

— Vem.

ooo

Troquei de camiseta e escovei os dentes e, menos de dez minutos depois, estou estacionando em frente à casa de Eden. Em todo o tempo em que a conheço, nunca a peguei ou a deixei em casa, nunca nem entrei lá. A casa está bem escura, mas, enquanto guardo as chaves do carro no bolso, subindo a entrada da garagem, a luz do alpendre se acende.

Ela abre a porta quando me aproximo, saindo descalça. Sorri e desce para me encontrar assim que começo a subir os degraus, e nós meio que nos abraçamos desajeitadamente na escada, os dois caindo nos braços um do outro e nos embalando.

— Oi — murmura ela, enquanto se afasta e dá um passo para o lado. — Desculpe, fui para o abraço com muita sede ao pote, eu acho.

— Não me importo com abraços sedentos se vierem de você.

Essa foi literalmente uma das coisas mais estúpidas que eu já falei na vida, mas ela está usando short de novo; dessa vez um pijama, macio. Dá pra ver que ela está vestindo uma regata combinando com o short por baixo de um moletom enorme, e tenho dificuldade em pensar em qualquer outra coisa que não aquilo. Entro logo atrás dela, tentando relaxar ao menos um pouco.

Há sapatos alinhados na entrada, então aproveito a deixa e tiro os meus.

— Obrigada — ela agradece baixinho, parada ali, mudando o peso do corpo de um pé para o outro, coçando a coxa, olhando por cima do ombro. Ela parece visivelmente desconfortável na própria casa. Ou talvez perceba que estou nervoso, e isso a esteja deixando nervosa também. — Meus pais estão lá em cima — acrescenta, não exatamente sussurrando, mas deixando óbvio que precisamos ficar relativamente quietos.

— Ah, tudo bem — digo, assentindo.

— Meu quarto é por aqui. — Ela me guia pela sala e por um corredor onde posso ouvir sons abafados de TV vindos de um dos quartos, uma fina faixa de luz sob a porta. — Meu irmão — explica.

Por um segundo, eu me lembro da festa de Ano-Novo do meu último ano. Os boatos sobre Eden fervilhavam, e eu tentava explicar, sem sucesso, já que estava bêbado... a primeira vez na vida que bebi... que aqueles boatos não passavam de mentiras. Analisando a situação hoje, tenho certeza de que só piorei tudo. Então, quando o irmão dela me confrontou mais tarde naquela noite, tentei dizer a ele que Eden não era só uma peguete para mim, mas, antes que eu pudesse explicar em detalhes que a amava de verdade, o cara já tinha me derrubado no chão. Minha primeira briga. Meu primeiro olho roxo. Minha primeira ressaca.

Ela fecha a porta atrás de nós, e tento dar uma olhada rápida ao redor, sem ser muito óbvio. Tudo é muito minimalista e esparso, mais um showroom do que um quarto de verdade.

— Então é isso, meu quarto.

— É diferente do que eu imaginei, de algum jeito.

Ela olha em volta, como se o visse pela primeira vez também.

— Quero dizer, é bacana — recuo.

— Não — diz ela. — Eu sei que é estranho. Não tem mais muito de mim aqui.

Não tenho certeza do que isso significa, e acho que deixo transparecer, porque ela explica:

— Minha mãe, tipo, entrou em uma de Ikea e simplesmente jogou no lixo tudo o que tinha aqui antes. Ela pintou as paredes e deixou tudo muito... cinzento. Acho que não gastei muito tempo dando meus toques pessoais ao ambiente. Exceto pelo abajur — diz ela, se movendo em direção à mesa para acender uma luminariazinha de vitral, a única fonte de cor em todo o cômodo. — Comprei em um brechó. Tenho orgulho disso. Mas estou falando demais. Desculpe. Acho que estou nervosa.

— Está tudo bem, talvez eu esteja meio nervoso também. — Hesito. — Estar aqui pela primeira vez me faz sentir no ensino médio de novo.

Ela solta uma risada curta. Então se desvia de mim para apertar o interruptor na parede. A luz do teto se apaga, e sua luminária de mesa lança uma espécie de brilho amarelado ao redor do quarto.

— Pronto, assim está melhor — diz ela. — Menos ofuscante.

— Sim — concordo, observando-a enquanto Eden fica diante de mim sob a luz suave, parecendo ainda mais... *cativante*. Essa é a palavra que continua aparecendo em minha mente.

— Nunca recebi ninguém aqui. Quero dizer, Mara, é óbvio. Mas nunca um *garoto* — sussurra ela com as mãos em concha — para o meu quarto assim. Antes. — Ela inspira profundamente e diz: — Desculpe, isso devia ser fofo ou engraçado ou algo assim.

— Não, foi — asseguro a ela, mas na verdade estou pensando em *Steve*. Ele nunca esteve aqui então, e o que isso significa?

— Humm. Você quer sentar ou, ah, quer beber alguma coisa?

— Estou bem — digo a ela. — Tudo ok.

— Tá bom — diz ela, mas ainda está enrolando os dedos nos cordões do moletom, que nitidamente jogou sobre o pijama logo antes de eu chegar. E algo no gesto leva minha mente à direção errada mais uma vez. Preciso desviar o olhar.

— Melhor começar de novo? — pergunto. — Com um abraço decente?

Ela assente.

— Sim? Tá bom. Chega aqui. — Estendo as mãos, e ela as pega, então vem em minha direção e passa os braços em volta de minha cintura. Deixo meus braços a envolverem, e descanso o queixo em cima de seu cabelo, muito cheiroso, como de costume. Ela pressiona o rosto contra meu peito e aperta com muita força. Continua a inspirar lentamente, deliberados e profundos arquejos, como se estivesse tentando se acalmar. Parte de mim quer perguntar se ela está bem, mas é evidente que não está, então tento respirar com ela, quero me acalmar também. Gradativamente, seu aperto afrouxa, e nós nos afastamos um do outro.

— Desculpe, é que eu tenho estado... tem sido difícil nos últimos dias, mas estou feliz que você esteja aqui. Sempre prefiro falar com você pessoalmente.

Ela não tinha mencionado nada na troca de mensagens que os últimos dias estavam difíceis, mas acho que não posso dizer que fui sincero sobre o que estava acontecendo comigo também. Nós nos sentamos em sua cama, um de frente para o outro, do mesmo jeito que sentamos àquela mesa de piquenique.

— Então, sobre o que você quer falar? — pergunto, ao mesmo tempo que ela diz:

— Por que você está na cidade?

Como de costume, nós nos atropelamos.

— Desculpe, você primeiro — digo a ela.

— Ok, então por que você está na cidade? — repete ela.

— É o meu pai. Neste fim de semana, faz seis meses que ele está sóbrio. Vai ter uma cerimônia e depois vamos fazer meio que uma comemoração em família.

— Ah. Uau, seis meses. Isso é um marco importante, né?

Assinto.

— Sim. Quero dizer, eu o vi pegar sua ficha de seis meses algumas vezes antes, mas...

— Mas o quê?

— Provavelmente vou me arrepender de dizer isso, mas estou sentindo uma diferença no meu pai desta vez.

— Que ótimo — diz ela, com uma piscada lenta, como se realmente quisesse dizer isso.

— Não sei, estou sendo cautelosamente otimista, acho.

— Estou muito feliz, Josh. Você merece.

— *Eu* mereço? — pergunto.

— Sim, você merece um pai saudável e... que esteja presente. Quero dizer, eu sei como essa situação te magoou nesses anos. — Ela estende a mão e pega a minha, se aproximando de mim, e noto um brilho umedecendo seus olhos. — Eu só... — Ela faz uma pausa para fechar os olhos por um segundo. — Eu só quero que seja diferente pra você também, dessa vez.

Estendo o braço e pego sua outra mão, pensando que talvez eu tenha enfim entendido algo importante a respeito dela. Algo que eu não tinha compreendido de verdade antes. Ela passou grande parte de nosso relacionamento escondendo as emoções porque é *assim* que sente as coisas... profunda e completamente. E mais: ela sempre se importou, de coração.

— Eden — começo, mas não tenho mais nada a dizer. — Obrigado — digo, decidindo ser a melhor opção.

— Desculpe pelo telefonema — diz ela. — Fiquei surpresa por você não ter mencionado que estaria aqui. Não que tenha *obrigação* de me avisar toda vez que vier pra cidade.

— Não, eu queria te contar. — Eu me aproximo um pouco mais de Eden. — Mas as coisas pareciam... — Tento encontrar a palavra certa. — Tensas. Desde a última vez. Ou talvez seja só impressão, não sei.

— Não é só impressão.

Há um silêncio que sinto ser minha vez de preencher.

— Preciso ser sincero, foi difícil te ver com outro cara. E, mais do que isso, eu senti que talvez devesse tentar te deixar em paz.

— Não — diz ela, apertando minhas mãos. — Não quero que você me deixe em paz. Nunca.

— Bem, eu pensei, se você seguiu em frente, eu devia tentar fazer a mesma coisa, e talvez com isso as coisas ficassem mais fáceis ou...

— Se *eu* segui em frente — ela repete, a voz ficando mais incisiva enquanto solta minhas mãos. — É você que está em um relacionamento sério.

Balanço a cabeça conforme ela fala.

— Não, não estou. Não é... Acabou faz um tempo.

— O quê?

— Acabou — repito.

— Desde quando?

— Desde que eu vim atrás de você naquela noite. Em dezembro. Para ser sincero, ela não aceitou muito bem.

— Você mentiu pra mim?

— Sim — admito. Ela assente devagar, e eu a observo enquanto prende o lábio inferior entre os dentes, depois olha para as mãos no colo, o cabelo caído no rosto. Inclino a cabeça para tentar ver sua expressão, mas ela leva a mão à testa, como se protegesse os olhos do sol.

— Eden? — Estendo a mão e levanto seu queixo até que consiga ver seu rosto... sorridente. — Ah, não fique tão arrasada — brinco.

Ela ergue o olhar então, e cobre a boca.

— Não, desculpe. Não estou sorrindo — argumenta ela, mas a voz vai sumindo enquanto abafa uma risada.

— Não, você está rindo! — O que me faz começar a rir também, porque é tão absurdo. — O que é tão engraçado?

— Não, nada... desculpe! — Ela dá um tapinha em meu braço. — Pare com isso — exige, mas em seguida cai na gargalhada outra vez.

— Pare *você*. — Sua risada é como uma droga. — É você que está rindo de mim.

— Desculpe, não sei por que estou rindo. Desculpe — repete ela. — Não estou rindo de você, juro.

— Não, não se preocupe. Está tudo bem — provoco. Meus sentimentos não importam tanto mesmo.

— Ah, meu Deus. — Ela suspira, se recompondo. — Eu fui péssima agora.

Assinto, fingindo concordar, me contendo para não dizer *Não, você é ótima*.

Quando finalmente paramos de rir, de algum modo nos aproximamos ainda mais um do outro.

— É que eu estava obcecada por você e essa, tipo, *garota dos sonhos*, e agora... — Ela balança a cabeça por um segundo, e então me encara com tanta intensidade, as bochechas coradas.

— O quê? — pergunto a ela.

— Eu me importo com os seus sentimentos, você sabe, né? — Ela estende o braço e deixa a mão pairar sobre o centro do meu peito, os dedos mal tocando minha camisa. — Muito, na verdade.

Cubro sua mão com a minha, pressionando-a no peito. Estamos tão perto agora, e me pergunto se ela sente as batidas do meu coração. Ela se aproxima de mim e toca meu rosto com a outra mão, como fez na noite do show, com muita suavidade. Viro o rosto e beijo sua palma, e, enquanto sua mão desce para meu pescoço, ela chega mais perto de mim. Eden se inclina e me dá um beijo breve na bochecha, antes de se afastar para me encarar. Sua outra mão agarra o tecido de minha camisa, e seu olhar desce para se concentrar em minha boca. Observo enquanto ela inspira um minúsculo gole de ar... Deus, não sei como pude esquecer esse detalhe. Sempre me encantava, o jeito como ela deixava escapar um pequeno arquejo logo antes de me beijar. Fecho os olhos e sinto o calor de sua boca, nossos lábios quase se tocando.

Quase não consigo recuperar o fôlego — por conta do que está acontecendo —, mas então, enquanto espero que ela diminua a insuportável distância entre nós, sua mão afrouxa o aperto em minha camisa e toca meu peito agora. Abro os olhos e a vejo se afastar.

EDEN

AGORA É COMO se eu fosse duas pessoas diferentes. A primeira quer se jogar nisso, em Josh. A visão dessa primeira está focada apenas em quão bom vai ser, quão certo, quão puro e honesto. Mas a segunda? Ela nem chega a vê-lo. Tem visão de raio X. Para ela, o quarto está tão lotado de todas as coisas que aconteceram aqui que Josh mal se faz presente. Ela vê além das paredes recém-pintadas e dos móveis novos e dos lençóis limpos e tudo em perfeita ordem monocromática, todas as cicatrizes escondidas abaixo.

Uma de nós o puxa para mais perto, a outra o afasta, e eu odeio as duas, porque nenhuma parece *eu*.

— Desculpe — sussurro.

— Não, sou eu quem peço desculpas. Acho que interpretei tudo errado.

Não sei quais palavras usar para me explicar. Mal entendo o que se passa em minha mente agora, mas seguro as mãos dele e as aperto com força, porque é tudo o que posso fazer.

— Você não interpretou nada errado. É só que... aqui não. Não posso. Não aqui — repito, esquadrinhando o quarto, como se as paredes estivessem nos observando. Às vezes sinto que elas realmente podem ver.

— Tudo bem — diz ele, de um jeito gentil, embora deva estar ainda mais confuso que eu.

— Aconteceu aqui — tento explicar. — Você... Você sabe do que estou falando, né?

Vejo a onda de entendimento inundar seu semblante. Ele aperta minhas mãos e assente.

— Sim — sussurra. — Sei. Com certeza.

— É mais ou menos sobre isso que eu queria falar com você.

— Ah — murmura ele, endireitando a postura. — Tudo bem.

— Não, não sobre *isso*. Não se preocupe.

— Não estou preocupado, você sabe que pode falar comigo sobre isso.

Fecho os olhos e balanço a cabeça.

— Não. Quero dizer, obrigada. Mas não. O que eu quis dizer é que eu queria falar com você sobre a... parte *aqui* de tudo.

— A parte aqui? — repete ele, como se fosse entender o que quis dizer quando repetisse em voz alta. — Tudo bem.

— Eu sei que isso não está fazendo sentido, e que eu pareço uma desorientada.

— Tudo bem, estou entendendo — diz ele com um sorriso cauteloso. — Mais ou menos.

— Não estou tentando ignorar o que acabou de acontecer. Ou quase acontecer. Não quero esquecer. *Não* vou esquecer, acredite em mim, mas... — Eu puxo suas mãos em minha direção e me inclino para beijar as costas de cada uma. — A gente pode colocar uma pedra nesse assunto por um tempo? Sei lá como é esse ditado. Porque eu queria conversar com você sobre uma coisa.

— Lógico, podemos fazer isso. Sim.

— Tudo bem. — Inspiro e expiro, tentando me livrar da tensão. Entra o bem, sai o mal, digo a mim mesma, como minha terapeuta me ensinou. — Você sabe que eu tenho tentado muito fazer as coisas darem certo por aqui.

Ele assente.

— Mas simplesmente não funciona — enfim admito em voz alta. — E, quanto mais eu penso no assunto, mais tenho certeza de que não vai dar certo. Tipo, eu tento me imaginar nesta cidadezinha daqui a um ano, e nada aparece na minha mente. — Faço uma pausa para aliviar o peso que as palavras deixam em minha garganta. — Não posso mais ficar aqui. Nesta casa, nesta cidade. Muita coisa aconteceu. Eu não me encaixo mais. Não me encaixo há muito tempo.

— Hm-hum — murmura Josh, balançando a cabeça de modo encorajador. — Dá pra entender por que você se sente assim.

— Então... eu tenho pensado em ir embora.

— Ir embora? — Ele franze as sobrancelhas e balança a cabeça de leve. — Como assim? Para onde você iria?

— Bem, o que você diria se eu te contasse que me inscrevi na sua faculdade? Seria estranho ou...

— Na Tucker? — interrompe ele. — Está brincando. Não, isso seria... — Ele faz uma pausa, procurando pela palavra. — Perfeito.

— Mesmo? — Eu expiro. — De verdade, está falando sério?

— De verdade, estou falando sério. Cem por cento... mil por cento.

Tento me impedir de sorrir feito uma boba, mas é difícil quando ele também está sorrindo para mim desse jeito.

— Tá bom, estou muito feliz que você pense assim, porque eu me candidatei.

— Você se candidatou?

— E eu entrei.

— Espere, você entrou? — diz ele muito alto, levando em consideração o fato de ser quase meia-noite.

— E acho que eu quero muito, muito ir.

— Você entrou — repete ele. — Sério, Eden?

Faço que sim com a cabeça.

— Isso é incrível! — Ele joga os braços à minha volta, e de repente já me sinto mais livre. — Estou muito feliz! — Josh sussurra em meu cabelo. — Estou muito feliz por você.

— Está? — pergunto, odiando como minha voz soa hesitante e boba.

Quando nos separamos, ele ajeita meu cabelo para trás das orelhas e segura meu rosto nas mãos por um momento, ainda sorrindo enquanto me olha nos olhos.

— Não me pergunte isso; você sabe que estou. — Ele beija minha testa rapidamente, um selinho, doce e casto. Então sustenta meu olhar por mais um segundo, depois se afasta de mim, dessa vez com as costas escoradas na parede. Eu me sento bem ao seu lado, também encostada na parede, meu braço no dele, minha perna em sua perna.

De repente ele fica muito quieto.

— No que você está pensando? — pergunto.

Ele balança a cabeça.

— Não sei, muitas coisas.

— Tipo?

— Tipo o orgulho que sinto de você... é estranho dizer isso?

— Não — respondo. Mas observo enquanto ele engole em seco e estuda o quarto, de maneira diferente do que havia feito antes. — No que mais você está pensando?

Ele vira a cabeça para me encarar e estreita um pouco os olhos.

— A verdade? Basicamente, estou tentando *não* pensar em você... neste quarto... *nele* — acrescenta, parecendo hesitar.

— Desculpa — peço. Porque talvez eu não tenha sido justa quando o fiz pensar nisso.

— Por que você está se desculpando? Não quis dizer que você não devia ter me contado; estou feliz que tenha feito isso. Você não tem nada de que se desculpar.

— Parece um quarto tão bom, não é? — comento, e não sei se estou tentando descontrair ou se quero mesmo uma resposta. Eu queria que ele entendesse o quanto preciso ir embora, mas é difícil vê-lo enxergando a verdade sobre a minha vida, desse jeito que ninguém mais consegue.

— Não, não parece — ele responde imediatamente. — Desculpe, eu só não sei como você aguenta.

— Aguento o quê?

— Morar aqui... depois de tudo.

— Não aguento. De verdade. Quero dizer, não durmo muito bem aqui. É uma cama novinha, mas eu ainda acabo no sofá na maioria das noites. Antes era pior. Durante todo o ensino médio, eu literalmente dormi no chão, em um saco de dormir. Eu... eu nunca contei isso a ninguém.

Ele solta o ar, expirando com força, e coloca o braço ao meu redor Eu me deixo tombar para o seu lado.

— Eu só dormia em uma cama de verdade na casa da Mara ou..

— Ou o quê? — pergunta ele.

— Ou quando estava com você — termino, olhando rapidamente para cima, para ele. Josh está me observando com uma expressão devastada no rosto. — Desculpa.

— Não se desculpe.

— Não sei por que estou te contando tudo isso. Estou cansada de verdade. — Suspiro. — Eu sei que estou falando demais e deixando tudo estranho e negativo, não é?

— Não, não está. Por favor, não diga isso, ok?

Antes que eu possa responder, Josh se afasta de mim, e por um segundo penso que talvez eu tenha estragado tudo, mas então ele se deita, a cabeça em meu travesseiro e o braço estendido para o lado.

— Chegue aqui. Eu fico até você dormir.

— Sério?

— Se você concordar, sim.

Afirmo com a cabeça e rastejo para o seu lado.

— Confortável? — pergunta ele.

Eu me sento porque meu moletom está me deixando com muito calor. Só o vesti porque estava de pijama e sem sutiã, mas parece tão inútil agora. Abro o zíper, e Josh me ajuda a desvencilhar meus braços das mangas. Eu me deito, descansando a cabeça naquele lugar perfeito que tentei encontrar em tantas outras pessoas, mas jamais foi tão bom assim.

— Quer que eu apague a luz? — pergunta Josh, estendendo a mão para o abajur de vitral em cima da mesa.

— *Não*, não apague. — Sai muito rápido, e ele recolhe a mão, quase assustado. — Quero dizer, se importa se a gente deixar ligado?

— Tudo bem — responde ele, com suavidade. — É uma coisa que você faz? Deixar a luz acesa?

— Eu não tenho, tipo, medo do escuro — tento explicar, levantando a cabeça para encará-lo. — Só quando estou aqui. Outra coisa que nunca contei para ninguém.

Ele não fala, apenas assente. Deito a cabeça mais uma vez, deixo meu braço descansar em sua barriga enquanto seus dedos sobem e descem pela minha pele nua, como uma canção de ninar.

— Eden? — ele chama, tão baixinho que mal consigo ouvi-lo. — Posso te perguntar uma coisa?

— Pode.

Seu peito sobe enquanto ele enche os pulmões de ar, e sinto seu coração batendo mais rápido.

— Quando a gente estava junto, alguma vez eu...? — Ele faz uma pausa e eu espero. — Quero dizer, eu sei que o nosso relacionamento evoluiu muito rápido e começou muito, humm...

— Sexual? — completo, já que fica óbvio o quanto isso é difícil para ele.

— Eu ia dizer físico, mas sim. — Ele faz mais uma pausa e engole em seco, antes de continuar: — E você era mais nova do que eu pensava.

— Porque eu menti pra você.

Ele me ignora, e continua como se eu não tivesse dito nada:

— Alguma vez eu fiz qualquer coisa que te deixou desconfortável ou que fez você se sentir...? Tipo, alguma vez eu não ouvi ou te pressionei a...

Percebo aonde ele quer chegar, então o interrompo.

— Josh, *não.*

— Não, não... — argumenta ele, e, pelo modo como sua voz sai trêmula, me sinto impelida a olhar para ele. — Não responda só o que você acha que eu quero ouvir. Eu preciso saber a verdade. Isso está me matando — acrescenta, e suas palavras são como um soco no meu coração.

— Estou falando a verdade.

— Às vezes eu penso no passado e não tenho mais certeza se te tratei bem mesmo. É que eu sabia que tinha alguma coisa errada. Mesmo na primeira vez que a gente ficou junto. Eu sabia, mas não fiz nada...

— O que você devia ter feito? Quando tentou me perguntar sobre o que tinha acontecido, eu basicamente mandei você se foder.

— Mas eu...

— Pare. Você nunca fez nada de errado, juro. — Quando estendo o braço para tocar seu rosto, ele pega minha mão e a segura contra a bochecha, olhando em meus olhos.

— Você jura? — repete ele. — Mesmo?

— Juro. — Ele solta minha mão e eu me deito aninhada a ele. — Por favor, nem pense nisso, nem por um segundo, Josh. Se rolou alguma coisa, foi o contrário.

— Ok — sussurra ele, acariciando meu cabelo com uma das mãos e segurando meu braço com a outra. — Vou deixar você dormir, me desculpa.

— Está tudo bem.

Ele acha que não ouço quando sussurra, alguns minutos depois:

— Obrigado.

JOSH

FICO OLHANDO PARA o teto. Não sei por quanto tempo. Eu devia estar me sentindo melhor, finalmente consegui minha resposta, mas as palavras dela continuam se repetindo em minha cabeça.

— O contrário — eu me ouço dizer em voz alta. — Qual é o contrário?

— Hum? — murmura ela.

— Você disse "se rolou alguma coisa, foi o contrário", mas o que isso significa?

— Ah — ela respira, sua voz já pesada de sono. — Eu não sei. Você sempre me fez sentir... segura. Segura demais, talvez. — Ela solta a mais tímida risada. — Meio que me estragou para qualquer outra pessoa.

— Não sei como lidar com isso — sussurro, mas me apego àquela risadinha.

— É só... Sabe, ninguém mais é como você.

Em segundos, sua respiração se torna mais lenta, mais profunda, enquanto ela cai no sono.

— Ninguém mais é igual a você também — digo, embora eu saiba que ela não vai me ouvir.

ooo

Quando dou por mim, estou abrindo os olhos e sei que fiquei apagado por um tempo. Eden ainda está dormindo, sua perna está em cima da minha. Eu me mexo devagar, enfiando a mão no bolso de trás para pegar o celular. Quase quatro da manhã. Movo sua perna primeiro, então, com o máximo de cuidado possível, deslizo meu braço para tirá-lo de trás de seu pescoço. Não quero acordá-la, mas também não quero simplesmente ir embora. Em sua escrivaninha, perto do abajur, há um bloco de post-its e um organizador com marcadores e canetas.

Continua... Durma bem, J.

Eu a cubro com o cobertor de tricô, que está dobrado nas costas da cadeira, e deixo o bilhete no travesseiro ao seu lado.

Ando na ponta dos pés pela casa, no escuro, mal respirando. Não sei quem seria pior de encontrar no meio da noite: um dos pais, que não tem ideia de quem eu sou e pode achar que sou algum tipo de intruso, ou o irmão. Chego ao hall de entrada, onde pego meus sapatos e os carrego pelo restante do caminho. Só quando fecho a porta atrás de mim é que finalmente me permito expirar. Eu me inclino contra a balaustrada e tento me equilibrar enquanto calço meus tênis.

— Ei, Miller.

— Porra! — Quase caio da escada quando ergo o olhar e dou de cara com o irmão de Eden, sentado ali, no escuro.

— Desculpa — pede ele. — Eu estava tentando *não* te assustar, na verdade.

— Não, tudo bem — falo, lutando para calçar meu outro tênis depressa, só por precaução, para o caso de precisar bater em retirada. — Humm, eu sei o que isso deve parecer, mas não estou fugindo nem nada.

Ele solta uma risada curta.

— É um pouco estranho mesmo, viu? — murmura, enquanto acende um cigarro, iluminando seu rosto, e é quando percebo que ele tem uma coleção inteira de garrafas ao seu lado.

— Você está bem, cara? — pergunto, porque ele parece mal pra caralho. Não lembra em nada o melhor jogador de basquete, eleito o mais provável de ser uma estrela da NBA aos vinte anos, com quem eu dividia as quadras no colégio; ele mal se parece com aquele cara que me deu uma surra na festa de Ano-Novo.

Ele dá de ombros.

— Quer uma? — pergunta, quase deixando cair a garrafa de cerveja que está tentando me oferecer. Se alguma vez precisei de motivação para não beber de novo, é a oportunidade perfeita.

— Não, estou de boa. Já é tarde; melhor eu ir pra casa.

Ele assente e abre a garrafa para si.

— Mas é bom te ver — digo a ele, mesmo que, na verdade, seja meio horrível vê-lo. Assim, pelo menos.

— Miller? — chama ele, enquanto dou um passo para fora da varanda. — Você sabia?

Não preciso lhe perguntar do que está falando.

— Não, não sabia. Queria ter ficado sabendo antes, sinceramente.

— Acha que ela está bem?

Não tenho certeza do que dizer, mas tento responder mesmo assim:

— Acho que ela está... fazendo o melhor que pode. Você devia perguntar para ela — acrescento.

Ele assente, mas não diz nada. Levanto a mão em um aceno e dou um passo indo embora.

— Ei, só pra constar, Josh... — grita ele atrás de mim. — Me desculpe por socar a sua cara daquela vez.

— Está tudo bem — digo a ele. Dou outro passo, mas paro e viro novamente. — Sabe, eu me preocupo de verdade com ela. Sempre me preocupei. Nunca foi o que você pensou.

Caelin assente mais uma vez e se levanta, cambaleando em minha direção, estendendo a mão. Quando eu a pego, ele meio que me abraça para dar tapinhas em minhas costas, como faríamos nos velhos tempos, depois de um jogo.

— Estou feliz que ela tenha você... como amigo, ou o que seja — diz ele.

— Sim, bem, estou feliz por tê-la também — confesso, torcendo para ele se lembrar desta conversa amanhã. — Cuide-se, está bem?

— Sim. Até mais tarde.

Quando me afasto do meio-fio, ele já está dentro da casa.

EDEN

ESTAMOS PARADOS NA entrada de minha garagem. Todos nós. Como a cena de despedida em *O Mágico de Oz*. Só que, em vez de sapatos de rubi, meu transporte mágico é um Toyota bege emprestado. E, claro, não estou voltando para casa; estou indo embora.

É incrível como o tempo passa rápido quando você está tentando colocar a bagunça de uma vida inteira em ordem. Precisei largar meu emprego na Bean, me matricular nas disciplinas, encontrar um lugar para morar, descolar um novo emprego e reduzir as sessões com minha terapeuta tanto quanto possível enquanto isso. Estou mais que exausta.

Mas consegui. E agora estamos aqui. Mara está chorando, de um jeito feio, e, para surpresa de todos, meu pai também, e é mais difícil me conter do que pensei que seria, mesmo depois de tomar uma pílula a mais. Mas me controlo.

— Eden, tem certeza de que não podemos ir com você? — pergunta minha mãe novamente. — Só para te ajudar a se acomodar.

— Não, está tudo bem. Sério, eu vou ter bastante ajuda por lá. E eu volto para casa no mês que vem para a... — Faço uma pausa, encontrando o olhar de Caelin, antes de fitar meus pés. — Audiência — concluo.

— Tem certeza de que não esqueceu de nada? — pergunta ela, olhando para trás, para casa.

— Possivelmente, mas qualquer coisa eu pego da próxima vez.

— Eu gostaria de pelo menos conhecer esse tal de Joshua com quem você vai morar — murmura meu pai.

— Eu não vou morar com *ele*, pai — corrijo, não querendo ser muito dura, já que aquelas foram, provavelmente, mais palavras do que ele se dignou a dirigir a mim, ou perto de mim, desde a briga na mesa de jantar. — Vamos ficar no mesmo prédio.

— Eu conheço ele — diz Caelin. — É um cara decente.

Isso parece tranquilizar meu pai, o que acende uma pequena chama em meu peito. Afinal, por que *eu* o conhecer, atestar seu caráter, confiar nele, não é bom o bastante? Minha barriga se contrai com esse pensamento, apagando o fogo antes que chegue a meu cérebro e eu diga algo pelo que vou me sentir culpada mais tarde. Não é assim que eu quero que aquilo termine. Ou comece.

Todos nos entreolhamos, depois observamos o carro de Caelin, cheio de caixas e sacolas e meu colchão ainda novinho, embrulhado em plástico e amarrado no teto com cordas elásticas.

— Bem — começa mamãe, pressionando os dedos no canto dos olhos. — Estou odiando isso.

— Eu também — soluça Mara.

Eu vou até cada um deles — mamãe, papai e Caelin. Eu os abraço e digo que os amo. Mara, meu espantalho, deixo para o final.

— *Vou sentir mais falta de você* — sussurro em seu ouvido.

— Pare! — Ela ri, mesmo enquanto choraminga. — Não acredito que você está indo embora.

— É melhor você ir me visitar — digo, em meio ao cabelo em minha cara, seus braços em volta de meu pescoço, todo o corpo tremendo com soluços enquanto retribuo seu abraço.

— Avise quando chegar lá — grita minha mãe, enquanto manobro para sair da garagem.

Estou quase na estrada quando percebo que não sei o caminho. Desço uma rua lateral e estaciono. Vejo uma mensagem de Amanda, de quinze minutos antes.

Tudo o que diz é: você vai voltar mesmo, certo?

Eu me pergunto se ela estava nos observando na garagem. Sinto o pânico emanando de suas palavras. Ela quis dizer voltar para a audiência. Quando perguntei à promotora se era necessário, ela disse que poderiam me obrigar. Embora ela tenha usado a palavra "exigir". Acho que Mandy não sabe disso. Não posso lidar com ela agora. Rechaço os calafrios, então copio o endereço da mensagem de Josh e colo no GPS.

Respirar fundo. Recomeçar.

Depois de vinte minutos de estrada, quase morro quando desvio para a faixa da esquerda, tentando verificar as instruções. O motorista do caminhão em que quase bati buzina duas vezes e me mostra o dedo. No entanto, depois de ultrapassar os limites da cidade, estou me sentindo muito bem. A estrada está vazia e eu dirijo rápido, com a janela aberta, rádio ligado, a playlist que Mara fez para mim tocando músicas que sei de cor. Começo a pensar que talvez não tenha sido uma ideia maluca, talvez possa realmente ser uma coisa boa. O céu está cinzento, mas parece se encaixar. Como se esse fosse um dia perfeito para tentar mudar.

Na metade do caminho, quando paro para abastecer e ir ao banheiro, mando uma mensagem para Josh com minha previsão de chegada. Mantenho o rádio desligado durante a segunda etapa da viagem. Eu realmente não tinha planejado os detalhes. Quer dizer, eu sei que as aulas começam daqui a uma semana, e na segunda de manhã tenho orientação para novos alunos e uma visita ao campus com um grupo de calouros como eu. E que o nome de minha colega de quarto é Parker Kim, uma aluna do segundo ano, da equipe feminina de natação, que mora no prédio de Josh.

Reduzo a velocidade para ficar no limite permitido e tento me preparar.

Todas as nossas conversas e mensagens foram estritamente logísticas. Sobre a colossal escassez de alojamento estudantil no campus, e sobre como todas as opções de apartamentos que enviei para ele verificar pareciam localizadas em bairros terríveis e longe do campus. Sobre a vaga no apartamento da amiga — a colega tinha acabado de se mudar para morar com a namorada e ela precisava de alguém para dividir o quarto depressa, quase tanto quanto eu. "É perfeito, né?", dissera Josh. Aceitei a vaga sem nem estudar o preço e tentei não pensar tanto em Josh querendo que eu morasse tão perto.

Mas, nas últimas seis semanas, durante todo o planejamento e preparações, idas e vindas, aquele quase beijo ficou preso com firmeza no lugar, sem se mover. O mais perto que Josh chegou de me dar qualquer tipo de sinal sobre o que se passava em sua cabeça foi quando me enviou um link para uma vaga de estágio na biblioteca, acompanhado por alguns emojis sugestivos e confusos.

> Você tem que se candidatar. Lembro que era voluntária na biblioteca da escola quando estava se escondendo de mim...
> E aquele 🥑 lance do clube do livro 😉

Reli essa mensagem tantas vezes, até mandei Mara analisar. Ela jurou que ele estava flertando comigo, mas eu ainda não estava convencida. No entanto, me candidatei e, depois de uma entrevista de cinco minutos por telefone, consegui o emprego. Doze horas por semana. Eu ainda teria de arranjar outro trabalho, mas era um bom começo.

O GPS diz que estou a apenas dois minutos de meu destino. Estaciono a vários quarteirões do prédio, bochecho um pouco de água morna e coloco na boca uma pastilha de hortelã. Estou vasculhando a bolsa quando toco um dos frascos de remédio, que agora andam em três. Um para depressão, outro para dormir e outro de efeito rápido para quando eu tiver, de fato, um ataque de pânico. Cogito tomar outro, só para aliviar a tensão. Mas, em vez disso, aplico um pouco de brilho nos lábios, prendendo o cabelo despenteado pelo vento em um coque um pouco menos bagunçado. Só por precaução. Contra quê exatamente eu não sei.

JOSH

MAL CONSEGUI DORMIR na noite passada. Estou sentado com Parker no terraço de nosso prédio, tomando café, embora já tenha bebido cafeína demais hoje.

— Essa sua inquietação na perna vai acabar me enlouquecendo — avisa Parker. — Será que é melhor suspender a cafeína pra você? — ela pergunta, apontando para a caneca que treme em minha mão. Eu a pouso, e o café espirra pela lateral e sobre a mesa. Verifico meu telefone. De novo.

— Ela deve chegar a qualquer minuto.

— Só uma dúvida — diz Parker, me fitando por cima da borda de sua caneca. — Esse tremelique nervoso e esquisito na sua perna é ansiedade ou empolgação?

Não tenho certeza do que responder, porque realmente não consigo distinguir entre essas duas emoções agora.

— Porque eu estou captando uma vibe bem red flag — continua Parker, mas estou muito ocupado olhando para a última mensagem de Eden, e sua voz aparece do fundo de meus pensamentos. — Josh! — grita ela, estalando os dedos na minha cara.

— Desculpe. O quê?

— Ela é, tipo, *legal*, né? — ela finalmente pergunta. — Eu vou morar com essa pessoa, e essa sua bizarrice está me deixando em dúvida!

— Não, ela é ótima, sério. Sou eu. Simplesmente não sou...

— Legal?

— Engraçadinha. — Forço um sorriso. — Não, é que a gente meio que deixou as coisas indefinidas. O que a gente é. Os limites entre amizade e algo mais estão muito borrados agora, e eu não sei o que esperar.

— Bem, o que você quer que seja?

Dou de ombros, desejando poder dizer, com certeza, que amizade seria suficiente.

— Quero dizer, eu vou aceitar o que ela me oferecer.

— Ótimo, isso parece saudável. Sem drama.

— Tá, obviamente eu quero mais.

Ela continua me encarando, um sorriso se abrindo em seu rosto.

— Você. — É tudo o que ela diz.

— Eu o quê?

— *Você*... — Ela se levanta e aponta o dedo para mim. — Melhor não criar um climão com a *minha* colega de quarto. Porque isso significa criar um climão *comigo*. — Agora ela aponta para si mesma. — E eu não curto drama.

— Eu também não.

— Aham. — Ela não parece convencida.

Meu celular apita.

— Ela já está aqui.

Desço correndo o primeiro lance de escadas, Parker berrando às minhas costas:

— *Corra, Josh-uáá, corra!* — Uma menção ao filme que assistimos na disciplina de história americana, quando fomos aleatoriamente escolhidos para trabalhar em uma apresentação juntos. Levei um ano inteiro para entender que ela não me odiava de verdade. Ela gosta de provocar, cutucar e alfinetar.

E, quando bato à minha porta, coloco a cabeça para dentro e digo "D, ela já está aqui!", eu me pergunto se fiz a melhor escolha ao juntá-la com Parker. No fundo eu sei que ela é uma pessoa legal, mas pode ter um exterior bastante arredio às vezes.

— Sim, estou indo — grita Dominic, enquanto fecho a porta.

Paro e espero que Parker me alcance.

— O quê? — pergunta ela.

— É só... você vai ser legal com ela, né? — tento perguntar, com o máximo de gentileza possível.

— Sou sempre legal, seu babaca.

— Sim, mas ela tem muitas questões e...

— A maioria das garotas tem — argumenta ela, me interrompendo. — Olha, Josh, eu sei ler nas entrelinhas. Já entendi. Vou ser legal com ela. — Talvez pela primeira vez, não capto nenhum indício de sarcasmo em sua voz, nenhuma sombra de sorriso em seu rosto. — Mas pare de ser controlador.

— Tudo bem — diz Dominic, aparecendo no corredor entre nós, batendo palmas. — Estou pronto. Vamos nessa.

— Ok — respondo para ambos.

Desço o lance de escadas seguinte forçando um passo mais lento, porque Parker está certa, não posso tentar controlar tudo. Do lado de fora, vejo o carro do irmão de Eden estacionado na rua, em frente ao prédio; é fácil de reconhecer, está transbordando de coisas e tem um colchão amarrado no teto. Mas não vejo Eden. Eu me curvo para olhar pela janela do lado do passageiro. Seu celular está no porta-copos, o abajur de seu quarto despontando de uma sacola no chão.

— Relaxa — cantarola Parker atrás de mim. — Acho que é ela ali, não?

Sigo a direção do olhar de Parker, até o outro lado da rua, para uma garota parada na faixa de pedestres. Ela está com o cabelo puxado para trás e usa óculos escuros, a alça da bolsa a tiracolo, e está segurando uma bandeja de bebidas do café da esquina. A princípio não a reconheço. Não sei exatamente por quê. Acho que esperava que ela parecesse deslocada aqui, esperava ter de ajudá-la a se ambientar, protegê-la até. Mas ela já parece fazer parte do cenário, como se sempre tivesse vivido aqui. O semáforo muda e ela começa a caminhar em nossa direção, acenando quando me vê.

— Oi! — cumprimenta ela, enquanto se aproxima de nós. — Eu trouxe cappuccino gelado.

Parker dá um passo à frente.

— Ah, este é o começo de uma bela amizade, já dá pra dizer — diz ela.

— Você deve ser a Parker — replica Eden, levantando os óculos escuros com a mão livre.

— E você deve ser a Eden. — Parker avança de braços abertos, mas hesita. — Você gosta de abraços?

— Humm, lógico — diz Eden, os olhos encontrando os meus apenas por um momento. — Sim.

— Ouvi falar tanto de você — comenta Parker, abraçando Eden, algo que nunca vi Parker fazer com ninguém antes.

— Bem-vinda ao prédio, e a Tucker Hill. Você vai gostar daqui, garanto.

— Obrigada — agradece Eden. — Estou feliz por estar aqui.

— Olá de novo, querida — acrescenta Dominic, sem deixar transparecer qualquer sinal das várias desconfianças que não tem vergonha de compartilhar comigo, enquanto puxa Eden para um breve abraço de um só braço. — Vai ser um prazer tirar um desses da sua mão.

— Bom te ver de novo — diz ela, enquanto entrega a ele um dos cappuccinos, dando um para Parker também.

E então seus olhos encontram os meus. Ela abre um sorriso tão radiante que literalmente não consigo encontrar palavras para dizer qualquer coisa que não seja "Ei".

Caminhamos lado a lado na calçada, e, enquanto a envolvo em meus braços, Parker pega a bandeja de Eden. E logo sinto as mãos de Eden nas minhas costas, me segurando. Permito-me saborear o momento, mas por estar ciente de que eu seria capaz de ficar assim o dia todo se pudéssemos, eu a solto primeiro.

EDEN

SIGO PARKER PELAS escadas até minha nova vida. Ela fala sem parar por dois lances inteiros, enquanto estou lutando para recuperar o fôlego. Acho que devem ser seus pulmões de nadadora. Ou talvez eu tenha prendido o fôlego por tanto tempo que não sei mais como respirar com facilidade.

— A lavanderia fica no porão. Josh e D ficam no andar de cima — ela diz enquanto me conduz por um longo e estreito corredor. — Ah, depois que se ajeitar, lembre a gente de te mostrar o nosso cantinho no terraço.

— Tá bom — consigo dizer.

Bem no final do corredor, ela diz:

— Chegamos, 2C. Lar, doce lar.

Parte de mim também se pergunta se meu coração acelerado se deve a minha falta de costume com escadas ou ao fim do efeito da medicação para ansiedade, ou se pode apenas ter alguma coisa a ver com Josh e com a emoção de finalmente poder abraçá-lo, tocá-lo, à luz do dia, em público, sem medo de quem possa nos ver e do que os outros possam pensar, ou se estou fazendo alguma coisa errada ou fingindo ser algo que não sou.

Ela abre a porta e estende o braço, gesticulando para que eu entre primeiro. É uma sala ampla, iluminada e aberta. Com janelas duplas. Há um sofá de um vermelho vibrante e bem gasto no centro; uma mesa pequena com cadeiras descombinadas no canto; uma cozinha pequena com eletrodomésticos brancos antigos, e um balcão estreito que divide o espaço.

— Eu sei que não é grande coisa — diz Parker, enquanto olho em volta. — É pequeno, e a gente tem que dividir o banheiro, mas ainda assim é muito melhor que o alojamento do campus.

— Não, é... — É arrumado e limpo e nada parecido com minha casa. Quando dou um passo, o velho piso de madeira range sob meus pés. — Eu amei.

— Seu quarto é por aqui — diz ela, sorrindo, enquanto me leva até uma porta de madeira no lado oposto do apartamento. — Minha antiga colega deixou umas coisas. Só uma cômoda, estante, escrivaninha e cadeira. A gente pode se livrar de tudo se você quiser, mas eu achei melhor deixar como está até você ver se vai ficar com algum.

Meu quarto.

O piso de madeira continua, e, quando atravesso a soleira, parece que o quarto está me atraindo. É menor que o de casa. Mas tem uma janela grande que dá para uma árvore, e a mobília velha e lascada é aconchegante e convidativa. Passo a mão pelo tampo da escrivaninha e sinto as marcas de caneta entrecruzadas ao longo da superfície.

— O que você achou? — a voz de Josh soa atrás de mim.

Quando me viro, Parker se foi e Josh está parado na porta, com duas de minhas malas a seus pés, embalando meu pequeno abajur de vitral em um dos braços, como se fosse um bebê.

Nossos dedos se tocam quando o pego de volta, o abajur ainda quente do toque dele. Levo-o até a escrivaninha — *minha* escrivaninha — e o ligo à tomada na parede, depois giro o pequeno botão em forma de chave para ligá-lo.

— Perfeito — respondo, me virando para encará-lo. Ele se encosta no batente da porta e sorri, como sempre faz. Aquele sorriso perfeitamente imperfeito. Mas dessa vez acende algo em mim, como aquele interruptor em forma de chave. Como se o visse em tecnicolor pela primeira vez. Meus pés ficam paralisados. Em minha mente, porém, estou caminhando até ele. Porque só quero puxá-lo para dentro do quarto, *meu* quarto, fechar a porta, segurar suas mãos nas minhas e colocá-las em mim. Quero beijá-lo inteiro, sentir sua boca em minha pele. Quero...

— Você está bem? — pergunta ele, pegando as sacolas e caminhando em minha direção, como se definitivamente não estivesse pensando em nenhuma das coisas que estou imaginando. Engulo em seco, observando os braços dele trabalharem com tanta facilidade, tanta suavidade, enquanto pousa as sacolas ao lado da porta do armário.

— Sim. Só estou... — Levo o dorso das mãos até as bochechas; estão pegando fogo. Sempre me senti atraída por ele, mas é diferente... essa agitação dentro de mim é como uma fome corrosiva, mais profunda. Costumo erguer barreiras de proteção quando começo a pensar em Josh, e a repentina vivacidade dessa fantasia me pega desprevenida. — Estou pegando fogo. Com calor — corrijo.

Não sei o que está acontecendo comigo. É assim que me sinto sobre ele quando não estou filtrando minhas emoções e censurando cada pensamento?

Ele passa por mim, seu braço roçando de leve o meu, enquanto vai até a janela.

— Deixa eu ver se consigo abrir isso aqui. Todas essas janelas antigas ficam megaemperradas no verão. — Ele abre a trava de metal no topo e dá um soco forte na moldura de madeira antes que ela se abra, deixando entrar uma brisa fresca, que sopra em minha pele, me refrescando apenas o suficiente para me impedir de correr para ele e colocar em prática as coisas que não param de passar pela minha cabeça.

— Obrigada — agradeço, estendendo a mão quando ele passa por mim. Meus dedos roçam a manga de sua camisa, minha mão segura seu antebraço quando ele para. Quero puxá-lo, quero que ele me toque também, mas Josh fica parado ali, então cobre minha mão com a sua por apenas um segundo antes de soltá-la.

— Imagine — diz ele, todo indiferente, e vai até a porta, como se eu estivesse apenas agradecendo por abrir a janela.

Desço as escadas, me sentindo um pouco tonta enquanto meus sentidos se voltam para Josh, apenas alguns passos atrás de mim. Durante todo o dia, ficamos em contato direto, passando pelo corredor, nos espremendo na escadaria. Toda vez, quero estender a mão e tocá-lo. Mas ele não parece lidar com essa mesma questão, e não sei o que pensar.

O dia está ficando cada vez mais quente e úmido quando me flagro sozinha, do lado de fora. Tomo um último gole do meu cappuccino com o gelo já derretido e decido que posso pelo menos tentar soltar as cordas elásticas que prendem o colchão e o estrado de molas no lugar.

Estou de pé na lateral do carro, a porta aberta enquanto fico na ponta dos pés. Enfio a mão embaixo do colchão, tentando sentir o local onde os dois ganchos se conectam. Não consigo ver, mas posso sentir bem na ponta dos dedos.

— Não banque a heroína, Eden! — grita Parker, de repente atrás de mim. — Deixe os caras pegarem. Não é antifeminista, juro. Se for, tanto faz, não vou contar pra ninguém.

— Consegui — aviso, embora sinta meus dedos escorregarem.

— Aqui — diz Josh, aparecendo atrás de mim. Sinto sua perna ao lado da minha, sua mão descansando nas minhas costas por um momento, enquanto coloca o outro braço ao meu redor, o corpo pressionado no meu. — Você quase conseguiu — diz ele, com a mão se deslocando ao longo de meu braço, até o ponto onde meus dedos quase alcançam o fecho. Ele puxa as cordas mais perto e diz, a boca tão perto de mim que chega a doer: — Segure desse lado. — Ele desliza o gancho para minha mão e em seguida estende o braço, se pressionando ainda mais em mim, para abrir os dois.

Meu coração titubeia com a sensação de seu corpo assim, colado no meu. Não é possível que ele não sinta o mesmo.

Quando ele desce, perco o equilíbrio.

— Ah, tudo bem? — pergunta ele, com muita tranquilidade, enquanto coloca as mãos em minha cintura para me estabilizar. Se eu me virar, tenho medo de não conseguir olhá-lo nos olhos sem o beijar.

E, porque acho que não devo fazer isso aqui no meio da rua, apenas murmuro:

— Sim, tudo bem. — Fico de costas para ele enquanto passo por baixo de seus braços. Vou ficar a uma distância segura, na calçada com Parker, enquanto assistimos às manobras de Josh e Dominic para descer meu colchão do carro.

Subo os degraus correndo, a fim de manter a porta da frente aberta para eles, e, quando Josh passa, diz:

— Obrigado.

Eu me permito erguer os olhos por apenas uma fração de segundo, e vejo que ele tem um olhar de interrogação, como se fosse *eu* a esquisita.

Quando a porta se fecha atrás dos garotos, Parker bufa uma risada.

— Nossa. — Ela solta um suspiro exagerado, quase um assobio. — Daria para cortar o ar com uma faca.

— Como assim? — pergunto, embora, lógico, eu saiba.

Ela inclina a cabeça e sorri.

Levo as mãos às bochechas de novo, sentindo o sangue fervilhar sob a pele.

— Humm. Então, vamos comer? — sugiro, em vez de reconhecer o que é aparentemente óbvio para todos ao redor. — Vou pedir alguma coisa pra gente. O que tem de bom por aqui?

ooo

Trinta minutos depois, estamos todos no terraço, com uma pizza grande e um refrigerante de dois litros. Dominic foi buscar pratos de papel e copos de plástico, e os entrega a cada um de nós.

— Você sabe que está destruindo o planeta, né? — diz Parker.

Dominic não parece se abalar.

— Não, as empresas de energia e as grandes corporações é que estão destruindo o planeta. Estou sendo atencioso e tornando nosso suado jantar um pouco mais civilizado.

Josh se ajeita no sofá de vime, abrindo espaço para eu me sentar ao seu lado.

— Você vai se acostumar com as picuinhas dos dois — comenta ele, sorrindo quando encontra meus olhos. Parece que é a primeira vez que sequer me olhou o dia todo.

— Não, é legal — digo. E é. Minha casa parecia tão morta nos últimos meses, ninguém conversava. Ninguém brincava. Ninguém ria. — Tudo aqui é legal — acrescento, assimilando o pequeno espaço no terraço, cheio de móveis de jardim que não combinam, uma mesa e cadeiras de pátio, vasos de plantas.

Com o sol finalmente se pondo atrás dos edifícios mais altos, um silêncio confortável toma conta de nós enquanto ficamos ali sentados, com nossas fatias de pizza. Até Dominic me ver tentando limpar os dedos oleosos em um canto limpo do meu prato de papel, manchado de gordura.

— Ah, merda, esqueci... — Ele puxa um bolo de guardanapos que tinha enfiado no bolso, e me entrega um. — Aqui.

— Mais papel? — grita Parker, em meio a uma última mordida.

— Bem, pode usar a calça como guardanapo. Fique à vontade!

Parker ergue as duas mãos no ar, depois as pousa nas coxas, esfregando-as por todo o jeans. Dominic fica de pé em um pulo, chamando a atenção de todos, e levanta um dedo como se estivesse prestes a iniciar algum tipo de monólogo sério, mas sua única resposta é:

— Eca.

Não posso deixar de rir, muito embora não tenha certeza do quanto da implicância entre os dois é brincadeira. Ao meu lado, Josh solta uma risadinha, mas se contém.

Parker se levanta com um sorriso satisfeito no rosto.

— Tudo bem, crianças. Vou tentar nadar antes que fique tarde demais.

— E eu tenho um encontro daqueles, preciso me preparar — avisa Dominic.

— E encontro daqueles quer dizer uma chamada de vídeo no meu quarto. — Minha confusão deve estar estampada no rosto, porque ele continua: — Eu e Luke... você conhece, acho. Lucas Ramirez, da escola?

— Ah, sim — digo. — Ele estava um ano na minha frente.

— Está rolando o lance de relacionamento a distância por enquanto. Estou tentando convencê-lo a vir para cá como você, mas... — Ele para de falar de repente, e Josh meio que se contorce ao meu lado. — Bem, quero dizer, não é a mesma coisa. Não estou dizendo que você veio aqui só pra ficar com...

— Tuuudo bem — interrompe Josh. — Você vai se atrasar, hein?

Parker coloca as duas mãos nas costas de Dominic, guiando-o em direção à porta.

— Estamos saindo, mas vocês dois aproveitem o pôr do sol nem um pouco romântico. Até mais tarde, colega de quarto.

— Nossa! — exclama Josh, enquanto eles fazem um burburinho indo embora. As risadas deles ecoam mesmo depois que a porta se fecha. — Desculpa. Eles estão sendo estranhos e imaturos.

— Eles são gente boa. — O que eu quero mesmo dizer é que é ele quem está sendo estranho e imaturo. — Gosto deles.

Coloco meu prato em cima da caixa de pizza vazia e me recosto outra vez nas almofadas, sentindo vir à tona toda a tensão em meus músculos. Mas a vista é linda quando a luz bate nos prédios que compõem a pequena cidade universitária, e depois nas colinas verdejantes logo adiante. Muito mais legal que a monotonia plana da minha cidade natal.

A brisa sopra em nós e sacode as folhas das árvores ali perto, refrescando minha pele quente e o suor do dia. Seria o momento perfeito para ele me beijar, falar comigo, fazer literalmente qualquer coisa comigo.

JOSH

ESPEREI O DIA todo para ficar sozinho com Eden, tentando pegar leve e não forçar a barra nem fazer nada constrangedor, mas agora que estamos finalmente sozinhos, não tenho certeza de como agir.

— Bem — diz Eden. — Ela não estava errada sobre o pôr do sol.

Eu me viro para encará-la, e reparo em como ela observa o céu, em como o poente lança uma luz alaranjada sobre ela, mas a única resposta que me ocorre é:

— Sim.

Ela suspira e se recosta, encolhendo as pernas para cima do assento e cruzando-as debaixo do corpo. Virando a cabeça de um lado para o outro, ela ajeita a postura, depois curva as costas e começa a massagear os ombros com as mãos.

— Nossa, estou fora de forma mesmo — comenta, com uma risadinha.

Não há nada que eu possa pensar em dizer sobre sua forma física que não vá me incriminar de algum modo, então simplesmente continuo sentado aqui, tentando não olhar para ela.

— Acho que não estou acostumada a levantar peso — acrescenta ela, rolando os ombros para a frente e para trás.

— Ah, certo — balbucio.

— Josh?

Quando ergo o olhar, ela parou de se mexer e agora está me encarando.

— Você está bem?

— Eu? — pergunto. — Sim, por quê?

— Não sei. Você ficou muito quieto o dia todo. — Ela hesita. — Eu fiz alguma coisa? Você não está feliz por eu ter vindo?

— *Não*. — Pelo visto, meu plano de pegar leve furou completamente. — Ah, meu Deus, não. Estou feliz por você estar aqui; só estou tentando te dar espaço.

— Por quê? Você quer que eu *te* dê espaço?

— Não! — quase grito. — Não é nada disso. Você acabou de chegar, e não quero que se sinta pressionada a descobrir o que a gente está fazendo.

— Ah. — Ela assente, parecendo pensar sobre o assunto por alguns segundos. — Sim, não entendi nada.

— Desculpe — murmuro. — Eu provavelmente não devia ter inventado de falar isso, hein?

— Você não deveria ser o eloquente da relação? — argumenta ela, com uma risada curta. Mas logo acrescenta: — Quero dizer, não *relação*-relação... você me entendeu.

Ela coloca a mão na nuca de novo, apertando os músculos enquanto gira a cabeça.

— Acho que estou perdendo a mão. — Eu me sinto um pouco mais relaxado depois de explanarmos tudo... e de vê-la se atrapalhar com a palavra "relação". — Você precisa de ajuda?

— Sim, por favor. — Ela gira no assento de modo que suas costas fiquem voltadas para mim. — Achei que você nunca ia perguntar. É tipo, bem aqui — diz ela, deslizando a mão do pescoço até o ombro — que está doendo.

Sua pele está quente quando minhas mãos mergulham sob a gola de sua camiseta, e preciso de todo o meu autocontrole para não me inclinar e beijar aquele ponto. Sinto seu corpo expirar e começar a balançar e derreter sob minhas mãos. Ela solta uns gemidinhos toda vez que eu aperto. Fico grato por estar sentado atrás dela, pois assim ela não vê o quanto seus gemidos estão me afetando. Se não a conhecesse bem, uma parte de mim talvez pensasse que ela está fazendo isso de propósito para me excitar, mas Eden não é assim. Ela nem sabe o que está fazendo comigo. Nunca soube.

— Tudo bem — digo, parando abruptamente porque comecei a gostar demais de fazer aquilo.

— Ah, não pare. — Ela geme, me olhando por cima do ombro. — Estava tão bom.

— Sim, eu também estava achando bom até demais — murmuro.

— O quê? — pergunta ela, e não sei se não me ouviu ou se simplesmente não sabe o que quero dizer.

Limpo a garganta, tentando decidir se devo contar ou não.

— N-Nada.

— Não, o quê? Me fala. — Ela se vira para me encarar.

— Eden, você... — começo, mas não consigo deixar de rir. — Você estava...

— O quê? — insiste ela.

— Você estava fazendo... uns barulhos sexuais.

Sua boca se abre e ela engasga, e vejo seu rosto corar bem diante de meus olhos. Mas posso dizer que ela também está se controlando para não rir.

— Ah, meu Deus, Josh!

— O quê? Você estava!

— Não estava! — grita Eden, com um tapa, antes de cobrir o rosto com as mãos.

— Estava... eu conheço.

Sua risada desaparece enquanto seu olhar oscila entre mim e os últimos resquícios de cor no rastro do pôr do sol.

— Desculpe — digo a ela, tentando manter o bom humor um pouco mais. — Tenho meus limites.

Ela se recosta novamente e olha para o céu que escurece, balançando a cabeça e soltando uma gargalhada de vez em quando.

— Barulhos sexuais — zomba. E então se vira para mim novamente. — Humm, tudo bem. Então, falando... nisso — começa ela. — Você acha que é um bom momento pra gente tirar isso do caminho?

— Sinceramente, a decisão é sua. — Estou tentando deixar que ela faça as escolhas, mas é tão difícil saber quando estou dando a ela espaço de mais ou de menos. — Por mim, vai rolar. Quero dizer, se você quiser esperar ou precisar de mais tempo, a gente pode conversar sobre o assunto quando os dois não estiverem totalmente exaustos.

— Certo. — Ela suspira e imediatamente boceja. — O dia foi longo.

— Sim — concordo. — Acho melhor a gente entrar, viu? Tenho certeza de que você tem um monte de caixa para abrir, esses lances.

Ela assente enquanto se levanta, então estende a mão para me ajudar a ficar de pé. Eu a pego, e nós ficamos meio que de mãos dadas enquanto atravessamos o deque do terraço.

Chegamos no meu andar primeiro.

— Então... eu fico por aqui — digo a ela. — Quer que eu te acompanhe até o seu apartamento?

— Não, está tudo bem.

Paramos na frente de minha porta, e ela faz menção de me abraçar primeiro, estendendo os braços para enlaçar meu pescoço.

— Estou feliz de verdade por você estar aqui — digo a ela mais uma vez.

— Eu também — sussurra ela, com a boca perto de meu ouvido. — Eu estava com saudade. — Ela deposita o menor e mais leve beijo na lateral de meu pescoço, antes de se afastar, fazendo com que ondas de choque irradiem do meu coração.

— Ok — digo, sem absolutamente qualquer motivo, com certeza corando e sorrindo como um idiota. — Bem, você sabe onde me achar, se precisar de mim.

Ela pega minha mão enquanto se afasta, dando um leve aperto antes de me deixar sair de seu alcance.

— Você também — acrescenta, e há algo em seu tom, em seu sorriso... ela está flertando comigo? *Meu Deus, não me tente.*

— Boa noite — me despeço. Eden se vira quando chega ao final do corredor, já na escada, e acena.

Lá dentro, ouço Dominic conversando com Luke atrás da porta de seu quarto. Ainda sinto a pressão dos lábios de Eden contra meu pescoço.

Consulto a hora no celular. São apenas oito e meia. Que porra estou fazendo? Por que simplesmente não contei que não consigo parar de pensar nela, que a única coisa que me interessa no mundo é o que ela pensa de nós? *Por mim, vai rolar...* sério que eu falei isso? Quero dizer, vai. *Rolou.* Por meses, anos.

Percebo que estou andando de um lado para o outro. Forço meus pés a pararem. Vou até a porta, mas minha mão se recusa a girar a maçaneta. Melhor esperar. Eu consigo esperar.

Não, não consigo. Abro a porta e corro pelo corredor, pelas escadas, até sua porta. Levanto a mão para bater, mas não vou adiante. Começo a voltar por onde vim, mas paro novamente. Dou meia-volta. E agora estou caminhando de um lado para o outro de novo, mas no corredor de Eden dessa vez.

Ela está bem ali, digo a mim mesmo.

Volto para sua porta. Vou mesmo fazer isso.

Levanto a mão e bato, muito alto e rápido.

Há algum barulho do outro lado da porta, e, quando ela a abre, parece surpresa ao me ver parado aqui. Seu cabelo está solto agora, meio bagunçado, o que a deixa ainda mais bonita, pelo menos para mim.

— Oi — cumprimenta ela.

Respiro fundo, pulo a parte do cumprimento e disparo:

— Eden, você topa, por favor, um encontro comigo amanhã à noite?

— Um encontro? — pergunta ela.

— É. Um encontro. Comigo. Amanhã. Por favor.

Ela olha para os pés e sorri, e isso exige todo o meu autocontrole... manter as mãos nos bolsos e não as estender para afastar seu cabelo do rosto.

— Ok — concorda ela, enfim levantando a cabeça para me encarar novamente.

— Ok? — repito.

— Ok — diz ela de novo, e solta uma risadinha.

— Ok. — Eu começo a me afastar e quase tropeço nos meus próprios pés, como se tivesse doze anos e esta fosse a primeira vez que convidasse uma garota para sair.

— Boa noite — diz ela. — De novo.

— Boa noite de novo.

Ela fecha a porta e eu fico parado no meio do corredor, me sentindo completamente revigorado mesmo depois de um dia totalmente exaustivo tentando vigiar cada movimento, palavra e pensamento. Eu ainda poderia correr uma maratona agora. Acelero o passo, me preparando para subir os degraus dois de cada vez, queimar um pouco da excitação, quando ouço o clique de uma porta se fechando atrás de mim.

— Josh, espere!

Eu me viro e a vejo disparando atrás de mim. Quando me alcança, ela para de súbito e respira ofegante, parada ali tão perto, hesitando por um momento antes de pegar minhas mãos.

— Acabei de... humm — começa, mas não termina. Em vez disso, ela deixa as mãos percorrerem meus braços, até meus ombros, meu pescoço e meu rosto, onde sinto seus dedos trêmulos tocarem de leve minha bochecha, o polegar roçar meu lábio inferior.

Ela abre a boca e parece que vai dizer outra coisa, mas então solta aquele arquejo que eu tanto amo e inclina a cabeça para mim. Seus olhos procuram os meus em busca de uma resposta. Acho que não conseguiria falar se tentasse, mas assinto, porque, qualquer que seja a pergunta, o que ela quiser, minha resposta sempre será sim.

Seus lábios são tão suaves quando separam os meus, sua boca quente, e, conforme minha língua prova a sua, ela me beija com mais intensidade. Nós respiramos um ao outro, mais ofegante e profundamente, e ela está fazendo aqueles sons do terraço de novo, e nem consigo acreditar em como é bom beijá-la. *Apenas* beijá-la.

Minhas mãos querem seu rosto, cabelo, braços e quadris, tudo ao mesmo tempo. Ela segura minha cintura e se encaixa em mim enquanto a puxo para mais perto, até que estamos encostados na parede, onde bato com o cotovelo.

— Ah — Eden murmura em minha boca enquanto coloca a mão entre meu cotovelo e a parede. E eu não tenho ideia de como um gesto tão simples pode fazer meu coração começar a bater assim, incontrolavelmente, mas é o que acontece, e quero tanto que ela me leve de volta a seu quarto que chega a doer.

Alguém abre uma porta e nos separamos bem a tempo de ver o homem mais velho que mora no 2E colocar a cabeça para fora.

— Arrumem um maldito quarto — resmunga, antes de fechar a porta novamente.

Nós nos entreolhamos, e, por mais que eu queira continuar a beijá-la aqui, assim, por pelo menos mais algumas horas, os dois explodimos em uma gargalhada.

— Sinto muito! — grita Eden, na direção da porta fechada. — Sinto nada — sussurra ela para mim.

Balanço a cabeça.

— Definitivamente, não sentimos não.

Ela leva as duas mãos até meus ombros e me puxa para baixo, apenas o suficiente para me beijar mais uma vez, suave e lentamente. Com a cabeça apoiada em meu peito, ela suspira, e sinto o calor de sua respiração através da camisa. Ela me encara, colocando a mão sobre meu coração.

— Continua nos próximos episódios? — pergunta ela.

Assinto, mas não consigo falar, não consigo me mover. Mesmo quando ela se afasta e tira a mão de mim, eu a substituo pela minha, exatamente onde a dela esteve, não querendo que a sensação de seu toque desapareça. Ela perambula pelo corredor, se virando uma vez para sorrir. Cobre a boca enquanto solta uma risadinha e corre de volta até seu apartamento. Fico parado aqui por pelo menos um minuto, só para o caso de ela voltar. No entanto, enquanto subo as escadas, lentamente, um degrau de cada vez, só consigo pensar em uma coisa: deveria ter sido sempre assim; a gente deveria ter começado assim.

EDEN

PASSEI O DIA mandando fotos de todas as combinações de looks que tenho em meu guarda-roupa atual, que não é grande coisa, para Mara. Ela insistia em dizer que eu deveria usar o único vestido que trouxe, mas um vestido parecia muita pressão para um primeiro encontro de verdade. Já existe pressão suficiente depois de esperar quase três anos, não preciso acrescentar mais.

Então, opto pelo short jeans que usei na noite do show. É novo e eu sei que flagrei Josh secando minhas pernas naquela noite. Uma camiseta simples com florzinhas amarelas. Bonita, mas não sexy. Sandálias. Depilo as pernas e axilas. Porque... vai quê. Tento acompanhar o vídeo que Mara me enviou sobre estilos fofos para cabelo até os ombros. Consigo fazer um penteado com uma torção e grampos que parece bem decente... pelo menos de frente. Brilho labial, rímel, pulseira, colar, brincos.

Ele me pega às oito em ponto, como disse que faria, e está tão bonito e cheira tão bem que quase não quero ir a lugar algum a não ser voltar para dentro do apartamento. Mas então ele se inclina e me beija na bochecha, o que me faz rir por algum motivo. E, quando saímos para a calçada, ele pega minha mão, só que é tão terno, inesperado e honesto que eu quase tenho vontade de chorar.

Ficamos de mãos dadas enquanto caminhamos, sorrindo e olhando um para o outro durante os três quarteirões até o restaurante.

Nonna's Little Italy é o nome do lugar. É pequeno, escuro e aconchegante, e lá da rua eu já senti cheiro de ervas, queijo gratinado e alho e óleo. Se comida caseira pudesse se traduzir em um cenário, seria este. A mulher que nos acomoda o faz com poucas palavras, mas sorri calorosamente para nós dois quando nos entrega o cardápio. Um homem, mais jovem, vem deixar um cesto de pão recém-saído do forno, embrulhado no mesmo tipo de guardanapo de tecido em que nossos talheres estão enrolados.

— E aí? — diz Josh, depois de fazermos nossos pedidos, desembrulhando cuidadosamente o pão, como se preocupado em não rasgar um papel de presente. — O que está achando do encontro até agora? Mas não quero que o fato de que estou planejando te levar em um praticamente desde que a gente se conheceu influencie a sua resposta de algum jeito.

— Bom, pra começar, você foi pontual. E está muito gato, devo acrescentar. — Faço uma pausa porque... acabei de dizer *gato* em voz alta? Sinto que deveria estar constrangida por botar as cartas na mesa tão facilmente, mas... já esperamos demais para perder tempo com joguinhos. Isso seria uma coisa que a velha Eden faria. Então, me forço a completar: — O beijo na bochecha também foi um toque legal.

— Ah, que bom — diz ele, corando. — Eu não sabia se tudo tinha saído como o planejado.

— Não, saiu sim — asseguro a ele. — E este lugar. É como se você tivesse lido minha mente. Nonna's Little Italy já tem chances de se tornar meu novo restaurante favorito, e eu ainda nem provei o pão.

Ele empurra o cesto em minha direção, e eu arranco um pedaço do pão, que ainda está bem quente. A manteiga derrete perfeitamente. Ele espera até que eu dê uma mordida.

— E agora que você provou o pão? — pergunta.

Mastigo e engulo sem pressa, então abro a boca como se fosse responder, mas em vez disso dou outra mordida, o que o faz rir, me deixando toda quente e inexplicavelmente mole por dentro.

— Melhor encontro que já tive — respondo.

— Uau. Está melhor do que eu imaginei — diz ele.

— Bem, para ser franca, este também é o *único* encontro que eu já tive.

— Você não saía com Steve?

Eu tinha meio que esquecido que Josh sabia sobre Steve. Em minha mente, estava mais repassando a infinidade de caras aleatórios que peguei depois de Josh... aqueles que conheci em festas, ou outros encontros sórdidos, regados a bebida e drogas. Sobretudo sem rosto. Sem nome. Pessoas que nunca vi de novo, muito menos em encontros.

— Na verdade, não — finalmente respondo. — Mas não por falta de tentativa da parte dele — acrescento, em defesa de Steve.

Josh olha para o prato e, quando me encara outra vez, está meio que fazendo uma careta.

— Hum, isso deve ser, tipo, a regra número um do primeiro encontro, né? Não mencione o nome do ex da outra pessoa. Jesus, talvez este seja meu primeiro encontro também! — ele tenta brincar, tomando um gole d'água.

— Não, está tudo bem. — Mas, agora que tocamos no assunto, me sinto obrigada a dizer algo. — Steve era uma pessoa muito boa. A gente devia ter ficado na amizade, só isso.

Josh faz que sim com a cabeça e, quando parece prestes a dizer algo, nossa comida chega. Começamos a comer em silêncio, e eu me preocupo que, de algum modo, tenha estragado tudo, mas então Josh finalmente fala:

— Então, isso significa que vocês ainda são amigos?

— Quer dizer do mesmo jeito que eu e você ainda somos amigos? — pergunto.

— Mais ou menos — admite ele.

— Não. A gente é amigo. Mas não como você e eu somos *amigos*. Está entendendo o que eu quero dizer?

Ele sorri, um sorriso ao mesmo tempo radiante e ousado, mas um pouco tímido, tudo junto.

— Acho que sim.

— Ótimo. — Enrolo um pouco do macarrão no garfo e enfio na boca como desculpa para não falar.

— E, só pra você saber — diz ele. — Também não sou *amigo* de ninguém mais no momento.

— Anotado. — E até eu preciso rir do nosso jeito nerd e desajeitado. — Obrigada pela informação — acrescento.

— De nada.

ooo

Empanturrados de massa, molho, pão e queijo, deixamos o Nonna's, mas, quando chegamos à rua, Josh começa a andar na direção oposta à de onde viemos.

— Não é por aqui? — pergunto.

— O encontro ainda não acabou — explica ele.

— Tem mais?

— Sim, meio que um tema completo.

— Ganhei um encontro *temático*? — pergunto, genuinamente impressionada, lisonjeada até. — Qual é... o tema?

— É mais um tema solto ou... ou um tema dentro de um tema — responde Josh, gesticulando enquanto tenta explicar.

Caminhamos cerca de meio quarteirão, passando por alguns prédios residenciais muito parecidos com o nosso, com lojas no térreo, já fechadas. Árvores velhas ladeiam as ruas, as raízes deformando o cimento da calçada em pequenos montes que tornam o terreno irregular. Josh pega minha mão novamente e eu deixo. Mas ele continua segurando, mesmo depois de passarmos pelos trechos de calçada rachada.

— Nunca fizemos isso — salienta, entrelaçando os dedos aos meus. — Você sempre se afastava quando eu tentava segurar sua mão.

Eu assinto.

— Mas agora eu gosto. É agradável. — Só que é mais que agradável. E eu mais que gosto. Só não sei exatamente como admitir.

Ele sorri para o chão, e eu aperto sua mão uma vez. Ele aperta de volta. Como algum tipo de código Morse particular nosso. Dobramos uma esquina escura e o vento de repente se intensifica, soprando nossas roupas e cabelos. Tenho a nítida impressão de que não gostaria de caminhar por aqui sozinha, à noite, sem ele.

— Estamos chegando — avisa ele, como se pudesse ler meus pensamentos.

Paramos em frente a uma lojinha que a princípio acho ser uma cafeteria, porque o sinal de néon na vitrine diz MELHOR QUE OS MELHORES GRÃOS. Quando entramos, um sino toca. Não há ninguém à vista, e, quando nos aproximamos do balcão, vejo que há pelo menos vinte sabores diferentes de sorvete alinhados no freezer. O sinal escrito à mão no caixa diz: ENTRE PARA O CAFÉ, FIQUE PARA O GELATO.

— Hum, gelato de sobremesa? — pergunto.

— Resolvi arriscar — admite ele, meio apertando os olhos, meio olhando de soslaio para mim, como se estivesse prendendo a respiração. — Você gosta de gelato?

— Bem, sim. Gosto de sorvete, então...

Uma garota aparece atrás do balcão, proclamando, enquanto ajeita os óculos:

— Gelato não é sorvete. Sorvete não é gelato. Gelato é mil vezes melhor que sorvete. É um fato.

— Eu concordo — diz Josh, mas ele mal olha para ela, essa garota que meio que se parece comigo, de um jeito estranho. Talvez sejam só os óculos, ou o cabelo e a altura semelhantes, mas me pego a imaginando como uma versão de mim mesma em um universo alternativo.

Ela coloca um par de luvas de plástico e diz:

— Meu nome é Chelsea. Vou ser sua barista hoje. — E então ela suspira, como se dizer seu nome fosse a pior parte do trabalho. — Me avisem se quiserem experimentar qualquer sabor.

— Obrigado — agradece Josh, enquanto examinamos as opções.

Não consigo deixar de olhar para ela. Está olhando para Josh... obviamente, eu entendo o motivo... e, quando vê que percebi, ajeita os óculos, como eu sempre fazia quando ficava nervosa.

— Humm, posso experimentar o de pistache com menta? — pergunto a ela.

Ela pega uma colherinha de plástico e me entrega por sobre o balcão. Com o canto do olho, vejo que Josh está me observando colocá-la na boca.

— O quê?

— Nada. É que... pistache com menta? O que você é, uma senhora na terceira idade?

— É bom! Aqui, experimente — digo a ele, a colher pairando na frente de seu rosto.

— Que nojo, fique com o seu pistache com menta de velho. — A barista, Chelsea, suspira de novo, completamente sem graça. Parte de mim se pergunta se ela está olhando para mim e olhando para Josh e se perguntando como... por quê... ele está comigo e nem mesmo a encarou duas vezes, quando somos tão parecidas.

— Posso experimentar manteiga de amendoim com chocolate? — pede Josh, sem perceber a chateação da barista, ou simplesmente pouco se importando. Ela dá a Josh sua amostra, e nós duas o observamos enquanto ele pressiona a colher na língua e fecha os olhos.

— Manteiga de amendoim com chocolate, sério? Isso te excita?

— O que tem de errado com manteiga de amendoim com chocolate? É uma combinação de sabores clássica.

— Eu sei que sou minoria aqui, mas algumas coisas simplesmente não combinam.

— Ah, meu Deus, retire o que disse — diz a barista, em um tom completamente monocórdio.

Josh olha para a barista, depois para mim, e por um segundo me pergunto se ele percebe a semelhança. Mas, então, diz:

— Tá bom, desculpe, mas isso não vai dar certo. — Ele dá meia-volta, como se estivesse indo para a porta, e tento rir, porque sei que está brincando, mas então, do nada, sinto uma onda de pânico que me acerta em cheio, com a ideia de que ele, algum dia, possa dizer isso a sério.

Eu o alcanço, mas ele escapa entre meus dedos, porque estão formigando. O tempo parece se expandir no segundo em que ele leva para parar, se virar e me puxar para seus braços.

— Brincadeirinha — sussurra em meu cabelo. Ele desce o olhar para mim e beija meus lábios, rapidamente. O tempo reinicia. *E estou aqui*, digo a mim mesma, *estou bem*. Eu posso me manter no presente.

Eu vejo: Josh. *Eu sinto*: Josh. *Eu ouço*: Josh. *Eu cheiro*: Josh. *Eu provo*: Josh.

Ele leva a mão ao meu pescoço e inclina meu rosto em sua direção.

— Você sabe que eu estou brincando, né? — diz calmamente, roçando o polegar na minha bochecha.

— Sim — sussurro, reencontrando minha voz. Não desaparecendo. Não esta noite. Não com ele.

A barista pigarreia e diz em voz alta:

— Então, um pistache com menta e um de manteiga de amendoim com chocolate?

Olho para ela novamente, e talvez não veja mais tanta semelhança. Ela é só uma garota chamada Chelsea, que tem a própria vida, e provavelmente nunca mais vai pensar em nós depois que sairmos dali.

— Sim, por favor — respondo, me afastando de Josh e sentindo pés e mãos e pernas e braços recuperando sua força enquanto caminho até o caixa.

— Eu pago, Eden — diz Josh.

— Não, eu insisto — argumento. — Você pagou o jantar; a sobremesa é por minha conta.

— Tudo bem — concorda ele. — Obrigado.

Chelsea desliza nossos copos de gelato pelo balcão e diz:

— Tenham uma boa noite. — Baixinho, acrescenta: — Tenho certeza de que terão.

Pegamos nossos copinhos de papel com gelato e colheres para viagem, comendo enquanto Josh nos guia pela rua.

— Então, meio que fiquei com a impressão de que aquela menina não gostou muito da gente — diz ele, rindo.

— Bem, vou defender a garota: nós estávamos sendo um pouco... *fofos.*

— Você quis dizer que *você* estava. — Ele me cutuca com o braço, mas me esquivo desse comentário doce, porque, mesmo que esteja tentando, ainda sou eu, e ainda não consigo aceitar nem mesmo o menor dos elogios.

— Então, eu gostaria de tentar adivinhar o tema da noite.

— Tudo bem — diz ele, raspando as laterais do copo e lambendo a minicolher.

— Alguma coisa italiana, obviamente — arrisco, batendo no queixo com o dedo e fingindo dar ao assunto minha total e absoluta atenção. — Comidas italianas deliciosas?

— Passou perto — diz ele, prolongando a última palavra. — Mas lembre-se... é mais um tema dentro de um tema. A gente ainda tem mais uma parada.

— Vai me levar para a Itália agora?

— Sim. — Ele sorri enquanto joga o copo em uma lata de lixo. — Quem dera.

— Tem mais um pouco do meu pistache com menta. Tem certeza de que não quer provar? É muito bom, juro. Eu não te induziria ao erro.

Ele estuda o conteúdo de meu copo e então diz:

— Tá, vou tentar.

Pego uma colherada e não consigo decidir se devo passá-la para ele ou dar na sua boca. Ele ri da minha falta de jeito e abaixa a cabeça para alcançar a colher, segurando minha mão enquanto a guia para sua boca. Ele me observa enquanto prova. E há algo quase insuportavelmente íntimo neste momento, parados na calçada, em uma rua deserta, o vento soprando ao nosso redor, minha mão ainda na dele enquanto paramos, provamos, saboreamos.

Lentamente, Josh começa a assentir.

— Humm.

— Humm... bom?

— Diferente — responde ele, lambendo os lábios. — É diferente do que eu imaginei, mas eu meio que curti. Na verdade, curti mesmo.

— Viu?

Ele pega meu copo vazio e minha colher, e os joga na lata de lixo a alguns passos de distância, e, quando volta, para na minha frente e toca minha bochecha de novo, do jeito que fez na loja. Ele pressiona seus lábios nos meus de um modo muito suave, não apressado como antes, e, enquanto correspondo ao beijo, posso provar todos os sabores.

— Eu queria compensar aquele beijo impulsivo de antes, que foi estranho, e não aguentei esperar até o fim da noite. — Ele me oferece a mão outra vez e acrescenta: — Desculpe.

— Não se desculpe. Gostei dos dois. — Aperto sua mão de novo, e ele aperta de volta, enquanto continuamos caminhando na direção do campus.

Entramos em uma espécie de parque, logo na saída da rua. Leio a placa em voz alta.

— Jardim Memorial de Tucker Hill. Isso faz parte da faculdade?

— Faz, sim. Morei ali no primeiro ano — responde ele, apontando mais adiante na rua. — E era por aqui que eu entrava no campus todo dia.

— É muito bonito — digo a ele. Continuamos por um pequeno caminho pelo jardim. Há vários tipos de plantas e flores, com bancos posicionados sob as árvores em intervalos, pequenas lâmpadas iluminando o caminho, placas gravadas com nomes de pessoas adornando tudo à vista.

— Uma confissão — diz Josh, apertando minha mão. — Na verdade eu ficava pensando em você o tempo todo quando passava por aqui.

— Você ficava? — pergunto, sentindo o coração disparar ao imaginá-lo aqui, pensando em mim.

Ele assente.

— Por quê?

Ele dá de ombros.

— É sempre calmo e bonito aqui... em todas as estações tem flores diferentes abrindo. Também é meio triste, mas é tranquilo. Acho que eu meio que pensei que poderia ser a sua praia.

Absorvo suas palavras enquanto afasto um longo galho de um jovem salgueiro e o deixo escapar da mão sem parar de andar. Quando viro a cabeça para encarar Josh, ele já está me observando. Solto sua mão e engancho meu braço no seu, querendo-o mais perto.

— No que você está pensando? — pergunta ele. — Estou falando demais?

— Não, eu amo quando você conversa comigo. — Ele me puxa para mais perto e nossos pés meio que tropeçam uns nos outros. — Só me pega de surpresa toda vez que você faz isso.

— Quando eu faço o quê?

— Só... me entende. Tão bem, tantas vezes.

— Bem, não posso ficar com todo o crédito — diz ele, parecendo ignorar meu elogio dessa vez. — Tem mais um detalhe aqui que merece grande parte.

Não consigo imaginar o que ele quer dizer, mas, enquanto continuamos a percorrer o caminho ladeado de arbustos, vejo que há uma luz à frente, uma clareira que se abre para um espaço maior. Conforme nos aproximamos, ouço água correndo, espirrando.

— Uau! — exclamo, soltando o braço de Josh para ver melhor. É uma fonte em formato de maçã, feita de pedra e metal, apoiada em um círculo gigante de granito, nenhuma barreira para impedir que alguém caminhe até ela. E é o que faço. No entanto, quando me aproximo demais, aspersores começam a borrifar ao redor, como se desafiassem qualquer um a tentar atravessar e permanecer seco. O exterior da maçã é vermelho brilhante, como um caminhão de bombeiro, e a água espirra do topo, onde o cabo se curva para cima e para o lado da maçã, uma folha de metal pendurada ao vento, presa por um fio ou corrente de algum tipo.

No entanto, quando a circundo para ter uma visão total, noto que o outro lado da maçã é esculpido para parecer que nacos gigantes da fruta foram arrancados a dentadas, deixando a forma de ampulheta do miolo e as sementes, feitas de um metal escuro, tudo cheio d'água. Dentro da parte redonda da maçã há um banco com dois assentos esculpidos em forma de folha, assim como a folha de metal do cabo, protegido das cascatas. O conjunto me lembra a carruagem de abóbora da *Cinderela*, só que mais sombrio, menos elegante... mais perigoso e até sensual, de algum modo. Josh fica parado, esperando que eu volte; acho que ele já viu a fonte muitas vezes.

— Nossa, é... — começo, enquanto caminho de volta até ele. — Nunca vi nada igual. É estranhamente... lindo.

Ele sorri enquanto me observa, e então aponta para alguma coisa no chão à frente. Eu me coloco ao seu lado e olho para baixo. Vejo uma placa que diz:

FONTANA DELL'EDEN/FONTE DO ÉDEN.

— Ah, meu Deus! — exclamo.

— Viu? Não posso levar todo o crédito sozinho — repete ele.

— O lance da maçã faz mais sentido agora — argumento, olhando para a fonte mais uma vez.

— Fico feliz que você tenha gostado.

— Estou surpresa que *você* goste... é tão ousada e estranha.

— Eu curto coisas ousadas e estranhas — diz ele, enquanto ajeita a mecha de cabelo que se libertou de minha tentativa meia-boca de coque. — A pessoa que eu mais gosto no mundo é um pouco ousada e estranha.

— Josh — começo, mas realmente não sei o que dizer.

Ele olha para a água, as luzes brilhando sob a superfície, lançando reflexos de movimento ao nosso redor.

— Todo dia, quando eu passava pela fonte e via o seu nome, meio que sonhava com você aqui. Ou comigo te trazendo aqui.

— Você sabe que eu também pensava em você, né?

Ele assente, pegando minhas mãos.

Mas preciso que ele realmente entenda.

— Mas não é só que eu *pensava* em você. Eu... — Doía é a palavra que tenho dificuldade de pronunciar.

— Eu sei — diz ele suavemente, mas me pergunto se sabe mesmo. — Olha, eu sempre pensei que, se a gente tivesse uma segunda chance, eu queria fazer do jeito certo dessa vez — continua, franzindo as sobrancelhas. — Está me entendendo?

Dessa vez eu assinto.

— Porque eu quero isso com você — revela ele, os olhos fixos nos meus. — De verdade.

— Eu também — digo a ele. — Mais que tudo.

Ele está sorrindo agora, e consigo perceber quando todo o corpo dele relaxa, afrouxando o seu aperto em minhas mãos.

— Então... vai ser pra valer dessa vez?

JOSH

MINHAS PALAVRAS FICAM suspensas no espaço entre nós, meu coração disparado enquanto espero. Chego a pensar que talvez a resposta de Eden tenha sido abafada pelo som da água caindo. Mas então ela começa a assentir.

— Sim — ela finalmente responde.

Ficamos ali de mãos dadas, sorrindo um para o outro. Eu me inclino e tento beijá-la, mas ela recua alguns passos. Fico confuso. Ela não solta minhas mãos e tampouco para de sorrir. *Ela está... brincando comigo?* Ela mudou... não é a primeira vez que pensei nisso nos últimos meses, mas é a primeira vez que tenho certeza de que é verdade.

— Não? — pergunto a ela.

Ela balança a cabeça.

— Não tem beijo, nem depois do meu grande discurso? — Faço piada, me esforçando ao máximo para entrar na brincadeira.

— Você vai ganhar seu beijo, não se preocupe — diz ela, me puxando pelo braço enquanto se aproxima da fonte. — Vem comigo.

Ela me leva até o lado oposto da fonte, nossos passos iniciando a série do que devem ser jatos d'água ativados por sensor de movimento jorrando da plataforma em arco sobre a passarela.

— Está vendo aquele banquinho lá dentro? — Ela aponta para o banco de metal de trepadeiras e folhas do outro lado da queda-d'água. — Vamos — diz ela, segurando minha mão com mais força.

— Vamos?

— Sim, a gente pode.

Eu olho em volta. Não há ninguém ali, e provavelmente ninguém nas proximidades em uma noite de domingo, quando o semestre nem começou ainda.

— Acho melhor não... — Mas, antes mesmo que termine a frase, ela solta minha mão e dispara sob o túnel de água. — Espere, o que você está fazendo? — grito atrás dela.

Ela foi mais rápida, no entanto. Ela se vira e faz um adorável som de *vuum* embaixo da maçã, ainda seca.

— Vem! — chama ela, me encorajando com as mãos.

Rio comigo mesmo, porque agora vou ter que ir.

— Pronto? — grita ela. — Já!

Eu começo, mas paro.

— Josh, vamos! Não pense. Só corra. Agora!

Então é o que faço. Eu corro, muito rápido ou muito devagar, e acabo sendo atingido em cheio por cada jato de água. Quando a alcanço, estou com a roupa completamente encharcada.

Ela está cobrindo a boca, rindo.

— Opa — murmura através dos dedos. — Será que era melhor você ter esperado?

— Ah, tá achando engraçado? — Eu a envolvo com os braços, e ela solta um grito engasgado quando minhas roupas molhadas e frias encostam em seu corpo, meu cabelo pingando em seu rosto enquanto olha para mim.

— Tá bom, tá bom — grita ela. Então empurra meu cabelo para trás e desliza as mãos pelo meu pescoço, deixando-as descansar em meus ombros. Como sempre, ela engole aquele sopro de ar, soltando lentamente um arquejo enquanto me beija, mais profunda e completamente.

Minhas mãos seguem a curva de suas costas até a cintura, se encaixando com perfeição em seus quadris. Ela me deixa puxá-la ainda para mais perto, ficando na ponta dos pés para alcançar minha boca. Aperto os braços ao seu redor e a ergo apenas o suficiente para que nossas bocas se encontrem. Nosso beijo se aprofunda, e, quando sinto todo o peso de seu corpo contra mim, meu desejo só aumenta.

— Segure em mim — sussurro, e ela cruza os braços em minha nuca. Eu me abaixo e coloco as mãos sob suas coxas e as posiciono em volta da cintura. Ela inspira fundo e solta um choramingo ofegante.

— Ok — diz ela, me beijando. Posso sentir quando os músculos de seus braços e pernas se contraem ao meu redor. — Não estou mais rindo.

— Nem eu — falo entre beijos, minha respiração cada vez mais rápida, em sincronia com a dela. Sinto seus pulmões se expandirem contra meu peito enquanto ela abre a boca para inspirar fundo. Beijo seu pescoço, úmido do jato de água ricocheteando nas paredes.

— *Caramba!* — Ela exala.

Eu a encaro, e seus olhos parecem tão brilhantes, mesmo no escuro, que acho que jamais desejei nada nem ninguém, até mesmo ela, mais que agora.

Ela olha para mim como se fosse dizer outra coisa, mas, em vez disso, me beija. Avanço alguns passos para apoiá-la na parede, de modo que consiga segurá-la melhor, mas, quando suas costas pressionam a forma de cúpula da maçã, ela solta um gritinho. Todo o seu corpo fica tenso e estremece, e percebo que acabei de levá-la direto para uma torrente de água, que agora cai em cascata sobre ela.

Eu me afasto e a coloco no chão, e ela fica parada ali, congelada, por um momento, com a boca aberta.

— Desculpe — lamento.

— Frio — explica ela, encharcada da cabeça aos pés. — Isso foi *muito* frio. — Ela ofega quando olha para mim. — Você fez de propósito?

— Juro, eu não ia querer interromper esse momento de propósito. — Mas agora sou eu que cubro a boca para rir.

— Ah, entendi — diz ela, pegando minhas mãos. — Você só estava me seduzindo para poder se vingar.

— Não... — começo a dizer, mas então ela me puxa para seus braços, de modo que nós dois fiquemos diretamente embaixo da água. — Ah! — Estremeço. — Puta merda, está gelado pra caralho.

— Eu sei que está! — Ela ri e me beija mais uma vez. — Pode me levar para casa agora?

— Sim — respondo, e estendo o braço.

— Você vai ficar comigo esta noite?

ooo

Tentamos ser discretos ao entrar no prédio, mas, quando chegamos à porta do apartamento de Eden, deixando poças em nosso rastro, os sapatos rangendo e esguichando, nós dois rimos histericamente.

— Ah, meu Deus — geme Eden, enquanto passa a mão sob o olho e esta sai com uma mancha preta. — Como estou agora?

— Está linda — respondo.

Mas ela meio que revira os olhos com desdém e começa a soltar o cabelo.

— Me dá uns minutos? — pergunta. — Vou só resolver... esta situação aqui — diz ela, fazendo um gesto circular na frente do rosto.

— Você está linda — tento novamente.

Ela ignora o que eu disse, mas me beija.

— Olha, vou subir e cuidar dessa — olho para baixo, para minhas roupas encharcadas — situação também.

Ela ri em silêncio, mas depois diz, mais séria:

— Você volta, né?

— Com certeza.

— Se eu ainda não tiver saído do banheiro, entre e espere no quarto, ok? — sussurra ela. — Vou deixar a porta destrancada.

ooo

Dominic está de pé na cozinha, comendo cereal, quando entro.

— Que porra é essa? — diz, se virando para olhar pela janela. — Está chovendo?

— Não — respondo, passando apressado, sem explicar.

Escovo os dentes e tomo o banho mais rápido do mundo para tirar o cheiro de cloro da pele. Penduro as roupas molhadas atrás da porta e visto outras, limpas. Camiseta, cueca boxer, porque é confortável, e eu também li em algum lugar que as mulheres acham mais atraente, uma estatística com a qual eu não achava que me importasse, ou de que sequer lembrasse antes de, bem, este exato momento. Fico indeciso entre calça jeans e short — a voz de Dominic na minha cabeça me dizendo que calça cargo deveria ser proibida —, mas, se vamos ficar só no quarto, dormindo, posso ser casual. Decido ir com um dos meus shorts esportivos novos. Hesito em minha mesa de cabeceira, sem saber se devo levá-las. É presunção ou só precaução? Abro a gaveta e decido pegar uma, por via das dúvidas.

Na cozinha, Dominic está me observando correr de um lado para o outro.

— Estou legal?

— Bem para... *o quê*? — pergunta ele, uma expressão horrorizada, mas atônita, deformando seu rosto.

— Dormir fora — admito.

— Jura que você quer ter essa conversa?

— Na verdade, não. — Pego uma garrafa de água na geladeira. — Obrigado. Tenho que ir.

— Divirta-se, garanhão — grita ele, atrás de mim. — Não esqueça do treino de manhã... não vai se esforçar demais!

Estou de volta à porta de Eden em dez minutos. Bato baixinho antes de abrir e atravessar a cozinha na ponta dos pés, passando pela faixa de luz por baixo da porta do banheiro.

Entro no quarto. Eu me sentaria, mas tem um monte de roupas espalhadas na cama e na cadeira. Então só fico parado no centro do cômodo minúsculo. Está escuro, exceto pela luz fraca que vem do pequeno abajur em sua mesa, o que me lembra de quando visitei seu quarto na casa dos pais. Como era opressivo ali dentro.

Mas este espaço já tem a cara de Eden. Admiro suas coisas, espalhadas ao acaso. O notebook aberto na escrivaninha, com um aplicativo de música em pausa, um exemplar do catálogo de cursos deste ano, e alguns outros livros e papéis empilhados perigosamente perto da borda. E então, outra coisa na mesa chama minha atenção. Três frascos de remédio, escondidos atrás de uma embalagem de hidratante e alguns produtos de cabelo.

Não é da minha conta, meu Deus, eu *sei* disso.

Mas, insiste meu cérebro.

Porque tudo no que meu cérebro estúpido pensa é em meu pai e seus problemas, todas as vezes que escondia pílulas e frascos... todas as vezes que tínhamos de escondê-los *dele*. Mas ela não é meu pai. Eden me disse que tudo aquilo ficou no passado, e eu acredito nela.

O som do chuveiro sendo desligado atravessa o silêncio do apartamento.

— Tudo bem — digo em voz alta, respirando fundo e me forçando a olhar para outra coisa. A estante dela. Perfeito. Eu me aproximo, mas não consigo me concentrar o suficiente para ler um único título. Caminho de volta até sua mesa e olho para a porta fechada mais uma vez.

Não preciso saber *o que* são; só preciso saber que pertencem a ela. Cuidadosamente, estendo a mão para o primeiro, memorizando a posição exata deles. O nome de Eden está na etiqueta. Então o segundo. E o terceiro. Tudo prescrito para ela. Por um médico em nossa cidade natal. Nada errado com isso. Definitivamente, não é da minha conta.

Mas, de novo.

Agora eu meio que preciso saber, pelo menos, o que eles *não* são. E ainda ouço o exaustor ligado no banheiro.

Deus, eu me odeio.

Volto para a mesa. Os rótulos não descrevem a finalidade dos medicamentos, mas também não reconheço os nomes, o que é bom. Os únicos nomes de remédios que conheço — por causa de meu pai, evidentemente — são os de substâncias controladas perigosas, relacionadas ao controle da dor. E pelo menos estes não têm essa função. O primeiro é para ser tomado uma vez ao dia, a posologia do segundo é um comprimido à noite, e o terceiro deve ser usado conforme a necessidade. Todos têm refis. Eu os devolvo a seu lugar.

Não há razão para eu ficar pensando muito sobre isso. Não é mesmo de admirar que ela precisasse tomar algum tipo de medicação depois de tudo pelo que passou. Porra, provavelmente *eu* deveria estar medicado também.

Só então o exaustor desliga e eu ouço o ranger da porta do banheiro se abrindo. Rapidamente, me coloco diante de sua estante, me curvando para pegar um dos livros, como se estivesse ali, lendo a quarta capa, o tempo todo.

— Ei — sussurra ela. — Você está aqui.

Quando me viro para ver seu rosto, sinto o glorioso aroma de frutas e quase consigo me esquecer das coisas que não são da minha conta.

— Lógico que estou aqui — digo, pousando o livro quando ela começa a caminhar em minha direção.

Mas então ela para, olhando para a mesa, e meu coração dispara, como se ela pudesse dizer que manuseei os frascos.

— Desculpe a bagunça. — Ela se vira e junta as roupas em cima da cama e as joga em cima da mesa, cobrindo todas as coisas que agora tenho certeza de que não queria que eu visse.

— Não, eu... eu não me importo. Quero dizer, não está tão bagunçado assim — minto.

Ela vem até mim e enlaça minha cintura com os braços.

— Está a maior bagunça, mas só porque eu fiquei supernervosa enquanto estava me arrumando para um encontro importante com um cara de quem gosto muito.

E agora eu genuinamente me odeio. Mas falar a verdade não me faria sentir menos culpado e só a faria achar que não confio nela ou que não pode confiar em mim. Não há razão para estragar o que foi uma noite incrível porque sou paranoico, achando que todo mundo que amo vai se tornar um viciado.

Pigarreio, sinto seu cheiro e digo:

— Ah, é? — Quando ela ergue o olhar para mim, eu me inclino para beijá-la. — Você acha que vai ver esse cara de novo?

Ela sorri e solta uma risadinha enquanto pressiona a bochecha no meu peito, o cabelo molhado deixando uma mancha úmida em minha camisa.

— Essa foi a noite mais divertida que eu tive em muito tempo. — Decido confessar uma verdade diferente. E *foi* divertida, mas também foi sexy e romântica e significativa, mas não tenho certeza de como admitir tudo isso.

— Humm, eu também — cantarola ela. — Mas...

— Mas o quê? — pergunto, começando a ficar preocupado. Ela já está tendo dúvidas?

— Você tem que me contar qual foi o tema.

— Ah. — Expiro com muita força, mas ela não parece notar.

— Quero dizer, restaurante italiano. Sobremesa italiana. Fonte italiana. Essa é a parte do tema dentro do tema, certo?

— Certo.

— Então, qual é o tema maior? Acho que ainda não saquei.

— Você. Estar aqui. Eu. Estar inegavelmente feliz por você estar aqui. Acho que esse é o tema que eu estava buscando de verdade.

— Ah. — Ela faz uma pausa. — Bem, então acho que entendi.

— Ótimo. — Eu toco suas bochechas onde estão coradas. — Sabe, eu sinto que estou conseguindo ver todo esse seu outro lado aqui — digo a ela, passando as mãos por seu cabelo molhado.

— Sério? — Ela coloca as mãos em volta de meu pescoço e me encara com um sorriso descontraído. — Antes você não tinha ideia de que eu podia ser divertida?

— Eu até tinha, mas estou percebendo que você também é meio... selvagem.

— Eu? — exclama ela. — E *você*?

— Eu? Eu garanto que ninguém nunca me acusou de ser selvagem. Responsável, confiável, sensato? — Vou contando nos dedos enquanto enumero as palavras. — Sim. Selvagem? Nunca.

— Preciso passar pra você o vídeo daquela cena sensual do beijo na fonte? — pergunta ela, e seus dedos são tão leves enquanto dançam para cima e para baixo em meus braços, que me sinto momentaneamente tonto. — Porque ela fica rodando em looping na minha cabeça agora. A parte antes de você me enfiar embaixo de uma cachoeira gelada, quero dizer. — Ela faz uma pausa e deixa seu sorriso desaparecer antes de continuar, mais séria: — A parte logo antes disso foi... *intensa.*

Eu me inclino para beijar seu pescoço só para impedi-la de ver meu rosto ficar vermelho mas me recomponho e a encaro novamente, para que ela saiba.

— Eu nunca teria feito aquilo com mais ninguém.

— Nem eu.

Minhas mãos vão para seus braços nus. Ela está vestindo apenas um top fino e short, e, quando me inclino para beijar o outro lado de seu pescoço, não posso deixar de perceber que não está usando sutiã. Ela toca meu rosto e traz minha boca para a sua enquanto acaricia minha barriga por baixo da camisa.

— A gente pode tirar isso? — pergunta ela, enquanto suas mãos começam a afastar minha camiseta. Algo em mim derrete um pouco com o modo como ela diz "a gente".

Então é o que fazemos. Juntos, despimos minha camiseta pela cabeça e a largamos no chão, mas, antes que eu possa começar a beijá-la novamente, sinto sua boca plantando beijos suaves e quentes em meu peito e barriga, enviando calafrios por todo o meu corpo.

—Ah, Deus — sussurro. — Isso é tão gostoso.

Ela tira minhas mãos de seu cabelo, onde as deixei preguiçosamente quando perdi o raciocínio, e as pressiona contra si, por cima da frente do top. Eu o levanto apenas o suficiente para tocar sua pele, e então as mãos de Eden estão ali também, movendo minhas mãos sob o tecido, sobre a suave curva de sua barriga.

— Está tudo certo? — pergunto, embora tenha sido ela quem colocou minhas mãos ali. — A gente pode...? — começo, de repente incapaz de terminar a frase. — A gente pode tirar isso também?

— Uhum — murmura ela, sua voz abafada enquanto puxa o top pela cabeça. Ela cobre o peito com os braços e se move para perto de mim antes que eu possa realmente admirá-la. A sensação da pele nua, seu corpo pressionado contra o meu, faz meu coração disparar. Mesmo que eu tenha visto cada centímetro de Eden nua tantas vezes antes, tudo parece inédito. Porque não é só a atitude dela que mudou em todo esse tempo que passamos separados, mas seu corpo também... cada parte mais cheia, mais forte, mais macia, desde o arco de suas costas até a linha de seus ombros, suas coxas, quadris e cintura; preciso de um minuto para me preparar. Respiro fundo enquanto seus dedos trabalham sob o cós do meu short, as mãos vagando devagar sobre minha cueca cuidadosamente escolhida, aos poucos descendo o calção esportivo pelos meus quadris.

— Posso? — pergunta ela, enquanto se afasta para deixar espaço entre nós.

Enfim olho para ela, e é tão mais magnífica do que me lembro que tudo o que consigo fazer é um sinal com a cabeça. Ela desliza meu short pelas pernas até o chão, então rapidamente tira o dela também, e eu seguro suas mãos enquanto ela pisa para fora da peça de roupa. E de novo, estamos frente a frente usando só a roupa de baixo, pela primeira vez depois de anos.

— Você é tão linda — digo a ela, apertando suas mãos nas minhas, como tínhamos feito a noite toda. — Eu sei que vai continuar ignorando quando eu digo, mas eu gostaria que não fizesse isso, porque estou sendo sincero.

— Desculpe. — Ela balança a cabeça, mas abre aquele sorriso raro e tímido que às vezes curva seus lábios, apenas por um momento. — Estou nervosa — sussurra.

— Está tudo bem, também estou — garanto a ela. Transei com cinco pessoas na vida... duas casuais, três dentro de um relacionamento, inclusive ela... e me sinto tão nervoso como se essa fosse minha primeira vez.

— Não pensei que iria ficar tão nervosa — argumenta ela.

— A gente não tem que fazer nada hoje.

Ela hesita, estudando meu rosto.

É quase como se estivesse tentando determinar se eu realmente quis dizer isso ou não; ela deveria saber que sim, mas, para o caso de não saber, eu acrescento:

— Eu já te disse que você beija bem demais?

Ela sorri.

— Não, você nunca mencionou isso.

— Bem, você tem o melhor beijo do mundo... Ei, pode rir, mas estou falando sério — digo a ela. — E, *sério mesmo*, eu ficaria mais que feliz em só deitar com você aqui, e continuar te beijando. A gente não precisa fazer mais nada.

— Eu sei. Obrigada por isso. — Ela inspira profundamente e expira, antes de continuar: — Mas eu quero. Quero dizer, se você quiser.

— Ah, sim. — Olho para baixo, sentindo que deveria, de algum modo, me desculpar por não ter mais controle sobre mim mesmo. — Dá pra perceber que eu quero. Mas sem pressa.

Ela assente, colocando minhas mãos em seus quadris, como se soubesse o quanto eu amo a sensação. E, quando estende o braço, passando as mãos ao longo de meu rosto e pelo meu peito e barriga, ela nem tenta esconder o fato de que está admirando meu corpo. Olhando fixamente. Secando. Tenho vontade de fazer algum tipo de piada estúpida, como *Moça, meus olhos estão aqui em cima*, porque ficar na frente de Eden assim, debaixo das mãos dela, debaixo do olhar dela, é intenso — foi a palavra que ela usou há pouco —, quase intenso demais para suportar.

— Você é tão lindo — sussurra ela.

— O-O quê? — gaguejo. Não há literalmente nada que ela poderia ter dito que me chocasse mais. Ela nunca disse nada remotamente parecido para mim antes. Quase acho que está brincando. Mas, então, ela deixa suas mãos vagarem pelas minhas costas e descansarem em meus quadris. E não parece em nada uma piada, afinal.

— Você pelo menos sabe disso? — pergunta, e seus olhos encontram os meus novamente, como se ela estivesse à espera de uma resposta.

EDEN

HOUVE UM TEMPO em que eu tinha medo de observá-lo com muita atenção. Medo de como seu corpo era bonito, medo das coisas que ele poderia fazer, de todas as maneiras que poderia me machucar fisicamente.

Mas não agora, não mais. No momento, não tenho medo de nada. Não consigo parar de olhar para o rosto dele enquanto o toco. Os olhos de Josh estão fechados como antes, na hora em que a degustação do gelato derretia na sua língua.

— Eden... — diz ele, sem fôlego, enquanto puxa minha mão e a coloca no peito em vez disso.

— Desculpe, você não gostou...

— Ah, meu Deus, não. — Ele alisa meu cabelo para trás e toca meus lábios. — Aquilo foi... — Ele balança a cabeça quase imperceptivelmente, e sinto seu coração acelerado sob minha mão. — Eu só preciso de um segundo. Já tem um tempo que não faço isso. E... eu só preciso desacelerar por um segundo.

— Ah — digo sem jeito. — Tudo bem. — Eu me afasto e tento me cobrir com os braços enquanto sento na beirada da cama.

Mas, então, um momento depois, ele está ali comigo, como se fosse uma dança coreografada, de repente se ajoelhando no chão à minha frente, de modo que nossos olhos estejam alinhados. Ele beija meus joelhos e solta um longo suspiro, deitando a cabeça no meu colo. O gesto parece tão estranho, doce e vulnerável que estendo os braços e passo as mãos por suas costas, por seu cabelo, ainda úmido.

Ele levanta a cabeça lentamente e beija minhas coxas, deslizando as mãos pelas minhas pernas, para cima e para baixo, avançando enquanto as abro, querendo deixá-lo chegar mais perto. Deito na cama e o puxo para cima de mim. Sinto minha pulsação em todos os lugares, de uma só vez. Ele coloca o braço atrás das minhas costas — se ele me pedir para me *segurar nele* de novo, talvez eu tenha uma parada cardíaca —, mas não; de algum modo, ele consegue graciosamente nos ajeitar na cama, e assim minha cabeça está descansando no travesseiro.

— Obrigada — sussurro.

Começamos um tipo de beijo lento, balançando nossos corpos em sincronia, e é tão bom estar perto assim de Josh. Estou prendendo a respiração enquanto sua mão viaja pelo meu corpo até que ele me acaricia por cima da calcinha.

— Tudo bem? — sussurra, beijando meu pescoço logo abaixo da orelha.

Consigo reunir ar suficiente em meus pulmões para dizer:

— Sim.

E então sua mão, tão quente na minha barriga, mergulha debaixo da calcinha, e depressa demais eu vou de mal respirar a respiração ofegante. Meu coração dispara, enquanto ele parece não ter pressa. Josh desce pelo meu corpo, beijando lentamente, beijando todos os lugares, e, quando desliza os dentes ao longo do osso do meu quadril, nem sei que som involuntário emito. Ele chega a minha calcinha, e não sei quanto mais consigo aguentar. Preciso fechar os olhos.

— Posso? — pergunta ele, os dedos se curvando sob o elástico.

Concordo com a cabeça, e ele deve estar observando meu rosto porque sussurra um "ok" e começa a deslizar a calcinha para baixo. Abro os olhos de novo, e ele está ajoelhado entre minhas pernas, beijando meus tornozelos, depois as panturrilhas e os joelhos. Quando chega à parte interna de minhas coxas, sua boca roçando cada vez mais perto, começo a me perder de vista. Ele deita de bruços e envolve minhas pernas com os braços, as mãos pressionando meus quadris.

Cada parte de mim quer isso, mas, quanto melhor é a sensação, mais me sinto desaparecer.

Já fizemos tudo isso antes, porém, lembro a mim mesma. É seguro com ele, seguro me permitir sentir bem. É seguro ficar neste lugar.

Eu me abaixo para encontrar alguma parte de Josh onde me segurar — seu cabelo, nuca, braços, pulsos —, e, quando suas mãos encontram as minhas, é como uma âncora, nossos dedos entrelaçados me puxam de volta. Ele está me levando até o limite, mas não posso me deixar levar. Porque estou olhando para o teto e parece demais com muitos outros tetos desconhecidos sob os quais me deitei, e, muito embora seja ele, *nós*, é diferente agora em relação àquela época.

Tenho muita prática em manter Kevin fora da minha mente nesses momentos, e na maioria das vezes eu consigo. Mas dessa vez são os outros. Os sem nome, sem rosto, me arrastando para longe. Fecho os olhos novamente, tentando me concentrar em como isto é bom, sua boca, sua língua, o calor, a adrenalina de tudo, mas...

Solto suas mãos.

— Josh...?

— Sim? — Ele rasteja de volta a meu rosto. — O que foi, você está bem?

Assinto e tento ao máximo sorrir.

— Estou bem, só...

— Isso foi muito, muito rápido, não foi? — pergunta ele. — Desculpe.

— Não, não foi. Foi muito bom, sério; é que estava começando a mexer um pouco com a minha cabeça. Já tem um tempo que não faço isso também.

— Ah — sussurra ele, olhando para mim como se não tivesse considerado a hipótese. — Ok. Bem, só me diga do que você precisa.

— Você pode só ficar aqui comigo, perto de mim, quero dizer?

— Sim, lógico. — Ele se deita ao meu lado, beija meu ombro e diz: — Vou ficar bem aqui. Você quer parar? Podemos. Juro que não vou me importar.

Balanço a cabeça e pego sua mão, deslizando-a pelo meu corpo novamente, guiando-o para onde eu o quero.

— Não quero parar — digo a ele. Quero estar presente para isso... tudo isso. Quero sentir tudo. Não quero deixar os malditos fantasmas em minha cabeça vencerem. Eu tinha esquecido como ele presta atenção, como se não existisse nada além de nós. Eu o puxo para perto, então sinto seu peso contra mim. Não há nenhum medo, impaciência ou autoconsciência em seu toque. Ele segura firme, observando meu rosto, me mantendo com ele. Sinto minha respiração ofegante, trêmula, enquanto ele me leva ao limite de uma forma que eu jamais vivenciei antes, sentindo-o, de alguma forma, para além do toque físico. E então ele está beijando meus lábios, meu pescoço, meu peito.

— Você é incrível — sussurra ele, respirando pesadamente, como se estivesse prendendo a respiração o tempo todo. — Caramba, eu quero tanto você... desculpe, posso dizer isso?

— Sim — respondo, tentando recuperar o fôlego enquanto procuro conter uma risada diante de suas palavras. Abro os olhos, sem nem mesmo perceber que os fechei. — Mas você trouxe proteção, né?

Ele olha para nossas roupas no chão.

— Sim. Quer que eu pegue agora?

Eu assinto.

— Já volto — avisa ele, em um sussurro. Eu observo enquanto ele caminha até a pilha de roupas e tira a camisinha do bolso do short. O modo como olha para mim enquanto volta para a cama, como se eu fosse a melhor coisa que já viu, simplesmente me mata.

— Só me avise se a gente precisar parar, certo?

— Tá bom.

Ele está indo devagar, sendo cuidadoso. O modo como está me observando com atenção — seus olhos escuros, profundos e calorosos — me hipnotiza. Tenho uma montagem rodando no fundo de minha mente de todas as vezes que ele me olhou assim... me fazendo sentir fraca e forte, tudo ao mesmo tempo. Ele se movimenta suavemente, a respiração uniforme e ritmada agora, e posso dizer que está tentando se conter.

— Eu te amo tanto — diz baixinho, sua boca contra a minha. — Você sabe disso, né?

Assinto, porque eu sei. Mas não posso falar, porque, de repente, sinto as paredes da garganta desmoronando, pesadas com muitas emoções conflitantes, e palavras à espera, tentando descobrir como sair. Agarro seus ombros enquanto nos movemos mais rápido, juntos, inspirando um ao outro.

É gentil. Delicado. Este dar e receber.

Nunca estive tão presente. Nunca tão ligada a ninguém, nem mesmo a ele. Estou me segurando nele com tanta força que preciso enterrar o rosto em seu pescoço porque, percebo, estou chorando. Chorando porque nunca me senti assim antes. Sobre ele, sobre mim. Nem sei *o que* é, mas sinto no corpo, no coração, na mente, em todos os lugares... é tudo.

E então me dou conta, de uma só vez: este sentimento é liberdade.

Mesmo quando ele termina, ainda está sendo tão gentil comigo. Ofegamos um contra o outro por alguns momentos, antes de ele tentar sair de cima de mim. Mas eu o seguro, o mantenho perto.

— Não, fique — peço a ele.

— Olhe para mim, Eden — sussurra ele, afastando meu cabelo. Viro o rosto, porque não sei explicar. — Você está chorando.

— Não, não estou — tento dizer, mas ouço minha própria voz, toda molhada e rouca.

— Sim, você está. — Suas mãos estão em meu rosto agora, seus olhos procurando os meus. — Fale comigo. Eu...? — Ele faz uma pausa. — Eu machuquei você?

— Não. — Suspiro, e as lágrimas estão vindo mais rápido agora. — Não, eu estou chorando porque nunca me senti assim. Jamais. Eu nunca me senti tão... — *Tão feliz, cuidada, respeitada até.* Mas então resumo com o que todas essas coisas realmente significam: — Tão amada.

— Ah! — ele exclama, aliviado, parecendo entender. — Você é. Quero dizer, eu amo. Eu te amo — repete, novamente. — E eu... eu também nunca me senti assim antes.

Eu o deixo enxugar as lágrimas de meu rosto, e, quando seu olhar paira em mim, até mesmo seus olhos ficam brilhantes. Ele sorri e pisca rápido.

— Meu Deus, você vai me fazer chorar.

— Desculpa. — Eu fungo, quase rindo de mim mesma.

Ele solta uma risada também.

— Tudo bem.

Reajustamos nossas posições, e, quando se levanta para jogar fora a camisinha, ele pergunta se quero que deixe o abajur aceso; não quero, não vou precisar com ele ali. Ele sobe na cama e nos cobre com o lençol, deitando a cabeça em meu peito enquanto nos abraçamos.

— Josh? — eu me ouço dizer na escuridão.

— Humm? — responde ele, a voz toda grogue e sonolenta.

— Eu também te amo.

Ele levanta a cabeça e olha para mim, semicerrando os olhos ligeiramente, como se estivesse confuso ou não tivesse me ouvido direito, mas então beija meus lábios com suavidade e diz:

— Eu sei como foi difícil para você dizer isso.

Balanço a cabeça.

— Não, não foi.

PARTE TRÊS

Setembro

JOSH

EU A DEIXEI dormindo na minha cama esta manhã. Eden nem se mexeu quando o alarme tocou, às cinco. Eu estava supertentado a ficar com ela. Mas ainda não voltei às graças do treinador, então não posso me atrasar para um exercício ou treino que seja se quiser ter a chance de jogar.

O primeiro mês do semestre passou voando. Com meu cronograma de treinos e o emprego de Eden, além das respectivas grades de horário na faculdade, é como se a cada dia tivéssemos menos tempo um para o outro.

Faço o treinamento matinal das seis às oito, em seguida vem a reunião da equipe antes da primeira aula, às nove. Mando uma mensagem de bom-dia para Eden no caminho. Mas normalmente ela está atrasada; só responde depois do fim da primeira aula, às dez e meia. Só tenho uma hora de intervalo entre as aulas da manhã e em seguida faço o aquecimento para o treino novamente.

Odeio o fato de não termos tempo para simplesmente relaxar juntos. Não sei como a gente se veria se não morasse no mesmo prédio. Eden conseguiu um segundo emprego no café do outro lado da rua, mas o gerente já está sendo um babaca com o lance da disponibilidade. Não sei o que esse cara quer. É uma cidade universitária; os horários de todo mundo são loucos. Tenho aparecido por lá para estudar nos fins de semana em que ela trabalha. Digo a ela que faço isso para a gente passar um pouco mais de tempo junto. O que é verdade, mas é que também não confio no cara. Parece que ele pega no pé dela sem motivo, criticando tudo o que Eden faz, querendo que ela chegue cedo, que fique até tarde.

Uma vez, vi Eden deixar uma caneca cair no chão e quebrar.

Ela riu por uns dois segundos, constrangida; foi charmosa e fofa e todo mundo pensou assim, acenando e dando sorrisos simpáticos. E então, quando ela estava literalmente ajoelhada no chão para limpar a bagunça, o gerente apareceu, todo vermelho, e jogou um pano ao lado dela, murmurando:

— Não é engraçado. Preste atenção no que está fazendo. Se não é capaz de ser mais cuidadosa, você não pode trabalhar aqui.

O jeito como ele falou isso parecia tão bravo, muito mais bravo do que deveria estar por causa de uma caneca de cerâmica barata. E o jeito como ela o encarou. Vi alguma coisa brilhar nos olhos dela. Eden estava assustada, foi por apenas uma fração de segundo, mas consegui perceber. Eu me levantei, cheguei perto, nem sabia o que ia fazer ou falar, mas senti uma vontade quase incontrolável de pegar o cara por aquele avental estúpido, empurrá-lo na parede e arrastá-lo para fora. Não é um sentimento comum para mim; não gostei da rapidez com que me senti daquela forma.

— Olha, fui eu que a distraí — argumentei com ele. — Eu pago a caneca.

Ele nem falou comigo; só olhou para nós dois e foi embora.

Eu me agachei ao lado dela e disse, baixinho:

— De jeito nenhum que você precisa aturar essa merda.

— Ah, para — debochou ela. — Já lidei com babacas piores que ele. Mas é melhor você ir embora. Não foi por sua causa que eu soltei a caneca, mas o seu rosto *é sim* muito distrativo. Além disso, todas essas garotas ficam te secando. Estão me deixando com ciúme.

Olhei ao redor. Ninguém estava me secando. Mas alguém estava secando *Eden*. Um cara na cozinha a observava pela abertura onde os garçons pegam a comida, os olhos se demorando nela um pouco demais. Eu o encarei até que ele saiu dali.

Quero de verdade que ela largue esse segundo emprego. Não só porque odeio o chefe dela e aqueles colegas homens tenebrosos, mas também porque mal terminamos o primeiro mês do semestre e ela já parece esgotada. A única parte boa de estar tão ocupado é que isso faz o pouco tempo que temos ser especial.

As aulas dela são todas do outro lado do campus. Mas na maioria dos dias podemos pelo menos voltar juntos para casa. Às vezes conseguimos encaixar um almoço. Hoje, paro no grêmio estudantil para comer uns sanduíches, então preciso correr até a biblioteca se quiser chegar a tempo de vê-la, antes de ter de voltar ao centro atlético e me trocar para o treino da tarde.

Escondo o saco de papel com comida na mochila e subo até o quarto andar da Biblioteca de Artes e Ciências. Eu a encontro no fim de um dos corredores, perto de nosso lugar de costume, nos fundos, onde geralmente conseguimos descolar alguns minutos de privacidade. Fico parado ali, observando-a por um minuto. Ela está com um carrinho de livros que deveria devolver às prateleiras, mas está de pé em cima de uma daquelas banquetas-escada de plástico, folheando um livro, antes de estender a mão para colocá-lo no local designado. Então ela pega o livro ao lado e começa a folhear as páginas. Estudo os títulos enquanto caminho em sua direção. Biografias, parece. Ela está tão absorta que nem percebe que estou bem ao seu lado.

— Com licença, senhorita? — sussurro.

— Deus! — grita ela, e o livro que estava segurando cai no chão com um baque.

— *Xiu* — reclamo, me abaixando para pegá-lo. — Isto é uma biblioteca.

Ao pegar o livro de mim, ela sorri.

— Quando é que você vai parar de chegar em mim sem eu perceber?

— Não foi por querer... você é que está muito concentrada.

Ela olha para os lados, antes de estender a mão e me puxar para mais perto, e se inclinando para me beijar.

— Então é assim que as pessoas altas se sentem — pondera ela, ainda de pé no banquinho e cinco centímetros mais alta que eu. — É um mundo totalmente diferente aqui em cima.

— Quer que eu comece a levar um banquinho para todos os lugares que a gente frequenta? — pergunto.

— Por que eu tenho a impressão de que você não está brincando?

— Ei, se você quisesse mesmo, você sabe que eu faria. — Seguro suas mãos enquanto ela desce e a puxo para um abraço. — Com fome?

Ela assente e verifica novamente para ter certeza de que ninguém vai nos ver conforme seguimos até o fim do corredor, e nos dirigimos para nossa mesa de canto, escondida dos olhares. Enquanto desempacoto nossos sanduíches, ela encosta a cabeça no meu ombro.

— Eu gostaria que a gente pudesse ir pra casa, ficar na cama o dia todo — geme ela.

— Eu também — suspiro. — Você estava apagada de manhã. Ficou acordada até que horas ontem?

— Não sei — responde ela, esfregando os olhos. — Eu tinha muita leitura para colocar em dia.

Toco seu rosto; ela está com olheiras bem escuras.

— Gata, você parece muito cansada.

— Tudo bem, eu posso dormir amanhã; meu turno no café é só à tarde. O encontro desta noite ainda está de pé, né? — pergunta.

— Com certeza — respondo a ela. — O treino termina às seis, mas, se eu correr, provavelmente consigo chegar em casa umas quinze para as sete.

— Não precisa correr — argumenta ela, cobrindo a boca enquanto dá uma mordida em seu sanduíche. — Nossa reserva é só para depois das oito.

— Reserva? Que chique. — Espero um segundo e tento avaliar um pouco melhor seu estado de espírito. — Vai me pedir em casamento?

Ela tosse e arregala os olhos para mim.

— Não é *tão* chique assim.

Solto uma gargalhada. Mas, se ela fosse me pedir, eu responderia sim na hora.

— Você é louco, sabia? — diz Eden, com um sorriso.

— Eu? É você que está falando em casamento depois de um mês — brinco.

— Vamos pelo menos fazer as contas certinho; está mais para três anos.

— Então... está pedindo a minha mão?

Ela balança a cabeça, tentando não rir.

— Ah, meu Deus, você é ridículo.

Cutuco seu ombro com o meu.

— Você adora.

Ela assente.

— Uhum. Acertou, eu adoro.

Estamos nos beijando quando alguém pigarreia.

— Ah! — exclama Eden. — Ei.

— Uh, desculpe. — Um menino que parece jovem demais para estar na faculdade está parado ali; percebo que tem o mesmo crachá de estagiário de Eden. — Precisamos de ajuda lá embaixo, no balcão de circulação.

— Claro, sim. Desculpe. Eu só estava fazendo um intervalo rapidinho.

Ele dá de ombros e se arrasta de volta pelo corredor.

Ela se levanta e dá mais uma mordida antes de embrulhar a segunda metade de seu sanduíche, tentando enfiá-lo no bolso do moletom.

— Está dando muito na cara? — pergunta.

— Não — minto. — Só dê um jeito de terminar isso em algum momento.

— Pode deixar. — Ela aperta minha mão antes de ir embora, se virando para falar em um sussurro mais alto: — Pego você às quinze para as oito... não vai esquecer.

Termino meu almoço e verifico o celular. Esqueci que meu pai mandou mensagem quando estava na fila da lanchonete.

> Sua mãe e eu estamos ansiosos para ver você no seu niver, semana que vem.
>
> Vinte e um anos, hein? Terça ainda está de pé?
>
> Não vejo a hora de conhecer a Eden.

Só que eu não contei exatamente a Eden que meus pais vêm me visitar ou que querem nos levar para jantar, que querem conhecê-la. Eu não queria estressá-la nem colocar qualquer pressão extra nela. Mas vou ter de fazer isso. Esta noite. Vou contar esta noite.

EDEN

EU ME SENTO no fundo da sala para poder sair alguns minutos mais cedo sem chamar muita atenção. Cheguei cedo em todas as minhas aulas a fim de explicar por que, já no início do semestre, vou precisar me ausentar na próxima semana. Consegui uma folga na biblioteca e meio que me entendi com o Capitão Babaca no café. Troquei de turno com um colega, mas ele disse que ainda precisava aprovar.

A esta altura, por mim, ele que me ponha na rua. Tem no mínimo mais cinco cafeterias a dez minutos do campus. Tenho certeza de que pelo menos uma está contratando.

Caminho até a aula seguinte, depressa, com um objetivo em mente. Seria a última explicação formal que eu precisaria dar. *Sou testemunha em um processo judicial na minha cidade; preciso comparecer a uma audiência na semana que vem, então vou precisar faltar à aula.* Essa foi a afirmação que minha terapeuta e eu gastamos a maior parte dos cinquenta minutos de nossa última sessão por telefone para bolar. E foi isso que eu disse a cada um de meus professores. Todas as vezes, correu tudo muito bem. Nenhuma pergunta complementar ou preocupação. Nenhum rompante emocional de minha parte.

Decorei minhas falas.

Desço a escada até o andar da sala de aula, onde encontro minha professora no pódio, tentando conectar seu notebook ao projetor.

— Que treco maldito! — murmura.

E há algo tão humano em sua frustração que me lembro de minha mãe.

— Humm, oi, desculpe — digo, enquanto me aproximo.

Ela olha para mim, tira os óculos de cima da cabeça e os coloca antes de falar:

— Olá, o que posso fazer por você?

— Meu nome é Eden McCrorey. Estou na sua palestra de história mundial hoje à tarde.

Ela assente e olha de volta para o notebook, sem prestar muita atenção.

— Certo... e? — murmura ela, distraída. Mais uma vez me lembrando de mamãe.

Inspiro fundo.

— É que eu vou ter que faltar a sua aula na semana que vem.

Ela tira os óculos e passa a me encarar, como se dissesse: *Ah, jura?*

Abro a boca para continuar, mas percebo que já errei a ordem das falas.

— Quero dizer — tento recomeçar —, eu tenho que comparecer como testemunha num julgamento, na minha cidade. Ou... não um julgamento. — Gaguejo e tropeço nas palavras. — Ainda não, pelo menos. Na verdade é só uma audiência. — Mas então ouço a voz da minha terapeuta na cabeça: *Não minimize, não se desculpe.* — Bem, não que seja *só* uma audiência — acrescento.

Ela dá um passo em minha direção e vira ligeiramente a cabeça, como se estivesse com dificuldade para me entender. Não estou explicando direito. Não era o que eu deveria dizer.

— É... é só uma audiência preliminar — gaguejo. — Para decidir se vai acontecer um julgamento.

Respiro fundo e aperto a ponte do nariz. Com força. Tentando conter as lágrimas que parecem abrir caminho pelo meu crânio.

— Humm... desculpa, eu só...

Meus pulmões estão subitamente sem ar, e sinto dificuldade para enchê-los mais uma vez.

— Ah — murmura ela. — Você é Eden, certo?

Concordo com a cabeça, incapaz de responder, por algum motivo. E então ela dá um passo em minha direção, com os braços estendidos.

Não entendo. Ela está me abraçando antes mesmo de eu perceber que comecei a chorar.

— Ah, desculpa... — Fungo através de todo aquele cabelo armado em meu rosto.

— Está tudo bem — me tranquiliza ela, e meio que me embala para a frente e para trás. Sinto a bochecha cair em seu ombro, deixei meu peso desabar sobre ela. — Está tudo bem — repete.

Do nada, estou chorando como uma criança nos braços de uma estranha; ela é menor que eu, e consigo sentir meu corpo balançando o dela enquanto agarro seu ombro. Mas não consigo me conter.

— Ah, meu Deus, desculpa — lamento, me afastando. Puxo as mangas sobre as mãos e enxugo os olhos. Mas é um choro feio, todo ranhento, nojento.

Ela se vira e vai até sua pasta, vasculhando por um momento antes de tirar do interior um pacotinho retangular de lenços de papel.

— Aqui — diz ela, puxando um e o entregando para mim.

— Desculpe — repito. — Esta é só a quinta vez que tive de explicar a situação. Mas foi a primeira em que eu chorei. Você foi premiada. — Tento rir.

— Está tudo bem, Eden. — Ela me dá um sorriso com o cenho franzido, depois inclina a cabeça e me dá um tapinha nas costas. — Não tem problema. Por que você não passa no meu escritório no horário do expediente depois que voltar, e nós pensamos em algum jeito de compensar o que você tiver perdido?

— Seria ótimo. — Suspiro, minha respiração irregular. — Obrigada. — *Obrigada*, agradeço a ela silenciosamente, *por não perguntar por que estou chorando ou se estou bem.*

Ela me entrega o pacote inteiro de lenços agora.

— Se precisar faltar na palestra de hoje, posso pedir à Lauren, minha assistente, para te mandar a apresentação.

— Não, está tudo bem. Estou bem, de verdade — digo, no automático.

— O autocuidado é mais importante do que ficar sentada aqui me ouvindo tagarelar por duas horas sobre a política da Roma Antiga. Estou falando sério — diz ela. — Por favor.

Diga sim, imploro a mim mesma. *Só diga sim.*

— Na verdade — arquejo, arquejo, arquejo —, acho que talvez seja uma boa ideia, se você tem certeza de que não se importa. Foi uma semana muito longa. — Minha terapeuta ficaria muito orgulhosa de mim por aceitar esse pequeno ato de misericórdia.

ooo

Mas agora são três da tarde e não há nada com que eu devesse estar ocupada. É uma sensação estranha e perturbadora, depois de meses de correria e de tarefas intermináveis, ter tempo. Pego um café e decido parar na loja a caminho de casa, imaginando que talvez precise estocar algumas embalagens de lenços de papel para viagem, se começar a chorar do nada em público.

Passo pelo balcão na frente da loja e noto as embalagens de cigarro guardadas em segurança na parte de trás. Eu poderia comprar um maço. Fumar um cigarro, jogar o resto fora e me sentir muito mais capaz de lidar com tudo agora. Entro na fila, atrás da senhora segurando sua pilha de raspadinhas de loteria. Mas eu não me contentaria com um, eu sei. E Josh iria sentir o cheiro da fumaça no meu cabelo, sentir o gosto na minha língua. E então ele ficaria preocupado. Observo enquanto a senhora na minha frente entrega seus bilhetes premiados e o caixa de vinte e poucos anos os examina, recitando quanto cada um deve valer.

Saio da fila. Digo a mim mesma que não preciso dos cigarros. Digo a mim mesma que talvez sejam só os hormônios... comecei a tomar pílula só faz algumas semanas. Nunca tomei anticoncepcional, e Mara me avisou que a medicação poderia mexer com as minhas emoções. Não era o momento ideal para adicionar mais uma medicação, mas, com a quantidade de sexo que Josh e eu temos feito, não podia arriscar. Digo a mim mesma que é esse o motivo, e não a audiência me fazendo desmoronar à medida que se aproxima.

Perambulo pelos corredores, nem tenho certeza do que estou fazendo. Cheiro um pacote de morangos e o coloco de volta no balcão. Escolho uma pera e a aperto com delicadeza. Experimento um cubo de cheddar espetado em um palito.

Escolho um saco de café orgânico muito caro e o carrego como um bebê enquanto sigo pelo corredor. E então vejo as misturas para bolo, brownie e muffin. Troco o saco de café por uma mistura para bolo de chocolate.

Vou surpreender Josh com um jantar divertido, em um restaurante hibachi ao qual os pais o levaram, ele me contou, no aniversário do ano passado. Estou tentando fazer alguma coisa especial para compensar preventivamente o fato de eu perder seu aniversário, na semana que vem. Claro que não disse a ele que não vou estar aqui, porque ainda não contei sobre a audiência. Tenho repetido a mim mesma por semanas: *Amanhã. Vou contar para ele amanhã.* Mas, então, o amanhã nunca chega.

Pego meu celular. Mal chama antes de minha mãe atender.

— Alô? — ela atende, parecendo alarmada. Não consigo me lembrar da última vez que liguei para ela, em vez de enviar mensagens. — Eden, você está aí?

— Oi. Sim. Está ocupada?

— Não, de jeito nenhum — responde ela, embora eu possa ouvir telefones tocando ao fundo, em seu trabalho. — O que está acontecendo?

— Nada, só tive uma folga esta tarde e estou no supermercado.

— Entendi...

— Estou tentando comprar ingredientes para fazer um bolo. Para o aniversário do Josh — acrescento. — E pensei que talvez você tivesse umas ideias. Quero fazer uma mistura de sabores, chocolate com manteiga de amendoim.

— Parece bom — diz ela. — E então, as coisas estão indo bem com ele? Com Josh — completa, fazendo questão de dizer o nome.

— Bem — respondo. — Tudo ótimo. As coisas estão bem.

— Bom.

Há uma pausa dolorosamente estranha.

— Humm, então... peguei uma mistura para bolo de chocolate, mas não estou vendo nada parecido com cobertura tipo manteiga de amendoim. Não sei, só lembro que você sempre fazia coberturas com sabores diferentes para o nosso bolo de aniversário, quando a gente era criança.

Ela ri.

— Melancia e baunilha. Foi no seu aniversário de nove anos — comenta ela.

— Verdade. Eu lembro. Estava gostoso.

— Deixa eu ver. — Posso ouvi-la digitando em seu computador no trabalho. E, enquanto espero, a escuto respirar ao telefone, meio que cantarolando para si mesma enquanto rola a tela; gostaria que ela estivesse comigo agora. — Ah, aqui. Acho que encontrei alguma coisa. Sim, é uma receita de glacê bem fácil. Você só precisa de manteiga de amendoim, chantili, calda de chocolate e copinhos de manteiga de amendoim; sendo uma universitária, você já devia ter um estoque desses ingredientes, aliás.

Demoro um segundo para perceber que ela fez mesmo uma piada.

— Ah. — Dou uma risada. — Por um segundo eu pensei que você estivesse falando sério.

— Estou falando sério! Você deve ter muita porcaria por aí, para virar a noite estudando.

— Tá bom, vou cuidar disso.

— Eu mando a receita por e-mail — diz ela, e ouço o sorriso em sua voz. — Ou eu poderia tentar enviar por mensagem.

— Por e-mail está ótimo. Eu acesso pelo celular dos dois jeitos.

— Mandando. — Eu a ouço digitar novamente.

— Obrigada, depois te conto do resultado.

— Bem, me avise se precisar de ajuda.

— Ok.

— Te vejo na semana que vem. E... Eden? — acrescenta ela. — Você consegue.

Não tenho certeza se ela está falando sobre o bolo ou sobre a audiência, e também não sei se concordo, mas respondo:

— Obrigada, mãe.

Um minuto depois de desligar, recebo um SMS do banco avisando que minha mãe me mandou trinta dólares, com a mensagem: *Contribuição para o bolo de aniversário!*

Desde que saí de casa, ela tem me surpreendido com pequenos gestos que me mostram o quanto ela se preocupa com a minha adaptação à faculdade.

ooo

Decidi comprar tudo — tigelas, uma assadeira, um batedor, uma espátula, xícaras medidoras — porque presumi, corretamente, que não tínhamos nada disso no apartamento.

É bom não ter de pensar em nada além de bater os ovos, água e óleo na mistura de bolo de chocolate. Nada além de fazer algo por outra pessoa.

Parker chega em casa no momento em que estou colocando o bolo no forno.

— Uau, o que está acontecendo aqui? — pergunta ela, parando na ilha da cozinha para passar o dedo dentro da tigela. — Sinceramente, eu nem sabia se essa coisa funcionava.

— O quê, o forno?

Ela balança a cabeça e lambe a massa do dedo, murmurando:

— Bommm.

— Estou fazendo um bolo de aniversário para o Josh.

— Ah, colega. — Ela me olha com enormes olhos de corça. — É muita fofura.

— Você vai mesmo hoje à noite, né? — pergunto a ela pela vigésima vez.

Ela hesita.

— Na verdade eu estava pensando em ficar em casa, porque esta semana me maltratou, mas tudo bem. Você me convenceu com esse maldito bolo. A que horas devo estar lá?

— Oito. Em ponto. Não, quinze para as oito. Você e Dominic vão levar os balões para o Josh não suspeitar de nada.

— Então, o que você está dizendo é que no fundo eu nunca tive escolha, né?

Eu sorrio e balanço a cabeça.

— Exato.

— Tudo bem, sua grande manipuladora — diz ela, e arrasta a bolsa atrás de si enquanto se dirige para o quarto. — Vou tirar uma soneca. Me acorde às sete e quinze.

— Ok — concordo, Parker já de costas.

Nunca tive uma amiga como Parker. Aliás, pensando bem, não tive muitos tipos de amigas. Mas eu gosto dela. Não é muito melindrosa nem educada ou calorosa demais, mas, de um jeito ou de outro, está dando certo. Ela não parece se importar que Josh esteja sempre aqui, ou que eu passe metade do tempo por lá. Está confortável com quem é, e, por algum motivo, isso também me faz sentir confortável. Tipo, nenhuma de nós precisa fingir ser outra coisa. Embora tenhamos criado um alter ego para receber comida delivery, combinando nossos nomes, "Kim McCrorey" e "Eden Parker". Rimos demais na outra noite por conta disso, quando um entregador interfonou para o nosso apartamento dizendo que tinha um pedido para Kimberly.

Quando vou pegar a receita da cobertura, vejo que chegou uma mensagem de minha mãe:

> Oi, Eden, mamãe aqui. Lembre de deixar o bolo esfriar por pelo menos duas horas antes de decorar com o glacê.
>
> Deixe ficar à temperatura ambiente por meia hora, depois você pode colocar na geladeira pelo restante do tempo.
> Com amor, mamãe

Se isso não fosse tão novo para nós, talvez eu a alfinetasse e dissesse algo como *não precisa usar saudações formais nas mensagens*. Mas simplesmente respondo: Ok, vou fazer isso. Obg

Sigo as instruções, passo a passo, medindo e misturando a manteiga de amendoim, o chantili, a calda de chocolate e os copinhos de manteiga de amendoim. Guardo na geladeira para esfriar e me sento no sofá vermelho desbotado enquanto espero o bolo terminar de assar.

Ainda faltam vinte e três minutos no timer do forno.

Vinte e três minutos para ficar sentada sem fazer nada.

Meu cérebro aproveita a oportunidade para me aterrorizar com dúvidas e perguntas para as quais não tenho respostas. Puxo os e-mails de Lane que tenho evitado olhar no último mês. Ela se ofereceu várias vezes para me ligar e repassar todos os trâmites da audiência. E é só agora, às cinco e meia da última sexta-feira, antes de tudo começar na manhã de segunda, quando ela certamente já saiu do escritório, que finalmente sinto a urgência de falar com minha advogada. E-mail de hoje de Lane:

Feliz sexta-feira, Eden.
Só um lembrete, nós vamos visitar o tribunal/corte na segunda-feira às 8h. Tente tirar um tempinho no fim de semana para revisar o relatório policial e a declaração que você deu à detetive Dodgson, para que tudo esteja fresco na sua mente. Eu sei que a promotora Silverman te mandou uma cópia impressa, mas anexei um pdf para maior comodidade.
Procure vestir uma roupa confortável e natural (recatada, por falta de palavra melhor). Pense em casual corporativo. Me avise se tiver alguma dúvida.

Até breve,
Lane

Eu me pergunto se ela enviou a mesma mensagem para Mandy e Gennifer. Tantas vezes me perguntei se os advogados realmente iriam descobrir se nós conversássemos, se poderíamos driblar as regras. Porque, em um nível muito profundo, eu queria saber o que ele fez com elas, e queria que elas soubessem o que ele fez comigo. Não os detalhes, mais o *como*. Não sei o motivo. Acho que é porque ainda não tenho certeza, mesmo depois de tantos anos, de como aquilo aconteceu comigo.

Mas eu resisto.

Em vez disso, pesquiso o termo "casual corporativo" e vejo muitos blazers por cima de blusas de cores vivas. Penso que qualquer coisa muito colorida não seria o ideal. E não tenho um blazer sequer.

Finalmente, respondo à mensagem da Amanda. Penso em me desculpar por ter demorado tanto. Tento inventar uma desculpa para explicar por que precisei de um mês para retornar, mas ela provavelmente não se importa com detalhes; só quer minha resposta, então dou a ela.

Sim. Vou voltar.

Imediatamente, vejo os três pontos ao lado de seu nome, dançando como átomos excitados. Aguardo uma resposta. Que não chega.

O timer dispara. Jogo o celular no sofá e corro até a cozinha, abro o forno e enfio a mão para pegar a assadeira, esquecendo o conjunto novo de luvas que eu havia deixado no balcão.

— Merda! — sibilo. — Merda, merda, merda, merda — sussurro, enquanto abro a torneira e passo a mão na água fria. Olho para o bolo ali, a porta do forno aberta como uma boca, e então vejo duas linhas vermelhas brotarem na palma da minha mão esquerda, uma marca de mordida de algum tipo de animal raivoso.

JOSH

ELA BATE NA porta exatamente às sete e quarenta e cinco. Eu abro, pronto, mas não preparado para o que vejo.

— Ah, uau!

Ela ri.

— Ah, uau pra você também.

— Desculpe, é que você está... — Ela dá uma olhada em si mesma. Está usando um vestido; a única vez que a vi de vestido antes foi na primeira vez que veio em casa. Era para ser nosso primeiro encontro, mas ela não quis ir a lugar nenhum. — Você está muito...

— Muito?

— Muito incrível.

— *Você* está muito incrível — ela repete, me puxando para um beijo. — Está pronto?

Ela desce a escada e vai até seu carro.

— Nós vamos de carro?

— Não é muito longe, mas... — Ela levanta o calcanhar em um gesto adorável que a faz parecer prestes a dançar. — Com estes sapatos...

— Mas tem certeza de que não vai ser uma coisa chique?

— Ah, meu Deus, não vou te pedir em casamento, Josh! — Ela ri enquanto destrava as portas.

Eu entro e coloco o cinto.

— Estou me sentindo mal-arrumado.

— Não, fui eu que me arrumei demais.

— Hum, bom... pra mim, você sempre se arruma demais.

— Como assim? — Ela me olha de lado enquanto se afasta do meio--fio. — Eu nunca me visto bem.

— Não — digo a ela, estendendo a mão para tocar seu joelho nu. — Quero dizer, vestida demais, como se estivesse sempre com muita roupa.

Ela ofega, fingindo estar escandalizada.

— Bom, nunca! — Ela deixa a mão flutuar até o coração, e percebo que está com um curativo. — Limpa essa mente suja, Miller. — Ela ri. — Ou pelo menos tenha a decência de esperar até eu fazer o pedido.

— Tá bom, mente oficialmente limpa. — Pego sua mão e tento examinar o curativo. — O que aconteceu com a sua mão?

— Ah, nada — responde ela, balançando a cabeça. — Só um pequeno acidente na cozinha.

— Você se cortou?

— Não, é mais uma queimadura superficial. Está tudo bem.

— Tem certeza? Não parece tão superficial assim.

— Sim, tenho certeza. Sou durona, você sabe. Eu aguento uma queimadurazinha.

— Eu sei que você é durona. — Levo sua mão aos lábios e beijo o canto do curativo, meio chocado com o quanto estou chateado por descobrir que ela se machucou de alguma forma. — Mesmo assim.

Ela retira a mão e toca meu rosto enquanto me encara.

— Você se preocupa demais.

— Vá se acostumando — digo a ela. — É o meu talento.

Ela sorri, mas não diz nada. E estou olhando para ela com tanta atenção que só percebo que o carro parou quando Eden se vira para mim e diz:

— Chegamos.

— Aqui? — Olho pelo vidro do carro. — Espere, nós vamos jantar aqui? O Tigela Flamejante. Amo este lugar.

— Eu sei — comenta ela, com uma risadinha. — Foi por isso que eu te trouxe.

Entramos alguns minutos antes das oito. Eden dá o nome à recepcionista, e somos conduzidos para a área do bar a fim de esperar nossa mesa ficar pronta. Faço menção de pegar a mão de Eden, mas ela fica tensa e gentilmente a afasta.

— Merda, desculpe. Esqueci.

— Está tudo bem — diz ela suavemente, e se posiciona do outro lado, me oferecendo a mão direita em vez disso. — Não vou quebrar.

Vejo Eden olhar para trás e sorrir, mas, antes que eu possa perguntar o motivo, ouço duas vozes distintas, uma em cada ouvido, sussurrarem:

— Surpresa!

Com um sobressalto, eu me viro. Dominic e Parker estão gritando e uivando.

— Ah, meu Deus, sua cara!

— Viu a cara dele? — exclama Parker, puxando Eden para um abraço enquanto lhe entrega um monte de balões, amarrados juntos, flutuando sobre nossa cabeça.

— O que... o que é isso? — pergunto.

— É sua festa surpresa de aniversário! — grita Eden, me enlaçando com os braços.

— Meu aniversário é só na semana que vem.

— Eu sei, essa é a surpresa — argumenta ela, rindo. — Você está surpreso de verdade?

— Sim! — Estou definitivamente surpreso.

— Até que enfim você chegou. Alguém já me parou para perguntar onde é o banheiro — diz Parker, tomando um gole de seu copinho de cerâmica com saquê.

— Por que alguém te perguntaria onde é o banheiro? — Eden quis saber.

— Bem, eu sou asiática, então devo trabalhar aqui.

— Ah, meu Deus, o que você respondeu?

Dominic começa a rir, e eu também.

— O que eu perdi? — insiste Eden.

— Isso acontece muito, você vai ver. Então, a minha resposta padrão é dizer, em coreano, *não trabalho aqui, idiota*. Eles vão embora bem rápido.

— Adorei! — Eden bate palmas e ri com todo o corpo.

Olho para Dominic, que sorri enquanto me observa olhando para Eden.

— O quê? — pergunto a ele, me aproximando para ficar ao seu lado.

Ele balança a cabeça e me passa a Coca-Cola com limão que já havia pedido para mim.

— É muito bom ver você feliz, só isso. — Ele levanta o copo. — Feliz aniversário, cara.

— Obrigado.

Durante todo o jantar, conversamos e rimos, e Eden faz questão de dizer para todo mundo que é meu aniversário. O chef continua me chamando de *o aniversariante*, mesmo enquanto executa todos os detalhes da refeição, equilibrando, cortando e acrescentando ingredientes, depois acendendo a grelha. Normalmente eu me sentiria estranho com essa atenção especial... nunca deixava meus pais comentarem sobre meu aniversário nos restaurantes quando era mais novo, com medo de a equipe inteira sair cantando "Parabéns pra você". E é exatamente o que acontece. Parker grava um vídeo. Eu ficaria envergonhado com todo o restaurante batendo palmas para mim, mas vejo que isso deixa Eden feliz demais. E então ela me beija, ali mesmo, na frente de todo mundo — me beija pra valer —, e os outros explodem em aplausos estridentes.

Eu me inclino e digo:

— Eu te amo.

Ela descansa a cabeça no meu ombro por um momento e diz, rápida e silenciosamente:

— Também te amo.

Depois da arte performática que é o hibachi, só nos resta comer.

— Reservem espaço para a sobremesa, pessoal — recomenda Eden.

— Ah, sim. Já dei uma espiada e, definitivamente, nós vamos querer guardar espaço — diz Parker, largando os hashis.

Todos nos amontoamos no carro de Eden, com nossa comida para viagem e os balões ocupando o banco de trás.

— Obrigado — agradeço outra vez. — Foi uma festa surpresa muito divertida.

— Tudo ideia da sua namorada — diz Dominic.

Minha namorada, repito mentalmente, e adoro como isso soa.

— E... — acrescenta Eden. — Ainda tem mais uma coisa.

— Mais? — pergunto.

— Sim, você não é o único que sabe planejar encontros com vários detalhes.

Quando chegamos em casa, Eden instrui Dominic e Parker a me acompanharem até o terraço.

— Já subo — avisa ela.

Enquanto esperamos lá, Parker pigarreia e anuncia:

— Então, a gente estava conversando hoje à noite e queremos te falar que na nossa opinião você escolheu muito bem.

— Eu sei que já tive muitas dúvidas — admite Dominic —, mas vocês com certeza fazem um ao outro tremendamente feliz, então não tem o que discutir.

— Não que você precise da nossa bênção nem nada — acrescenta Parker. — Eu só queria te dar um feedback básico não solicitado.

Antes que eu possa dizer qualquer coisa, Eden atravessa a porta do terraço, e, quando se vira e deixa a porta se fechar atrás de si, vejo que está carregando um bolo com velas acesas. Eles começam a cantar para mim pela segunda vez na noite, e, enquanto ela coloca o bolo sobre a mesa de vime, vejo que tem docinhos de manteiga de amendoim misturados à cobertura.

— Ah, meu Deus, você não fez isso! — exclamo. — Docinhos de creme de amendoim?

— Faça um pedido — responde ela, se espremendo ao meu lado na namoradeira e passando o braço por sobre meu ombro.

Olho para ela e penso *Não tenho mais nada a desejar*. Mas não digo isso. Eu me inclino para a frente e apago as velas de qualquer maneira. Ela me beija na bochecha, depois se levanta para pegar uma sacola no canto, da qual tira pratos e utensílios — nada de papel — que deve ter deixado no terraço com antecedência.

— Você planejou tudo mesmo, hein? — elogio.

Ela dá de ombros, mas não consegue esconder o sorriso enquanto arranca as velas do bolo e as embrulha em um guardanapo.

— Então, você precisa cortar o primeiro pedaço, e depois quem for o próximo aniversariante tem que tirar a faca.

— Nunca ouvi falar disso — diz Dominic.

Parker balança a cabeça.

— Nem eu.

— Sério? — pergunta Eden. — Nós sempre fizemos assim na minha família.

— Gostei dessa tradição — digo a ela. Tento posicionar a faca para cortar uma fatia de bom tamanho.

— Maior — grita Parker.

— E agora?

— Perfeito — elogia Eden. — Então, quem é o próximo aniversariante?

Dominic levanta a mão:

— Julho.

— Abril — acrescenta Parker.

— Acho que sou eu, então. Novembro — explica Eden, colocando a mão sobre a minha no cabo da faca.

Ela passa os pratos de bolo e distribui os garfos, e não posso deixar de pensar que este é o melhor aniversário que já tive. Ela me observa enquanto como um pedaço.

— Gostou? — pergunta.

— Uma delícia. — Como outro pedaço e agora ela prova também.

— Pensei que você fosse contra chocolate com manteiga de amendoim.

— Talvez você tenha me convertido.

— Josh — começa Parker —, você sabe que foi a Eden que fez esse bolo, né?

— Oi? Você que fez?

— Bem, não do zero, mas sim.

— Ah, meu Deus, parece que veio de uma padaria de verdade.

Ela come mais um pedaço.

— Ok, tá bem gostoso pra um bolo de chocolate com manteiga de amendoim.

ooo

Quando entramos no quarto, Eden deixa a bolsa sobre minha cômoda e descalça os sapatos, tira o suéter e o pendura nas costas da cadeira. Amo que ela se sinta confortável aqui. Se não fosse cedo demais, eu a convidaria para morar comigo.

— Obrigado por hoje. — Abraço sua cintura por trás. — Você é muito atenciosa, sabia? — Beijo seu cabelo, o pescoço. — Muito fofa.

— Mesmo? — Ela se vira para me encarar. — Atenciosa *e* fofa? Ninguém me elogia assim há muito tempo.

— Bom, você é.

— Não, você que é — argumenta ela, tocando a lateral de meu rosto com a mão não enfaixada.

— Você é fisicamente incapaz de aceitar um elogio, não é?

Ela olha para cima e sorri de um jeito que me faz sentir quase tonto enquanto enlaça meus ombros com os braços. Minhas mãos encontram seus quadris de um modo quase automático, e nós meio que balançamos um pouco desajeitadamente de um lado para o outro enquanto nos aproximamos.

— O quê, a gente está dançando ou algo assim? — pergunta ela.

— Por que não? — rebato, embalando-a de modo mais intencional.

— Não tem música — ressalta ela.

— Bem, tem música tocando na minha cabeça — brinco, dando vazão ao jorro de cafonices brotando dentro de meu peito.

Ela joga a cabeça para trás de tanto rir.

— Ah, meu Deus, sério que você falou isso? — Ela ri, todo o rosto se iluminando enquanto se aproxima para me beijar. — Seu nerd.

Tiro sua mão do lugar onde a apoiou em meu pescoço, levanto-a no ar e giro Eden desajeitadamente em uma pirueta lenta. Quando a puxo de volta, ela se aninha em mim, ficando na ponta dos pés para me beijar de novo, sem rir dessa vez.

— Olha pra mim — exige ela, segurando meu queixo. — Eu amo tudo em você.

Gosto de pensar que sou supercentrado o tempo todo, mas ela pode às vezes, do nada, como agora, dizer alguma coisa tão maravilhosa e atordoante que me faz sair do prumo completamente. Ela tira minha camisa por sobre a cabeça, com a boca na minha pele, e eu passo as mãos por todo o vestido, testando de cima a baixo, tentando descobrir como faço para abri-lo.

— Como você... eu não acho o...?

— Zíper. — Ela ri e se vira para que eu possa abrir o fecho do vestido. — Mas espere, tem um colchetinho aqui em cima que você precisa soltar primeiro.

— Já vi. — Com cuidado, abro o delicado gancho e deslizo lentamente o zíper. Acaricio a curva de suas costas conforme as duas bandas do tecido se separam. Ela estende a mão para soltar o cabelo da presilha e, quando passa os dedos pelos fios para sacudir as mechas, sinto o cheiro do xampu ou do que quer que seja que nunca falha em me fazer desejá-la ainda mais do que de costume.

Ela se ajeita em cima de mim quando subimos juntos na cama, seu cabelo caindo sobre minha pele nua enquanto beija meu peito, meus braços, minha barriga. Não sei como ela pode me relaxar e me excitar ao mesmo tempo; uma coisa que eu não sabia que estava faltando até conhecê-la. Sinto sua respiração enquanto ela dá beijinhos no centro do meu corpo, sinto sua boca sorrindo quando alcança meus lábios. Então ela se apoia no cotovelo, deitando ao meu lado, as mãos muito quentes em minha cintura enquanto me encara.

— Você sabe que eu te amo de verdade, né?

— Eu sei — respondo, deixando meu dedo traçar a linha de seus lábios. — Também amo você de verdade.

Ela encosta a cabeça no meu peito e inspira bem fundo, se aninhando nos meus braços.

— A gente pode ficar assim por um minuto? — sussurra.

— A gente pode ficar deitado assim a noite toda.

Ela levanta a cabeça.

— Sério? — pergunta.

— Na verdade, estou muito cansado — admito. — Quero dizer, não me entenda mal, claro que eu posso me recuperar.

Ela solta uma pequena rajada de ar contra meu pescoço, uma risada silenciosa, enquanto abaixa a cabeça.

— Eu também posso — argumenta ela, enquanto se estende ao lado do meu corpo, colocando a perna sobre a minha. — Mas ficar assim é tão gostoso — sussurra.

— Sim — concordo, meu braço encontrando um local de descanso perfeito na parte inferior de suas costas.

Este seria o momento para contar a ela sobre a visita de meus pais. Coloco a outra mão em cima da sua, sobre meu peito, sentindo a gaze por baixo.

— Você queimou a mão fazendo meu bolo, não foi?

— Erro de amadora — diz ela. — Esqueci de colocar a luva de forno.

Beijo a palma de sua mão.

— Você passou alguma coisa, tipo aloe vera ou algo assim?

Ela assente.

— Sim, não se preocupe.

ooo

Acordo com um barulho estranho que não consigo identificar. Abro os olhos e rolo na cama. Demoro um segundo para lembrar que estamos em meu quarto e não no de Eden. Ela não está na cama. Semicerro os olhos enquanto esquadrinho o outro lado do cômodo.

Está muito escuro para ver algo além da silhueta de Eden realçada pelo luar filtrado pela janela. Estou quase dizendo a ela que está linda, parada ali de costas para mim.

Mas, então, percebo o que era o barulho.

Comprimidos. Ouço o raspar do plástico da tampa sendo atarraxada no frasco. E vejo o braço de Eden se abaixar para enfiá-lo de volta na bolsa. Ela leva a mão em concha à boca, pega uma velha garrafa d'água em minha cômoda e a leva aos lábios.

Quando ela se vira, fecho os olhos. A cama range conforme ela se acomoda ao meu lado novamente. Ela se apoia em mim e depois passa meu braço em volta da sua barriga. Sinto que seu corpo ficou mais frio. Eu a sinto inspirar profundamente, e depois suspirar.

— Ei. Você está bem? — pergunto a ela.

— Uhum — cantarola ela.

Beijo sua nuca e a puxo para mais perto.

— Eu sei que é não é da minha conta, mas... — começo, e ela se vira para me encarar. — O que você está tomando? — sussurro.

— Ah — murmura ela. — Não é nada.

— Bom, eu já te vi fazer isso outras vezes, quando você achava que eu estava dormindo. — Afasto seu cabelo para trás da orelha, tento ser gentil. — Eu sei que não é da minha conta — repito. — Mas você está bem?

— É só pra me ajudar a dormir.

— Você está tendo problemas pra dormir de novo?

— De novo não — ela me corrige. — Ainda.

Como é que eu não sabia disso?

— Ah. Sinto muito — sussurro. — O que eu posso fazer?

Ela se enrola em mim e diz:

— Isto.

Aperto os braços ao seu redor e decido não mencionar as outras pílulas que vi no quarto dela.

— Não é que *não seja da sua conta*, Josh — diz ela. — Eu ia te contar; só não queria que você se preocupasse.

— Obrigado por me contar agora. Na verdade, só de saber já fico um pouco menos preocupado.

— Sério? — pergunta ela, sua voz soando abafada no silêncio da noite. Assinto.

— Tem mais uma coisa que eu preciso te contar.

— O que é? — pergunto, tentando me preparar para parecer surpreso quando ela me falar dos outros comprimidos.

— Uma das razões pra eu querer comemorar o seu aniversário antes da hora — começa — é porque eu não vou estar aqui na semana que vem. E agora ela me surpreendeu pela segunda vez na noite.

— Espere. Para onde você vai? Por quê?

— Vai ter uma audiência. Vou precisar voltar para casa por uns dias, pelo menos. A promotora falou que é bom eu me programar para tirar uma semana, só pra garantir.

— *O quê?* — digo, muito alto. — Mas eles não podem simplesmente esperar que você largue tudo em cima da hora.

— Sim — sussurra ela, baixando o olhar enquanto passa os dedos ao longo da minha clavícula, meu pescoço, queixo. — Estou sabendo faz uns meses.

Não sei o que dizer. Eu não sei por que ela não teria me contado. Mas não é importante agora, então tento tirar esse detalhe da cabeça.

— Eu vou com você, claro.

— Não. — Ela para de tocar meu rosto e finalmente me encara. — Sério, não é nada de mais.

— *É* de mais. — Eu me sento. — Posso só perguntar por que você não me contou antes?

Ela também se senta e puxa o lençol para perto do corpo.

— Não fique bravo...

— Não, não estou bravo — interrompo. — Não estou nem um pouco bravo com você; só estou... — Eu me contenho antes de dizer *preocupado*, e me decido por *confuso*.

— As coisas têm sido maravilhosas — argumenta ela, esfregando a cabeça como se doesse.

— Sim — concordo. — Elas têm sido. Elas são.

— Bem, eu não queria estragar tudo falando sobre essa merda.

— Tudo bem, mas a gente também não pode ignorar.

— Você acha que eu não sei? — ela grita comigo.

Balanço a cabeça.

— Não, lógico que não. Não foi isso que eu quis dizer.

Ela suspira.

— Eu sei, desculpe.

— Tudo bem.

— Nossa. Está vendo? — pergunta ela, com a voz trêmula. — Era por isso. Era exatamente por isso que eu não queria deixar essa coisa se intrometer. — Ela acena com a mão no ar, gesticula para o pequeno espaço entre nós. — Acaba estragando tudo.

— Ei, olha aqui — digo a ela, pegando sua mão. — Está tudo bem, viu?

Ela começa a balançar a cabeça.

— Com a gente, quero dizer. Está tudo bem com a gente. Nada pode estragar. — O que não digo é que *aquilo* já se intrometeu. Sempre esteve entre nós. — Mas me deixe ir com você.

— Não.

— Eden...

— Não vou conseguir se você estiver lá, Josh.

Nem imagino qual é a expressão no meu rosto neste momento, mas tento ao máximo não esboçar qualquer reação.

— Não, estou dizendo que não quero que você escute os detalhes. Sinceramente, não quero que ninguém escute nada daquilo. — Ela faz uma pausa e me encara, à espera, refletindo. — Kevin vai estar lá. Quer mesmo ficar na mesma sala que ele? — pergunta ela, mas não espera para obter uma resposta. — Eu não.

— Então você vai fazer tudo sozinha?

— Sim.

— E a sua mãe? Tenho certeza de que ela gostaria...

Ela balança a cabeça.

— Ela também vai testemunhar, então não pode estar presente no meu depoimento; e eu não posso estar presente no dela. E pra dizer a verdade eu não queria que ela estivesse, no fim. O único jeito de eu conseguir fazer isso é se estiver sozinha. — Ela me encara. — O quê? Por que você está me olhando assim?

— Não... nada. Só estou pensando. Só estou tentando entender. — Por que ela preferiria passar por isso sozinha, quando estou me oferecendo para apoiá-la? Tenho tantas perguntas que nem sei por onde começar. — Eu pensei que a sua mãe não soubesse nada sobre o que aconteceu. Ela não sabia, certo? — pergunto, porque seria horrível se ela suspeitasse de alguma coisa. Mas o que digo é: — Sobre o que ela vai testemunhar se não sabia?

— Josh — geme ela. — Por favor, por favor, não quero...

— Eu só quero ajudar, Eden. — Toco seu rosto, beijo sua testa antes que ela possa recuar. — Só quero saber o que está acontecendo.

Ela rola de costas e olha para o teto.

— Minha mãe não sabia. Mas viu uma coisa. Uma coisa que ela pensou que fosse outra coisa.

— Como assim? — pergunto. — O que ela viu?

— Na manhã seguinte, minha mãe viu sangue na minha camisola e nas minhas pernas, nos lençóis.

Sangue. A palavra ecoa na minha cabeça. Meu coração começa a disparar... não, ele acelera e depois para, abruptamente, hesitante.

Eden pigarreia e continua, mais baixo:

— Ela presumiu que eu tivesse acabado de ficar menstruada. Eu acho. Quero dizer, por que ela pensaria outra coisa? — acrescenta, mais para si mesma. — E naquela manhã eu meio que tentei contar para ela... para o meu irmão também... mas eu... não fui explícita. Queria que eles adivinhassem. Eu não queria ter que falar com todas as letras. Não sabia como falar. Então, eu não sei. Acho que eles querem repassar aquela manhã do ponto de vista da minha mãe e do Caelin.

Esses são os detalhes. Camisola. Pernas. Lençóis. Sangue. É o motivo pelo qual ela não quer minha presença.

— Está vendo? — pergunta ela. — Você não está se sentindo melhor depois de saber disso, não é?

— Não é... não importa, eu... — Tento encontrar a coisa certa a dizer, mas não consigo.

— Estou ficando cansada — argumenta ela, se virando para pressionar as costas contra mim, colocando meu braço em sua cintura mais uma vez e encerrando a conversa.

Ela leva minha mão à boca e beija suavemente a ponta dos meus dedos.

— Obrigada por se oferecer, de verdade.

Faço o possível para relaxar, mas todo o meu corpo está tenso agora. Eu a abraço enquanto ela adormece, e tento não pensar no sangue ou na camisola ou nas pernas ou nos lençóis. Tento não pensar em Eden esperando que alguém notasse, adivinhasse, o que havia acontecido. E, finalmente, tento não imaginar o que eu faria se algum dia ficasse na mesma sala que ele de novo.

EDEN

PRECISO DE TODA a minha força de vontade para me arrastar para fora da cama de Josh na manhã seguinte. Coloco meu vestido e pego minha bolsa, suéter e sapatos. Ele está deitado de bruços, com os braços em volta do travesseiro. Eu me sento na beira da cama, me permitindo um raro momento de silêncio para admirá-lo. Passo a mão por suas costas e me inclino para beijar seu ombro, mas ele está tão cansado que não acorda.

Lá embaixo, Parker está na cozinha, se espreguiçando, com os fones ainda na orelha — ela já saiu para correr esta manhã —, bebendo uma de suas saudáveis vitaminas verdes, parecendo toda radiante e eufórica comparada a mim. Sem graça e exausta, com a maquiagem da véspera e o cabelo bagunçado, o zíper do vestido abrindo conforme me mexo.

Ela tira os fones e ri quando me vê.

— Ei, colega — cumprimenta ela. — Estou vendo que você adotou a caminhada do orgulho hoje.

— O quê? — murmuro, colocando a bolsa no balcão e deixando meus sapatos caírem no chão.

— Sabe, a jornada do triunfo, o passeio sensual, a rebolada da ficada...

— Você acabou de inventar isso, né? Agora? — pergunto, com uma risada.

— Você precisa tirar o nariz do que é chamado *li-te-ra-tu-ra* séria — argumenta ela, no que eu imagino ser um sotaque britânico. — Leia uma revista de vez em quando, mulher.

— Para sua informação — digo a ela, enquanto me sirvo de um pouco de água da geladeira —, nós tivemos uma sessão de conchinha muito agradável ontem à noite.

— Conchinha, com certeza — ironiza ela, se espreguiçando. — Quer uma vitamina?

— Eca. Não. Eu tomo um café no trabalho.

— Ah, sim. Café preto e sem comida, o café da manhã dos campeões.

Abro o armário e pego uma barra de granola.

— Satisfeita?

Ela cruza os braços, dizendo:

— Acho que sim.

— Precisa usar o banheiro? — pergunto, com um gesto. — Tenho que me arrumar.

— É todo seu — responde ela, enquanto começa a correr em direção ao quarto. — Vou cair na piscina mesmo.

— Ei, Parker, humm, posso...? — começo, sem saber realmente como terminar.

Ela dá meia-volta, as mãos posicionadas perto da cabeça, prestes a colocar os fones de volta, e olha para mim.

— O quê?

— Não é importante nem nada, mas eu queria te avisar que vou ficar fora por alguns dias na semana que vem. Preciso voltar para casa, resolver uma coisa.

— Ah. — Ela deixa as mãos caírem e dá um passo em minha direção. — Está tudo bem?

— Sim, sim. É só... — Eu poderia contar a ela. Eu poderia dizer a verdade agora, mas alguma coisa me impede, para variar. — Está tudo bem, só estou te avisando.

— Tem certeza?

— Sim. — Concordo com a cabeça e sorrio, então começo a rasgar a embalagem da barra de granola. Ela me observa por alguns segundos, até eu dar uma mordida, mastigar e engolir. — Sério, é só isso.

— Tá certo — diz ela, devagar, então finalmente se vira para entrar em seu quarto.

Como o resto da barra e entro no chuveiro. Quando saio, Parker já se foi e eu tenho uma crise de pânico só de pensar no que vai acontecer esta semana. Meu coração está acelerado, a respiração ofegante. Entro na cozinha enrolada na toalha, pingando água por todo lado, e despejo o conteúdo da bolsa no balcão para achar meus comprimidos. Tomo dois. Não tenho tempo para a porra de um ataque de ansiedade agora.

ooo

Bato o ponto dois minutos depois do meio-dia e o Capitão Babaca está parado perto dos armários, esperando para me informar que é meu terceiro atraso e que eu deveria considerar isso uma advertência verbal.

— Desculpe — murmuro.

— Não se desculpe — grita ele. — Basta chegar na hora certa. Não é tão difícil assim.

Ele se afasta e, enquanto guardo minhas coisas no armário, pegando meu avental para amarrar na cintura, percebo que um dos cozinheiros, Perry, acaba de me flagrar revirando os olhos para nosso gerente. Mas ele se limita a balançar a cabeça e rir em silêncio, felizmente compreensivo. Meio que dou de ombros e sorrio em resposta.

No meio do meu turno, às quatro horas, noto uma garota na fila, um pouco mais velha que eu. Ela está me observando. Quando chega sua vez, ela se aproxima do balcão e sorri de um jeito esquisito. Como se eu devesse conhecê-la, mas não é o caso.

— Oi — cumprimenta, hesitante, baixando os olhos para ler meu nome na placa de identificação. — Eden.

Eu sorrio de volta.

— O que você vai escolher para começar?

— Ah, humm... — Ela olha ao redor, confusa, como se de repente se encontrasse dentro de uma cafeteria, e não estivesse preparada para ouvir essa pergunta. — Posso só pedir um...? Ah, não sei, qual é sua bebida favorita?

— A minha favorita? — repito. — Ahn, ninguém nunca me perguntou isso. Acho que não tem como errar com o latte de torta de abóbora. Às vezes eu coloco um pouquinho de baunilha, que eu adoro, mas...

— Parece ótimo — interrompe ela, me encarando de modo tão intenso que preciso desviar o olhar.

— Ótimo — repito. — Pra agora ou pra viagem?

— Agora — responde ela. Depois acrescenta, depressa: — Não, na verdade, pra viagem. Acho. Sim, pra viagem.

— Tudo bem, pode me dar seu nome? — pergunto, marcador na mão, ponta já pressionada no copo.

— É Gen — diz, calmamente. — Com G.

Sinto que meu coração está tentando disparar, amortecido pela dose dupla de remédios que ainda age em meu organismo. Eu a observo com mais atenção agora, o jeito como está me olhando. Eu a pesquisei na internet faz alguns meses. Na minha mente, ela existe apenas como uma imagem estática na tela. Eu a reconheço, mas é diferente vê-la pessoalmente.

— Você é Gennifer? — murmuro. — Gen — corrijo.

Ela assente, sorri outra vez; percebo que tem um sorriso muito bonito, do tipo que pode encobrir toda sorte de coisa terríveis.

— Você não poderia fazer um intervalo rápido ou algo assim, poderia?

Perry me substitui no balcão enquanto me sento em frente a ela, a uma mesa de canto.

— Desculpe — começa ela. — Eu estava de passagem, no caminho de volta para estar na audiência, e sabia que você trabalhava aqui. O seu irmão comentou. Prometo que não fiquei te stalkeando nem nada do gênero. — Ela faz uma pausa e meio que ri. — Definitivamente dá pra ver a semelhança de vocês.

— Ah. — É tudo o que consigo dizer. Não sei por que pareço ter esquecido que meu irmão a conhece... eles eram amigos, ele me contou. Ainda são, pelo jeito.

— Acho que eu só não queria que a primeira vez que a gente se encontrasse fosse num tribunal. Não sei, isso é estranho? — pergunta ela, tomando um gole de seu latte. — Aliás, isto aqui é muito bom.

— Não, não é estranho — digo a ela.

— Eu sei que a gente não pode conversar, mas... — Ela olha pela janela, o sorriso murchando. — Você já se perguntou por quê? Por que ele faria uma coisa assim... — ela começa, mas para. — Tipo, essa é a parte que não sai da minha cabeça. Até tentei perguntar para ele. No dia seguinte. Fui para casa naquela noite e contei para a minha colega de quarto o que aconteceu, e ela me levou para o hospital. Eles providenciaram o kit de estupro e foi tão horrível, mas eu não queria relatar nada naquele momento, porque eu tinha certeza de que tinha que ter um *motivo*. Está me entendendo?

— Eu... Sim, acho que sim — respondo, porque, mesmo sabendo que não deveríamos estar fazendo isso, conversando, quero desesperadamente ouvir o que ela tem a dizer.

Ela se senta com a postura um pouco mais rígida.

— Eu queria acreditar que, de algum jeito, ele não percebeu, ou foi algum tipo de ruptura mental ou... mas eu descobri que eu... — Ela para abruptamente, tomando outro gole do latte de torta de abóbora. — Simplesmente não o conhecia. Nem um pouco.

É estranho essa compreensão se infiltrar no meu cérebro enquanto a ouço. Acho que nunca *me perguntei* por quê. Porque bem no fundo, naquele lugar além do pensamento lógico, pensei que soubesse. Ele fez o que fez porque *eu* tinha feito alguma coisa para que o abuso acontecesse. Jamais consegui identificar o motivo, se foi só um detalhe ou uma combinação de coisas. Minha cabeça podia discordar o tempo todo, me dizer que não foi minha culpa, mas meu coração sempre dizia que tinha sido, sim.

Talvez ainda diga.

— De verdade eu pensei que sim... pensei que o conhecesse — repete ela. — Eu confiava nele de verdade.

— Eu também — me ouço dizer.

Ela olha para mim e tenta sorrir de novo, mas o gesto não me engana dessa vez.

— Desculpe ficar despejando tudo em você.

— Está tudo bem — digo a ela. — Quero dizer, eu entendo.

— Sim — concorda ela, suavemente. — Eu imaginei que seria assim.

Só posso acenar com a cabeça, porque há muitas coisas que quero dizer, mas nada que eu possa contar a ela.

— Eu sei que você precisa voltar ao trabalho; espero não ter estragado o seu dia nem feito você se sentir...

— Não, você não fez. Estou feliz por ter conhecido você. Assim, só nós duas.

— Acho que eu só queria te dizer pessoalmente que estou muito... — Ela hesita, traçando um círculo na borda de sua xícara enquanto encontra seja qual for a palavra que está procurando. — Grata. Por não precisar fazer isso sozinha.

— Eu também — digo a ela. — Se não fosse por você e Amanda, eu não teria... — Balanço a cabeça; não consigo nem terminar a frase.

— Tenho a sensação de que você teria conseguido — argumenta ela, enquanto estende o braço sobre a mesa, deslizando o tíquete do latte para mim, seu número já escrito no papel. — Para quando tudo isso acabar, se você quiser?

Enquanto a observo sair, entrar no carro e ir embora, percebo que há uma versão dos acontecimentos em que Gen nunca diz nada. Ela deixa pra lá e só fica se perguntando por quê. Em que Amanda fica com medo, irritada e magoada e continua a me culpar por tudo. É a versão em que me perco para sempre, e nunca mais encontro o caminho de volta. E pela primeira vez acho que entendo — na cabeça e no coração — por que estamos realmente fazendo isso.

Por nós.

Estamos fazendo isso por nós. De algum modo, entender isso torna tudo muito mais real, mais assustador.

JOSH

ESTOU SENTADO NA cama, lendo, quando ouço Dominic gritar do outro quarto:

— Sua namorada está aqui! — Verifico no telefone; não são nem cinco horas.

Ela entra em meu quarto e fecha a porta atrás de si, ainda de avental.

— O quê, o Capitão Babaca te liberou mais cedo? — pergunto.

Ela balança a cabeça e deixa cair a bolsa no chão, como estivesse muito pesada para segurar por mais um segundo. Ela tira os sapatos e caminha em minha direção com uma expressão distante no rosto. Coloco meus livros na mesa de cabeceira para abrir espaço, porque ela está rastejando para o meu colo sem dizer uma palavra, se enroscando em mim.

— Ei, você está bem? — Sinto o cheiro do café em seu cabelo enquanto a abraço... ela nem passou em seu apartamento antes de aparecer aqui. Logo me lembro daquele cozinheiro que está sempre olhando para ela com ar malicioso. — Eden, aconteceu alguma coisa?

— Não — sussurra ela. — Eu estava com saudade.

— Tem certeza?

— Sim — murmura ela contra meu pescoço.

— Você me contaria se um daqueles caras do café mexesse com você, certo?

Ela finalmente olha para mim, e estuda meu rosto, obviamente sem ter ideia do que estou dizendo.

— Do que você está falando? Que caras?

— Esquece, deixa pra lá — digo a ela, balançando a cabeça. — Nada.

ooo

Passamos o resto do fim de semana na cama, metade do tempo cochilando, a outra metade nos percorrendo à luz do dia, para variar. Dormindo bastante, fazendo amor, alimentando um ao outro com sobras de bolo. O paraíso.

A tarde de domingo se transforma em noite de domingo, e sei que preciso deixá-la ir, mas sempre quero mais um pouco de tempo perto dela. Eden me deixa trocar o curativo de sua queimadura e eu a observo fazer a mala. No carro, tento mais uma vez convencê-la a me deixar acompanhá-la.

— Eu ouvi o que você falou, ok? — argumento. — Não preciso ficar no tribunal se a minha presença não vai ajudar, mas pelo menos me deixe estar lá antes e depois.

— Você *está* aqui comigo antes. — Ela pega minhas mãos. — E você vai estar aqui me esperando depois, não é?

Assinto.

— Vou estar aqui.

— Obrigada, é o que preciso de você — afirma ela, e tento acreditar.

Nós nos despedimos e meu coração dói ao pensar que não vou vê-la por uma semana inteira, possivelmente. É meio assustador o quanto me apeguei depois de um único mês juntos de novo.

— Tudo bem se você mudar de ideia, ok? — aviso a ela, enquanto me abaixo e me apoio na janela do carro. — Se decidir que me quer lá, eu vou.

Ela sorri.

— Tudo bem — diz ela, embora eu tenha a impressão de que ela não vai mudar.

Eu a beijo de novo, aperto sua mão, digo *eu te amo* uma última vez.

E então fico aqui na calçada, aquela mesma sensação de impotência que experimentei antes pesando mais no estômago enquanto observo o carro se distanciar cada vez mais.

EDEN

MAMÃE LEVA CAELIN e eu para o tribunal pela manhã, para fazermos a ambientação. Lane nos encontra do outro lado do posto de controle e nos acompanha até a sala de audiência em que vamos ficar. Tem menos madeira do que imaginei, depois de tantos tribunais de TV, menos tudo; o espaço é bem utilitário, fresco, sem personalidade ou decoração de qualquer tipo. Ouço nossas respirações, ninguém quer conversa, então a sala engole o nosso hálito.

A promotora Silverman aparece alguns minutos depois, de salto alto e terninho impecável, que decididamente não é casual corporativo. Atrás dela estão Amanda e sua mãe, e Gen, parecendo mais nova hoje, de algum jeito, do que no café. Há um homem mais velho com ela, que presumo ser seu pai.

Os pais se cumprimentam como se estivessem em um funeral, monossilábicos, todos silenciosos e sutis. Gen se aproxima de mim e, por um segundo, fico com medo de que ela me abrace ou algo assim, e acabe entregando que nos conhecemos outro dia. Mas não é o que ela faz; ela puxa meu irmão para um breve abraço.

E ele parece outra pessoa quando diz:

— Ei, Gen, Mandy, sra. A.

No entanto, conforme Amanda e a mãe assentem e sorriem educadamente para Caelin, percebo que ele, de fato, parece consigo mesmo… seu antigo eu, aquele que não vejo há meses. É estranho observá-lo aqui, não apenas meu irmão, mas alguém que é alguma coisa para todas aquelas pessoas também.

Nós três — eu, Amanda e Gen — trocamos estranhos cumprimentos e olhamos uma para a outra, como se estudássemos nosso reflexo em algum tipo de espelho distorcido de parque de diversão. Nós nos revezamos sorrindo uma para a outra, depois franzindo a testa e desviando o olhar.

— Então — diz a promotora Silverman, a voz cortando toda a emoção que paira no ar. — Nós só queremos orientar todo mundo sobre o que vai acontecer esta semana, só para ter certeza de que todos nós estamos em sintonia. Se alguém tiver alguma dúvida, vamos resolver agora. Os depoimentos começam amanhã. E, como vocês sabem, todos devemos permanecer separados. Nós temos uma sala reservada no fim do corredor, onde vocês vão ficar esperando a sua vez.

— Então, não tem júri neste momento, correto? — pergunta o pai de Gennifer, cujo nome já esqueci.

— Isso mesmo — responde Lane, a voz muito animada. — Uma audiência não é muito diferente de um julgamento. Pense nisso como um pré-julgamento, sem júri. Essa parte vem depois.

— Mas o Kevin vai estar aqui, na corte, durante o depoimento das meninas? — pergunta ele.

Vejo a sra. Armstrong cerrar os dentes. Eu me pergunto se o pai de Gennifer percebe que ela também é mãe de Kevin. Eu me pergunto o que ela pensa agora, toda vez que ouve o nome do filho. Não pode ser algo bom.

— Sim — responde a promotora Silverman, e nos leva até o banco das testemunhas, pedindo para ficarmos atentas. — Então, Kevin vai estar sentado ali, com o advogado dele. — Ela aponta para uma das mesas diante de nós. — Eu vou ficar aqui, deste lado.

— E eu vou ficar sentada aqui — avisa Lane, indicando uma fileira de assentos. — Do seu lado, com os detetives que trabalharam no caso de vocês e quem mais vocês trouxerem para apoiá-las. Então, se vocês precisarem fixar o olhar em algum momento, basta olharem para mim.

Não consigo parar de olhar para a mesa onde Kevin estará sentado.

— Você está bem? — pergunta minha mãe, baixinho.

— É tudo muito perto. — É só o que digo. O que aconteceu com todos aqueles grandes e sofisticados tribunais da TV? A sala é minúscula. Claustrofóbica. Presa na década de 1980. Quero levantar a mão. Eu tenho uma pergunta: *Por que aquela mesa está tão perto do banco das testemunhas?* Quero gritar. *Quem projetou este lugar?*

— Então, vamos iniciar o processo amanhã — diz a promotora Silverman, com um aceno confiante. — Lembrem de manter a calma e de serem honestas. Se não souberem responder alguma coisa que perguntarem, não tem problema dizer que não sabem. Mantenham o celular à mão. Se tiver alguma alteração na programação ou na ordem, eu aviso por mensagem.

ooo

Depois, mamãe leva a mim e a Caelin para tomar café da manhã no IHOP, o mesmo, na saída da autoestrada, aonde Josh me levou naquele dia de dezembro, quando foi me buscar. Foi aqui que contei a ele sobre Kevin, sobre mim, sobre tudo.

Escolhemos a comida no maior silêncio.

Estou distraída com a decoração de outono em todos os lugares — abóboras, fantasmas e cornucópias —, refletindo sobre a passagem do tempo. Parece ter demorado tanto para chegar àquele ponto, mas agora a audiência enfim está marcada e não me sinto preparada. Não foi agora no verão passado? Na primavera? No inverno passado, quando estive aqui pela última vez, naquela mesa perto da janela, confiando a Josh meu coração, alma, mente, tudo.

No carro, mamãe olha para nós dois.

— Vocês dois sabem que o seu pai nunca foi bom em falar sobre sentimentos, mas ele não culpa nenhum de vocês pelo que está acontecendo. Vocês precisam entender, os dois. Ele ainda está com muita raiva — ela tenta explicar.

— Sim, de *quem*? — pergunta Caelin. — Essa é a verdadeira questão.

— Não é de você — responde mamãe. E então ela se vira para olhar para mim, no banco de trás. — E nem de você também.

Faço que sim com a cabeça, meio que entendendo... esse tipo de raiva, esse tipo de silêncio... muito bem.

ooo

Ligo para Mara assim que chegamos em casa. Estava pensando em zoar o lance do casual corporativo com ela. *Tipo, que merda é essa?*, eu podia me ouvir dizer. Perguntar se ela tem um blazer para me emprestar, mas, quando ouço sua voz na linha, alguma coisa muda.

— Ei — digo. — Você vai estar ocupada daqui a algumas horas?

Em vez disso, peço a ela que me encontre no nosso parque. Aquele onde brincávamos quando éramos crianças, e depois aonde costumávamos ir para encher a cara, fumar e ficar chapadas com caras aleatórios, tudo pós-Josh e pré-Cameron.

Nosso gigantesco castelo de madeira — nosso reino mágico particular — ainda está de pé, depois de todo esse tempo.

Quando entro no estacionamento, ela já está esperando por mim, sentada de lado em um balanço de pneu em forma de cavalo, balançando para trás e para a frente. Os faróis do meu carro a iluminam. Assim que bato a porta, ela corre e me acerta em cheio em um abraço de corpo inteiro.

— Ah, meu Deus, que saudade — choraminga. — Estou tão feliz por te ver, Edy.

— Também estava com saudade — admito, e estou falando sério, mas as coisas parecem diferentes de algum jeito. Faz só um mês que não nos vemos, mas desde então tanta coisa mudou para mim.

Subimos até a torre mais alta e nos sentamos, de pernas cruzadas, uma de frente para a outra. Ela continua soltando aquela risada estranha e nervosa, e não sei como interpretá-la.

— Então, o Josh tem sido legal com você? — pergunta. — Está te tratando como uma rainha, espero.

— Ele está sendo muito bom comigo — respondo, mas não consigo forçar um sorriso, do jeito que ela faz. — Ele queria muito vir. Assistir à audiência. Mas eu não deixei.

Ela finalmente assente, impassível.

— Por que não?

Dou de ombros.

— Não sei.

Mara olha para as próprias mãos.

— Edy, posso te perguntar uma coisa?

— Com certeza.

— Por que você nunca me contou?

Abro a boca para responder, mas mudo de ideia.

— Sabe que eu quase respondi *não sei* de novo? Porque eu passei muito tempo sem saber mesmo. Acho que dizer *não sei* é mais fácil do que tentar listar todos os motivos.

— Quero saber todos os motivos — insiste ela. — Porque eu teria acreditado em você.

— Esse é provavelmente o maior motivo de todos. Você teria acreditado em mim e, quando descobrisse, então eu não poderia mais fingir, e teria que tomar alguma providência. E eu não iria conseguir. Ou pelo menos eu achava que não iria conseguir.

Ela balança a cabeça, mas mastiga a parte interna da bochecha como se estivesse tentando não dizer alguma coisa.

— E eu só tinha você. Eu não queria que nada mudasse.

— Não teria mudado — argumenta ela.

— Mas mudou. Você sente, né? As coisas estão diferentes agora.

Ela baixa o olhar novamente.

— Você nunca me deu a chance de ser uma boa amiga. Por mais que eu te ame, fiquei muito chateada, e eu sei que isso faz de mim uma vaca. Fiquei chateada porque eu te apoiaria se soubesse.

— Eu sei.

— Mas eu também entendo — acrescenta ela. — Quem pode garantir que eu não faria a mesma coisa?

Dou de ombros, aceno com a cabeça e digo:

— Acho que sim.

Ficamos aqui sentadas por um momento, olhando para essa pequena área que antes continha tantas lembranças de nossa infância, de nossas indiscrições do ensino médio. Em algum lugar ao longe, uma buzina de carro ecoa, uma trégua abafada da ilusão agridoce deste parquinho.

— Posso te pedir um grande favor, Mara?

— Qualquer coisa.

— Vai comigo à audiência?

— Lógico — responde ela, sem hesitação.

— Mesmo?

— Sim. O que eu preciso fazer?

— Só fica sentada lá — digo a ela. — Me deixe olhar para você enquanto eu testemunho. Pode fazer isso?

Ela assente.

— Vou ter que repassar tudo o que aconteceu. Os detalhes. Tipo, provavelmente tudo o que aconteceu entre mim e... — Tusso, pigarreio. — Entre mim e ele. Kevin e eu — finalmente termino. — Mas em especial o que aconteceu naquela noite, acho. É só isso. O Kevin vai estar lá, e não quero olhar para ele sem querer e congelar ou desmoronar nem ter um acesso de raiva ou algo assim.

— Ajudaria se você me contasse agora? — pergunta Mara. — Como um ensaio?

— Talvez.

Conto a ela sobre o jogo de Banco Imobiliário naquela noite, conto que Kevin flertou comigo, mesmo que eu realmente não entendesse que era o que estava fazendo no momento. Conto a ela que acordei com ele em meu quarto às duas e quarenta e oito da madrugada; olhei para o relógio porque não fazia sentido... por que ele estaria ali no quarto? Conto que pensei, a princípio, que Kevin devia estar fazendo algum tipo de brincadeira. Que ele subiu em cima de mim e cobriu minha boca, prendendo meus braços contra o colchão. Que estava me esmagando, me machucando, que me mandou calar a boca. Ele pôs a mão em volta da minha garganta. Não estava rindo. Estava falando sério. Não era uma brincadeira.

Mara aperta minhas mãos com muita força.

ooo

— E depois, o que aconteceu?

Mara olha para mim e acena com a cabeça, os olhos arregalados, sem piscar, do outro lado da sala agora.

— Ele puxou minha calcinha pelas pernas e levantou minha camisola com tanta força que rasgou — respondo. — E então a enfiou na minha boca.

— Por que ele fez isso? — pergunta a promotora Silverman.

Pelo canto do olho, vejo o cabelo branco de seu advogado. A cabeça se levanta, a mão se ergue no ar, mas mantenho os olhos em Mara.

— Especulação — diz ele.

— O que aconteceu depois, com a camisola na boca? — pergunta ela, em vez disso.

— Eu tentei gritar, mas não consegui.

— E do que você se lembra depois?

— Ele ficou chutando minhas pernas, tentando separá-las. Consegui soltar um dos braços e bati nele, mas ele me segurou com mais força, apertou minha garganta com a mão. Ele continuou me mandando parar, ficar quieta. Mas eu não obedeci, e ele foi ficando cada vez mais nervoso. — Pigarreio.

— Ele estava gritando?

— Ele estava sussurrando, mas dentro do meu ouvido. O rosto dele estava bem ao lado do meu, então ele disse "Porra, obedeça", e eu lembro disso porque não sabia o que ele queria que eu fizesse.

— Pode nos dizer novamente quantos anos você tinha naquela época, em 29 de dezembro?

— Eu tinha acabado de completar catorze anos, em novembro.

— E faltavam poucas semanas para Kevin completar vinte?

Eu a encaro. Isso era verdade? Ele era tão mais velho na ocasião? Não sei. Mas não tenho chance de responder, porque o advogado de Kevin faz aquela coisa de levantar a mão de novo, dessa vez rindo.

— Meritíssimo, relevância?

— Você já tinha feito sexo antes? — pergunta a promotora, em vez disso.

— Não. Eu nunca tinha nem beijado.

— De novo. — Mão. — Relevância?

Ela gira sobre os calcanhares e olha diretamente para Cabelo Branco, praticamente cospe as palavras.

— Estou tentando estabelecer por que, quando um homem de vinte anos disse a uma menina de *treze* para *obedecer, porra*, ela não sabia o que ele queria dizer.

Agora ele está de pé. Tira os minúsculos óculos de armação metálica e balança a cabeça, até deixa a boca aberta por um momento, como se não tivesse palavras para expressar quão profundamente se opõe.

— Meritíssimo... — É tudo o que ele diz.

— Retiro — diz ela, e se vira para mim. — Depois que ele disse *porra, obedeça*, o que aconteceu?

Encontro o olhar de Mara.

— Ele abriu minhas pernas à força. Eu... eu estava ficando mais fraca. Não conseguia respirar.

— Por causa da camisola na boca?

— Sim, e porque ele estava apertando minha garganta cada vez mais forte.

— O que você lembra de ter acontecido a seguir?

— Ele... humm... — Fecho os olhos. Imagino o playground de madeira. Só Mara e eu. A suavidade da noite ao nosso redor. A mão de Mara segurando a minha.

— Você precisa de uma pausa?

Abro os olhos.

— Não.

— O que aconteceu depois? — ela repete.

— Ele me estuprou — finalmente digo, a palavra soando muito pequena e simples para transmitir o próprio significado.

— Ok, e ele machucou você?

— Sim.

— Ele sabia que estava machucando você?

— Meritíssimo. — O advogado levanta a mão e fica de pé. — De novo, especulação.

— Vou reformular. De algum modo, você podia sinalizar para Kevin que ele estava machucando você?

— Eu estava chorando. Quer dizer, eu não conseguia falar nem gritar, porque ele continuava me sufocando, e não podia me mexer, porque ele estava me prendendo contra o colchão, mas eu estava chorando, e mais tarde eu soube que estava sangrando. Ele sabia que estava me machucando... ele queria me machucar.

Cabelo Branco levanta a mão novamente, quase entediado agora, nem mesmo se incomodando em erguer o olhar da pasta.

— Petição para apagar tudo após a primeira frase, *Eu estava chorando*. Ela já havia respondido à pergunta.

Vejo o rosto de Mara ficar vermelho.

Quero tanto olhar para o homem, quero fazê-lo me encarar enquanto exclui minhas palavras do registro. Mas mantenho os olhos em Mara, que fica com raiva por nós duas. Tenho certeza de que tomei a decisão certa. Não suportaria ver Josh ali, ouvindo tudo.

E eu também não conseguiria fazer isso sozinha.

— Você sabe quanto tempo ele passou estuprando você?

— Cinco minutos.

— Como você sabe?

— Olhei para o relógio quando consegui me mexer de novo. Lembro de ter pensado que pareciam horas. Achei que o relógio devia estar errado.

— E o que aconteceu depois? — pergunta a promotora. Eu penso muito, tentando colocar os eventos na ordem correta, mas meu cérebro continua avançando até o fim. — Do que você lembra a seguir? — ela reformula, como se, de algum modo, lesse minha mente.

— Ele soltou minha garganta e arrancou a camisola da minha boca, e eu comecei a tossir, e ele ficava me mandando calar a boca. Ele afastou meu cabelo dos olhos… as mechas tinham colado no rosto porque a pele estava molhada de tanta lágrima. Ele queria que eu olhasse para ele.

Mão erguida.

— Ele disse "Olhe para mim" — me corrijo. Eu estava começando a entender... emoções não eram permitidas ali, sentimentos não são fatos. — Ele me mandou escutar, daí ele segurou o meu rosto de um jeito que eu fui obrigada a olhar nos olhos dele.

— Ele mandou você escutar... o que ele disse?

— Ele disse: "Ninguém nunca vai acreditar em você".

— E depois? Ele foi embora?

— Não. Ele sentou, mas ficou ajoelhado entre as minhas pernas, olhando para mim... para o meu corpo. Tentei me cobrir, mas ele afastou as minhas mãos. Me fez jurar que não iria contar para ninguém.

— E você jurou?

— Sim.

— Por quê?

— Ele disse que, se eu contasse para alguém, ele iria me matar. Ele disse "Juro por Deus, eu te mato, porra", e, depois do que tinha acabado de acontecer, eu acreditei.

— E aí ele foi embora?

— Não. — Ouço minha voz trêmula, sinto a garganta se fechar, assim como aconteceu naquela noite.

— O que aconteceu depois?

Não consigo nem olhar para Mara… omiti esse detalhe no playground. Tusso, tento limpar a garganta.

— Ele, humm… ele me beijou. E então se levantou, vestiu a cueca e me mandou voltar a dormir.

— E então ele foi embora?

— Sim.

— Obrigada. Sem mais perguntas.

Eu me permito expirar. Eu me permito pensar que talvez estivesse me saindo bem. Mas então o advogado de defesa se levanta, abotoa o paletó e sorri para mim, assim como Kevin sorriu para mim naquela noite, entre enfiar a língua na minha boca e vestir a cueca... eu tinha esquecido de contar. *Ele me beijou, sorriu para mim e então se levantou.* Tarde demais.

— Boa tarde, Eden — começa ele, fingindo ser humano. — Vou ser breve; só tenho algumas perguntas. Há quanto tempo você conhece Kevin?

— Desde que eu tinha uns sete ou oito anos. Foi quando o meu irmão e ele ficaram amigos.

— E você não tinha uma queda por ele?

— O quê?

— Uma queda. — Ele dá de ombros. — Você sabe, uma paixonite de brincadeira.

— Talvez, quando eu era mais nova, mas não significa...

— Apenas sim ou não.

O lance da paixonite é que você a alimenta porque, em algum nível, é inatingível, e, se fosse algo possível, você escolheria não viver o sentimento no mundo real.

Mas tudo o que há para dizer aqui é *Sim*.

— E naquela noite você disse que queria jogar com Kevin. Banco Imobiliário, certo?

Eu não disse que queria jogar com Kevin... foi ideia dele. Quando foi que falei isso? Foi na audiência? Não consigo lembrar. Mas, espere, por que esse detalhe é importante?

— Eden, você pode responder à pergunta?

— Jogamos Banco Imobiliário.

— O jogo de tabuleiro?

Óbvio que era a porra do jogo de tabuleiro. Olho para a promotora, essas perguntas são sérias? Achei que fôssemos seguir o que contei no relatório policial.

— Eden?

— Sim, o jogo de tabuleiro, Banco Imobiliário.

— E naquela noite, quando você estava jogando, não confidenciou a Kevin que queria ter um namorado?

— Eu não disse isso.

— Mas você perguntou se Kevin tinha namorada, certo?

Balanço a cabeça. De onde saiu isso?

— Eu não... — Fecho os olhos, tento lembrar. — Não. Não, nós estávamos falando sobre o meu irmão ter uma namorada. Ele estava no telefone com ela, e foi por isso que estávamos só eu e Kevin. Foi ele que pegou o jogo — acrescento, me lembrando com mais nitidez agora. — *Banco Imobiliário.*

— Certo, e então você perguntou se Kevin tinha namorada.

— Talvez eu…

— Sim ou não.

— S-Sim.

— Você disse anteriormente que tinha catorze anos na época?

— Sim.

— E você sabia quantos anos Kevin tinha na época?

— Ele tinha quase vinte — respondo, repetindo o que a promotora havia dito.

— Então, tinha dezenove, certo?

— Certo.

— Mas você sabia na ocasião quantos anos ele tinha? Naquele momento?

E agora estou duvidando de mim mesma. Pensei que ele tivesse dezoito, dezenove, vinte anos?

— Quer dizer, na verdade eu não tenho certeza se sabia exatamente.

A promotora Silverman se levanta e suspira.

— Isso vai chegar a algum lugar?

— Ele sabia quantos anos você tinha na época?

Ela se senta e depois se levanta novamente.

— Especulação, meritíssimo.

— Você comentou quantos anos tinha?

— Bem, ele sabia que eu estava no nono ano.

— Sim ou não, vocês conversaram sobre a idade de vocês?

— Não.

E assim continua, pelo que parecem horas. Perguntas inúteis misturadas com perguntas importantes, sempre com *certo* ou *não foi* colocados no final. Dissecando todas as minhas frases em fragmentos cada vez menores até que quase não fizessem mais sentido.

— Uma última pergunta, Eden. Alguma vez você disse não?

— Disse não?

— Você chegou a dizer não, verbalmente, em algum momento daquela noite?

— Eu não conseguia falar. Ele cobriu minha boca imediatamente e depois...

— Você disse não?

— Lutei com ele, bati nele, chutei, eu...

— Mas você chegou a dizer a palavra não?

Olho para Mara, depois para Lane e depois para a promotora.

— Eu... eu já disse que não podia falar.

— Meritíssimo, por favor instrua a testemunha a responder à pergunta.

— Por favor, responda à pergunta — diz o juiz.

— Não, mas...

— Obrigado — agradece ele, e sorri novamente, como se eu tivesse acabado de lhe entregar a porra de um cappuccino ou algo assim. — Não tenho mais perguntas.

Conforme o advogado se vira e volta para a mesa, cometo o erro de observá-lo — aquele monstro fossilizado de cabelo branco, velho e frágil —, e, quando ele se senta, meus olhos se afastam demais até que me dou conta de que estou olhando para ele. Kevin. E ele está olhando para mim. Com apenas um olhar, ele me aprisiona como um inseto morto em uma placa de isopor, como fez naquela noite.

Ouço um som em meus ouvidos, como o oceano. Fecho os olhos. Estou indo. Deixando meu corpo. Desaparecendo. Perdida. Quando dou por mim, estou no banheiro, Lane ao meu lado, me dizendo que me saí bem. "Muito bem", foi a expressão que usou. Isso ecoa em minha cabeça. *Muito bem Muito bem Muito bem.* E ela está sorrindo para mim no espelho.

Baixo o olhar para minhas mãos: estou lavando as mãos na pia. Rasguei meu curativo, o esparadrapo se soltou, os dois vergões vermelhos na palma da mão, apenas começando a cicatrizar, agora abertos e sangrentos. Não lembro de ter feito isso. Não lembro de ter saído da sala de audiência.

— Como é que aquele advogado maldito dorme à noite? — pergunta Mara.

— Quero ir embora — digo em voz alta para ninguém em particular. Lane toca meu ombro e eu me encolho.

— Lamento, querida. Você foi muito bem, estou falando sério.

— Tanto faz, não me importo. Acabou. Só quero sair daqui.

JOSH

EDEN ME LIGOU à meia-noite para me desejar feliz aniversário. Disse que refletiu sobre minhas palavras, sobre passar por aquilo sozinha, então pediu a Mara que fosse com ela. Ficamos no telefone até que ela pegou no sono. Ela não disse, mas deu para notar que estava nervosa pra valer. Eu gostaria que tivesse me deixado acompanhá-la.

Fiquei distraído o dia todo, esperando notícias. Fiquei desligado durante nossa reunião de equipe pela manhã, e o treinador me deu um esporro na frente de todo mundo. Até Dominic me puxou de lado no vestiário para perguntar o que estava acontecendo.

— Nada — respondi. — Só estou cansado. — O que era verdade; mesmo depois de Eden finalmente apagar, por volta das duas horas, e de eu desligar o telefone, não consegui dormir.

Mandei uma mensagem para ela antes do treino da tarde, para ver como estava se sentindo.

Quando saio, às seis, ainda não tenho notícias. Ligo e deixo um recado.

— Ei, sou eu. Pensando em você. Espero que tudo esteja bem. Enfim, me ligue quando puder. Eu te amo. Estou com saudade.

No caminho para casa, mal presto atenção — nas outras pessoas, nas placas de trânsito ou na rua —, não desgrudo os olhos do celular.

— Josh! — a voz de minha mãe me chama, rindo. — O que você está fazendo?

Ergo o olhar. Passei direto pelo meu prédio, pelos meus pais esperando nos degraus da frente, cada um segurando um café da cafeteria onde Eden trabalha.

— Cabeça nas nuvens? — pergunta papai, enquanto se aproxima e me abraça.

Mamãe se levanta e passa o café para papai. Ela coloca as mãos nos meus ombros e me segura a um braço de distância, sorrindo enquanto me estuda por um momento.

— Feliz aniversário, amor.

— Feliz aniversário, Josh — ecoa papai.

Sinceramente, não sei se já fiquei mais feliz em vê-los em toda a minha vida.

— Você parece cansado — comenta mamãe, enquanto caminhamos até o apartamento. — Está dormindo direito?

Dou de ombros.

— Não sei.

— Você não sabe? — repete ela, a voz uma oitava acima do habitual. E, quando olho para trás, eu a vejo trocando olhares com papai, olhos arregalados.

— Mãe — gemo. — Estou bem.

Destranco a porta do apartamento e os deixo entrar.

— Então, onde está o Dominic? — pergunta papai.

— Foi jantar com uns colegas do time.

Mamãe diz, com sua melhor voz casual:

— E a Eden, onde está?

Em seguida, parece procurar evidências da presença dela aqui.

Eu me sento no sofá da sala e os dois me acompanham.

— Olha, ela não vai poder vir hoje.

— O quê? — grita mamãe, enquanto se senta no sofá ao meu lado, então ajusta o volume. — Ela não vai te prestigiar no seu aniversário?

— Nós já comemoramos na sexta. Ela precisou sair da cidade.

— Sair da cidade? — repete ela, como se fosse a coisa mais absurda que já ouviu. — No meio do semestre? — Ela sacode a cabeça. — *Joshua.*

— Não, não fale o meu nome assim.

— Assim como?

— Como se eu fosse ingênuo ou se alguém estivesse se aproveitando de mim, como se eu estivesse sendo enganado ou sei lá. Não estou. Não é bem assim.

— Bem, me explique. — Ela cruza os braços e olha para meu pai, o intimando a espelhar sua indignação. — Como é, então?

Encaro meu pai, sentado na poltrona ao lado do sofá. Ele me lança um meio-sorriso, um aceno de cabeça, meio que semicerra os olhos, franze as sobrancelhas, inclina a cabeça na direção de mamãe.

— O que é? — pergunta mamãe, sem deixar passar nada. — O que está acontecendo com vocês dois?

Papai suspira.

— Conte para ela, Joshie.

— Santo Deus, me contar o quê? — Minha mãe segura a gola da camisa. — Ela não está grávida, por favor, me diga que ela não está gráv...

— Não!

— Obrigada, obrigada, obrigada — sussurra ela nas mãos entrelaçadas.

— Por que essa é a primeira conclusão que vocês tiram? Acham mesmo que sou tão irresponsável?

— Não — responde mamãe. — Mas merdas acontecem, Josh. Você pode tomar cuidado noventa e nove por cento do tempo, e só precisa de um...

— Ah, meu Deus, por favor — interrompo, levantando a voz. — Todas aquelas conversas sobre sexo seguro estão gravadas na minha memória para o resto da vida, garanto. Já podemos mudar de assunto?

— Só depois de você me contar o que está acontecendo — insiste mamãe. — Não estou gostando disso. Preciso ser sincera. Não acho que essa garota é boa para você, Josh, eu só...

— Tudo bem — cedo. — Por favor, pare de dizer isso.

Então conto tudo a eles. E, quando termino, os dois me flanqueiam no sofá, o braço de mamãe ao meu redor, a mão de papai apoiada no joelho. Quando olho para mamãe, lágrimas lhe escorrem pelo rosto.

— Desculpe. — Ela enxuga as bochechas com as costas das mãos. — É muita coisa, Josh.

— Eu sei — concordo. — Tem sido muita coisa para ela.

— Bem, pra você também — argumenta mamãe.

— Não, fala sério. — Balanço a cabeça. — Não vou comparar nada que eu possa estar sentindo com o que ela está passando.

— Ninguém está dizendo que você deveria comparar — pondera papai. — Mas só reconheça que isso não é uma coisa fácil de lidar em qualquer relacionamento.

Eu concordo. Sei que ele tem razão. Mas não sei como explicar que, quando estamos juntos, não parece difícil. Quando estamos juntos, tenho a impressão de que podemos lidar com isso… podemos lidar com qualquer coisa.

Pedimos comida e ficamos em casa. Dominic e Parker se juntam a nós. Parker mostra a meus pais o vídeo do restaurante hibachi, com todos cantando "Parabéns a você". Eden me beijando no fim, com entrega total. Todos aplaudindo.

— Me deixe ver isso. — Mamãe pega o celular e vê o vídeo mais duas vezes, sorrindo no final. — Você parece feliz, Josh — comenta ela, calma.

Eles voltam para o hotel às onze. Lá fora, no carro, papai sugere:

— Vamos lá, abraço coletivo. — E os dois me envolvem em um abraço gigante. Em algum outro dia eu talvez dissesse algo estúpido como *Não estou meio velho pra isso?*, mas não hoje. Hoje eu simplesmente deixo os dois me abraçarem e me sinto grato.

— Você precisa descansar mais. — Mamãe enfia o dedo no meu peito. — Ouviu?

— Sim.

— Nós amamos você — diz papai.

— Amo vocês também.

Observo enquanto os dois se afastam, o braço de meu pai para fora da janela do passageiro, acenando todo o tempo enquanto descem a rua.

Caminho até o fim do quarteirão e volto, só para queimar um pouco da ansiedade que tem me inquietado o dia todo. Pego o celular novamente, para o caso de eu não ter visto, de algum modo, uma mensagem dela.

Nada ainda.

Lá em cima, tento adormecer, mas só fico me revirando na cama.

EDEN

É QUASE MEIA-NOITE quando acordo no sofá da sala, no escuro. Josh me mandou uma mensagem há pouco.

Espero que você esteja dormindo agora. A gente se fala amanhã? Eu te amo

Ligo para ele de volta. Ele atende imediatamente.

— Ei — diz Josh, e quero começar a chorar ao som de sua voz. — Você apareceu.

— Oi — sussurro, com a garganta arranhada e desgastada por toda aquela conversa mais cedo. — Desculpe. Eu deitei depois que cheguei em casa, e ninguém me acordou.

— Tudo bem. Como...? — Ele hesita. — Como você está? Como foi?

— Foi a porra de um show de horror. — Forço uma risada amarga só para não começar a chorar mais uma vez.

— Eden, amor... — Ele fala com tanta suavidade que deixo sua voz me envolver. — Eu posso estar aí de manhã se você...

— Não, não se preocupe. Já acabou.

— Como assim?

— Não, *não* acabou, mas eu já fiz a minha parte. Minha mãe e Caelin vão depor amanhã. Eu estava pensando em ficar mais um dia e voltar na quinta... — Começo a tossir e pego o copo d'água à temperatura ambiente, na mesinha ao meu lado.

— Você está bem? — pergunta ele, enquanto afasto o telefone do rosto.

— Sim, desculpe — resmungo, e engulo a maior parte da água de uma só vez, minha garganta está tão seca. — Quinta-feira — termino. — Quinta-feira cedo.

— Ei, você está ficando doente? — pergunta ele.

— Não, acho que não. Minha garganta está doendo pra caramba de ter falado tanto. Fiquei falando por horas hoje. Tive a impressão de que me fizeram mil perguntas.

Ele solta um muxoxo que não consigo decifrar.

— Não vou te prender, viu? Fiquei feliz de ouvir sua voz, mesmo que rouca.

— Espere, Josh. — Tento rir, mas acabo tossindo de novo. — Não desligue. Não estou tentando cortar o papo. Me conte como foi o seu dia. Como foi o aniversário?

— Ah! — exclama ele. — Correu tudo bem. Quero dizer, o fim de semana passado foi o evento principal. Com você. Melhor aniversário de todos.

— Humm.

— Você parece exausta.

— Eu gostaria de estar aí com você — sussurro.

— Também queria isso, você não tem ideia.

— Josh?

— Sim?

— Eu sei que é bobeira, mas você poderia ficar no telefone comigo de novo hoje?

— Não é bobeira. — Ouço um barulho e o rangido de seu colchão. Fecho os olhos e consigo imaginá-lo acomodado na cama.

— Acabei de te colocar no viva-voz.

— Eu te amo — digo a ele.

— Eu também te amo.

— Obrigada.

— Pelo quê, por amar você? — pergunta ele, com uma risadinha na voz.

Eu sorrio… meu rosto dói.

— Sim.

JOSH

ACORDO COM O despertador das cinco, como sempre. Ainda está escuro lá fora, e vejo uma mensagem da minha mãe.

É ela?

Junto, um link para um artigo do jornal local. A manchete diz TRÊS MULHERES TESTEMUNHAM CONTRA ASTRO DO BASQUETE EM *O POVO CONTRA ARMSTRONG*. Procuro rapidamente o nome dela. Não mencionaram, felizmente. Não publicaram o nome de nenhuma das garotas. Há uma passagem em destaque, ampliada em negrito: "Perturbador… se for verdade".

São essas reticências que me incomodam. *Perturbador* — ponto ponto ponto — se for verdade. Como se alguém me empurrasse por trás. *Ponto ponto ponto.* Mais forte, mais forte, mais forte.

Agora estou obcecado.

Existem outras matérias, e encontro cada uma delas. Uma publicada por um jornal universitário, intitulada ELE DISSE, ELA DISSE, BLÁ-BLÁ-BLÁ. Outra considera a "falta de evidências físicas chocante". Daí cometo o erro de rolar para baixo até os comentários.

Alguns leitores são contidos o suficiente para digitar apenas uma palavra ou duas, como "MENTIROSAS!" ou "coitado", enquanto outros escrevem comentários mais longos. "Cinco minutos, sério? Colocar um universitário na cadeia por uma coisa que durou cinco minutos!

Fala sério, o que está acontecendo com este país?" E depois há as tiradas que abrangem vários parágrafos, algumas mais longas que a maldita matéria em si, cheias de ódio e erros de digitação.

Sinto um aperto no estômago.

Só espero que ela não tenha visto nenhuma dessas merdas.

Há uma batida em minha porta.

— Ei, está acordado? — Dominic. — Estou saindo pra academia. Você vem?

Desligo o celular.

— Sim — respondo.

Malho mais pesado do que nos últimos tempos. Não sei dizer se o que está me motivando é raiva, tristeza ou algum outro sentimento. Só sei que algo se esgueirou para dentro de mim, e preciso lutar contra. O treinador passa por mim e me dá um aceno de aprovação.

Parte de mim quer se levantar e dizer a ele que eu não poderia me importar menos com a porra daquele time agora. Que são uns puta idiotas por achar que algo daquilo importa. Mas então me lembro de meu pai, da sobriedade recém-conquistada, passando horas no telefone na tentativa de salvar minha pele e me impedir de ser expulso do time. E simplesmente me esforço mais. Porque não sei mais o que fazer.

Não vejo a hora de Eden voltar.

EDEN

NA QUINTA-FEIRA DE manhã, depois de tomar banho, eu me sento à mesa da cozinha. Na sala de jantar, com meu irmão, minha mãe, meu pai, bebendo suco de laranja de um copo que já usei um milhão de vezes. Bacon, panquecas, café.

Mamãe pergunta se quero açúcar e creme. Quero, mas balanço a cabeça.

Papai está perguntando quem quer ovos. Eu não. Mas, quando ele chega com uma frigideira na mão, arrebanhando uma porção de ovos mexidos, sorrindo para mim, estendo o prato e aceito mesmo assim.

Então ficamos todos sentados aqui. Mastigando. Garfos raspando pratos, um silêncio constrangedor nos envolvendo. Cutuco minha panqueca encharcada de calda. Nem mamãe nem Caelin disseram uma palavra sobre como as coisas correram no tribunal ontem, mas o inchaço e a vermelhidão em seus olhos esta manhã os denunciam.

— Que semana de merda, hein? — comento, apenas para quebrar a tensão.

Caelin ri, cuspindo o suco que havia acabado de tomar.

— Momento perfeito — murmura em um guardanapo.

Mamãe bufa.

— Edy, meu Deus.

— Então, quando você volta para a faculdade? — pergunta papai, fingindo não notar a tensão. — Pelo menos podemos contar com você para o fim de semana?

Tomo um gole do café puro e o deixo queimar o céu da boca.

— Acho que vou embora logo, na verdade. Talvez eu possa assistir à minha última aula de hoje, e não precise faltar amanhã.

Ele assente sem dizer nada.

— Só não quero ter que compensar muita coisa.

— E tenho certeza de que você também quer voltar para o Josh — acrescenta mamãe.

— Seu irmão me mostrou a foto dele na internet…

— Mãe — interrompe Caelin. — Eu não mostrei nada — diz para mim. — Foi ela que pediu ajuda para achá-lo na página do time de basquete…

— Ah, tudo bem! — mamãe o interrompe, jogando o guardanapo em sua direção. — Eu estava xeretando.

— Stalkeando — murmura Caelin, em meio a um falso acesso de tosse.

Papai ri com vontade.

— Seja como for, ele é um menino muito fofo — comenta mamãe. — Não te culpo por querer voltar correndo para ele.

— Bem — começo. — Eu tenho mesmo que compensar as faltas no trabalho.

Ela sorri para mim do outro lado da mesa.

— Então, Eden — diz papai. — Quando vamos poder conhecer esse garoto muito fofo?

— Talvez quando todos vocês pararem de chamá-lo de garoto muito fofo.

— Ei. — Caelin levanta a mão. — Só para constar, o máximo que eu já fiz foi chamá-lo de *cara decente*; nunca o chamei de nada muito fofo.

E, simples assim, tivemos nossa primeira interação familiar semi-normal em anos. Envio um agradecimento silencioso através do estado até Josh, que provavelmente está a caminho de sua primeira aula agora, por ser tão decente e bonito que serviu de pretexto para minha família salvar nossa última manhã juntos.

Depois do café, ajudo a limpar tudo, ligo a lava-louça, tento não agir como se estivesse com pressa para ir embora. Arrumo uma sacola com roupas de outono, meu cachecol macio e luvas combinando, um casaco pesado e alguns de meus suéteres e blusas de manga comprida do fundo do armário. Preciso tirar o meu velho estojo de clarinete da frente para conseguir pegar as botas e, enquanto meus dedos se ajustam à alça, tenho um flashback vívido do primeiro ano do ensino médio, de carregar aquela coisa comigo para todo lado. Coloco o estojo na cama ao lado da outra bolsa e o abro.

Como uma espécie de cápsula do tempo de outra vida, encontro as partituras nas quais estava trabalhando quando decidi desistir, o livreto ainda dobrado e aberto na página exata. Pego cada item e seguro por um momento nas mãos: o estojo de plástico para minhas palhetas; pano de polimento, macio; a minúscula chave de fenda que todos sempre me pediam emprestada, porque ninguém mais tinha; o tubo de graxa para cortiça quase vazio que Mara uma vez confundiu com bálsamo labial; bocal, cano, sino, junta superior, junta inferior… todas as peças do clarinete desmontadas e guardadas com cuidado. Exatamente como as deixei, sem saber que seria a última vez que iria tocar.

Sem saber bem por quê, levo o instrumento comigo, junto com meias e roupas quentes.

Eu me despeço de todos. Caelin me abraça pela primeira vez em meses. Papai me diz que acabou de transferir duzentos dólares para minha conta, pelo que estou sinceramente grata. Mamãe caminha comigo até o carro.

— Cuide-se. Tenha cuidado. E me avise quando tiver alguma notícia da promotora, ok? — pede ela.

— Pode deixar.

ooo

A volta para casa, para Josh e minha nova vida, que não tem nada a ver com a antiga, parece tão demorada. Demorada demais. Meus olhos só querem se fechar. Só consigo dirigir uma hora e meia antes de encostar em uma área de descanso. Inclino totalmente o assento, puxo um de meus grandes suéteres da bolsa no banco do passageiro e me cubro com ele.

Assim que me sinto adormecer, estou de volta ao tribunal, os olhos fixos nos de Kevin. Então estou de volta ao meu antigo quarto, naquela noite, com ele me observando.

Meus olhos se abrem.

A árvore embaixo da qual estacionei deixa uma luz bruxuleante atravessar o para-brisa e atingir meu rosto. É tão gentil que me permito fechar os olhos novamente. O juiz me diz que estou dispensada. *Dispensada*. Essa foi a palavra. Que apropriado, pensei.

Como é que eu tinha esquecido desse detalhe?

Mas não consigo me mexer. Não até que o advogado idiota de Kevin lhe sussurre algo que o faz romper o contato visual comigo. Vejo Lane e Mara em pé, à espera. A promotora Silverman assentindo, me observando enquanto desço do banco de testemunhas.

Olho para meus pés, mas ainda sinto seus olhos em mim o tempo todo.

Quando acordo agora, estou na sombra, gelada e de algum modo mais exausta do que antes. Ergo o assento e visto o suéter, tentando me aquecer. Esvazio no chão a caneca de viagem com café puro e frio que trouxe de casa e entro na parada a fim de comer algo com açúcar, cafeína e calorias.

O lanche me dá forças durante o restante da viagem. Chego em casa no meio da tarde, enquanto todos ainda estão fora. Subo os dois lances de escada com os braços ocupados, destranco a porta, sigo até meu quarto e me sento direto no chão.

Respire. Preciso respirar.

Deito de costas, fecho os olhos e me concentro no chão duro embaixo de mim, encontro os pontos onde o piso suporta meu corpo, como minha terapeuta me ensinou.

Coloco a mão na barriga e a sinto expandir e contrair a cada respiração. Dentro e fora, repetidamente. Estou quase dormindo quando ouço o celular vibrar na bolsa, e percebo que não mandei mensagem para avisar que cheguei em casa.

Eu me sento rápido demais e coloco a bolsa no chão, vasculhando até achar o celular. Mas a mensagem à espera na tela não é de Josh ou de minha mãe; é da promotora Silverman.

Tenho novidades...

Não.

Não vou abrir. Não posso. Seja o que for, não quero saber ainda. Ou nosso caso está morto ou está avançando. E não posso saber qualquer uma dessas coisas agora. Fico de pé, deixando o telefone no chão. Ele acende novamente, e dessa vez eu o chuto para longe. O aparelho desliza pelo chão e para embaixo da cômoda, fora da vista.

Carrego minhas malas para a cama e começo a desfazê-las. Mantenha as mãos ocupadas... é outra dica da minha terapeuta. Ainda ouço a vibração do celular, chacoalhando agora, batendo contra o rodapé.

Abro o notebook e coloco para tocar a playlist de garotas tristes e temperamentais. Florence + the Machine sussurra em uma dança sombria e lírica. Mas ainda sinto o telefone vibrando... dentro do peito agora, de algum modo. Aumento o volume.

Guardei todas as roupas, literalmente dobrei cada peça, até mesmo meus sutiãs e calcinhas. Combino cada meia com sua companheira e deixo metade de uma gaveta para todas as roupas de Josh que encontrei jogadas pelo apartamento. Penduro meus suéteres no armário e guardo as botas com os outros sapatos. Com cuidado, deslizo o estojo do clarinete para a prateleira de cima do armário. Em seguida, organizo minha escrivaninha. Transfiro meus produtos de cabelo e maquiagem para a cômoda. Alinho meus remédios em uma fileira, adicionando a cartela de pílula anticoncepcional e o frasco de Tylenol que venho consumindo como bala a semana toda para minhas intermináveis dores de cabeça.

Tive uma sessão presencial com minha terapeuta na quarta-feira. Ela perguntou como eu estava me sentindo com os novos remédios, e tive de admitir que sempre esquecia de tomar, então não tinha certeza se estavam mesmo ajudando. Quando ela me perguntou por quê, não confessei que era porque eu os mantinha escondidos metade do tempo; simplesmente dei de ombros. A questão é que eu sei que Josh é literalmente a última pessoa no planeta que me faria sentir incomodada com isso... ele entendia os comprimidos para dormir, como eu sabia que faria. Sou eu.

Então decido — me forço — a deixá-los ali, à mostra.

Minha playlist chega ao fim abruptamente, mergulhando tudo no silêncio.

Olho em volta. Tudo está em ordem. Cama feita. Livros alinhados em fileiras organizadas. Minha vida está pronta para eu retomá-la. Mas não o faço. Eu me arrasto até a cama. Nem tenho energia para levantar as cobertas. Deito a cabeça no travesseiro e me enrolo dentro do suéter, fico de frente para a parede, apenas esperando para me sentir normal novamente.

JOSH

DEPOIS DO TREINO, o treinador nos chama para uma reunião no vestiário. Há uma rigidez, uma tensão no ar. Todos estão cansados, com fome e prontos para ir embora. Só quero pegar meu celular para ver se ela já me respondeu.

— Tudo bem, pessoal — começa o treinador. — Anúncio rápido. Direto do reitor. Vamos conversar com todas as equipes, então não se sintam especiais. Ok, tenho certeza de que alguns de vocês já ouviram sobre o caso de agressão sexual envolvendo um estudante atleta da Eastland U.

Meu coração começa a acelerar.

— Obviamente não há tolerância para esse tipo de coisa na Tucker Hill — continua ele, olhando para sua prancheta, lendo. — Tolerância zero para qualquer tipo de assédio ou a chamada *conversa de vestiário* nesta equipe ou em qualquer outra deste campus. Entendido?

Olho em volta. Cabeças assentem.

Alguém levanta a mão.

— Uh, treinador, alguém fez uma queixa, ou...?

— Não. Graças a Deus. O reitor queria que nós conversássemos preventivamente com todos vocês, como um lembrete de que essa merda não vai se criar aqui.

Certo, então é apenas um serviço geral de utilidade pública. Começo a relaxar. O treinador estreita os olhos para a prancheta mais uma vez.

— A Universidade Tucker Hill vai emitir uma declaração formal sobre seu compromisso com... — A voz dele vai morrendo, ele pula para o trecho seguinte. — Então, basicamente, a moral da história é que os olhos estão voltados para equipes como a nossa agora, e não podemos nos dar ao luxo de ter qualquer publicidade negativa, cavalheiros.

Publicidade ruim, então é tudo o que importa aqui.

— Que besteira — ouço alguém murmurar baixinho.

Quando ergo o olhar, Jon, um dos jogadores do banco, tem um sorriso estúpido e de merda no rosto. Ele se inclina para o cara ao lado, sussurra alguma coisa, e vejo os dois tremendo como gelatina com uma risada silenciosa. Algo dentro de mim se agita como uma onda assomando, e sinto minhas mãos cerradas em punho na lateral do corpo.

O treinador nos dispensa e eu olho em volta... perdi por completo o fim da reunião.

Tento me livrar dessa sensação.

Estou terminando de me vestir junto a meu armário, verificando o celular — ainda nada de Eden —, quando ouço a gargalhada idiota de Jon do outro lado do vestiário.

— Você sabe que ela estava a fim, e então, quando ele não quis um relacionamento, a garota decidiu estragar a carreira do cara. — Aquela onda retorna, e sinto meu rosto ficando vermelho. — É exatamente por isso que você não enfia o pau em qualquer maluca.

Eu sei que não deveria, mas a onda está me puxando para baixo, e outra pessoa, essa outra versão de mim, está surgindo. Viro a esquina do corredor de armários e vejo Jon enxugando o cabelo enquanto presenteia dois calouros com suas opiniões.

— Não sei, cara. — Um deles é ousado o suficiente para argumentar. — Eu li que ele fez isso com três garotas...

— Sim, bem, talvez ele se sinta atraído por psicopatas — rebate Jon, dando de ombros. — As vadias provavelmente querem dinheiro! Você sabe como uma boceta é...

Não consigo nem ouvir o restante da frase porque a onda está me arrastando quando paro atrás dele, perto demais. A onda sobe até meu peito, se enfia em minha garganta, sai pela boca.

— Ei, dá pra calar a porra da matraca?

Jon se vira, com um sorriso estúpido e cruel ainda no rosto, e, atrás dele, os calouros arregalam os olhos; devo estar parecendo meio assustador.

— Desculpe, foi mal, perturbei sua delicada sensibilidade? — ironiza ele, dando um tapinha no meu ombro, um gesto de fingida solidariedade. O local que ele toca irradia calor, quase chega a tremer. Eu sei que deveria ir embora, mas o outro Josh tem algo a dizer.

— Não, *eu* é que peço desculpas, você tem algum tipo de problema em não assediar sexualmente mulheres ou o quê?

— Vá se foder — murmura ele, com desdém. — Você sabe qual é o meu problema?

— Não, qual é? — desafio. — Por favor, diga.

— Você. — De algum modo, a resposta faz a onda recuar. Eu posso lidar com isso.

— Eu? — Cruzo os braços. — Ok.

— Sim, você e seu treino meia-boca, desperdiçando o lugar de um titular no time, e agora está tentando *me* fazer ficar mal na fita? — Ele olha para a multidão que de repente se reuniu ao nosso redor, e não sei dizer se estão do seu lado ou não.

— Você não precisa da minha ajuda pra ficar mal na fita.

— E você nem devia estar aqui! — grita ele. — Não depois do que aprontou na temporada passada. Todo mundo acha isso.

Dominic se aproxima e interrompe.

— Ei, fale por você, Jon. Por que não cai fora?

— Por quê? É verdade — argumenta ele.

— Não, não é — retruca Dominic.

— Tanto faz. — Pego minha bolsa e fecho o armário. — Não tenho tempo pra isso.

— Com certeza, mas você tem tempo na sua agenda apertada para um bando de vadias se queixando de estupro? Por favor, você é tão…

E a onda está de volta — um maremoto agora —, não há como represá-la. É como um zumbido em minha cabeça, um formigamento nos membros, essa onda doentia de adrenalina pulsando através de mim.

Um estranho silêncio reina por um momento.

E então o som irrompe ao nosso redor, gritos, berros.

Demoro um segundo para processar por que Dominic está entre nós. Por que alguém está segurando meus braços. Por que Jon está no chão. Por que o treinador invade o vestiário aos berros:

— Parem com isso, seus idiotas!

Ele nos arrasta para seu escritório.

— O que você quer fazer? — está perguntando a Jon. — Você pode apresentar uma queixa, se quiser... está dentro dos seus direitos.

Jon olha para mim com uma espécie de sorriso malicioso, como se tudo isso fosse apenas uma diversão para ele.

— Não — ele finalmente responde. — Foi só um empurrão. Sério, não é nada de mais.

— Tudo bem. — O treinador se levanta e aponta para a porta. — Você, se manda — diz a ele.

Começo a me levantar também, mas o treinador pressiona meu ombro.

— Você — ordena, entredentes. — Fica.

Ele fecha a porta atrás de Jon e joga a prancheta contra a parede, me fazendo pular.

— Qual é o seu problema? — grita. — Eu juro, é um passo à frente, vinte para trás com você. Toda maldita vez. Me diga, você quer mesmo estar neste time?

Cerro a mandíbula para não dizer *Não*.

— Hein? — esbraveja ele. — Quer ou não?

— Sim — minto.

— Então coloque a maldita cabeça no lugar, defina suas prioridades! — grita o treinador, as veias do pescoço saltadas. — Você está por um fio… fino como cabelo. Mais um incidente e vai ser suspenso. Eu não ligo para o fato de você ser talentoso. Não dou a mínima para o que está acontecendo na sua vida pessoal. Quando você está aqui, não *tem* vida pessoal! — berra. — Está me entendendo?

— Sim, estou.

ooo

Está escuro no quarto de Eden, mas posso vê-la deitada na cama. A princípio fico aliviado. Ela está aqui, ela está segura. Mas o modo como está enrolada em posição fetal, deitada tão imóvel, lança aquela descarga de adrenalina em minhas veias novamente. Eu me sinto instável enquanto me aproximo.

EDEN

ACORDO COM O meu abajur sendo aceso. Está escuro do lado de fora da janela. Ouço a porta se fechar, depois seus passos leves atrás de mim. O barulho silencioso dos tênis sendo descalçados. Ele não precisa dizer uma palavra para eu saber quem é. O suspiro em sua respiração poderia muito bem ser uma impressão digital.

O colchão afunda quando ele sobe na cama, suavemente. Ele acaricia meu cabelo e toca minha cintura enquanto se deita ao meu lado, dobrando os joelhos atrás dos meus, se encaixando em mim como uma peça perdida de um quebra-cabeça. Ele move lentamente o braço para que fique em cima do meu.

— Ei — murmuro, ajeitando melhor seu braço ao meu redor.

— Desculpe — sussurra ele, beijando minha nuca. — Estava tentando não te acordar.

— Não, está tudo bem — digo, minha voz ainda desgastada e rouca. — Que horas são?

— Tipo, quase oito.

— Mmm. — Eu me espreguiço um pouco e pigarreio. — Dormi a tarde toda.

Com o rosto em meu cabelo, ele inspira e diz:

— Nossa, que saudade. — Ele agarra meu suéter, me puxando para perto. Há algo no gesto, no modo como ele está me segurando. Parece ter medo de que eu comece a flutuar, e isso me deixa nervosa.

— Josh? — Eu me viro para encará-lo. — O que aconteceu?

— Nada. — Ele toca meu rosto e sorri, mas o sorriso meio que não alcança seus olhos. — Não aconteceu nada — repete, com certa tristeza na voz. — Eu senti sua falta de verdade.

Eu o beijo.

— Também senti sua falta.

Ele me envolve nos braços, me pressionando contra seu corpo, beijando meu cabelo, minha testa, minhas bochechas.

— Espere, me deixe olhar pra você. — Eu me afasto o suficiente para vê-lo com mais nitidez, então seguro seu rosto nas mãos. — Ah, a barba voltou.

— De três dias — corrige ele, e finalmente abre um pequeno, mas verdadeiro sorriso.

— Certo, tudo bem, barba por fazer — repito. — Eu gosto desse efeito.

— Eu na versão universitário, né? — pergunta ele, com uma leve risada na voz.

— Está mais para você na versão sexy — provoco, embora não esteja brincando de verdade.

Ele enterra o rosto no meu pescoço e ri.

— Adoro quando você fica todo tímido.

— Tímido? — ele repete lentamente, deixando a cabeça descansar no meu peito, como se estivesse tentando se lembrar do significado dessa palavra, se é uma coisa boa ou ruim.

— É muito fofo.

— Ok — diz ele baixinho.

— Ei, você está bem mesmo? — pergunto.

— Sim. — Ele levanta a cabeça para me encarar. — Estou mais preocupado em saber como você está.

— Você parece meio triste.

— Não, estou bem. Só não dormi muito com você longe e, não sei, fiquei preocupado quando não tive notícias.

— Ah. Desculpe, meu celular… — Olho para a cômoda. — Está ali embaixo. Esqueci de pegar. Desculpe.

— Não, não se desculpe. — Ele segura minha mão, curativo refeito, na sua e a beija; examina minha colocação aleatória de bandeides por um momento, mas não faz nenhum comentário. — Estou feliz que tenha descansado.

— Que bom que você veio — digo a ele, passando a outra mão em seu rosto.

— Então, como você está se sentindo? — pergunta Josh.

— Bem. — Eu me apoio no cotovelo para poder beijá-lo. Ele acena com a cabeça, como se quisesse mais de mim. — Melhor agora que você está aqui.

Ele me beija suave, rapidamente, como se tomasse uma decisão consciente para a situação não ficar muito tórrida.

— Você não quer me beijar — argumento. — O quê, estou com mau hálito ou algo assim?

Ele bufa.

— Não, qual é.

Ele rola de costas, e tento dizer a mim mesma que não está se afastando de mim; está abrindo espaço, me convidando para entrar. Então eu o beijo. Eu o beijo cada vez mais profundamente. Ele se segura em mim, suas mãos em meus quadris, mas não está se entregando.

Levanto a camisa e beijo sua barriga… naquele ponto que sempre parece provocá-lo. Pelo menos, Josh solta um pequeno suspiro, uma respiração profunda, um gemido leve. Eu me coloco sobre ele e me sento, um joelho apoiado de cada lado dos quadris, e tiro o suéter. A camiseta que vesti por baixo ameaça sair junto, mas ele estende a mão e a puxa para baixo, seus dedos mal roçando minha pele enquanto cobre minha barriga de novo.

Ele olha para mim e abre a boca como se quisesse dizer alguma coisa.

— O quê?

— Nada. — Ele coloca as mãos sobre minhas coxas, e observa enquanto tiro a camiseta.

Ele se senta comigo no colo, e me beija uma vez, descansando a testa no centro do meu peito. Levo os braços para trás e desabotoo o sutiã, mas sua mão pega a minha e a traz de volta para a frente, segurando-a na dele.

— Eden. — Ele respira meu nome lentamente. — Espere aí, não quer conversar?

— Como assim?

— Bem, só pra colocar o papo em dia, sabe? — sugere ele, muito gentilmente. — Você ficou fora.

— Ah — digo. — Meu Deus, estou parecendo uma adolescente com tesão agora ou sei lá o quê?

Ele abre um sorriso e balança a cabeça.

— Quero dizer… eu não colocaria nesses termos.

— Desculpe, tudo bem — lamento, me afastando, então fico sentada um pouco mais para trás em suas coxas, em vez de sobre seu quadril. — Sim, por favor. Fale comigo.

— Não, na verdade eu quero que *você* fale comigo.

— Sobre?

Ele vira a cabeça, meio que inclina as palmas na direção do teto.

— Tudo. O que aconteceu enquanto você esteve fora, com a audiência e tudo mais? Como foi voltar para casa. Quero dizer, você sabe o que acontece agora? Você não me contou nada, nada.

Saio de cima de Josh.

— Eden, não…

— Não o quê?

— Não me exclua — conclui ele, estendendo a mão para mim.

— Eu sinto que é você que está me deixando de fora agora — argumento.

Ele semicerra os olhos para mim.

— Como é que *eu* estou te deixando de fora?

— Está na cara que você não está interessado em transar comigo — murmuro, enquanto visto o suéter por cima da cabeça e enfio os braços pelas mangas. — O quê, sou muito deprimente e patética?

— Não, quem disse alguma coisa assim?

— Muito ferrada? Muito surtada? — continuo, ganhando ímpeto. — O quê, suja?

— Ei! — corta ele, a voz severa. — Você sabe que não é assim que eu penso. — Ele faz uma pausa, o peito subindo e descendo enquanto respira, ofegante. — Não coloque palavras na minha boca... Não é o que nós... nós não somos assim.

— Bem, eu sinto que você está me rejeitando ou algo do tipo.

Passo por cima de Josh para sair da cama. Vou até minha cômoda, sinto vontade de tomar um dos comprimidos. Então sinto uma vontade ainda maior de abrir a gaveta de cima e jogar tudo ali dentro, e fechá-la bem.

— Não estou te rejeitando; simplesmente não vou transar com você quando não tenho ideia de onde está a sua cabeça no momento. Estou preocupado com você, entendeu?

Olho para ele, parado ali, tão no controle das próprias emoções, tão perfeitamente racional o tempo todo, sempre fazendo a coisa certa. Eu me sento na cadeira, tento desacelerar os pensamentos frenéticos, tento me acalmar, tento sentir a cadeira embaixo de mim, sentir meus pés no chão.

— Eu sei, me desculpe.

— Não se desculpe — diz ele, se ajeitando na beira da cama, alcançando minhas mãos. — Eu sinto que estou no escuro aqui.

— Não quero falar sobre a audiência.

— Tá bom. — Ele segura os braços da cadeira agora e me puxa em sua direção, então estamos de frente um para o outro. — Tudo bem, só me diga como está se sentindo, então.

— Eu me sinto... — começo, fechando os olhos, deixando-o segurar minhas mãos de novo. — Eu me sinto como... — Procuro em meu cérebro por qualquer coisa, um pensamento concreto, uma imagem fugaz. — Uma abóbora — digo a ele. *Que estúpido.*

— Uma abóbora? — pergunta ele, e franze as sobrancelhas como se não tivesse certeza se estou falando sério ou brincando. A esta altura, eu mesma também não sei.

— Não, não uma abóbora, uma lanterna de abóbora. Entende?

— Ok — ele concorda, balançando a cabeça.

— Como se alguém tivesse desenhado um rosto em mim e o esculpido na minha carne. Arrancado minhas entranhas. Simplesmente escavado, raspado tudo. E depois a pessoa colocou fogo em mim e me deixou do lado de fora. E eu só… — Hesito, porque me ouço e sinto minha boca repuxar, como se eu pudesse começar a chorar ou rir, não sei qual dos dois. Porque não sei se estou sendo ridícula ou se essa é, na verdade, a metáfora tosca perfeita para como me sinto agora.

— E você o quê? — encoraja ele, dando um pequeno aperto em minha mão boa.

— E eu só, não sei, quero me sentir humana de novo — termino. — O mais depressa possível.

Seu olhar se torna muito penetrante enquanto ele me observa. E então sua linda boca meio que desmorona nos cantos. Ele se levanta e me puxa da cadeira também. Ele me abraça com força, pressionando meu rosto no peito, beijando meu cabelo.

JOSH

ENQUANTO ESTAMOS NO meio de seu quarto, tenho... aquela sensação de vazio... saindo de Eden e rastejando para dentro de mim.

— Sinto muito — sussurro, porque não sei mais o que dizer.

— Você não fez nada — murmura ela em minha camisa, retribuindo meu abraço como se, de algum modo, soubesse que eu precisava dos seus braços ao meu redor neste momento tanto quanto ela precisava dos meus.

— Mesmo assim eu sinto muito.

— Não sinta pena de mim, Josh. — Ela me fita, seus olhos tão cheios e sinceros. — Por favor.

— Não, não é que eu sinta *pena* de você. Só sinto muito por você ter que passar por tudo isso. Não é justo. E eu gostaria de poder fazer alguma coisa para... para ajudar, ou para deixar as coisas mais fáceis.

— Mas você ajuda. — Ela encosta a cabeça em mim novamente. — Você deixa tudo mais fácil.

— O que você quer fazer esta noite? — pergunto a ela. — Está com fome ou quer voltar para a cama... assistir um filme? O que você quiser.

— A gente pode deitar?

Enquanto nos despimos, ela começa a tirar a calça e a me olhar com um sorrisinho maldoso.

— Juro, não estou tentando transar com você de novo; só vou vestir o pijama.

— Pare — gemo, dobrando meu jeans nas costas da cadeira. — Você sabe por que eu falei aquilo.

— Só estou zoando com você. — Ela tira o suéter outra vez, e pendura na maçaneta do armário, então vai até a cômoda, tão linda de sutiã e calcinha descombinados que quase torço para ela tentar transar comigo, porque também preciso me sentir humano de novo. Ela pega uma de minhas camisetas, que eu nem havia me dado conta de que tinha deixado ali. — Posso usar? — pergunta.

— Lógico — respondo, tentando não parecer muito entusiasmado em vê-la com minhas roupas. No entanto, enquanto a observo tirar o sutiã e vestir minha velha camiseta cinza surrada com um buraco na gola, meus pés não se eximem de me levar até ela. — A propósito, quero muito transar com você incessantemente.

— Ah, *incessantemente*? — repete Eden, rindo enquanto me afasta com gentileza.

— Não estou brincando. Penso nisso muito mais do que deveria. — Eu a sigo até a cama. — Na verdade, você ficaria ofendida se soubesse.

Ela está sorrindo enquanto puxa as cobertas e se deita primeiro, mas em seguida me encara com olhos semicerrados, como se estivesse confusa com as motivações por trás de minha declaração.

— Então... eu nunca iria rejeitar você — digo a ela, enquanto deito na cama ao seu lado.

— Ah — murmura ela.

Eu a beijo do mesmo modo que ela me beijou mais cedo... profunda e espontaneamente.

— Nunca — insisto. — Ok?

— Ok — sussurra ela.

Enquanto estamos deitados, ela se enrosca em mim, a cabeça no meu peito, seu braço e sua perna me enlaçando. Começo a me sentir mais eu mesmo do que me senti a semana inteira. Inspiramos e expiramos em sincronia, e a sinto adormecer quando seu celular vibra em algum canto, abafado. Olho em volta e percebo que ela limpou e reorganizou tudo.

O celular continua tocando. Ela suspira alto.

— Você não precisa atender? — pergunto.

— Não quero — lamenta ela.

— Pode ser importante.

— Eu sei que é importante, por isso não quero atender. — Ela rola para longe de mim e diz baixinho: — Está embaixo da cômoda.

Não pergunto por que está ali embaixo; simplesmente saio da cama e aviso:

— Eu atendo.

No entanto, quando caminho até a cômoda, meus olhos são atraídos pelos frascos de remédio alinhados no tampo. Olho de volta para ela. Ela me flagra os observando.

— Minha farmácia completa — explica ela. — Insônia, depressão, ansiedade.

Assinto.

— Tudo bem — respondo, porque não sei se há mais alguma coisa que deveria dizer. Estou feliz que não esteja mais escondendo tudo, mas não posso admitir isso sem que ela descubra que eu já sabia sobre sua medicação. Eu me ajoelho e encosto o rosto no chão, vejo o telefone perto da parede, aceso. Eu o alcanço, pego, tentando não olhar para a tela. Volto para a cama e o entrego a Eden, mas ela fica me encarando.

— Te incomoda?

— O quê?

— Aquilo — responde ela, apontando para a cômoda, os comprimidos.

— Não, não me incomoda. Por que me incomodaria?

— Por causa do seu pai.

— Você precisa das pílulas, Eden. É totalmente diferente.

— Sim — sussurra ela, com tristeza, segurando o telefone virado para baixo contra o peito. — Preciso.

Ela se enrola em mim novamente, inspira fundo, e enfim ergue o celular.

Olho para baixo. Há uma tela inteira de notificações do que ela perdeu. Mensagens minhas, do irmão, de Mara, de uma tal de Lane, duas chamadas perdidas da mãe. E uma mensagem da promotora Silverman.

É essa que ela abre.

— Desculpe. — Beijo sua cabeça e fecho os olhos. — Não estou xeretando, viu? — asseguro a ela.

— Pode xeretar. — Ela inclina a tela em minha direção. — Está acontecendo.

Tenho novidades e fiz questão de que você fosse a primeira a saber: vamos a julgamento. Parabéns, vocês meninas conseguiram! Entro em contato quando souber mais, mas imagino que seja em dezembro, possivelmente janeiro.
Até breve.

— Eden, isso é muito bom — começo, mas ela apaga a tela, se debruça sobre mim e joga o celular na escrivaninha. Em seguida, sacode a cabeça e se agarra a mim com mais força, abaixando a cabeça para que eu não consiga ver seu rosto.

— Eden? — Tento fazê-la olhar para mim. — Amor?

Ela está segurando minha camisa, ofegante, fungando. E então sinto seu corpo começar a tremer. Ela está chorando.

— Não posso — suspira, finalmente olhando para mim, lágrimas escorrendo pelo rosto. — Eu não posso fazer isso de novo.

Beijo sua testa, tento enxugar suas lágrimas.

— Sim, você pode.

— Não — murmura ela. — Não posso. De verdade, não posso.

— Está tudo bem — digo a ela, embora não tenha certeza. Não sei se está tudo bem ou se ela está bem ou se vai ficar tudo bem. Mas é o que digo mesmo assim.

Ela fica repetindo *não posso*. Pronuncia a frase sem parar, até que nem se distinga as palavras, soa apenas como respiração. E então, depois do que parece uma eternidade, ela finalmente se acalma e fica em silêncio. Acho que está dormindo, mas então diz, a voz nítida, calma:

— O advogado dele me perguntou se em algum momento eu disse não.

Levanto a cabeça.

— Como assim?

— Como se ele presumisse que eu tive uma escolha. Como se eu pudesse escolher dizer sim ou não. E tentei explicar que não havia como dizer sim ou não... não tive chance de dizer nada... mas o homem ficava me interrompendo.

— Que merda.

— Mas, só porque não fui capaz de dizer não, também não significa que eu disse sim.

— Eu sei.

Ela me beija, depois toca meu rosto, olhando para mim.

— Eu te amo — declaro, e começo a me preocupar: estou repetindo tanto isso que ela vai parar de acreditar que estou falando sério.

Ela sorri e fecha os olhos por um momento.

— Não sei o que eu faria sem você, Josh.

— Sim — concordo. — O mesmo aqui.

— É meio assustador — sussurra ela, como se fosse um segredo — o quanto eu preciso de você.

— Não tenha medo — digo, embora isso também me assuste, o quanto eu preciso dela. — Você nunca vai ter que ficar sem mim. Quer dizer, a menos que queira.

Ela me olha nos olhos agora, mantendo meu rosto firme em suas mãos.

— Eu jamais iria querer isso.

ooo

Acordo com ela gemendo durante o sono. Está se debatendo. Tendo um pesadelo.

— Eden? — chamo, em um sussurro.

— Não — geme ela, chutando minha perna por baixo do cobertor. — Não.

— Ei, ei, ei, Eden? — eu tento. — Eden, acorde.

Toco seu rosto, mas ela se afasta de mim.

— Pare — diz ela, sua mão está sem firmeza, mas acerta minha barriga. — Por favor — choraminga, um choro de corpo inteiro.

Toco seu braço, tentando esfregá-lo de forma suave.

— Eden — repito, mais alto dessa vez.

Ela começa a tossir, ofegar, e então sua mão vai até a garganta, todas as veias e tendões do pescoço visíveis, como se realmente não conseguisse respirar. Preciso fazê-la despertar de algum jeito.

— Eden! — Sacudo seu ombro.

Seus olhos se abrem e ela se levanta, me atacando. Ela arranha meu pescoço com uma das mãos, meu peito com a outra. Seguro seus braços.

— Eden, pare.

— Me solte, me solte! — grita ela.

Eu obedeço, mas ela me golpeia repetidamente. Eden está respirando com muita dificuldade, ofegante. Encosto na parede, mas então ela recua também, prestes a cair da cama, e eu me adianto para agarrá-la de novo. Ela me chuta com os dois pés. Dessa vez ela choraminga apenas uma palavra.

— Mãe.

— Eden, acorde! — grito, mas ela não me ouve.

— Pare — berra ela.

Não sei o que fazer, ela vai se machucar. Mas solto seus braços e não posso fazer nada além de observá-la cair. O som é terrível... ela bate na mesa e derruba a luminária, parte da cúpula de vidro se quebra, mas ainda está ligada, iluminando Eden em um ângulo severo que a faz parecer uma assombração. Ela me encara como se eu a tivesse empurrado ou algo assim, como se olhar para mim a magoasse.

— Eden? — Desajeitado, me sento no chão também, mas ela recua quando tento tocá-la. Ela olha ao redor: para o abajur, para mim, os joelhos esfolados sangrando, as palmas da mão arranhadas. — Eden — repito. Eu me ajoelho ao seu lado, e ela estica os braços, mas não sei dizer se está querendo me abraçar ou tentando me afastar. — Ei, sou eu. Sou só eu. Você está bem.

— O quê? — Sua voz chia. — O que aconteceu?

— Você estava tendo um pesadelo. Você... você caiu da cama — gaguejo, tentando dar a ela a versão mais gentil da verdade.

Parker está esmurrando a porta agora, o que a faz se sobressaltar.

— Eden? — chama Parker. — Eden, você está bem?

Eden me encara, como se não tivesse certeza do que responder, mas acho que não deveria responder por ela, porque também não sei.

— Eden! — Ela bate mais um pouco. — Vou entrar.

Ela abre a porta e seus olhos vão para o abajur quebrado, depois para Eden, encostada na parede, os braços em volta dos joelhos, depois para mim, agachado ao seu lado.

— O que está acontecendo aqui? — ela me pergunta, depois se dirige a Eden: — Você está bem?

— Sim, eu... estou bem — assegura Eden.

Parker estreita os olhos para mim.

— Você bateu nela, porra?

— NÃO! — gritamos os dois ao mesmo tempo.

— Ah, meu Deus, Parker, não — diz Eden, parecendo enfim despertar, o foco voltando a seus olhos. — Está tudo bem, mesmo. Eu estava tendo um pesadelo. Caí.

— Você estava gritando — diz Parker.

Eden balança a cabeça.

— Eu não... eu não sei. Não lembro disso.

— Vou buscar alguma coisa para esses cortes, ok? — aviso a ela. — Já volto.

Parker me segue até o banheiro.

— Que porra é essa, Josh? — pergunta, em um sussurro.

— Foi o que ela disse, ela estava tendo um pesadelo muito ruim. Eu estava tentando acordá-la, e a assustei ainda mais. Foi isso. — Abro o armário de remédios, onde encontrei os curativos para sua mão na semana anterior. Pego bandeides e um tubo de pomada. — Juro, eu nunca encostaria um dedo na Eden.

— Ela bateu em você? — pergunta Parker.

— Não!

— Josh, olhe para você.

Fecho o armário e me olho no espelho. Estou sangrando. Arranhões no pescoço, no peito. Os vergões dos primeiros hematomas brotam nos meus braços e peito e barriga. Examino minhas pernas. Marcas nas coxas e canelas.

— Estou bem. Ela nem sabia o que estava acontecendo. — Eu lhe dou as costas para umedecer uma toalha na pia. Minhas mãos estão trêmulas.

— Josh. Você está bem? — pergunta Parker.

— Não quero deixá-la sozinha — aviso a ela, em vez de responder, porque a resposta é *Não, não estou bem, porra*. — Vai ficar tudo bem.

— Ok — diz ela, nada convencida.

De volta ao quarto de Eden, ela não se mexeu; apenas olha para o chão. Pego a luminária e a coloco de volta na mesa, porque dói vê-la assim também. Deixo os bandeides, a pomada e a toalha em cima da mesa, então estendo as mãos para ajudá-la a levantar, mas ela nem me encara.

— Eden? — Sento ao seu lado, no chão. — Está me ouvindo?

— O que aconteceu? — pergunta ela de novo, finalmente me encarando.

— Você estava sonhando, ok?

— Não, eu não estava... foi diferente.

— Vamos levantar você. Se segure em mim, tá bom? Coloque os braços no meu pescoço.

Ela me deixa ajudá-la a se levantar do chão e sentar na cama.

— Só vou limpar isso bem rápido — explico, pegando a toalha e a pressionando contra seu joelho.

— Ah, meu Deus, Josh. — Ela toca meu pescoço, pressiona a mão no meu peito. — Eu arranhei você. Desculpe.

— Está tudo bem — eu a tranquilizo enquanto coloco um bandeide em seu joelho. — Foi muito estúpido tentar te acordar daquele jeito. Foi minha culpa, me desculpe.

— Achei que você fosse ele... não sabia.

— Não, eu sei. — Levo a toalha até seu outro joelho, e ela inspira fundo. — Dói?

Ela pega a toalha de mim, dobra-a pelo lado limpo e a leva até meu pescoço, esfregando com delicadeza, as mãos muito trêmulas.

— Eu sinto muito.

— Estou bem — asseguro a ela, enquanto termino de colocar bandeides em seu outro joelho. — Juro.

Eu me levanto e visto a camisa. Ela já está aflita com os arranhões; não precisa ver os hematomas também.

— Quer deixar a luz acesa?

Ela balança a cabeça e volta para a cama.

Desligo a lâmpada, evitando os cacos de vidro.

Deitado ao lado dela, me sinto desconfortável. Com medo. Não dela, exatamente, mas das coisas que a assombram. Ela deita a cabeça no mesmo lugar de sempre, e pousa o braço no meu peito, do jeito que sempre faz. Mas tudo parece diferente.

— Eu te amo — diz ela. — Josh?

— Sim?

— Eu te amo — repete.

— Eu também te amo.

— Você ficou bravo?

— Lógico que não — respondo. Estou muitas coisas no momento, mas bravo... com ela, pelo menos... não é uma delas. — Eden, isso acontece muito? Você ter pesadelos como esse, quero dizer.

— Às vezes — responde ela. — Mas fazia muito tempo que não era tão ruim. Eu sei que te assustei. Desculpe.

— Dá pra parar de se desculpar? — Mas então me preocupo que talvez tenha soado muito duro. — Sério, você não tem nada do que se desculpar.

— Ok, já parei — sussurra Eden. Ela toca meu peito no local onde me arranhou e beija minha camiseta... dói quando o tecido roça na minha pele em carne viva.

— Eden, posso te perguntar mais uma coisa?

— Uhum.

— Você está tendo ajuda para lidar com tudo isso? Mais que os remédios. Tipo aconselhamento ou algo assim?

— Sim.

— Mesmo?

— Sim, tenho uma terapeuta na nossa cidade. Nós conversamos uma vez por semana.

— Está ajudando?

— Bastante, eu acho.

— Ótimo, fico feliz.

Ela se mantém em silêncio por tanto tempo que acho que adormeceu. Mas então levanta a cabeça para me encarar.

— E você? — pergunta ela.

— O quê? Desculpe, e eu o quê?

— Você já conversou com alguém, quero dizer, por causa do lance com o seu pai? Ou qualquer outra coisa?

— Ah. — Eu me lembro das reuniões do Alateen a que minha mãe me levou quando estava no ensino médio. — Quando era mais novo, frequentei alguns grupos, mas...

— Mas o quê? — ela me pergunta.

Dou de ombros.

— Simplesmente não eram para mim, acho. — Mas, enquanto estamos deitados aqui, me lembro com mais nitidez. Não foi o que aconteceu. As reuniões entraram em conflito com o basquete e eu parei de ir. — Ei, você devia mesmo tentar dormir, viu? — digo a ela. — Vou ficar aqui o tempo todo.

EDEN

SEU ALARME TOCA às cinco, como em todas as outras manhãs. Só que ele não acorda. E não está me abraçando como estava quando pegamos no sono. Está de costas. Estendo a mão para pegar seu telefone e adiar o alarme.

Sussurro seu nome e toco seu ombro, passo a mão na lateral de seu rosto. Nada.

— Josh? — repito, um pouco mais alto.

Ele acorda, assustado.

— Ah, o quê, o que aconteceu?

— Nada, nada. Seu alarme tocou.

Ele respira fundo e rola de costas, pelo menos um pouco mais perto de mim.

— Como assim já é de manhã? — geme ele.

— Eu sei. — Eu me apoio no cotovelo ao seu lado e estudo seu rosto. Meus olhos passeiam pelos cortes em seu pescoço... parecem ainda piores. Eu me inclino e beijo as linhas vermelhas o mais suavemente possível.

Ele estende a mão e toca meu rosto, meu cabelo.

— Está tudo bem — sussurra, lendo minha mente.

Eu me deito nele, que fica meio tenso antes de colocar o braço em volta de mim.

— Tecnicamente eu ainda tenho o dia de folga — digo a ele. — Então vou tentar ligar para a terapeuta hoje.

— Ok, isso parece bom.

— Você... Não, deixa pra lá.

— O quê? — pergunta ele. O alarme toca novamente. — Droga — reclama, estendendo a mão para desligá-lo. — Eu o quê?

— Você poderia... — Eu ia perguntar se ele poderia participar da ligação, para contar a ela o que aconteceu, para *me* contar o que aconteceu também, mas sinto que não é justo lhe pedir para reviver aquilo. — Você poderia me abraçar por mais alguns minutos antes de sair? — pergunto, em vez disso.

— Sim, chegue aqui — concorda ele, óbvio que concorda. Ele rola para o lado e me envolve nos braços.

— Mais apertado — peço.

Ele me puxa para mais perto, beija meu cabelo e sussurra:

— Eu te amo.

E, por nove minutos felizes, as coisas parecem bem.

Mas então o alarme soa novamente.

Ele suspira.

— Preciso levantar, baby.

Eu o observo enquanto se levanta da cama e acende o abajur. Ele enfia a mão na bolsa em busca de roupas e, enquanto tira a camisa, percebo que está de costas para mim.

— Josh?

— Sim? — responde, ainda de costas.

Saio da cama e me posto à sua frente. Ele rapidamente pega uma calça de moletom e a segura diante do corpo, como se tentasse se cobrir.

— O que você está fazendo? — pergunto, pegando a calça.

— Eden, não... — protesta ele, mas depois a solta.

E, então, vejo o que ele está escondendo.

— Ah, meu Deus — murmuro, a mão sobre a boca. — Eu... — Engulo em seco. Sinto as lágrimas já se acumulando em meus olhos enquanto examino os hematomas roxo-escuros em seus braços, peito, barriga e até nas pernas. — Eu fiz isso com você?

— Venha aqui, venha aqui, venha aqui — diz Josh, me puxando e me abraçando forte. — *Xiu*, não foi culpa sua, ok? Estou bem.

— Não — retruco, balançando a cabeça para a frente e para trás. Porque parece muito familiar, os hematomas no corpo dele, assim como meus próprios hematomas naquela manhã. Pego a cadeira e tenho de me sentar, porque minhas pernas estão bambas.

— Por favor, olhe para mim. — Ele se ajoelha no chão na minha frente. — Você não fazia ideia do que estava acontecendo, entendeu? Você não estava aqui; estava lá.

Deslizo até o chão também e toco os hematomas.

— O que eu fiz?

— Você só estava tentando fugir de mim... dele, quero dizer — explica Josh, mas ainda não consigo acreditar.

— Como eu pude fazer tudo isso? — questiono em voz alta. Mas a outra parte da frase que não articulo é: Como pude fazer tudo isso com Josh, o meu amor, a única pessoa com quem me sinto segura, quando não pude fazer nada para me defender de Kevin naquela noite? E então percebo a diferença, enquanto ele me observa com aqueles lábios macios e olhos escuros. Josh não estava lutando comigo. Ele estava se submetendo.

— Eu te segurei. Eu estava tentando ajudar, mas não sabia o que fazer, Eden. Então, te segurei porque eu... — Ele deixa as mãos flutuarem pelos meus braços, até as marcas roxo-avermelhadas em forma de anel ao redor do antebraço direito e de meu pulso esquerdo. — Eden, juro que não tive a intenção de te machucar. Você estava caindo, e eu estava com medo de você acabar se machucando, e eu sei que piorei as coisas. — Ele me encara, os olhos cheios de lágrimas agora. — Sinto muito — grita ele rapidamente, enquanto se inclina para a frente e cobre o rosto com as mãos.

— Não, sou eu que sinto muito, Josh. Eu sinto muito. Me desculpe — repito sem parar. Eu o puxo para mim e sei que nunca vou me perdoar pelo que fiz. Caímos no chão, nos braços um do outro, nós dois chorando agora. — Estou tentando, juro — digo a ele.

— Eu sei — rebate ele. — Eu também.

JOSH

FAZ APENAS UMA semana que estávamos no meu quarto, dançando sem música, comemorando, e agora estou aqui no chão, com medo de perdê-la de novo.

Ficamos assim, emaranhados um no outro, por tanto tempo que o sol nasce.

— Josh? — ela finalmente diz, se reposicionando para ficar sentada com as costas apoiadas na lateral da cama.

Eu me sento mais ereto também, e Eden começa a tocar meu rosto com tanta gentileza que minha vontade é voltar para a cama com ela e dormir até tudo isso ter passado.

— Só pra você saber — começa ela. — Vou contar à Parker sobre o julgamento e tudo mais. Não suporto que ela pense, nem por um segundo, que você faria alguma coisa para me machucar. Vou explicar tudo para ela, ok?

— Não precisa fazer isso — argumento. — Não por minha causa. Sério.

— Não, eu queria contar faz um tempo, de qualquer jeito. Simplesmente não conseguia encontrar o momento certo... mas este é o momento certo, eu sei.

— Só se for o que você quer fazer.

— É.

Respiro algumas vezes, ensaio as palavras na mente primeiro.

— Talvez você fique chateada — começo —, mas deveria saber que eu contei para os meus pais sobre a agressão... o julgamento e tudo mais. Eu sei que não devia sair comentando por aí, mas...

— Não, está tudo bem — interrompe ela, tão baixinho que não consigo dizer se há algum desconforto por trás das palavras. — Tudo bem.

— Mesmo? — pergunto. — Está tudo bem?

Ela assente.

— Quero dizer, eu confio no seu julgamento... Deus, confio mais no seu julgamento que no meu. Eu sei que você não vai contar para pessoas em quem não confia, que não *precisam* saber, certo?

— Certo. Não, com certeza — asseguro a ela. — Estava ficando difícil manter tudo em segredo.

— Entendo. Tem sido um segredo por muito tempo. Só...

Eu espero, mas ela não termina.

— Ei, eu sei que você provavelmente está preocupado com o seu treino — diz ela. — Pode ir, sério, melhor você ir.

— Tudo bem — acabo cedendo, embora o treino seja a última coisa que me preocupa no momento, mas eu vou, se é o que ela quer. — Tem certeza de que vai ficar bem aqui, sozinha?

— Lógico que sim — responde Eden. Ela até sorri. — Juro. Acho que provavelmente vou voltar a dormir um pouco.

Estou trêmulo quando me levanto. Quase fraco e quebradiço enquanto pego a mão dela e a ajudo a se levantar do chão. Eu me sinto tonto enquanto me visto e me inclino para beijá-la. Assustado quando digo "eu te amo". Instável ao sair do quarto e fechar a porta atrás de mim.

ooo

Chego ao treino com quase quarenta e cinco minutos de atraso. Jon balança a cabeça quando entro na academia.

— É sério isso? — diz alto, olhando em volta.

Nem tenho forças para ficar irritado com ele ou tentar me defender, então não respondo nada.

Dominic me chama para o supino.

— Ei, Miller. Chega aí.

Quando me aproximo, ele diz, baixinho:

— Você ficou louco... dando as caras a esta hora depois de ontem?

No entanto, mal tenho energia para juntar duas palavras e me explicar.

— Eu sei. — É tudo o que consigo administrar.

— Falei para o treinador que você teve um problema de última hora com um trabalho.

— Obrigado.

Agarro a barra com as duas mãos... ainda bem que não estou mais tão trêmulo, e o sangue está bombeando normalmente de novo... eu o ajudo com o primeiro impulso.

— No controle — diz ele.

Nós nos revezamos ajudando um ao outro, e me sinto grato porque, de algum modo, ele parece saber que eu não deveria ficar sozinho agora. Eu o flagro me observando com atenção, mas, felizmente, ele espera até depois do treino para fazer perguntas, quando estamos sozinhos no vestiário.

— A Parker me ligou no meio da noite, sabia? Ela estava bem assustada. Quando cheguei lá embaixo, acho que já tinha acabado. O que quer que tenha acontecido, só... — Ele aponta para os arranhões no meu pescoço; puxo a gola para cima. — Seja sincero comigo, o que está acontecendo com você? Primeiro começa uma briga com o Jon. Agora, o que é essa coisa com a Eden?

— Eu não comecei aquela...

— Não — interrompe ele, erguendo as mãos. — Ele estava sendo um babaca total, eu sei, mas você partiu para a agressão primeiro. Você não é assim.

— Eu sei — suspiro. — Só que é um lance longo e complicado, não sei...

— Eu tenho tempo.

Então, faltamos às nossas respectivas primeiras aulas e tomamos café da manhã. Conto a ele tudo o que está acontecendo. Comigo, com Eden. O julgamento. A noite passada. Tudo.

— Droga, que parada pesada. — Ele balança a cabeça. — Eu não fazia a menor ideia.

— Sim, bem, eu meio que não queria te contar, mas sinto que estou no limite. Tipo, sinceramente, nunca fiquei tão assustado na minha vida. Não sei o que fazer. Se acontecer de novo, o que eu faço?

— É só uma pergunta, não estou tentando ser um idiota — avisa ele, prefaciando algo que tenho certeza de que não vou gostar. — Mas ela vale o esforço?

— Lógico — respondo imediatamente... não há dúvida sobre isso.

— Não, quero dizer, sério, porque isso é muito. Muito pra qualquer um, até pra você.

— Dominic. Pare. Ela vale a pena. — Mas sinto que estou ficando emotivo de novo... irritado, triste, parece cada vez mais difícil diferenciar meus sentimentos. — Sabe, tudo isso está acontecendo porque, por muito tempo, literalmente todos na vida dela a trataram como se ela não valesse a pena.

— Entendo — diz ele. — De verdade. Eu entendo mesmo. — Ele hesita. — Se você está nisso a longo prazo, talvez precise conversar com alguém também. Porque você sabe que eu te apoio, mas não tenho ideia do que dizer sobre essa situação.

— Não sei. Talvez.

— Você sabe que eu te amo, cara, mas, como seu amigo, posso ser honesto?

— Sim, por favor.

— Você está começando a perder a cabeça de novo — diz ele. — Como antes.

PARTE QUATRO

Novembro

EDEN

JÁ SE PASSOU mais de um mês desde que tive o pesadelo, e as coisas finalmente estão voltando ao normal. Tomei um comprimido para a ansiedade antes de Parker e eu sairmos do apartamento. Mas esta noite ele parece estar demorando mais para fazer efeito, enquanto fico sentada aqui nas arquibancadas, sozinha, o caos irrompendo ao meu redor.

Alguém me dá um tapinha no ombro e aponta para o assento ao meu lado.

— Está ocupado, desculpe! — grito, mas o barulho é tanto que mal consigo me ouvir. Coloco o casaco no chão e tento criar uma bolha mental enquanto espero Parker voltar do banheiro. Mas não funciona; ainda sinto o suor na palma das mãos. Sinto o cheiro de muitas pessoas em um lugar muito pequeno. Vejo a quadra de madeira brilhante, como um lago que pode engolir a todos nós.

O jogo só vai começar daqui a meia hora e a energia já está uma loucura. Tudo é... demais. Acho que o primeiro jogo da temporada em casa é um grande acontecimento. É tão diferente do que me lembro da última vez que estive em um dos jogos da escola de ensino médio do meu irmão, quando eu ainda estava no fundamental e conseguia me enfiar em um canto e ler, de algum jeito conseguindo bloquear todo o resto.

Deitados na cama de manhã, Josh me disse que eu não precisava assistir ao jogo de hoje... ele sabia que eu não me sentiria bem com uma multidão deste tamanho. Quando eu disse que queria, ele riu, me lembrando de que, no ensino médio, uma vez eu disse a ele que nunca seria a namorada tiete em seus jogos.

— Nunca — enfatizou ele, me provocando.

— Ah, meu Deus — gemi no travesseiro. — Por que mesmo você gostava de mim naquela época?

— Ei, eu achei engraçado — admitiu ele.

— Foi *cruel*.

— Não, sério, para mim a sua honestidade foi... — Ele fez uma pausa, olhando para o teto em busca da palavra. — Revigorante.

— Sorte minha — comentei.

Ele sorriu para mim de forma tão fofa que tive vontade de ficar na cama, mas eu precisava me arrumar para meu turno no café. Quando saí do banho e voltei para o quarto enrolada em uma toalha que mal me cobria, pensei que ele tivesse caído no sono de novo, então tentei não fazer barulho enquanto começava a pegar minhas roupas.

Mas então ele disse baixinho, em meio a um suspiro:

— *Deus.*

Dei meia-volta e o flagrei me observando.

— O quê? — perguntei, mas só o som de sua voz, naquele tom, já havia despertado as borboletas no meu estômago.

— Como é que a gente pode ficar tanto tempo sem se ver? — perguntou ele, sentando-se.

— Muita coisa pra fazer — respondi, mas era apenas parte da verdade. A outra era mais difícil de admitir: que algo aconteceu naquela noite de que nenhum de nós se recuperou ainda.

Fui até a cama para beijá-lo, mas ele continuou deitado e pegou minhas mãos, me puxando para mais perto.

— Que cheiro gostoso — murmurou contra meu pescoço. Quando me afastei, a lateral do rosto de Josh estava toda molhada por causa do meu cabelo. Eu ri e enxuguei sua bochecha com o canto da toalha.

Ele tocou minha barriga e levou as mãos aos meus quadris, depois até o ponto no centro do meu peito, onde amarrei a toalha para prendê-la no lugar. Então ele olhou para mim, com um brilho nos olhos que eu não via tinha algum tempo.

— Tem alguns minutos?

— Alguns — respondi.

Ele se afastou, abrindo espaço para mim.

— Volta pra cama por um minutinho?

Quando me deitei ao seu lado, ele me beijou e depois estudou meu rosto por alguns segundos, passando o dedo pela cicatriz acima da minha sobrancelha, sorrindo enquanto se inclinava para beijá-la. Então ele beijou minha boca novamente, meu pescoço, descendo sem pressa, embora não tivéssemos tempo de jeito nenhum.

A toalha se soltou do meu corpo com facilidade. Esqueci o relógio. Porque seu toque... sua boca em minha pele, suas mãos. Eu não conseguia me lembrar da última vez que tinha parecido tão simples. Só me render, me deixar levar e me perder. Eu me estiquei para tocá-lo também, queria que ele se sentisse tão bem quanto estava me fazendo sentir. Mas ele pegou minha mão e colocou meu braço acima da minha cabeça, e o prendeu ali, gentilmente, só por um segundo.

— Assim eu me sinto egoísta — expliquei.

— Egoísta? — murmurou ele, enquanto ria com a boca contra minha barriga. — Ah, se você tivesse alguma ideia do quanto eu estou gostando disso, iria pensar que o egoísta sou eu. Além disso, nada de pré-jogo pra mim.

— Ah, isso é uma nova regra?

Ele assentiu.

— Tipo isso.

— E eu sei que você nunca quebraria uma regra.

— Bem, mas não tem regra para depois do jogo.

Tive problemas por me atrasar quinze minutos para o trabalho, mas nada poderia estragar meu humor. Nem meu gerente idiota, nem executivos grosseiros ou as mães distraídas do futebol, nem mesmo derramar café expresso na camisa do cliente. Porque eu poderia simplesmente fechar os olhos, sentir o coração disparar de novo e lembrar que todo o resto não tinha a menor importância.

ooo

Estendo meu celular e tiro algumas selfies com a multidão ao fundo: uma com o polegar para cima, outra dando uma piscadela, outra com um enorme sorriso brega, e uma de mim soprando um beijo para ele. Josh curte todas imediatamente e escreve:

Passei o dia todo pensando em hoje de manhã

— Por que esse sorriso? — pergunta Parker, enquanto se espreme ao meu lado.

— Dando um pequeno incentivo pré-jogo. O que você diz antes de um jogo? Não quebre uma perna?

— Deus, não, por favor, não diga isso! Que tal um simples *boa sorte*? — sugere ela, observando enquanto mando uma mensagem para Josh. — Fico feliz que vocês estejam se entendendo. — Ela dá uma pequena sacudida no meu ombro. Parker tem sido tão solidária desde que lhe contei tudo, gentil como a irmã que nunca tive. Estou prestes a agradecer a ela quando as líderes de torcida aparecem e todos ao nosso redor se levantam, começam a bater palmas e a gritar.

Todas tão lindas, com maquiagem brilhante e cabelo preso, os corpos perfeitos. Eu me pergunto se algum dos companheiros de time de Josh viu as selfies que acabei de enviar para ele. Eles diriam *Humm, bem, ela não parece grande coisa*. E me comparando àquelas garotas, não sou mesmo. Jogadores de basquete podem ser cruéis. Se bem que todos os caras podem ser cruéis.

Quando os times aparecem, todo mundo se levanta novamente e saúda. Avisto Josh. Sua camisa é a número doze, assim como no ensino médio. *Como é que eu não sabia disso?*

Não consigo tirar os olhos dele. É como se eu estivesse vivenciando uma versão totalmente diferente de Josh. Ele parece tão elegante, se movendo depressa, pulando e passando a bola como se não fosse nada.

Estou meio deslumbrada com sua capacidade de se mostrar assim, se expor, na frente de toda essa gente.

Ele olha para mim quando estão amontoados e sorri. Fico lisonjeada, depois zonza. Mas há outro sentimento a reboque. Uma sensação de aperto que se instala na minha barriga, no lugar onde aquelas borboletas estavam antes, como se alguém tivesse jogado um monte de cascalho sobre elas, apagado seu fogo, destruído suas asas. E com essa imagem eu nomeio o sentimento: autodesprezo. Eu me sinto repentina, profunda e absolutamente desprezível.

Fecho os olhos, tentando invocar aquele alívio iluminado, arejado, pulsante, doloroso que senti de manhã. Mas já se foi. Tento dizer a mim mesma que deve ser só o efeito dos remédios para a ansiedade.

Depois, Parker e eu ficamos na saída do vestiário, esperando por Josh e Dominic. Quando os dois saem, há meninas — e caras — prontos para se jogar em cima deles. Fico para trás e espero que ele venha até mim. Ele me beija bem ali, na frente de todo mundo, deslocando aquela pesada pedra do autodesprezo dentro de mim. Parte de mim quer impedi-lo, dizer *Josh, espere, o que eles vão pensar de você... ficar comigo? Não sou nada. E você é...*

Baixo o olhar por um instante e, quando o encaro outra vez, ele está com aquele tipo de sorriso divertido no rosto.

— O quê? — pergunto.

— Se sentindo tímida hoje? — pergunta ele baixinho. Josh me conhece tão bem. — Não precisamos sair com eles. Não tem problema.

— Não, vamos. Eu vou ficar bem.

— É?

— Sim, além disso, a gente tem que comemorar.

Ele balança a cabeça e ri.

— Nós perdemos.

— Ah, certo. — Eu sabia, mas acho que meu cérebro confundiu a importância do conceito de ganhar-perder na tentativa de me fazer permanecer presente durante todo o evento. — Bem, e daí? Mais um motivo pra comemorar.

— Ei, a sua namorada está certa, Miller — diz um cara que imagino que deve ter jogado, mas não registrei ninguém além de Josh. Ele se apresenta e é bem simpático, mas esqueço seu nome imediatamente.

Caminhamos até o restaurante, de braço dado, ficando para trás do grupo. É aquele tipo de noite perfeitamente fresca, mas não muito fria, do início de novembro, que me faz adorar o fato de que meu aniversário é daqui a poucos dias.

— Você está quieta — comenta ele.

— Desculpe.

— Não, não precisa se desculpar. É que eu percebi, só isso.

— Ah. Eu estava pensando no tempo. A noite está linda.

Ele olha para o céu, as nuvens se movendo acima de nós, mais rápido do que estamos caminhando.

— Quero dizer, eu também estava pensando no jogo — acrescento. — Nunca tinha assistido a um jogo de basquete inteiro antes, tipo, prestando atenção de verdade.

— Apesar de seu irmão jogar todos esses anos?

Balanço a cabeça.

— Nunca liguei muito. Mas, Josh — digo, mais séria. — Você mandou muito bem.

Ele ri.

— Lembrando que a gente perdeu.

— Bem, desculpa. Fiquei olhando pra você o tempo todo... não estava acompanhando mais nada, pra dizer a verdade. — *O jeito como você movimenta esse corpo...* sinto as bochechas corarem.

— Eu? — pergunta ele, com uma risada.

— Sim, você. — Eu o puxo para mais perto e nossos pés se arrastam em câmera lenta enquanto olhamos um para o outro. — Não sei, nunca imaginei que eu era uma daquelas meninas.

— Que meninas?

— Você sabe do que eu estou falando. Uma das quinhentas meninas que vieram aqui hoje, que provavelmente estão indo pra casa fantasiar com você.

Ele sorri e estreita os olhos para mim, a cabeça um pouco inclinada, como se não acreditasse que o que eu disse era verdade. Deus, ele é tão fofo por não saber quão fofo ele é.

— Só estou dizendo que, se enjoasse de mim, você poderia conseguir um upgrade em menos de um minuto.

Ele para de sorrir, revira os olhos e volta a caminhar, agora mais depressa.

— Não, só estou dizendo... você tem opções.

— Você tem que fazer isso? — pergunta ele. — Não estou interessado em opções.

— Tá, só estou dizendo que tinha um monte de garotas muito bonitas ali que iriam...

— Ah, meu Deus — geme ele. — Pare.

— Só estou sendo sincera. Pensei que você tivesse dito antes que gostava disso em mim.

— Bem, nesse momento, você está sendo cruel — sussurra ele, se inclinando para perto de mim. — Com você mesma.

JOSH

DEPOIS DO JOGO, vamos para um restaurante ali perto com alguns caras do time. Parker se junta ao grupo, acho que para deixar Eden mais confortável. Lucas veio de carro até a cidade para passar o fim de semana com Dominic. Avisei que iria sair do apartamento, ficar com Eden e dar alguma privacidade a eles.

Eu não tinha certeza se queria sair esta noite; uma parte de mim torcia para que ela dissesse não, mas, agora que estamos aqui, está sendo bem legal. Às vezes esqueço como adoro vê-la assim; posso admirá-la de um jeito diferente de quando estamos só nós dois. Observo coisas novas ou me lembro das antigas. Tipo, que ela não parece ter nenhum interesse em conversa-fiada — uma coisa de que só me lembro quando a vejo em situações sociais assim —, a ponto de quase parecer um pouco seca. Por outro lado, presta muita atenção quando está conversando com alguém, falando sobre alguma coisa real. Ela se engaja no papo e não se deixa distrair. Bom, foi assim que ela me fisgou, né? Eden me forçava a ser verdadeiro, porque não via utilidade na outra versão de mim, aquela que poderia bater papo com qualquer pessoa, o dia todo, sem nunca dizer nada importante.

Ela está num papo sério com Luke agora; pelo que consigo ouvir, parece que os dois tocavam na banda do colégio. Eu havia esquecido que Eden me contou uma vez que tocava um instrumento. Começo a ignorar minha própria conversa para participar da deles.

Eu grito no restaurante barulhento:

— O que você tocava mesmo?

Luke aponta para Eden e diz:

— Clarinete, né?

— Sim! — grita ela, encantada. — Que memória! E você tocava... flauta, acho?

— Como você lembrou? — Luke pergunta. — Você não saiu da banda depois do primeiro ano?

Eu vejo em seu rosto... ela fica pálida, e os olhos meio que parecem vidrados por apenas um momento. Passei a reconhecer esse olhar. Significa que ela deve ter desistido de tocar depois do que aconteceu, por causa do que aconteceu. Mas logo passa, e ela balança a cabeça e sorri, mas pega minha mão por baixo da mesa.

Felizmente Dominic se junta a nós neste momento.

— Espere um segundo — interrompe ele. — Flauta e clarinete não são a mesma coisa?

Eden e Luke trocam um olhar, como se isso fosse a ideia mais louca que já ouviram, e começam a rir histericamente.

Luke balança a cabeça, se inclina e beija a bochecha de Dominic. Então diz:

— Não, querido. Não são a mesma coisa.

Coloco a mão de Eden sobre a mesa e aperto uma vez, antes de soltá-la. Quando ela a abre, vejo que as cicatrizes rosadas da queimadura já estão quase sumindo.

ooo

Somos os primeiros a sair. No caminho para casa, olho de relance e a flagro sorrindo. Não para mim, apenas sorrindo.

— Parece que você se divertiu.

— Me diverti sim — admite ela. — Gostei do Lucas. Sabia que eu literalmente nunca falei com ele na escola? Não é estranho como as coisas podem mudar?

— Sim — concordo. — Humm, então, olha, eu queria te sugerir uma coisa — começo.

— Nossa, o assunto é sério — diz ela, diminuindo o passo enquanto olha para mim.

— Sério? Não sei. — Dou de ombros. — Na verdade não. Meus pais queriam que eu te convidasse para o Dia de Ação de Graças.

— Ah, uau! — exclama ela. — Conhecer seus pais. Isso é sério.

— É? — pergunto. Eu pensei a mesma coisa, mas não queria fazer tempestade em copo d'água. — Parece que é a hora certa, não é?

Ela baixa o olhar e sorri.

— Então isso é um sim?

— Sim — responde ela, assentindo. Mas em seguida ela solta uma risadinha.

— O quê?

— Você lembra que uma vez me falou que nunca iria me deixar conhecer os seus pais, né?

— *Eu* falei isso?

— Sim. Foi na mesma conversa em que eu fui *muito honesta* e disse que não queria ser sua líder de torcida nem sua namorada ou coisa parecida.

Pensando bem, eu me lembro de ter dito isso. Mas na época eu estava bem bravo com meus pais; eles estavam tentando esconder de mim a última recaída do meu pai. Senti que não podia confiar neles, e estava tão cheio daquela merda quando conheci Eden que não queria o envolvimento dos dois em nada que pudesse se tornar importante para mim.

— Como você disse, as coisas mudam.

ooo

De volta ao quarto dela, a toalha de mais cedo ainda está jogada na cama. Nem conversamos sobre o assunto; simplesmente começamos a tirar a roupa. Não precisamos falar nada. Parece tão certo, como se toda a distância, tristeza e medo do mês anterior jamais tivessem sido reais.

Ela não para de me beijar. Estamos tão perto, pura harmonia, ritmo e conexão, como antes daquela noite horrível e assustadora. Ofegante, ela diz meu nome em determinado momento. No começo eu acho que está falando por falar, mas depois de alguns segundos ela o repete.

— Josh, eu... — começa ela, e segura meu rosto, olha bem fundo nos meus olhos, mas não diz mais nada.

— Oi? — pergunto a ela, parando para ouvir.

Mas ela balança a cabeça e sorri, sussurrando:

— Eu te amo.

Eu ecoo suas palavras. Sem parar, eu as repito.

Pego no sono tão fácil, a cabeça apoiada na sua barriga, minha mão no seu quadril, seus braços ao meu redor. Não consigo me lembrar de uma época em que me senti mais em paz, mais de bem com a vida do que agora, meu corpo subindo e descendo ao ritmo de sua respiração.

ooo

Acordo de madrugada e me espreguiço, rolando para longe dos seus braços. Ela está deitada ao meu lado, fitando o teto.

— Ei — sussurro. Mas ela não se mexe nem responde. Eu me apoio e a observo com atenção. Seus olhos estão arregalados, sem piscar. Sinto uma intensa onda de adrenalina inundar meu corpo. Porque não há vida por trás de seus olhos. Ela parece... *morta*. Agarro seu braço e digo seu nome, mais alto. Ela pisca algumas vezes, depois se vira para me encarar. Ela está de volta à vida.

— Humm? — murmura ela.

— Você está bem?

— Sim — sussurra, e toca meu rosto suavemente. — Eu só estava pensando.

— Sobre?

— Nada, não. Vai ficar tudo bem.

— O quê? — pergunto. — O que aconteceu?

Ela molha os lábios com a língua antes de falar, como se eles tivessem secado enquanto ficou sem vida por sabe-se lá quanto tempo.

— É que... eu perdi alguns dias, eu acho, do anticoncepcional.

Uma onda gelada de pânico percorre meu corpo.

— Espera, você acha ou tem certeza?

— A pílula acabou outro dia, e não tive tempo de repor.

Agora estou sentado, olhando para ela. Não sei que cara estou fazendo, mas ela franze a testa ligeiramente para mim.

— Bem, por quanto tempo?

— Não sei, só uns dias, talvez.

— Merda. — Bastam alguns dias... eu definitivamente me informei sobre o assunto meses antes, quando decidimos parar de usar preservativo. Quer dizer, parecia lógico na época. Se a pílula é mais eficaz, de todo modo, por que usar os dois? Mas isso só faria sentido se ela tomasse a pílula todo dia, o que ela jurou que faria.

— Uma semana, talvez, no máximo.

— Merda! — repito. — Está falando sério?

Ela se apoia nos cotovelos e fica meio sentada, calma demais.

— Sim, bem, não me parecia uma prioridade, já que a gente não estava muito... ativo ultimamente.

— Ah, meu Deus! — Eu suspiro nas mãos. — E você só se deu conta agora?

Ela abre a boca, mas não diz nada.

— Você acabou de se dar conta, né?

— Quer dizer, está tudo bem — continua ela, sem responder à pergunta. — Eu posso tomar a pílula do dia seguinte. É tranquilo.

— Tudo bem — digo. Pelo menos, temos um plano. Mas sinto um aperto no peito, como a rosca de um parafuso. — Espere aí, você deixou eu... Quando você descobriu?

— Eu...

— Você sabia. — Percebo enquanto observo seu rosto. — É o que você ia me dizer. Quando falou "eu te amo". Caramba, Eden! No que você estava pensando?

— Não grite comigo — pede ela, com a voz ainda mais baixa. — Por favor.

— Por que você não me mandou parar? — grito, mesmo assim.

Ela estende a mão para mim.

— Me desculpe, eu...

Não posso evitar; eu me afasto.

— Por favor, pode não me tocar por um tempo?

Ela fica muito quieta enquanto me observa levantar da cama e começar a me vestir, pegando roupas aleatórias que encontro espalhadas pelo chão.

— Josh, o que você está fazendo?

— Preciso de um pouco de ar — aviso a ela. Ela começa a levantar da cama também. — Não venha atrás de mim.

Mas Eden aparece no terraço alguns minutos depois. Ela se aproxima e para ao meu lado no parapeito de onde estou observando o campus, tentando processar o que acabou de acontecer. O vento sopra, e ela chega mais perto. Quando olho para ela, vejo que está usando minha camiseta cinza de novo, aquela com o buraco na gola, e minha cueca boxer. Ela está trêmula quando coloca a mão no meu braço.

— Me desculpe — repete ela. — É que parecia que as coisas estavam voltando ao normal. Eu pensei que tudo ia ficar bem. Ou, não sei, acho que não estava pensando direito. Mas vai ficar tudo bem, Josh. Eu já usei o plano B antes, e ficou tudo bem.

Eu me viro para encará-la.

— Comigo?

— N-Não — gagueja ela, e baixa os olhos. — Você não está bravo de verdade, está?

— Sim, Eden. Estou puto.

— Foi um acidente — argumenta ela.

— Não, não foi!

Ela faz uma pausa. Vejo que está refletindo com cuidado sobre alguma coisa... Deus, por que ela não podia ter sido tão cuidadosa ontem à noite? Uma raiva incandescente vem à tona agora, quase se igualando ao meu medo.

— Bem, ok, então eu cometi um erro. Mas, em minha defesa, se é para alguém perder a cabeça neste momento, esse alguém não deveria ser eu?

— Quer saber? — começo, tentando canalizar um pouco da tranquilidade de meu pai, pegando emprestado uma de suas falas. — Você poderia me dar um pouco de espaço?

— Está falando sério? — grita Eden.

— Sim, estou falando sério.

O cabelo esvoaça em seu rosto, então não sei dizer com que expressão ela me olha. Mas ela se vira e caminha em direção à porta.

— Você vai voltar, certo? — pergunta ela.

ooo

Não respondi e não voltei. Em vez disso, fui para minha própria cama. Tentei dormir, mas não consegui. Agora são seis e quarenta e cinco da manhã, e estou esperando do lado de fora da farmácia, antes mesmo de abrir. O que me parece mais incrível é que fico mais irritado a cada minuto que passa. Não estou me acalmando; só consigo ficar mais exaltado.

Sempre fomos muito cuidadosos. Não sou o tipo de cara relaxado, aquele que sofre acidentes ou comete erros. Confiei em Eden... *esse* foi o meu erro. Enquanto caminho até o caixa, sinto tanta vergonha que pego uma garrafa de água, só para ter mais alguma coisa nas mãos.

Vou direto para o apartamento dela e bato à porta. Parker atende com uma máscara de dormir apoiada na testa, o rosto todo enrugado, um olho fechado. Tudo o que ela diz é:

— Eu te odeio.

Eden está sentada na cama quando entro, os braços em volta dos joelhos. Ela se levanta e corre para mim enquanto fecho a porta. Quando me viro, ela está parada atrás de mim, com os braços abertos, mas não consigo abraçá-la.

— Aqui. — Em vez disso, coloco a sacola plástica em suas mãos.

— O que é isso? — Ela espia o que há dentro e leva a sacola para a cama. — Eu ia cuidar disso sozinha, sabe?

— Não, na verdade não sei. Eu não sei de nada. — Fico andando de um lado para o outro em seu minúsculo quarto. — Por favor, tome a maldita pílula. Não estou brincando.

— Josh, não entendo por que você está tão irritado. Vai ficar tudo bem.

— Como assim você não entende por que estou tão irritado? — disparo.

Ela bufa enquanto tira a caixa e a garrafa de água da sacola.

— Então, o quê, vai ficar aí parado, me assistindo tomar o remédio?

— Por favor, tome.

Suas mãos estão trêmulas enquanto ela abre a caixa e tira o comprimido da embalagem. Estendo a mão para abrir a garrafa para ela. Eden coloca a pílula na língua e murmura enquanto aceita a água:

— Você pensou em tudo. — Ela me encara enquanto engole. Então enxuga a água da boca com as costas da mão.

— Obrigado — agradeço, e me sento na beira da cama, esperando o alívio chegar. Mas nada acontece.

— Eu quase nem te contei — diz ela. — Mas eu quis ser sincera.

— Um pouco tarde pra isso. — Minhas palavras são cruéis. Sinto o gosto da crueldade na boca, mas não consigo contê-la.

— Por que você está agindo assim?

— Por que você não me pediu pra parar? Achou que eu não *iria* parar?

— Não, eu só...

— Então o quê?

— Só... Não sei, estava bom.

— Estava bom? — repito. — Ah, que maduro.

— Não estava bom, fisicamente bom... quero dizer, estava... mas estou dizendo que estava bom a gente junto de novo. Ficar daquele jeito. — Ela faz uma pausa e tenta pegar minha mão, mas eu me afasto. — Está vendo? As coisas não estão bem. Eu não queria estragar tudo parando você, porque daí eu teria que confessar que não venho tomando a pílula, e daí você iria interpretar tudo errado, como está fazendo agora, e achar que sou ainda mais ferrada do que eu sou... e aqui estamos. — Ela levanta as mãos e acrescenta: — Aqui estamos, de um jeito ou de outro.

Deixo a cabeça cair em minhas mãos, sua explicação ainda ecoando em minha mente. Tento entender, mas...

— Não posso — eu me ouço dizer em voz alta.

— Não pode o quê?

— Não posso... confiar em você — admito. — Eu não posso... não posso. — Ainda estou inclinado para a frente, olhando para o chão pela fresta entre os meus dedos, minhas mãos quentes tocando o meu rosto, não consigo encará-la.

— O que você está dizendo?

As palavras despencam, pesadas como pedras.

— Não sei, talvez a gente precise dar um tempo ou algo assim.

— Dar um tempo. — Ela ri. — Por causa disso?

Ergo o olhar e ela tem um meio-sorriso no rosto, cheio de descrença, irritação. Acho que a estou irritando, o que me irrita demais, provocando algo ainda mais profundo; ela não está levando isso a sério. Ela não está *me* levando a sério.

— Sim, por causa disso! — grito, e estou de pé novamente.

Agora que comecei a gritar, eu a vejo com aquela expressão distante no rosto, como na noite anterior, no restaurante, mas neste momento isso só me enfurece ainda mais.

— Não — decide ela. — Se nós vamos fazer isso, então pelo menos me conte a verdade. Me diga o verdadeiro motivo.

— Você está questionando a *minha* verdade quando foi você que mentiu?

— Eu nunca menti. Só... — Então cruza os braços e diz: — Admita, você está querendo pular fora desde aquela noite.

— Que noite?

Ela bufa e revira os olhos, mas suas mãos ainda estão trêmulas, traindo sua fachada de frieza.

— Não banque o sonso — insiste, a voz incisiva. — Você sabe de que noite estou falando.

— Não tem nada a ver com aquela noite — asseguro. — Eden, como é que eu vou confiar em você depois disso?

— Porque sou eu.

— Sim, exatamente — deixo escapar. — É você.

O modo como ela me olha, como se um tapa a fosse magoá-la menos... me dá vontade de morrer. Tento voltar atrás.

— Tudo bem, não... não me olha desse jeito. Você sabe que não foi o que eu quis dizer.

— Sim, foi — retruca ela calmamente, olhando para a caixa da pílula e a sacola de plástico e a garrafa de água em sua cama. Começa a colocar tudo dentro da sacola. Tento tocá-la, mas ela se afasta. — Não. Você quer ir embora, então pode ir.

— Olha, eu não quero ir embora — digo a ela. *Retire o que disse, retire neste instante.* Dou um passo em sua direção mais uma vez, e, quando ela ergue o olhar, vejo que seus olhos estão cheios de lágrimas.

— Vá embora, Josh — insiste ela, a voz soando estrangulada enquanto ela enxuga os olhos de qualquer jeito com a palma das mãos. — A porta está aí. Não vou te impedir.

— Eden, não...

— Vá embora! — grita ela, já perdendo a voz por causa das lágrimas. Ela arremessa a garrafa de água, mas erra. — Saia daqui! — exclama. — Vá logo, porra.

Parker aparece na porta e olha para mim, totalmente desperta agora.

— Josh — diz ela, com calma e firmeza. — Você precisa ir embora.

É o que faço. Mas não posso me forçar a ir muito longe. Eu me sento no corredor do lado de fora do apartamento, de costas para a parede. Vou esperar por ela, não importa quanto tempo demore, digo a mim mesmo. Enquanto isso, fico tentando me lembrar de como respirar. *Um tempo.* Não me lembro de ter dito coisa mais estúpida em toda a minha vida.

EDEN

PARKER ME PREPARA uma vitamina verde naquela manhã. Mas não consigo recuperar o fôlego nem para tomar um gole. Ela me traz uma tigela de sorvete à noite, mas então começo a chorar de novo, pensando na porra do gelato.

Cada vez que consigo parar, tudo o que vejo, tudo o que ouço, é Josh de pé no meu quarto, furioso, dizendo: *É você*. De novo e de novo. *É você*. Sou eu. Eu não poderia ter sido mais assertiva. Mas ele sempre foi melhor com palavras do que eu.

Sou eu... esse desastre, essa coisa que é incapaz de não foder com tudo, sou uma maldição para as pessoas que amo. Jamais pensei que alguém poderia me magoar mais do que eu mesma. Mas saber que ele pensa sobre mim as mesmas coisas terríveis que eu penso é demais para processar.

Visto sua camiseta cinza rasgada e deito na cama, soluçando, chorando, hiperventilando, por quarenta e oito horas seguidas. E, mesmo querendo Josh mais que tudo, recuso suas ligações, ignoro suas mensagens, digo a Parker para não o deixar entrar. Porque sou eu, e alguém precisa protegê-lo de mim, mesmo que tenha de ser eu mesma. Falto às aulas na segunda-feira porque não consigo, fisicamente, sair da cama. Naquela noite, Parker entra em meu quarto com uma sopa. Peço a ela que, em vez disso, traga meus comprimidos. Tomo os três.

E, finalmente, caio em um sono sem sonhos.

Na terça-feira, meu aniversário, vou para a aula, trabalho na biblioteca e, de algum modo, consigo não falar com uma única pessoa o dia todo. Pulo minha sessão de terapia à tarde e nem atendo quando ligam do consultório para verificar. Em vez de ligar de volta, pego outro turno no café. Já que não tenho mais planos para o jantar de aniversário.

Bagunço os pedidos, deixo cair um prato e sou estúpida com os clientes. No meio do meu turno, digo que vou fazer uma pausa de cinco minutos, mas fico fora por vinte. Porque começo a ter um ataque de pânico no banheiro quando lavo as mãos e vejo as cicatrizes cor-de-rosa na palma, e de repente me lembro de tudo de novo, que tudo aquilo realmente aconteceu... ele realmente me amou, ele realmente me deixou. E então estou chorando no chão sujo. Evito contato visual com qualquer um quando saio, e tento agir como se estivesse bem. Atravesso a porta dos fundos, caminho até a loja de conveniência no outro quarteirão e compro um maço de cigarros — pela primeira vez dentro da lei, pois agora tenho oficialmente dezoito anos.

A moça do caixa verifica minha identidade e me deseja *feliz aniversário*. E na respiração seguinte, enquanto desliza os cigarros pelo balcão:

— Você sabe que essa coisa vai te matar.

— Obrigada, eu sei — murmuro em resposta, e abro um grande sorriso. Penso, por um brevíssimo momento, que não seria tão ruim.

— Precisa de um isqueiro? — pergunta ela, e eu assinto.

Cogito simplesmente ir embora e não voltar para o café, mas, supondo que eu não morra de fato por causa daquela faca invisível alojada no meu coração, ainda vou precisar do trabalho. Quando volto, o Capitão Babaca me avisa que vai me dar uma advertência por escrito. Tudo bem. Faço pelo menos mais três pausas para fumar no beco, perto das lixeiras, onde há uma mesa abandonada com pernas irregulares e a pintura desbotada e descascada. Tem quase um ano que não fumo, já estou me sentindo tonta e fraca demais quando a porta dos fundos do café bate.

— Ah, oi, Eden. — É Perry, e agora me ocorre que ainda não sei se esse é seu nome ou sobrenome. Ele pega uma caneta vape do bolso da camisa. — Está devagar hoje.

Eu concordo.

— Não sabia que você fumava — comenta ele.

— Sim, eu parei, mas... parece que não tanto.

Ele olha para mim, como se só agora me enxergasse; jamais me olhou duas vezes.

— Então, olha, se importa se eu fumar alguma coisa um pouco mais forte? — pergunta ele.

Balanço a cabeça e aceno com a mão.

— Já é! — Ele aponta para mim e sorri. — Eu sabia que você era uma garota legal.

E então pega um vape diferente agora; sinto o cheiro imediatamente... aquele aroma terroso, doce e denso. Solto uma risada alta, porque o universo deve estar me testando, oferecendo todos os meus vícios de maneira tão organizada e óbvia.

— Hum? — murmura ele, enquanto segura a fumaça nos pulmões. — O que é tão engraçado? — resmunga, antes de expirar.

— Nada — minto. — Só imaginando o que o Capitão Babaca iria dizer se aparecesse aqui agora.

— Ah, aquele idiota saiu faz uma hora — diz Perry.

Acendo outro cigarro.

— Então não vou ter pressa pra voltar.

— Então, Capitão Babaca, é assim que a molecada o chama nos dias de hoje?

Dou de ombros.

Ele balança a cabeça novamente e dá outro tapa.

— Ei, você quer? — Dou uma olhada nele, que chega mais perto. Perry é facilmente uns dez anos mais velho que eu. Devo estar emitindo algum tipo de sinal hormonal de socorro, uma vibração de garota triste e fodida, que os atrai como um farol, uma vibração de frequência de sonar ou algo assim. *Ei, olha pra mim, aqui, sozinha, vulnerável, pronta pra ser quebrada! Venha até mim!*

— Bem, hoje é meu aniversário — digo a ele, apesar de tudo.

— Parabéns! — Observo enquanto seu rosto se ilumina. — Espere um minuto. — Ele volta para dentro por alguns segundos e sai com uma garrafa aberta de champanhe e duas taças. Arruma as taças na mesa bamba e enche as duas. Passa uma para mim e levanta a sua, dizendo: — Saúde. — Hesito, e ele acrescenta: — Eu não conto se você não contar.

O universo quer me testar? Tudo bem. Pode vir. Eu vou falhar... É nisso que eu sou melhor.

— Saúde — digo, e encostamos nossas taças. Josh ficaria tão desapontado comigo... mais desapontado do que já está. Cigarro, maconha, bebida, cara aleatório. Confere, confere, confere e confere. *É você.* Aquilo continua repassando na minha cabeça. Sou eu. É inevitável.

— Então — começa ele, passando o vaporizador para mim em seguida. — Seu namorado vai te levar pra sair mais tarde... O cara alto, certo? — pergunta ele, levantando a mão acima da cabeça.

— Certo — digo, e dou algumas tragadas. — O cara alto.

Mas a maneira como ele está olhando para mim, sorrindo. Ele sabe, de algum modo, que é temporada de caça.

Perco a noção do tempo enquanto ficamos ali, perco a noção do tópico da conversa. Nem percebo quando ele entra. Limpo a mesma mesa uma centena de vezes, ao que parece. Varro o chão pelo que parece uma eternidade. Da vitrine da frente, enxergo meu prédio. Imagino meu apartamento com visão de raio X, como se pudesse ver meu quarto, minha cama desfeita à minha espera, me chamando.

Depois de fecharmos o café, estou trêmula. Champanhe em um estômago vazio, cigarro em um coração partido, erva em uma mente estilhaçada. Não é uma boa combinação, mas me sinto lúcida de novo quando apagamos as luzes e viramos o sinal de ABERTO-FECHADO na porta. Perry coloca a mão na curva das minhas costas e pergunta se preciso de ajuda para chegar em casa. Odeio saber que seria tão mais fácil concordar com tudo do que tentar ser forte e defender a mim mesma.

No entanto, quando olho para ele, aquele estranho, o sorriso de expectativa em seu rosto enquanto se aproxima de mim, de repente não parece fácil como era antes.

— Não — respondo, calmamente. — Obrigada.

Ele continua caminhando ao meu lado mesmo assim.

— O que você está fazendo? — pergunto a ele, parando na calçada, sentindo o coração começar a bater daquele jeito que me deixa com medo do que vai acontecer em seguida.

— Eu te disse, só estou cuidando para você chegar bem em casa.

— Eu literalmente acabei de dizer que não preciso de ajuda.

— Sim, mas eu...

— Olha, obrigada pela taça e meia do resto de champanhe velho e choco que você roubou da cozinha. E obrigada por exatamente oito tapas do seu vape e... Ah, vamos ver, obrigada por me dar parabéns — digo, ganhando ânimo. — Sério, obrigada. Muito mesmo, ok? Mas eu não te devo nada.

— Uau, calma. Você está com a ideia errada! — Ele tenta argumentar... tenta rir.

— Não — insisto. — Não — grito. — Não! — Estou gritando no meio da rua, cada vez mais alto. — *Não* — grito a plenos pulmões.

Finalmente, ele levanta as mãos e começa a recuar.

Atravesso a rua e subo correndo a escada do meu prédio, fecho a porta da frente atrás de mim e tento recuperar o fôlego. Minhas pernas parecem gelatina, fracas enquanto subo os dois lances de escada. E, como se eu já não estivesse prestes a desabar, há um vaso de vidro cheio de flores amarelas ao lado da porta. Com um cartão, meu nome na caligrafia dele.

JOSH

TENTEI FALAR COM ela centenas de vezes. Ela não atende a porta. Bloqueou meu número. Até deixei flores de presente de aniversário, e elas ainda estão no mesmo lugar, uma semana depois, murchas e enrugadas.

Todas as manhãs, quando Dominic e eu descemos para ir ao treino, ele repete a mesma coisa quando passamos perto da porta.

— Continue andando, só continue andando.

Vou ao treino, vou à aula, volto para casa. Todo dia a mesma coisa.

Tivemos um jogo fora de casa esta semana, e eu pensei que, talvez, quando voltasse, ela estaria disposta a falar comigo. Eu disse aos meus pais que ela aceitara o convite para o Dia de Ação de Graças, porque tinha certeza de que até lá teríamos nos acertado.

ooo

O treino desta noite segue a rotina usual. Quinze minutos de aquecimento e alongamento. Vinte minutos de jogadas, habilidade, arremessos, rebotes. O técnico anda de um lado para o outro, nos observando, gritando:

— Velocidade de jogo, cavalheiros!

O assistente técnico estuda meu arremesso, faz algumas anotações no tablet.

Uma hora de exercícios de defesa. Meia hora no ataque, repassando jogadas e cenários. O assistente técnico está me observando com atenção novamente, dá para sentir isso, com certeza tentando me pegar no erro. A parte prática termina com um amistoso em meia quadra, que parece transcorrer de modo mais tranquilo do que o habitual. Todos estão jogando bem, pedindo a bola, cooperando. Não é preciso grande esforço para simplesmente suportar tudo, como de costume. O treinador está até de bom humor dessa vez, o que ajuda.

— Nada mal hoje, pessoal... boa comunicação — elogia ele, batendo palmas algumas vezes. — Vocês pareciam um time de verdade na quadra, que milagre! — E então, para minha surpresa, ele acrescenta, na frente de todo mundo: — Jogou bem, Miller.

À medida que o treino termina, todos nós tentamos mais alguns arremessos. Faltando alguns minutos para o final, a equipe está se alongando, conversando, relaxando.

— Rir demais significa que vocês não devem estar cansados ainda! — avisa o técnico, então apita e acrescenta mais dez minutos. Mas nem percebo que acabou até que alguns dos outros caras param em minha cesta a caminho do vestiário.

— Caramba, Miller — diz um deles, enquanto passa por mim.

— Você é uma máquina, cara! — comenta o outro.

Eu pego a bola e paro.

— Hã? — pergunto, ofegante, enquanto enxugo o suor do rosto. Olho em volta, me sentindo subitamente desequilibrado sem o ritmo da bola para marcar minha pulsação. Eles eram os últimos em quadra. O treinador está parado ao meu lado, me observando.

— Da água para o vinho. — Ele caminha em minha direção, balançando a cabeça. — É bom ver que você está de volta.

— Como assim? — pergunto.

— Ah, pare de pedir confete, Miller. Que desagradável.

— Não, eu não estava, eu...

Ele me interrompe, levantando a mão para me silenciar.

— O que quer que esteja fazendo, continue assim. — Ele me dá um tapinha firme nas costas e sai da quadra, satisfeito.

O que eu *estou* fazendo?

Estou me odiando a cada minuto de cada dia por magoar a última pessoa no mundo que já quis magoar. Também estou dormindo muito e deixando as aulas ao deus-dará. Estou mentindo para meus pais sobre Eden. E praticamente toda a minha vida está no processo de ir pelo ralo. Mas, caramba, eu consigo jogar basquete. O único lugar onde sei o que devo fazer, e posso fazer bem e deixar as pessoas ao meu redor felizes.

ooo

Vencemos os dois jogos seguintes. Sinceramente, nunca joguei melhor. Como num passe de mágica, fui redimido aos olhos de todos... pelo menos, todos no time. Até mesmo Jon parou de me olhar feio toda vez que me vê. Tudo o que eu precisava fazer era ser perfeito. Fácil.

De algum modo, porém, antes isso era mais satisfatório.

É no que penso quando saio para me encontrar com Dominic no carro dele, depois do jogo fora de casa... no qual esmagamos o time adversário, de um jeito constrangedor.

— Ei, Miller? — ouço o treinador me chamar.

Paro e me viro. Ele está encolhido do lado de fora da entrada com os assistentes, conversando com os treinadores do outro time.

— Sim, treinador? — respondo.

Ele dá um passo em minha direção, se afastando da conversa por um momento a fim de me dedicar atenção extraespecial. Então ele sorri, um raro sorriso genuíno, e baixinho diz algo destinado apenas a meus ouvidos:

— Fico feliz em ver que você finalmente definiu suas prioridades, filho.

Ele está esperando uma resposta, eu sei. Mas estou cagando para o esforço de lhe dar uma, pelo menos não uma que ele aprove, então simplesmente fico parado ali, vendo minha respiração me envolver em uma névoa.

— Vai lá — diz ele. — Descanse um pouco. Você ganhou. Aproveite o Dia de Ação de Graças com sua família.

— Obrigado — balbucio.

EDEN

ESTOU CONGELANDO NO terraço à meia-noite. Só mais um cigarro. Depois disso, prometi a mim mesma que iria para a cama. Puxei uma das espreguiçadeiras até a beira do telhado, onde me encosto no parapeito, deixando o braço pendurado na borda.

Quando inalo a mistura de ar frio e fumaça, pequenas alfinetadas perfuram o interior dos meus pulmões. Quando expiro, a nuvem simplesmente vai embora, se transformando em algum momento de fumaça em respiração. Continuo soprando até sentir os pulmões apertados, contraídos. Os cantos da minha visão escurecem, até que meu corpo começa a queimar e não há mais fôlego para soltar. Por um segundo, penso em forçar um pouco mais, me permitir desmaiar, encontrar algum tipo de paz. Mas meu corpo assume o controle e puxa o ar. Teimoso.

No momento em que apago o cigarro, ouço a porta de um carro se fechar. Então outra. Vozes viajam através do frio, vindas da rua. Véspera do Dia de Ação de Graças, não há muita coisa acontecendo. Eu me inclino para ver melhor. Precisaram estacionar do outro lado da rua, depois da esquina.

Eu o observo daqui de cima. Conheço seu andar, conheço sua voz de cor, mesmo quando não consigo entender as palavras, eu sei. Já se passaram duas semanas e meia. Olhando para ele agora, tudo o que quero fazer é correr escada abaixo para encontrá-lo, pular em seus braços e lhe pedir para me levar para a casa de seus pais no dia seguinte.

Vamos fingir, eu diria. *Vamos dar um tempo deste tempo ridículo*. Eu quero tanto. Mas, mesmo enquanto esse pensamento fugaz me ocorre, uma espécie de paralisia toma conta da metade inferior do meu corpo, me forçando a sentar, a permanecer imóvel. *Espere*, ordena meu corpo. *Fique*. Meu corpo sempre vence.

Está completamente silencioso lá fora quando meu corpo permite que eu me mexa de novo. Quando olho para baixo, o maço de cigarros está esmagado em minha mão.

Como prometi a mim mesma que faria, vou para a cama.

ooo

Saio do quarto de manhã e vejo que Parker deixou uma mala e a bagagem de mão na porta, tudo pronto para a viagem até sua casa. Ela está de pé junto ao liquidificador em seu casaco de inverno, enchendo duas canecas de viagem com a mistura clássica de vitamina de proteína verde para o café, que ela tenta me impingir todas as manhãs, antes de sair para o treino de natação.

— Você vai beber isso — exige ela. — Precisa dos antioxidantes, depois de todo aquele fumo nojento que tem enfiado no organismo.

— Na verdade — começo, mas ela me interrompe.

— Sem discussão!

— O que eu ia dizer é que eu parei. De novo.

— Quando? — pergunta ela, me olhando de soslaio.

— Ontem à noite.

— Bem, já estava na hora. — Ela revira os olhos para mim enquanto fecha a tampa de ambas as canecas de viagem, colocando a minha na geladeira.

— Bom, agora que você não está fazendo tudo para se matar, tenho que te lembrar que o convite para correr comigo ainda está de pé.

— Talvez eu tente, quando a gente voltar. *Talvez* — acrescento, não me sentindo em condições de fazer promessas a ninguém, muito menos a mim mesma.

— Tudo bem, venha aqui — diz ela, e se aproxima de mim em seu casaco gigante. Então me dá um longo abraço. — Dirija com cuidado e se cuide, está bem? — Em seguida, franze o rosto como se cheirasse algo ruim e acrescenta: — Nossa, estou me transformando na minha mãe?

Meus músculos do riso estão fora de prática por negligência, mas conseguem administrar uma leve bufada.

— Tenha um bom voo — digo a ela. — Te vejo daqui a uns dias.

Ela caminha para a porta, mas se vira e meio sorri, meio franze o cenho.

— Querida, me faça um favor e considere tirar essa camiseta, viu?

— Ah. — Olho para o meu corpo; a camiseta cinza está aparecendo sob a gola de meu moletom... não fazia ideia de que era tão óbvio que eu usava a camisa de Josh por baixo da roupa todos os dias. — Tá bom.

— Te amo — cantarola ela, enquanto luta para atravessar a porta com suas bagagens e caneca, conseguindo fechá-la agilmente atrás de si.

Respiro fundo, mas mal tenho a chance de soltar o fôlego novamente quando ouço a voz dele no corredor. Vou até a porta e espio pelo olho mágico. No minúsculo círculo convexo estilo olho de peixe, posso ver suas figuras distorcidas: Josh parado de um lado, Parker do outro.

As vozes soam baixas, abafadas.

— Josh, não sei o que te dizer — fala Parker.

— Pelo menos me diga se ela está bem.

Parker coloca uma das mãos no quadril e leva a outra à boca; imagino que faz o gesto de *xiu*, porque aponta para a porta em seguida. Se ela disse alguma coisa, não consegui escutar.

Josh põe a mão na cabeça. Eu o ouço falar alguma coisa, seguido de:

— ... para dizer a ela que eu sinto muito.

Parker balança a cabeça. Algo murmurado. Então:

— Não faça isso. Não faça.

Josh levanta as mãos e balança a cabeça.

— Mas... — Algo indecifrável.

Parker estende a mão e toca seu braço por um segundo.

— Deixe ela ir até você.

Ele diz alguma coisa curta e assente.

Observo enquanto Parker se afasta. Josh a observa saindo. Depois de alguns instantes, ele se vira em direção à porta e dá um passo à frente. Prendo a respiração enquanto o vejo colocar uma das mãos em cada lateral do batente e olhar para o chão. Meu coração começa a acelerar com a noção de como estaríamos perto se não houvesse uma porta entre nós. Eu o ouço suspirar. Então ele se afasta e esfrega as mãos no rosto, a barba por fazer de volta, quase se transformando em uma barba de verdade agora. Ele olha para a porta mais uma vez, e parte de mim teme que possa perceber, de algum modo, que o estou observando. Se ele bater agora, não tenho certeza de que seria capaz de impedi-lo de entrar. Sinto meus dedos alcançando a maçaneta... para me manter do lado de dentro ou ele do de fora, não sei.

Mas, então, ele se vai.

E eu finalmente expiro.

Levo a vitamina verde para o banheiro comigo e tomo um gole enquanto me preparo para o banho. O frio lambe minha pele enquanto tiro a camiseta do corpo. Eu me sinto mais nua do que de fato estou, como se tivesse acabado de remover uma camada de pele e agora estivesse exposta a contaminantes perigosos do mundo ao redor. Mas deixo a camiseta cair das minhas mãos no cesto de roupa suja. Empilho as outras peças por cima e amasso o mais forte possível.

Quando saio do banho, há uma mensagem da promotora Silverman à minha espera:

> Feliz Dia de Ação de Graças, Eden. Eu queria compartilhar isso imediatamente. Temos um encontro.
>
> Bloqueie sua agenda para a segunda semana de janeiro. Como sempre, avise se tiver alguma pergunta. Obrigada, CeCe

CeCe. Como é estranho ver o nome dela ali. Acho que ir a julgamento permite que passemos a nos tratar pelo primeiro nome. Vi seu nome completo na papelada, Cecelia Silverman, mas jamais imaginei que, na vida real, ela usasse CeCe. Um apelido tão normal, até fofo. Ela é fofa na vida real?, eu me pergunto. Tipo, não uma poderosa estoica de salto alto e terno, com um cabelo cheio de brilho penteado para trás. Ela faz coisas fofas como contar piadas e comer pipoca no cinema, e cantar desafinado no carro? Respondo imediatamente, o corpo ainda pingando, deixando poças no chão do banheiro... não me dei conta de que precisava dessa notícia com tanta urgência até que chegasse.

Ok, obrigada por me atualizar. Feliz Ação de Graças para você também, CeCe.

JOSH

ESTACIONO NA CALÇADA em frente à caixa de correio. Desligo o motor e limpo as mãos na calça jeans. Mesmo fechado dentro do carro, ouço o barulho da porta da frente se abrindo. Saio do carro. Tiro minha bagagem do porta-malas. Atravesso a calçada.

Fico olhando para os pés o tempo todo. Meus pais estão parados ali, na varanda da frente, mas não consigo encará-los. Papai desce a escada para pegar uma das bolsas de minhas mãos, e finalmente encontro seus olhos... estão cheios de todo tipo de preocupação e pergunta.

Tento sorrir, mas não consigo.

Mamãe está no último degrau, erguendo as mãos enquanto vira a cabeça, o início de uma palavra pairando no ar.

— O qu...

O que houve? ou *Onde ela está?*, tenho certeza, virá em seguida, mas ela se detém.

Em silêncio, agradeço a eles por pelo menos me deixarem entrar em casa antes de dizer alguma coisa.

Harley se aproxima correndo, esfrega a cabeça em minhas pernas, ronronando alto. Eles me deixam abaixar para pegá-la no colo, tê-la em meus braços como escudo. E então mamãe finalmente pergunta:

— Bem, não nos deixe nesse suspense. O que está acontecendo?

E então eles ficam ali, esperando uma explicação.

— Nós terminamos — admito, finalmente, depois de todas essas semanas em negação.

— Ah, querido — diz mamãe. — Venha aqui. — Ela me abraça e Harley pula dos meus braços. Papai me dá um tapinha nas costas.

Quando o encaro, ele abre um sorriso triste.

— Sinto muito, amigo.

Eu assinto. *Não tanto quanto eu*, eu diria, se pudesse.

— Tudo bem — começa mamãe. — Entre, tire o casaco. Quer conversar?

Balanço a cabeça.

— Na verdade, não.

— Vocês não terminaram por causa do nosso convite, certo? — pergunta ela, com certeza imaginando que deve ter acabado de acontecer, já que é a primeira vez que me ouvem falar disso.

Solto uma risada enquanto caio no sofá.

— Quem dera.

— Foi por causa do julgamento? — pergunta mamãe, se sentando ao meu lado enquanto coloca a mão no meu joelho.

— Mãe? — Coloco minha mão em cima da sua. — Obrigado, de verdade. Mas não quero falar sobre isso agora.

Ela olha para meu pai, depois para mim.

— Tudo bem, querido.

O timer dispara na cozinha e ela se levanta.

— Precisa de ajuda? — papai pergunta a ela.

— Não, está tudo sob controle. Basicamente só falta o peru terminar de assar. — E então ela faz um gesto nada sutil para meu pai, como se dissesse: *Faça alguma coisa.*

Papai suspira e se senta em sua poltrona, à minha frente.

— Quer assistir um jogo? — pergunta, virando a cabeça para mim em um aceno suave.

— Sim — digo a ele. — Qualquer coisa menos basquete.

Ele ri.

— Fechado. — Ele liga a TV em um jogo de futebol, e nós dois assistimos, sem falar muito, mas é exatamente do que eu precisava. Eu me estico no sofá, e Harley volta para se aninhar em cima do meu peito.

— Alguém estava com saudade — diz meu pai, apontando para a gata. Eu a coço sob o queixo, e o ronronar começa como um motorzinho.

— Joshie, você sabe que estou aqui, certo? Se você quiser conversar.

— Sim — respondo. — Obrigado.

Adormeço, não totalmente inconsciente, mas lembrando da vez que Eden passou a noite ali, quando ainda estávamos no ensino médio. Nem chegamos a subir. Comemos pizza e assistimos TV, então caímos no sono no sofá, depois de conversar até de madrugada. A gente se conhecia havia apenas algumas semanas, mas eu sabia que estava começando a me apaixonar por ela naquela noite. Eu me abri com ela, falei de mim, de minha família, do vício de meu pai. Coisas que jamais tinha contado a ninguém. Porque eu confiava nela. Acreditava que ela entenderia, e ela entendeu. Ela sempre me entendeu.

Abro os olhos e olho para meu pai.

Ele está me observando.

— Pisei na bola feio — digo a ele.

Ele balança a cabeça brevemente.

— Todo mundo pisa.

Assinto em resposta, mas o que realmente quero dizer é: não, todo mundo *não*, eu não — afinal, eu não deveria —, não *tão* feio assim, pelo menos.

Antes que possamos nos aprofundar mais, minha tia e dois primos mais novos, os gêmeos de dez anos Sasha e Shane, chegam, trazendo muito barulho e energia. Uma distração bem-vinda de meus pensamentos sobre como imaginei que seria o Dia de Ação de Graças.

— Josh? — chama minha tia, enquanto me levanto para lhe dar um abraço. — Cadê a sua namorada?

Papai balança a cabeça para tentar chamar sua atenção, passando o dedo na garganta, mas é tarde demais.

— Ah. — Ela coloca a mão sobre a boca. — Desculpe.

— Ela não vem — respondo.

— *Aah* — repete minha tia, dessa vez prolongando a palavra, com um franzir de cenho e uma simpática inclinação de cabeça. — Sinto muito, querido.

Dou de ombros e faço o possível para fingir que não estou arrasado.

— Josh, Josh! — Shane está pulando para cima e para baixo ao meu lado, empurrando uma bola de basquete na minha cara. Aquele familiar odor químico e emborrachado de bola nova inunda meu cérebro com memórias. — Josh, olha. Olha a minha bola de basquete nova. Acabei de ganhar de presente de aniversário.

— Legal — digo a ele.

Sasha passa e murmura:

— Você quer dizer *nosso* aniversário.

Shane revira os olhos para a irmã, soltando um suspiro, e eu dou uma risada. Não costumo achar que perdi alguma coisa por ser filho único, mas vê-los juntos me deixa com dúvidas.

— E o que você ganhou, Sasha? — pergunto.

— Mamãe me comprou um clarinete — anuncia ela, orgulhosa de si mesma.

— Espere aí, você toca clarinete? — indago. Óbvio que ela toca.

— Dãã — diz ela, cheia de atitude. — Há apenas dois anos. Se algum dia você assistisse a um dos concertos da minha escola, você saberia.

— Sasha — interrompe minha tia. — Nossa, dá uma colher de chá. Você sabe que os jogos dele sempre coincidem com as suas apresentações.

— Desculpe, Sash — peço a ela. — E se eu tentar ir no próximo?

Ela dá de ombros e vai para a cozinha. Provavelmente não dá a mínima, mas me sinto péssimo. Nem percebi que isso era mais uma coisa de que o basquete me privava. Nossa família não é grande; não podem simplesmente me deixar faltar aos eventos e depois nem me contar.

Eu me viro para minha tia.

— Ei, eu quero mesmo tentar ir ao próximo show da Sash. Você me avisa quando acontecer?

— Lógico — responde ela, parecendo surpresa. — Se você quiser mesmo... mas, querido, está tudo bem, todos nós sabemos que você é ocupado. Não deixe que essa garotinha faça você se sentir culpado.

— Josh? Josh, Josh — começa Shane novamente. — Quer jogar antes do jantar? — Ele dribla a bola duas vezes e sua mãe o fuzila com o olhar... arregalando os olhos e franzindo os lábios. É o mesmo olhar que minha mãe me dirigiu tantas vezes ao longo da vida.

— Dentro de casa não, seu monstrinho. — Ela aponta para a porta. Então se vira para mim. — Se importa em fazer a vontade dele, querido? Ele literalmente não falou em outra coisa a semana toda — diz, baixinho. — Meu primo Josh isso, meu primo Josh aquilo.

— Lógico — digo a ela calmamente, feliz por ter uma desculpa para sair da casa dos meus pais, onde a ausência de Eden não ocupa tanto espaço. — Vamos, carinha — chamo Shane. — Sasha, quer jogar também? — grito, na direção da cozinha.

— Eu odeio basquete! — ela grita de volta.

Tenho de rir de sua franqueza; ela faz soar como se fosse uma coisa tão fácil de dizer.

— Obrigada — sussurra minha tia.

Acompanho Shane até a entrada da garagem, onde ele corre e pula para encestar a bola na tabela que meu pai prendeu na porta quando eu era ainda mais novo que meu primo.

— Bom arremesso — elogio. — Você pegou um bom impulso naquele salto, hein?

Ele está radiante quando me passa a bola. Nós nos revezamos arremessando e treinando passes e dribles. Dou a ele algumas dicas aqui e ali, que meu primo parece encantado em receber.

— Endireite os ombros — digo, e então mostro o que quero dizer.

— Assim, Josh? — ele fica perguntando.

— Dobre os joelhos um pouco mais, é isso — instruo. — Pés um pouco mais afastados. Cotovelos para dentro. Agora, quando arremessar, você tem que seguir com os dedos.

Quando meu pai aparece com garrafas de água e eu o vejo sorrindo para nós, me dou conta de que eu também estava sorrindo. Passo a bola para Shane e ele a passa para meu pai.

— Tudo bem — diz papai, driblando até a entrada da garagem. — Peguem leve comigo, pessoal. Estou ficando velho. — Mas, então, ele se vira e faz uma finta, passando por nós dois para finalizar com a mais perfeita enterrada, deixando Shane admirado. Talvez eu também, um pouco.

— Velho? — repito. — Quem vê pensa. Você viu isso? — pergunto a Shane.

— Tio Matt, eu não sabia que você conseguia pular tão alto — diz o garoto.

Concordo com a cabeça.

Papai continua jogando conosco, trazendo uma energia a mais à brincadeira, como sempre fazia quando eu era mais novo. Em pouco tempo, percebo que meus pulmões estão doendo de tanto respirar o ar frio e rir, gritar, brincando com os dois. Não tem sido assim entre nós há muito tempo, quase esqueci que *poderia* ser assim. O motivo pelo qual me envolvi com o basquete foi por esse sentimento. A diversão, a conexão que tínhamos. Não sei quando foi que isso acabou.

Levanto a mão para sinalizar que vou tomar um gole d'água. Mamãe sai e fica ao meu lado, coloca o braço no meu ombro.

— Como você está, querido?

Eu assinto.

— Bem.

Ela olha para mim e sorri.

— O jantar está pronto, pessoal — grita ela.

E, quando meu pai passa por mim, ele levanta a mão e lhe dou um high five, então ele me puxa para um abraço rápido e beija minha testa, e o gesto me faz sentir como se tivesse mesmo dez anos outra vez. Shane passa por mim, depois joga a bola por sobre o ombro. Eu a pego e fico ali na calçada, observando eles entrarem, querendo ser capaz de parar o tempo.

ooo

Quando nos sentamos para jantar, meu coração parece mais leve do que já esteve em semanas. Na verdade, meses. Desde aquela noite. Eden estava parcialmente certa naquele momento. Não que eu quisesse largar tudo. Eu não quero... ainda não. Mas, desde então, parece que alguém colocou a mão dentro do meu peito, apertando meu coração, cada vez mais forte, sempre que eu tentava ter qualquer sentimento bom. E agora me pergunto se é assim que ela deve se sentir o tempo todo. Se for, acho que talvez eu entenda agora. Por que se sentir bem, esquecer as coisas ruins, se torna o suficiente para arriscar muito, só para aproveitar a sensação mais um pouco.

EDEN

– VOCÊ EMAGRECEU? — PERGUNTA minha mãe enquanto a ajudo na cozinha, colocando todos os acompanhamentos em tigelas individuais e tentando vasculhar as gavetas em busca de talheres combinando.

Olho para meu corpo rapidamente. Não tenho ideia se emagreci, se engordei, se ainda tenho braços e pernas. Tenho evitado ao máximo me olhar no espelho. Porque, toda vez que o faço, olho para os meus próprios olhos, e acabo pensando *É você, é você, é você*, e quero desaparecer. Desta vez por vontade própria.

— Ah, acho que não — respondo, para que ela não se preocupe.

Ela pergunta sobre Josh, se ele está jantando com a família hoje.

— Hum — murmuro, sem querer mentir, mas também incapaz de dizer a verdade. Meus avós vão chegar logo, e, se eu começar a chorar agora, meus olhos não vão ter tempo de desinchar, não vou ter tempo de parecer normal de novo. Pelo menos é a desculpa que me dou para não contar à mamãe que terminamos.

— Bem, você pelo menos lembrou de perguntar a ele se poderia vir mais tarde, para a sobremesa? — pergunta ela.

— Provavelmente não — digo. — Acho que estão fazendo um jantar grande por lá, então... — Não chega a ser uma mentira.

— Ah, que pena! — Ela suspira. — Bem, pergunte se ele vai ter tempo no fim de semana para dar uma passada aqui.

Eu me tranco no banheiro e me apoio na pia. Tento *não* olhar no espelho enquanto abro o armário para pegar meus remédios. Já havia tomado um comprimido antes, mas acho que não deu conta da conversa sobre Josh. Tomo outro. E então inspiro e conto até cinco, expiro, até cinco... inspiro, expiro, repetidamente. Só saio quando ouço meus avós chegarem. Pelo menos os dois não sabem nada sobre o processo e o julgamento, isso deve facilitar as coisas.

— Oi, vovó — cumprimento, me revezando para dar um abraço em cada um deles. — Ei, vovô.

Minha avó estende meu braço e me examina, de cima a baixo, como se estivesse catalogando tudo de errado comigo.

— Santo Deus, Eden Anne — diz ela, usando meu nome do meio. — Você está péssima.

— Ah. — É tudo o que consigo dizer. Tento rir, mas não consigo fingir que não fiquei magoada com a sinceridade.

Vovô dá de ombros e balança a cabeça.

— Bem, você está adorável como sempre para mim, se minha opinião vale alguma coisa.

— Obrigada — agradeço, com um sorriso forçado.

— Sim, adorável — concorda ela, com um gesto de mão. — Mas, querida, obviamente você não está bem.

Eu pigarreio.

— Acho que é a correria. Não tenho dormido o suficiente.

— Vanessa! — grita vovó. — Olhe para Eden.

— Por favor, não. — Eu me viro para Caelin, que está parado atrás de mim. — Caelin — sugiro, em um murmúrio para ele. — Me dá uma forcinha?

— Ei, vovó. — Ele a abraça, e então nosso avô estende o braço para apertar sua mão em vez de aceitar um abraço. Dou uma olhada na expressão de Caelin, mas ele não parece surpreso; eu me pergunto quando foi que isso mudou. Tipo, que idade Caelin tinha quando vovô decidiu que não parecia aceitável abraçá-lo? Eu não havia notado.

— Ah, meu Deus! — Vovó suspira, puxando o braço de Caelin para que ele fique na sua frente de novo. — E olhe para você. — Ela coloca a mão na bochecha dele. — O que está acontecendo por aqui? Você também está horrível.

Trocamos um olhar e começamos a rir.

— Não, não tem graça — censura ela. — Onde estão seus pais? Se escondendo de mim, presumo.

— Estamos bem aqui, mãe — diz papai, entrando na sala com duas taças de vinho... tinto para o vovô, branco para a vovó. Mamãe vem logo atrás, um sorriso falso estampado no rosto.

Todos nós sentamos à mesa, e minha aparência, assim como a de Caelin, é a prioridade na conversa.

— O que você está dando para eles comerem, Vanessa? — pergunta vovó. — Eles precisam de uma dieta balanceada. Meu Deus, os dois estão simplesmente... — Ela faz uma pausa e estende a mão sobre a mesa em nossa direção. — *Definhando* — conclui.

Não consigo localizar a definição precisa da palavra "definhando" em meu vocabulário no momento, mas faço uma anotação mental para pesquisá-la, porque algo me diz que é a palavra apropriada para descrever nosso estado atual.

— Eu sabia que, de algum jeito, seria minha culpa — argumenta mamãe, baixinho.

— Eu não disse isso — insiste vovó. — Conner, o que *você* está dando para eles comerem? — Agora ela se dirige, incisivamente, a meu pai, sempre a insultadora igualitária.

— Mãe, dá um tempinho — responde, enfim, papai. — Eles são universitários, pelo amor de Deus. Só estão cansados.

Então acho que o julgamento não é o único segredo que escondemos dos dois. A parte sobre Caelin não ter voltado à faculdade para cursar o último semestre jamais deve ter sido discutida em um dos telefonemas semanais de papai para vovó, nas noites de domingo do último ano.

Olho para Caelin e ele suspira.

— Na verdade — ele começa, mas papai lhe lança um olhar severo que o silencia. Caelin balança a cabeça e se serve de uma generosa taça de vinho, toma um grande gole, depois a enche novamente. Ninguém parece notar. Ele a pousa entre nós e inclina a cabeça em minha direção, me dirigindo um ligeiro aceno. Grata, tomo um gole gigante que, também, ninguém parece notar.

Vovô pergunta sobre o trabalho do papai, o que nos tira do foco por enquanto. Mamãe se ocupa em levar os pratos até a cozinha para providenciar mais comida. Belisco meu purê de batata só para não beber de estômago vazio, mas na verdade nada desperta meu apetite, com todas as mentiras preenchendo as lacunas entre nós.

— Ah — diz vovó, erguendo o dedo indicador como se tivesse acabado de se lembrar de algo. — Caelin, estávamos lendo no jornal sobre Kevin Armstrong. Não me diga que é aquele rapazinho que andava sempre por aqui? — pergunta, balançando a cabeça, já incrédula. — Seu colega de quarto?

Caelin limpa a boca no guardanapo antes de responder.

— Na verdade é — responde. — Ele mesmo.

— Ah, meu Deus — exclama vovô. — Pelo que eu soube, ele está mergulhado em problemas.

Caelin acena com a cabeça e toma um gole de vinho.

— Sim, espero que sim.

E então, do nada, papai bate com a mão na mesa. Todos estremecem, os talheres saltam dos pratos.

— Droga — esbraveja ele. — Podemos ter um jantar decente em família pra variar, e não desenterrar todo esse lixo?

Inspiro fundo e prendo a respiração, incapaz de soltá-la.

— Conner! — grita minha mãe.

— O que está acontecendo? — pergunta vovó, olhando ao redor da mesa. — O que foi que eu disse?

Então, de repente, todos estão gritando uns com os outros. Nem sei mais o que estão dizendo ou quem está de que lado de cada questão. Vovó corre os olhos pela mesa, à espera de que alguém lhe conte o que está acontecendo. Eu me levanto e dou a volta na mesa para beijar sua bochecha. Faço o mesmo com vovô. E, então, atravesso a cozinha, pego meu casaco no cabide perto da porta dos fundos, calço os sapatos e saio. O ar frio e úmido da noite invade meus pulmões, e é um alívio tão grande respirar de novo que solto uma risada.

Eu me sento no assento de madeira de nosso antigo balanço e deixo meus pés balançarem embaixo de mim, deixo o corpo balançar para a frente e para trás no vento. Eu me inclino totalmente para trás e olho para as estrelas, observando a névoa branca da minha respiração, contando de novo, dessa vez bem devagar. De um a cinco, inspiro e expiro, repetidamente.

Ouço a porta dos fundos abrir e fechar. Eu me endireito no balanço e vejo meu irmão caminhando em minha direção, com o resto de uma garrafa de vinho.

— Bom, eles já foram — avisa ele, enquanto se senta no balanço ao meu lado, me oferecendo a garrafa.

Balanço a cabeça.

— Obrigada, acho que já bebi bastante.

— Você está bem?

Dou de ombros.

— Mais ou menos.

— Mais ou menos bem?

— Sim — respondo. — E você?

— Bem, tirando essa aparência de merda, também estou bem.

Começo a rir, e ele também.

— Cara — diz ele, tomando um gole da garrafa. — A gente deu outro significado à palavra disfuncional, né?

— Basicamente — concordo. — Aliás, você acabou de me chamar de *cara*?

— Bebi demais. — Ele sacode a cabeça.

— Ei, talvez você devesse, não sei, pegar leve? — pergunto, apontando para a garrafa entre suas mãos. É como se tivéssemos trocado de lugar em algum momento. Agora ele é o ferrado, e eu deveria ser a boa filha, mas acho que ele não percebeu que não terminei de ser a ferrada ainda. Nossos pais devem estar tão orgulhosos!

— Sim, eu sei — admite ele, me dispensando. — Eu vou.

— Quando?

— Quando aquele filho da puta estiver na cadeia — responde ele, e toma outro gole.

— Bem, mas e se isso não acontecer? — pergunto. — E aí?

— Nem diga isso — rebate ele. — Nem jogue pro universo. — Ele balança o braço em direção ao céu, *ao universo*, e derrama o vinho em nós dois. — Desculpe — diz. — Desculpe.

— Não tem problema — asseguro, sacudindo o vinho da manga do casaco.

Ele coloca a garrafa no chão, encostada na perna do balanço, e tira um maço de cigarros do bolso da jaqueta. Acende um e me oferece.

— Tentador — admito. — Mas não, obrigada.

— Ótimo — comenta ele. — Assim é que se faz. — Ele inala, e a ponta vermelha do cigarro brilha na escuridão. Ele se inclina para trás e exala a fumaça para longe de mim. Então segura o cigarro na frente do corpo e o estuda por um momento, antes de jogá-lo na garrafa de vinho, onde chia e sibila. Olha para mim em busca de aprovação, e eu estendo a mão para um soquinho, que ele devolve.

— Ei, aposto que você lamenta que o Josh não tenha comparecido à nossa adorável reunião de família esta noite — ironiza ele, sorrindo. — Ele sabe que nós somos loucos?

— Ah, sim. — Não consigo evitar uma risada. — Ele definitivamente sabe que eu sou louca, pelo menos. Humm, nós terminamos, na verdade — digo em voz alta pela primeira vez.

— Ah, não! — exclama ele, sua voz suavizando com preocupação genuína. — Por quê?

— Acho que a minha loucura deve ser um pouco demais para o coitado. — Tento brincar, mas não tem graça, nem para mim.

— Você precisa que eu chute aquela bunda de novo? — pergunta ele. — Eu faço.

— Não, a culpa é minha. — Olho para baixo e arrasto o pé pelo trecho de terra sob o balanço. — Eu fiz uma coisa muito errada que o magoou de verdade, e... — Dou de ombros e fungo, tentando conter as lágrimas. — Só não sei como seguir em frente, pra ser sincera.

— Sinto muito — lamenta Caelin, mas, felizmente, não me pressiona para saber detalhes sobre o que eu fiz de tão errado.

— Sim, eu também sinto.

Queria descobrir como dizer a Josh o quanto.

ooo

No dia seguinte, estou com Mara em seu carro, comendo tacos de drive-thru. Ela me conta sobre o Dia de Ação de Graças com o pai e a noiva, e que eles encomendaram a refeição.

— Estava tudo muito gostoso — admite ela. — Mas não dei o braço a torcer. Ainda é trapaça apelar para um bufê, mesmo que tenha um gosto melhor do que o peru nojento que minha mãe sempre fazia. Aquela secura significa família. — Ela rasga um sachê de pimenta e o despeja sobre o molho de queijo que estamos prestes a compartilhar, então me faz a pergunta que tenho temido: — Então, como vão as coisas com você?

Conto a ela o que aconteceu com Josh, mas ela me interrompe antes que eu possa chegar à pior parte.

— Ah, meu Deus, Edy, você está me dizendo que está grávida, é por isso que...

— O quê? Não! Deus, não. Tomei a pílula do dia seguinte... Bem, na verdade o Josh comprou pra mim... Espere, foi por isso que eu o quê? — pergunto. — O que você ia dizer?

— Ah. Nada. Você só está parecendo um pouco... — Ela hesita, estreitando os olhos enquanto me observa. — Um pouco abatida. É isso.

— Sim, isso parece ser um consenso.

— Desculpe, continue — encoraja ela, mergulhando um pedaço de tortilha no *queso* e oferecendo-o para mim. — E como foi que isso provocou a separação de vocês?

— Eu sabia que tinha perdido muitos dias, tipo, sabia que era arriscado. Mas deixei ele... sabe, gozar, mesmo assim.

— Ah — murmura ela. — Humm. *Por quê?*

Balanço a cabeça.

— Nem sei mais; simplesmente deixei acontecer. E ele ficou puto. Nunca o vi tão bravo. E depois eu fiquei com raiva de ele estar com raiva, e quando fui ver ele estava dizendo que eu sou uma fodida, e pedindo para darmos um tempo. E eu acabei jogando uma garrafa de água nele. — Faço uma pausa, tentando lembrar se deixei alguma coisa de fora. — Sim, basicamente foi isso que aconteceu.

— Você tacou uma garrafa de água no Josh?

— Eu não acertei.

Ela balança a cabeça, dando a impressão de que pensa nesse detalhe por mais tempo do que parece necessário.

— Mas, espere, ele te chamou de fodida mesmo? Isso não é a cara dele.

— Tá, ele não usou a palavra *fodida*, mas foi o que quis dizer. E ele tinha razão — continuo. — Eu sou uma fodida.

— Edy, não diga isso.

— Não, eu sou. O que eu fiz? Foi fodido... você também pensa assim.

— Tudo bem, mas uma cagada não faz de *você* uma fodida — argumenta ela.

— Eu fico pensando, se eu não tivesse contado para ele e simplesmente tivesse lidado com as coisas sozinha... — Eu me aventuro de volta ao atoleiro em que meus pensamentos mergulharam nas últimas semanas. — Mas acho que a questão não é essa — digo, mais para mim mesma.

— Sim — concorda Mara. — Posso dizer alguma coisa para tentar fazer você se sentir melhor e que, por acaso, também acredito ser verdade?

— Pode.

— Acho que você fez a coisa certa contando pra ele. Acho que, na verdade, você não fodeu com tudo, porque foi honesta. E eu acho que vocês dois conseguem resolver esse problema. — Ela pega minha mão. — Na verdade eu sei que vocês conseguem.

Agradeço com um aperto de mão, mas o gesto só me lembra de que esse era nosso lance... meu e de Josh. Apertos de mão no estilo código Morse.

— Ah — acrescento. — E, lógico, tem a coisa toda do julgamento que vai acontecer em janeiro. Então, basicamente eu tenho um mês para me recompor e me preparar para passar por toda aquela merda mais uma vez.

Ela aperta minhas mãos com ainda mais força.

— Você consegue.

Inspiro profundamente e tento segurar as lágrimas antes que comecem a cair.

— Tudo bem, não posso começar a chorar de novo... estou chorando faz três semanas seguidas. Estou fisicamente impossibilitada de chorar, tenho medo que isso cause danos permanentes ao meu corpo.

Os olhos de Mara se iluminam.

— Ei, isso me deu uma ideia. — Ela embrulha toda a nossa comida e a coloca de volta na sacola junto dos meus pés, então liga o carro... tudo isso com um sorriso travesso no rosto.

— Hum, por que estou com medo agora? — pergunto, enquanto ela põe o carro em movimento.

— Coloque o cinto — ordena ela.

Ela nos leva pelas estradas familiares de nossa pequena cidade até que, vinte minutos depois, estamos parando no estacionamento de um shopping meio abandonado que reconheço vagamente. E, então, vejo o letreiro: À FLOR DA PELE.

— Não — digo a ela.

— Olha — começa Mara. — Eu estava pensando que a gente precisa tentar uma coisa nova que vai te lembrar de como você é durona, e, sério, nada me faz sentir mais durona do que um piercing novo.

Mara os coleciona. Primeiro foi no nariz — eu estava presente na ocasião —, depois na sobrancelha, depois no lábio, depois na língua, depois no umbigo, e quem sabe onde mais.

— Você não queria colocar um piercing na cartilagem, tipo, desde sempre? — pergunta ela, estendendo a mão para tocar minha orelha. — É de muito bom gosto e fofo.

Dou de ombros.

— Sim, eu acho.

— Então? Por que não fazer um agora?

— Não tenho certeza se o meio de uma crise emocional é o melhor momento para me comprometer com uma modificação corporal permanente.

— Ah, por favor! — exclama ela, soltando o cinto de segurança. — Crises emocionais são literalmente o *único* momento pra fazer esse tipo de coisa! E um piercing não é assim tão permanente. Agora uma tatuagem... isso sim é compromisso pra vida inteira. Você só vai fazer um piercing de cartilagem e, se odiar o resultado, pode tirar. Vamos. O Cameron está trabalhando hoje. Ele vai nos atender rápido.

— Ele ainda trabalha aqui?

— Sim. Depois da formatura, ele passou de piercer a aprendiz de tatuador.

Eu a sigo para dentro e reconheço a pequena sala de espera da última vez; de algum modo, agora parece menos sombria, mais limpa. A música que sai dos alto-falantes soa mais suave, tudo mais suave agora do que era antes. Cameron sai dos fundos e parece mesmo feliz em me ver ali com Mara.

— Ei, Eden. Uau, já faz um tempo — cumprimenta ele, cheio de sorrisos.

— A Edy vai fazer um piercing — avisa Mara.

— Na verdade — começo, enquanto olho em volta para todas as obras de arte nas paredes —, eu estava pensando em fazer uma tatuagem. — Porque talvez eu precise de algo permanente, algo drástico. Algo para me trazer de volta à realidade quando ficar perdida em pensamentos.

— O quê? — grita Mara. — Sim!

Cameron me faz sentar com um monte de pastas.

— Aqui, procure ideias nestes portfólios. Vou terminar com o cara lá atrás, depois fazemos seu desenho.

Estudo os fichários, folheando página após página, à espera de que algo me salte aos olhos, enquanto Mara conversa com o cara mais velho tatuado no balcão da recepção, como se fossem velhos amigos... e podem muito bem ser. Perdi muita coisa.

E então viro a página e, no meio de todas aquelas ilustrações florais lindas e elaboradas, eu vejo.

— Achei — grito para Mara.

Ela se aproxima e olha.

— Um dente-de-leão? É doce. Discreto. Muito *você*.

O cara de trás do balcão vem olhar também, parecendo animado por mim.

— Legal — comenta ele. — Onde você vai fazer?

Olho para meus braços e levanto a manga.

— Talvez aqui? — digo, desenhando um círculo com o dedo na parte interna do pulso.

— Sim — concorda ele, com um sorriso. — Vai ficar ótimo.

Mara pula e grita.

— Agora você está me deixando com vontade de fazer uma também. Mas vou esperar. Hoje o dia é seu.

— Não, não é. É... — começo a dizer, mas depois congelo quando vejo quem está saindo da sala dos fundos na direção da recepção, Cameron logo atrás. Vejo que está com a manga da camiseta enrolada, uma tatuagem recente no ombro, coberta com filme plástico, mas ainda consigo identificar. Um número. Seu número no time de basquete. Marcado para sempre no corpo.

É o Cara Atlético. Mais uma vez me assombrando como uma espécie de pesadelo recorrente e não resolvido.

Eu o observo enquanto ele paga Cameron sem nem me notar sentada ali. Ele pode ter me perseguido antes, mas agora é minha vez. De repente estou de pé, seguindo-o até lá fora, os sinos da porta tocando duas vezes em rápida sucessão.

— Ei — chamo a suas costas. — Ei!

Ele se vira.

— Sim?

— Lembra de mim? — pergunto.

Ele começa a balançar a cabeça, mas então vejo algo em seu rosto.

— Ah. Sim, você é... do Caelin... — Mas então faz uma pausa. — Quero dizer, do Josh... — recomeça, mas para.

— *Eu sou do Caelin, sou do Josh* — imito, saboreando a acidez em meu tom. — Eden. Meu nome é Eden.

— Certo, sim — diz ele, olhando ao redor, talvez à procura de Caelin, de Josh... para ver se os dois estão ali para me defender. — Então, e aí?

— Para sua informação, eu lembro do que você fez naquele dia. O dia em que você e o seu amigo queriam me assustar depois da escola. E eu sei que você espalhava mentiras sobre mim também.

— Não sei do que você está falando — diz ele, mas não consegue me encarar.

— Sabe sim.

— O que você quer? — pergunta ele. — Um pedido de desculpas?

Balanço a cabeça e continuo:

— Eu nunca contei ao Josh o que você fez. Mas só quero que você saiba que foi uma parada doentia... patética, na verdade.

— Tudo bem — murmura ele. — Acabou?

Dou de ombros.

— Sim, acabei.

Ele assente e começa a se virar.

— Sabe, eu nem sei seu nome — grito atrás dele.

Ele se vira e abre a boca.

— É Za...

— Não, eu não quero saber — interrompo.

— Tanto faz — murmura ele, depois se vira e acelera o passo até o carro.

Quando volto para dentro, todos estão me observando da vitrine.

Cameron fica me perguntando se estou bem, parando enquanto mergulha a ponta da agulha da máquina de tatuagem em tinta preta. E continuo respondendo que estou bem.

— Dói, mas não da maneira que eu imaginei.

— Garota durona, hein? — diz ele, com admiração.

Eu rio, mas ele me manda ficar quieta.

— Aliás, eu nunca te agradeci — comenta ele.

— Pelo quê?

— Finalmente ter libertado o Steve — responde Cameron, e me encara como se ele quisesse se certificar de que eu sei que se trata de um agradecimento genuíno. — Eu sei que te falei um monte de merda sobre o jeito como você o tratou no começo, mas também não curti o jeito como ele começou a te tratar. Fico feliz que você tenha terminado. Antes que tudo ficasse muito... — Ele não termina, mas acho que sei o que quer dizer: muito volátil, doloroso, destrutivo. — Pra vocês dois, quero dizer.

Apenas aceno em resposta.

Meu relacionamento com Steve parece que aconteceu há muito tempo. Nem sinto que sou aquela pessoa. Na época eu acreditava que não tinha escolha a não ser aceitar qualquer tipo de carinho que me fosse oferecido, mesmo que não fosse o que eu queria ou precisava. Mas talvez só possamos aceitar o amor que achamos que merecemos.

— Eu sei que não digo ou demonstro com muita frequência — acrescenta ele, sem desgrudar os olhos do meu braço enquanto gentilmente limpa a tinta e o sangue da pele. — Mas eu também te considero uma amiga, sabia?

— Obrigada — agradeço. — Por dizer isso. E por ser tão legal com a Mara todos esses anos... ela merece ser amada assim.

Ele sorri, mas não diz nada.

— Que tal? — pergunta, depois de terminar.

Examino meu pulso, meu dente-de-leão particular, pequenas sementes flutuam em direção à palma da mão. São desejos e esperanças. Os meus.

JOSH

É MINHA ÚLTIMA noite em casa e estamos sentados assistindo TV na sala de estar, depois de comer as sobras do jantar de Ação de Graças pela segunda noite consecutiva. Mamãe se levanta abruptamente, olha para o relógio e diz:

— Vou dar um pulo no supermercado. Algum pedido?

— A casa está cheia de comida — salienta papai, gesticulando na direção da cozinha.

— E daí?! Eu quero alguma coisa diferente — retruca ela.

Ele levanta as mãos.

— Ok, ok — diz ele, com suavidade. — Foi só um comentário.

Tenho um flashback repentino de quando tinha doze anos e ouvia minha mamãe dar a papai a mesma desculpa... exceto que ela dizia *nós*. *Nós* íamos ao mercado ou tomar um sorvete. Ou íamos em busca de alguma coisa de que eu precisava para um trabalho da escola de última hora... eu e ela. Só que nunca fomos ao mercado, nem tomar sorvete, nem procurar aquele item que faltava. Ela me levava para uma reunião. Lembro que ela sempre tinha um monte de desculpas prontas para tirar da cartola sempre que precisasse. E, enquanto a observo agora, me pergunto se ainda é assim, porque papai está certo afinal: temos uma tonelada de comida em casa.

— Mãe, posso ir com você? — pergunto, já me levantando do sofá.

Ela franze as sobrancelhas.

— No mercado? Sério? — pergunta.

— Sim — respondo.

Ela balança a cabeça.

— Não seja bobo. Eu já volto. Me mande uma mensagem se lembrar de alguma coisa que queira. Ou qualquer coisa que queira levar para a faculdade.

— Não, mãe, eu quero ir — tento falar com mais firmeza, enquanto me dirijo até a porta e calço meus tênis.

Ela olha para mim, quase irritada, mas então eu assinto, arregalo os olhos e tento lhe dizer secretamente que sei que não vamos ao mercado coisa nenhuma.

— Ah! — exclama ela, enfiando os braços nas mangas do casaco. — Tudo bem. — Ela se aproxima para beijar meu pai e diz: — Volto logo.

Ele olha para ela e depois para mim.

— Bem, agora eu quero ir também — brinca ele.

Minha mãe dá um tapa no braço dele e balança a cabeça.

— Tchau — grita ela por cima do ombro.

Lá fora, ela calça as luvas e olha para mim, mas não diz nada ainda.

Assim que entramos no carro, pergunto:

— Você vai para uma reunião, certo?

— Sim — responde ela. — Quer mesmo ir?

— Sim, tenho pensado nisso ultimamente. Pensado que talvez eu devesse tentar de novo. Se importa se eu te fizer companhia?

Ela balança a cabeça.

— De jeito nenhum.

Paramos no estacionamento de uma igreja e entramos, passando todos os vitrais e bancos, até o porão, até uma sala com uma placa na porta em que se lê AL-ANON REUNIÃO ESTA NOITE 20H.

A sala é pequena e parece que poderia ser o porão de qualquer casa do bairro; não há muito para sinalizar que se trata de uma igreja. Há uma mesa posta com refrescos, donuts com cobertura de açúcar e café. Panfletos sobre Al-Anon, Alateen e AA e NA à disposição. Chegam cada vez mais pessoas, jovens e velhos, e minha mãe conversa com todo mundo, me deixa ficar nos fundos, perto dos donuts. À medida que todos começam a ocupar seu lugar ao redor do círculo, minha mãe gesticula para que eu me aproxime. Pego o lugar vazio ao seu lado.

— Bem — ouço minha mãe dizer perto de mim, mas, quando me viro para encará-la, percebo que não está se dirigindo a mim; está falando com todo mundo. — Já passou um pouco das oito, então por que não vamos em frente e começamos?

Olho ao redor do círculo, tentando descobrir quem é o coordenador, o velho de bengala e barba grisalha ou a mulher de meia-idade com sapatos elegantes, que parece ter acabado de sair de uma reunião de negócios. Ou talvez seja o...

— Bem-vindos, pessoal — começa minha mãe. — Eu me chamo Rosie e meu marido é um viciado. — Minha *mãe* está comandando a reunião. Eu fico parado, admirando enquanto conta nossa história, a história dela, meio que encantado por como ela simplesmente se expõe. — Eu sei que esta época de festividades pode ser difícil para todos nós, não só para nossos entes queridos. Eu com certeza me preocupo muito mais nesta época do ano — continua e, finalmente, ela passa a palavra. — Quem gostaria de compartilhar?

Eu apenas ouço.

O homem barbudo cuja esposa é alcoólatra. A senhora com os sapatos chiques cuja filha adolescente está tendo uma recaída agora. A garota que provavelmente não é muito mais velha que eu falando sobre o noivo. O homem cujo irmão vai sair da reabilitação esta semana. Quando há uma pausa na conversa, minha mãe pergunta se mais alguém gostaria de compartilhar e olha para mim.

— Eu me chamo Josh. Meu pai é... é um alcoólatra, um viciado — digo, achando tão difícil pronunciar as palavras. — Esta é minha primeira vez em uma reunião desde que era criança. Hoje eu vim só observar... ouvir, quero dizer, se estiver tudo bem.

— Tudo bem — diz mamãe, e cabeças assentem ao redor do círculo. — Muitas vezes só o fato de saber que existem outras pessoas por aí com quem podemos nos identificar já ajuda.

Mais um participante da reunião se apresenta... um homem de meia-idade que poderia ser qualquer pessoa com quem cruzei na rua.

— Estou lutando — começa ele, juntando as mãos na frente do corpo. — Eu me esforço tanto para abandonar a compulsão de querer controlar tudo o que ela faz. — Não tenho certeza se *ela* seria a sua esposa, filha ou outra pessoa, mas não importa, porque eu o vejo se dobrar sobre o colo e começar a chorar. — Mas é tão difícil confiar nela... caramba, a quem estou enganando? É difícil confiar em qualquer um — conclui ele. Ao redor do círculo, cabeças acenam em compreensão, e percebo que estou concordando com elas. A garota mais nova com o noivo se levanta, pega a caixa de lenços na mesa de refrescos e a entrega ao homem.

A reunião termina com a Oração da Serenidade, e a mulher ao meu lado agarra minha mão, segurando com força. Minha mãe pega minha outra mão e, embora menor que a minha, parece tão forte, sólida.

— Estou orgulhosa de você — diz ela, olhando para mim no carro, enquanto voltamos para casa.

— Eu não fiz nada. Mas você foi ótima, mãe — elogio. — Há quanto tempo você faz isso... dirige as reuniões, quero dizer?

— Um tempo. — Ela encolhe os ombros, depois sorri e estende a mão para bagunçar meu cabelo. — Então o que achou? Pretende voltar...? Tenho certeza de que você consegue encontrar uma reunião perto do campus com bastante facilidade.

Eu assinto.

— Sim, acho que consigo.

— Seria bom para você, com tudo o que tem acontecido — argumenta ela. — Estou sempre aqui, você sabe, mas nem sempre é da sua mãe que você precisa.

Não tenho certeza do que ela quer dizer, não tenho certeza se está falando sobre papai ou Eden, a faculdade ou o quê, mas aproveito a deixa para fazer a pergunta que temia pronunciar em voz alta:

— Ele parece diferente desta vez, né?

Ela espera parar no sinal vermelho antes de me encarar.

— Ele ficou muito abalado quando você não voltou para casa nas férias de inverno, ano passado. Isso o magoou.

— Sinto muito — começo. — Eu não queria...

— Não, pare — interrompe mamãe. — Essa é a questão, você se posicionou... nunca tinha feito isso antes.

— Ah — murmuro.

— Isso não só o magoou como também o assustou. Ele percebeu que poderia te perder. É o que tem de diferente dessa vez. Pelo menos pelo que eu posso dizer.

— Você o confrontou muitas vezes — aponto.

— Bem, é diferente. Ele sabe que eu não vou a lugar algum. Nós estamos juntos nisso tudo. Na saúde e na doença, certo? Eu prometi e, que se dane, parece que estou cumprindo. Mas você? — Ela cutuca meu braço. — Você não fez promessa nenhuma. Acho que ele finalmente entendeu.

— Você se arrepende? — pergunto a ela, embora não tenha certeza se estou pronto para a resposta. — De cumprir sua promessa, quero dizer.

— Não — responde ela. — Especialmente nos últimos tempos.

ooo

Quando chegamos em casa, munidos de algumas sacolas de compras aleatórias para reforçar nosso álibi, papai está do lado de fora, na entrada da garagem, iluminado pelas luzes ativadas por sensores de movimento na lateral da garagem. Está quicando lentamente uma de minhas antigas bolas de basquete, que eu não via desde o ensino médio, e, quando nos percebe parando na calçada, joga o cigarro no chão e o apaga depressa com o pé.

— Ele acha mesmo que eu não sei que anda fumando? — pergunta mamãe, balançando a cabeça enquanto solta o cinto e começa a sair do carro.

Estico o braço para o banco de trás a fim de pegar as sacolas, mas mamãe aparece na porta atrás de mim e toca meu braço.

— Eu cuido disso — avisa ela. — Por que você não fica com seu pai um tempo, hein?

— Sim — concordo. — Tudo bem.

Papai começa a caminhar pela calçada em nossa direção, com a bola apoiada entre o braço e o quadril.

— Eu já ia registrar o seu desaparecimento na delegacia — brinca ele.

— O vínculo mãe-filho não conhece restrições de tempo — diz mamãe, sempre rápida, de um jeito diferente de papai.

— Precisa de ajuda com isso? — oferece ele.

— Não, está tranquilo — diz mamãe, correndo pela calçada, parando por apenas um segundo enquanto papai lhe dá um beijo na bochecha. — Não fiquem aqui fora até tarde, rapazes — grita ela por cima do ombro. — E, Joshua, não pegue muito leve com ele.

Fico para trás. Sem saber bem o que dizer, levanto as mãos. Ele me passa a bola. Eu devolvo. Ele tenta arremessar, mas eu o bloqueio. Em vez disso, encesto.

Ele bate palmas e espera o passe.

Tenta passar por mim, mas eu o bloqueio novamente.

E de novo. E de novo.

— Uau, tudo bem — diz papai, rindo. — Você não vai dar moleza para o seu velho, não é?

— Não.

— Ótimo — rebate ele, e acho que nós dois sabemos que não estamos mais conversando sobre basquete.

Giro e golpeio, avanço, fico um passo à frente, faço a cesta. De novo e de novo. Eu o estou cansando, dá para ver, mas não paro. Não até que papai esteja parado no meio da garagem, mãos nos quadris, ofegante, sorrindo um pouco enquanto pede arrego.

— Tudo bem, tudo bem. — Ele faz um T com as mãos e balança a cabeça. — Tempo, ok? Tempo.

— Desistiu? — grito para ele.

— Você me pegou. — Ele expira com força, então se inclina com as mãos nos joelhos por um segundo, antes de ficar de pé novamente. — Você me pegou, Joshie.

Vamos nos sentar nos degraus do alpendre, onde mamãe conseguiu, furtivamente, deixar duas garrafas de água para nós. Ele abre a primeira e a entrega para mim, depois pega a segunda. Ficamos sentados, lado a lado, bebendo longos goles, ambos ainda recuperando o fôlego.

— Josh, você sabe o quanto estou orgulhoso de você? — declara ele, do nada.

— Por causa do basquete.

— Bem, não — responde ele. — Estou orgulhoso de você, independentemente do basquete.

— Está?

— Como você pode me perguntar isso? — argumenta ele, deixando escapar um breve sopro de ar. — Lógico. Lógico que estou. O basquete é só um jogo.

Concordo com a cabeça, deixando suas palavras assentarem, tentando descobrir por que isso não me parece verdade. É um jogo, sim. Um jogo que passei a odiar. Um jogo que tirou muito de mim, mas de que não consigo desistir, mesmo sabendo que é só um jogo.

— Mas não é. Não é só um jogo pra mim — eu me ouço dizer a ele. — Era tudo o que eu tinha.

— O que você quer dizer? — Ele balança a cabeça, semicerra os olhos, sem compreender. — Não diga isso. Você tem tanta coisa a seu favor.

— Não, quero dizer que eu me agarrei ao basquete. Quando você não estava lá. Quando você não estava disponível.

— Quando eu estava usando, você quer dizer? — pondera ele.

— Sim.

— Josh, eu... — Ele tenta falar, mas ainda não terminei.

— Eu me agarrei ao basquete por tanto tempo, mesmo quando não era saudável, mesmo odiando como jogar me fazia sentir, mesmo agora, que me odeio por fazer parte daquele time. — Preciso parar e tomar fôlego, dar a meu cérebro uma chance de acompanhar minhas palavras. — Essa porra de jogo sequestrou minha vida... e eu odeio isso. Deus, nem sei mais o que estou fazendo!

— Josh. — Meu pai tenta mais uma vez. — Ninguém está forçando você a continuar se não for...

— Não, *você* está!

— Eu? Eu nunca...

— Sim, pai. Fui forçado a continuar porque não confiava que você estaria presente para me apoiar. Mas isto? — Pego a bola que está entre meus pés. — Esta coisa que é só um jogo... talvez seja só um jogo, mas está sempre lá. Tem sido uma constante, quando você que deveria ter sido minha constância.

Ele está cobrindo a boca enquanto me observa, realmente me ouvindo.

— Eu... eu estou uma bagunça. Estou destruindo minha vida por causa de tudo isso — continuo, e já sinto lágrimas quentes no rosto, mas não me importo. — Sabia que *eu* terminei com a Eden? Fui eu. Eu terminei com ela, mesmo a amando tanto, porque pensei que não podia confiar nela. Mas é você, é em você que não confio.

Ele balança a cabeça e eu vejo as lágrimas em seus olhos, ouço a pura tristeza em sua voz quando diz:

— Eu nunca... — Mas ele para e solta um soluço de partir o coração. — Nunca soube que você se sentia assim. — Ele engasga. — Sobre nada disso, juro, eu não sabia. Pensei... — Ele hesita. — Você tinha sua mãe, e ela é tão maravilhosa, tão *boa* — diz ele, a voz trêmula na última palavra, enquanto enfia os dedos no centro do peito. — Tão melhor que eu. Eu só pensei...

— Mamãe é maravilhosa. Sim, ela é uma boa pessoa. Ela é uma mãe incrível, mas eu também preciso do meu pai. Não acredito que preciso explicar isso pra *você*.

Ele pega a bola de minhas mãos e a solta, deixando-a rolar pelos degraus até a grama, em seguida me puxa com os dois braços, apenas me abraçando, nós dois nos abraçamos.

— Obrigado — agradece ele, quando nos separamos. — Obrigado por confiar o bastante para me contar tudo. Eu aguento, juro. Estou aqui, certo? Não vou a lugar nenhum desta vez.

— Certo — concordo.

— Certo — repete ele.

Nós nos levantamos, e, quando nos dirigimos para a porta, sinto como se um peso — um peso físico — tivesse sido tirado de cima de mim. O peso que venho carregando no peito por tanto tempo... se foi.

— Pai, espere — digo. — Tenho orgulho de você também, você sabe disso, né?

ooo

Quando volto para a universidade, no domingo à noite, mando um e-mail para o treinador, avisando que vou faltar ao treino no dia seguinte. Explico a ele que tenho um assunto pessoal para resolver, embora conheça sua política de proibir uma vida pessoal.

Estou esperando do lado de fora do escritório de meu orientador, logo no início da manhã... chego antes mesmo de os assistentes do departamento aparecerem. Porque finalmente tenho minhas prioridades definidas.

EDEN

NA SEGUNDA-FEIRA DEPOIS da aula, entro no café e compro dois sacos de belos grãos torrados com meu desconto de funcionária. Em seguida, me dirijo até os fundos para encontrar o Capitão Babaca em sua mesa.

— Preciso me demitir — comunico a ele.

Ele olha para mim com uma expressão impassível, como se eu devesse me sentir culpada por irritá-lo.

— Presumo que você também não esteja avisando com duas semanas de antecedência; está simplesmente indo embora.

— Sim — digo a ele.

— Bem. — Ele inspira, tira a caneta de trás da orelha e a joga na mesa, então diz: — Não sei como vamos nos virar sem você. Você era um grande trunfo.

A resposta me ocorre de imediato, e me contenho por um momento, mas então decido, por que não? Ele não tem importância nenhuma. Não há nada que possa fazer comigo. Sorrio docemente e digo a ele:

— E você era um grande babaca.

Fico parada ali por apenas um segundo, só para vê-lo ficar de queixo caído. Depois, coloco meu avental limpo e dobrado em sua mesa e vou embora.

— Não espere uma carta de referência! — grita ele, atrás de mim.

Evito contato visual com Perry ao sair, porque ele também não tem importância.

ooo

Mantenho a sessão seguinte com minha terapeuta, e ela até ri quando conto minha história da demissão antes de salientar, mais séria, por que isso é um sinal de progresso.

Frequento todas as aulas nas últimas duas semanas do semestre, e não visto a camiseta de Josh novamente, mesmo depois de lavá-la. Tenho certeza de que também é, de algum modo, um progresso, mesmo que não pareça. Deixo Parker me arrastar para uma corrida algumas vezes, e ela tenta não rir demais quando não consigo aguentar mais de trinta segundos sem uma pausa.

Mas fico cada vez melhor, em especial quando me dou conta de que a respiração não é tão diferente de quando eu tocava clarinete. O uso do diafragma, inspirar fundo até encher a parte inferior dos pulmões... de alguma maneira, lembro da técnica com facilidade.

Temos uma semana entre o último dia de aula e o primeiro dia das provas finais. Nossa única obrigação, além do treino de natação para Parker e o estágio na biblioteca para mim, é estudar para os exames.

Parker é a razão de eu saber o que fazer. Por causa dela, não estou perdida na tarefa esmagadora de tentar descobrir como estudar. Tudo parecia assustador e me deixava à beira de vários ataques de pânico, até que ela me iniciou em seu ritual da maratona de estudos. Ela me traz vitamina de manhã e pedimos comida para Kim McCrorey toda noite. Faço uma jarra de café de torra intensa para compartilharmos à tarde, enquanto acampamos na sala de estar com nossos livros, anotações e notebooks. Ficamos acordadas até meia-noite todos os dias, e levanto às sete para correr.

É bom usar o cérebro para alguma coisa além de me preocupar e me odiar. E é bom tratar bem meu corpo para variar. Por muito tempo, tive a impressão de que meu corpo só parecia bem quando Josh o fazia parecer assim. Mas agora é diferente. Sou eu a responsável por essa sensação. Trabalhando meus músculos, ficando mais forte, alimentando meu corpo, na verdade, finalmente cuidando de mim mesma.

ooo

Corro sozinha no domingo, antes do início das provas, porque me sinto tão tomada por essa nova energia que Parker me mandou sumir e deixá-la em paz para que ela pudesse tirar uma soneca. Então corro ao redor do quarteirão primeiro, depois retorno, e só depois de passar mais uma vez pela gelateria é que, enfim, sinto que está esfriando com o pôr do sol, meus dedos das mãos e dos pés começando a ficar dormentes. Preciso de alguma coisa para me aquecer antes de voltar para casa. Há um cartaz escrito à mão em que se lê ESTAMOS CONTRATANDO, perto da caixa registradora dessa vez. Chelsea sai de sua cadeira atrás do balcão, onde tem um livro aberto diante de si.

— Meu nome é Chelsea — diz ela, com aquela voz monótona e entediada da última vez. — Vou ser sua barista hoje.

— Ah, oi — cumprimento, feliz em vê-la, mesmo sem motivo. — Já vim aqui uma vez antes, quando você estava trabalhando. Provavelmente não se lembra de mim.

Ela me encara.

— Você está estudando? — pergunto a ela, apontando para o livro aberto.

— Sim, bem, o dia todo foi fraco. Acho que ninguém quer gelato quando — seu olhar se desvia para a garoa que golpeia a janela — está *gelado* lá fora.

Eu rio, ela não.

— Então? — diz ela.

— Ah, sim. Pode me dar um chocolate quente pra viagem? — pergunto.

Ela começa a preparar minha bebida e ajeita os óculos no nariz. Enquanto fico parada ali, dou uma olhada atrás do balcão, me perguntando se aquele seria um lugar seguro para trabalhar, se eu seria capaz de me imaginar servindo gelato e café ali. Mas, então, vejo algo familiar ao lado do assento de Chelsea. Ela volta e fecha a tampa do copo, desliza-o pelo balcão em minha direção e diz:

— Pronto. Um chocolate quente. Pra viagem.

— Ei, posso perguntar que instrumento você toca? — Gesticulo para o estojo... um que parece muito mais desgastado que o meu, coberto com adesivos, arranhões e marcas de uso. Um estojo que já viajou mais pelo mundo que o meu.

Ela olha para o próprio estojo também e, quando volta a me encarar, está sorrindo de verdade.

— Sax — responde. — Bem, e piano e violão. Você toca?

— Ah, não... Eu *tocava* clarinete no ensino médio, mas não mais.

— Que pena, na verdade estamos precisando de um clarinetista.

— Tipo, para uma orquestra ou algo assim? — pergunto, intrigada com a estranha agitação em minha voz.

— Bem, não é tão formal. Quero dizer, eu *estou* na orquestra da universidade... graduanda em música... primeiro ano — acrescenta ela, com um dar de ombros. — Mas tem outro grupo que é aberto para todos os alunos. É a banda do campus de Tuck Hill.

— Ah! — exclamo, sentindo meu corpo se aproximar, curioso.

— Já ouviu falar?

— Não, não conheço.

— Bem, é uma espécie de companhia. Mas qualquer um pode fazer o teste. Na verdade a gente não se apresenta oficialmente; só fazemos concertos em eventos no campus. Acho que tem mais a ver com se divertir. — Ela olha ao redor rapidamente, como se pega de surpresa pela própria tagarelice. — É legal. Nós ensaiamos uma vez por semana. Pouca pressão... sem pressão, na verdade... em comparação com todo o resto, quero dizer.

Sinto a cabeça assentir, porque sei exatamente o que ela... essa colega de primeiro ano... quer dizer quando fala em pressão. É diferente do ensino médio. Tudo é diferente ali. É quando percebo que a pressão, aquela diferença, é algo que não fui capaz de discutir com ninguém — nem com Josh, Parker ou Dominic —, porque todos já deixaram o ineditismo para trás. Mas eu não. Eu estou *no olho* do furacão. Neste momento, estou bem no meio disso.

— Está interessada, ou...?

Ela deixa a pergunta no ar.

— Eu? — confirmo. — Sério?

— Estou sempre falando sério — responde Chelsea, monótona, mas depois vislumbro um breve sorriso. Essa garota é meio estranha, mas eu meio que gosto do jeito dela.

— Ah, Deus, não sei, estou muito enferrujada. Não tiro o clarinete do estojo há... — Eu me contenho, porque estava prestes a dizer anos, mas não é verdade. Eu quase tinha esquecido de meu clarinete à espera na prateleira de cima do armário. — Mas eu toquei por uns seis anos antes de parar — acrescento, me perguntando a quem estou tentando convencer do meu valor, a mim ou Chelsea.

— Seis anos não é nada — argumenta ela. — Enferrujada serve. A gente não é uma sinfônica nem nada.

— Humm, tudo bem.

— Posso mandar uma mensagem pra você antes do próximo ensaio, se quiser dar uma conferida. Mas só vai rolar depois da semana de provas. Você vai ficar por aqui nas férias de inverno?

— Sim. — Eu me ouço dizer, tomando a decisão na hora, de que não quero ir para casa nas férias de inverno. — Vou ficar por aqui.

Ela me entrega o celular para eu digitar meu número.

— Tudo bem — diz ela, olhando minhas informações de contato e acrescentando —, Eden.

ooo

Caminho para casa bebericando meu chocolate quente e me dou conta de que esqueci completamente de pedir um formulário de emprego. Mas me sinto feliz mesmo assim. A neve começa a cair, reluzente conforme se acumula no chão e gruda em meu cabelo e roupa.

Uma orquestra informal, não para ganhar nota ou créditos. Sorrio para mim mesma enquanto atravesso a rua, me lembrando da sensação de estar em uma barulhenta sala de música, da parte no final de cada ensaio, quando todo mundo simplesmente se soltava e aquecia seus instrumentos ao mesmo tempo, sem nenhuma melodia, música ou ritmo específico... apenas uma cacofonia de sons concomitantes... por diversão.

Quando atravesso a porta, ele está parado perto das caixas de correio. Parece ter decidido deixar a barba crescer de vez. E está vestindo a camisa xadrez de flanela verde, que uma vez me deixou usar quando passei a noite em sua casa, e tudo no que consigo pensar é em como essa camisa era macia e quente.

— Oi — diz ele, parecendo surpreso por dar de cara comigo pela primeira vez em um mês.

— Oi — consigo responder.

Ele investiga os meus olhos, e tenho certeza de que estou investigando os dele, em busca de alguma pista do que devemos fazer. Mas sou incapaz de desviar o olhar, incapaz de falar, incapaz de me mover.

— Humm — balbucia ele. — Você... parece…

— Gelada? — sugiro.

Josh sorri, e é tão lindo que não posso deixar de sorrir em resposta. Ele molha os lábios e engole em seco enquanto se aproxima de mim. Faz menção de segurar minha mão, e eu permito.

— Estou com saudade — confessa ele, baixinho.

Assinto e aperto sua mão uma vez, antes de me forçar a largá-la e a recuar um passo.

— Eu também — digo a ele, porque é verdade. — Mas não estou pronta.

— Tudo bem. — Então fica parado ali, segurando a correspondência junto ao peito, enquanto subo a escada.

JOSH

EU TINHA TANTO a dizer; estava reunindo todos os detalhes que precisava contar a Eden. Tanta coisa aconteceu no mês que passamos separados. Eu queria confidenciar a ela que saí do time. Que me dividi entre reuniões com meu orientador e a dra. Gupta por semanas, montando um plano de mudança do meu curso para psicologia. Acho que ela ficaria feliz de verdade por mim. Eu contaria a ela que consegui ajuda financeira da faculdade para juntar um monte de bolsas de estudo e subsídios menores — e até mesmo um empréstimo —, para substituir a estúpida bolsa de basquete que me manteve refém todo esse tempo.

Queria contar a ela que tenho ido a reuniões, falado, ouvido e feito muitas reflexões. E que estranho é ter tanto tempo disponível, de repente, sem que o basquete o tire de mim. Que tudo o que eu queria fazer agora era aproveitar esse tempo com ela, mesmo que só como amigos... eu gostaria de ter pensado em pelo menos confessar isso a ela. *Sinto sua falta*, deveria ter dito, *não só como minha namorada, mas como minha amiga também... minha melhor amiga.* Porque tenho certeza de que é o que Eden é.

Mas ela não está pronta.

Tudo bem.

Eu meio que esperava que ela simplesmente continuasse andando, sem me notar. O fato de ela ter falado comigo para me dizer que não estava pronta é mais do que eu podia sonhar.

Quando volto para o apartamento, Dominic está sentado à mesa, curvado sobre um de seus livros, e, quando olha para mim, parece surpreso.

— Que foi que aconteceu com você?

— Como assim?

— Você desceu uma pessoa e voltou outra. Tipo o oposto de sair e levar um soco na cara.

— Ela conversou comigo — respondo.

— O que ela disse?

— Que não queria falar comigo.

Ele semicerra os olhos e mantém a mão no ar, oscilando entre um polegar para cima e um polegar para baixo.

— Então... foi uma coisa boa? — pergunta ele, incerto.

— Sim, porque pelo menos ela falou comigo — repito.

— Os héteros são diferentes mesmo, né? — argumenta ele, mais para si. — Ah, falando nisso... se importa se o Luke vier passar o fim de semana, depois das finais?

— Não, por mim tudo bem — digo a ele. — Então, o lance está ficando sério?

Ele fecha o livro e olha para mim, tentando não sorrir. Mas então assente devagar.

— Muito sério. Ele vai mudar pra cá. Acabou de descobrir que pode pedir transferência no próximo semestre.

— Que incrível. Estou feliz por você, cara.

— Obrigado, significa muito pra mim. — Ele faz uma pausa. — E, brincadeiras à parte, estou feliz que ela tenha falado com você.

ooo

A semana de provas passa como um borrão cafeinado, como sempre. Mas no sábado rola uma confraternização no terraço para comemorar o fim do semestre. Com a quantidade de estudantes morando no prédio, parecia quase óbvio que alguém iria dar uma festa.

Subo antes de Dominic e Luke... queria dar aos dois alguma privacidade. Parte de mim está se perguntando se ela vai aparecer. Aquele tipo de programa sempre era um tiro no escuro com Eden. Estou conversando com uma garota da minha turma de introdução à psicologia forense do semestre anterior — ela não mora no prédio, mas uma das amigas de suas colegas de quarto mora, pelo que entendi — quando vejo Luke e Eden papeando em um canto do terraço. Dominic e Parker também já chegaram. A garota da minha turma sai em busca de sua colega de quarto. Eu me posto perto da panela elétrica de cidra quente, porque parece ser o melhor lugar para me tornar disponível caso Eden queira falar comigo e o melhor lugar para me tornar facilmente evitável, caso não.

— Ei. — Eu me viro e vejo Parker parada ali. Ela me dá um abraço espontâneo, o que acho estranhamente reconfortante de sua parte. — Já faz um tempo que a gente não passa um tempo junto — comenta ela.

— Sim — concordo. — Como você está?

— Bem. Foi um semestre estranho, mas acho que estou me apegando a esse novo papel de colega de quarto barra amiga que você me impôs quando trouxe a Eden pra minha vida.

— Ótimo — digo a ela. — Pelo menos eu acho. — Ela me encara por mais tempo do que julgo confortável. — O quê? — finalmente pergunto.

— Eu só estava esperando pra ver quanto tempo você ia demorar pra começar a me espremer querendo informações sobre ela.

— Eu não estava...

— Não, eu sei — interrompe ela, sorrindo. — É um progresso. — Ela olha para trás e meio que levanta o queixo na direção de algo. Quando olho por cima do ombro, vejo que Eden está parada ali. E, quando me viro, Parker se foi.

— Ficou de fiscal de cidra? — pergunta ela, com uma risada.

— Humm, acho que sim — respondo. — Quer um pouco?

Ela assente, e sirvo uma concha cheia em uma das canecas descombinadas em cima da mesa.

— Obrigada — agradece ela, enquanto aninha a caneca entre as mãos e a leva ao nariz para sentir o aroma.

— Posso ir embora se você quiser — ofereço.

— Não, não faça isso — diz ela. — Não podemos continuar nos evitando pra sempre.

Ela se afasta alguns passos e depois olha para mim, como se esperasse que eu a seguisse, então é o que faço.

— Nunca te evitei. — Sou rápido em dizer a ela.

— Certo. — Ela assente. — Ok, então *eu* não posso continuar te evitando.

Ela nos leva até a namoradeira de vime com as almofadas achatadas, onde já nos sentamos tantas outras vezes juntos. Só que agora não é com ela no meu colo ou comigo apoiado no seu ombro. Nós simplesmente nos sentamos lado a lado, como duas pessoas normais, e nos encaramos.

— Gostei da barba — comenta Eden. E acrescenta: — Não é uma barba por fazer dessa vez, aliás.

Solto uma risada... Deus, como é bom rir com ela.

— Então, e as novidades? — pergunta ela. — Além da barba de verdade, e não uma de três dias.

— Eu saí do time — conto a ela.

— Ah, meu Deus, Josh. Puxa, isso é uma coisa grande. — Ela sorri para mim como se realmente soubesse quão grande esse passo é para mim. — Eu sabia que você iria conseguir.

— O quê, ser o cara que desiste? — brinco.

Ela empurra meu braço um pouco, e é a melhor sensação do mundo. Então olha para longe por um momento, e sorri novamente, mais suave agora, depois diz:

— Meio que lembro que um jovem sábio me disse uma vez que só porque você é bom em uma coisa não significa que aquilo traz felicidade.

Olho para minha caneca... esse foi um dos segredos que lhe contei naquela noite, em minha casa, com ela deitada no meu sofá, quando passamos a madrugada conversando.

— Não acredito que você lembra.

— Por que não lembraria? Eu lembro de tudo o que você me diz.

Meu coração, voando alto, de repente cai no chão com um baque.

— Me desculpe pelo que eu te disse, Eden.

— Ah — suspira ela. — Não, eu não quis dizer... Porra, desculpe, eu não estava falando sobre a briga. Sério, eu só estava dizendo... eu sei que o basquete estava te estressando fazia muito tempo. Eu não estava tentando... não precisamos discutir o nosso rompimento agora.

— Ok. Mas podemos, se você quiser. Quando você quiser, nós podemos.

Ela me olha do jeito como sempre me olha, daquele jeito supersério que faz meu coração bater na garganta.

— Quero dizer, eu acho que podemos. Se você quiser? — pergunta ela, insegura, enquanto olha ao redor.

— Sim, eu gostaria — digo a ela. — Bastante.

Ela inspira profundamente e me olha nos olhos.

— Bem, eu finalmente entendi por que você ficou tão bravo comigo — começa Eden.

— Não temos que fazer isso aqui — digo. — A gente podia descer.

Ela ri, minha risada favorita: aquela risada espontânea, rápida e semialta, sempre sincera.

— Vamos ficar por aqui, tá bom? Algo me diz que ir pra sua casa talvez não seja a melhor ideia.

— Espere, você sabe que não foi o que eu quis dizer, né?

— Eu sei, mas vamos lá, Josh. Afinal, somos *nós*.

Agora eu rio, mas, na minha cabeça, estou repetindo essa palavra — nós — de novo e de novo. Nós. Ainda há um nós para ela.

— Ok. Bom argumento. Você estava dizendo...?

Ela inspira profundamente e começa de novo:

— Só quero que você saiba que eu entendo agora. Por que você ficou com tanta raiva. Eu sei que às vezes eu não me respeito muito e, de algum jeito, naquela noite, acabei não respeitando você também, e eu nunca quis que isso acontecesse. Eu nunca quis te magoar... não quero te machucar, nunca mais. — Ela faz uma pausa e estende a mão para acariciar meu rosto. — Eu sinto muito de verdade.

Pego sua mão na minha.

— Obrigado por compreender. Você sempre me entende. É o seu superpoder — digo a ela, e ela olha para nossas mãos, aquele sorriso tímido. — Acho que eu entendo também, um pouco melhor pelo menos, por que as coisas aconteceram daquele jeito. E nunca tive a intenção de te magoar com o que eu te falei naquela noite.

— É você — diz ela, me encarando.

— O quê?

— Foi o que você disse. *É você.* Isso... toda essa situação caótica... *sou* eu.

Deus, parece ainda pior quando ela coloca assim.

— Foi o que eu disse, mas você precisa saber que não é verdade. Quero dizer, eu não acreditei nem enquanto pronunciava as palavras, muito menos agora. Juro pra você, nunca pensei assim. Jamais pensaria isso de você. Nunca. Eu preciso que você saiba.

Eden olha para nossas mãos novamente, e estou vendo que começou a ofegar, inspirando pelo nariz. Então ela pousa a caneca no chão, e começo a ficar com medo de que ela vá embora, mas então Eden pega minha caneca também e a coloca ao lado da sua. Ela põe os braços em volta de mim, e sinto seu corpo trêmulo, a cabeça debaixo de meu queixo. E eu apenas a abraço, tudo ao nosso redor desaparecendo.

— Obrigada. — Ela finalmente diz, enquanto se afasta de mim. Seu cabelo enrosca na minha barba, e eu o ajeito de volta atrás da orelha. — Acho que eu nem sabia o quanto precisava ouvir isso.

Ela leva as mãos ao rosto para enxugar os olhos, e vejo alguma coisa em seu braço, aparecendo por baixo da jaqueta. Ela levanta a mão novamente para passar os dedos pelo cabelo, e tenho certeza de que vejo algo.

— O que é isso? — pergunto a ela, enquanto pego sua mão novamente e a viro.

— Ah. — Ela puxa a manga para cima. — Sim, eu fiz uma tatuagem — revela, entre uma fungada e uma risada.

— Um dente-de-leão? — Meu coração começa a acelerar. Dentes-de-leão eram um lance *nosso*. — É linda.

— Obrigada.

— Significa alguma coisa? — eu me atrevo a perguntar.

Ela inspira pelo nariz, olha para longe, além de todas as pessoas reunidas ali, no telhado, e diz:

— Bem, acho que tem a ver com ser livre. E forte.

— Gostei... é perfeito.

— E com você também — acrescenta, mais calma.

— Como assim?

— Tem mais ou menos a ver com você também — explica ela, fazendo meu coração acelerar de novo. — Só um lembrete pra... — ela respira profundamente mais uma vez, e expira antes de continuar — tentar ser o tipo de pessoa que você acha que eu sou.

— Que tipo de pessoa?

— Não sei, uma pessoa resiliente em vez de destrutiva. Cheia de esperança em vez de... sabe, tomada de sentimentos de culpa ou impotência ou o que quer que seja. Corajosa — acrescenta ela.

— Esse não é o tipo de pessoa que eu *penso* que você é. É a pessoa que você é, Eden.

— Estou tentando ser.

Levo seu pulso à boca e beijo o dente-de-leão. Ela toca meu rosto novamente. E não consigo resistir ao impulso; viro a cabeça para beijar sua palma, o ponto onde se queimou. Seus dedos vão para meus lábios.

— Eu quero muito beijar você — confessa ela. — Mas não vou, tá bom?

— Ah, tudo bem — respondo.

— Quero que a gente continue conversando. — Ela segura minhas mãos. — Quero que a gente seja amigo de novo.

Eu assinto.

— Eu quero a mesma coisa.

— Mas só amigos por enquanto. Porque ainda não estou pronta para...

— Não, eu entendo. De verdade.

— Então, você ficaria bem com isso? — pergunta ela. — Você consegue?

— Sim — concordo. — Claro que consigo.

EDEN

PARKER VIAJA NA segunda-feira seguinte para passar os feriados com a família. A primeira coisa que faço é ir até o armário e descer meu estojo de clarinete. Tenho usado o instrumento como suporte emocional em meio aos exames.

Chelsea me mandou uma mensagem, dizendo que a banda se encontraria no final da semana e que seria um contingente menor — foi a palavra que digitou, *contingente* — porque muitos dos integrantes já haviam ido embora para aproveitar as férias de inverno. Fico grata que, embora Chelsea e eu só tenhamos tido duas conversas muito estranhas, de algum modo ela deduz que fazer meu teste para um grupo menor é do que preciso.

Enquanto tiro as peças do clarinete do estojo e começo a juntá-las novamente, parece que, talvez, alguns outros pedaços de minha vida também estão começando a se encaixar. Tipo, talvez eu possa recuperar um pouco de quem eu era antes... as partes boas que julguei perdidas para sempre.

Prometi a Parker que não pararia de correr para estar no mesmo ritmo quando ela voltasse. E mantenho minha promessa; saio para uma corrida quase todas as manhãs. Então ensaio para a audição toda tarde, me desenferrujando cada vez mais.

E na quinta-feira, depois de quase uma semana de mensagens educadas e amigáveis com Josh, prendo o cabelo em um coque bagunçado, coloco meu sutiã esportivo, legging e calça de moletom, moletom com capuz e colete acolchoado, meias grossas e tênis. Subo a escada, respiro fundo e bato à sua porta.

— Quer correr comigo? — pergunto a ele, esquecendo até de cumprimentá-lo primeiro.

Ele me encara do batente por um momento, estudando meu rosto e olhando para minha roupa.

— Sinceramente, não sei dizer se você está falando sério ou brincando.

— Não, estou te convidando mesmo — garanto a ele. — Correr é uma coisa que eu faço agora.

— Desde quando? — pergunta Josh, com uma espécie de meio-sorriso no rosto.

Não quero dizer *desde que você me largou*, então opto por:

— Tenho passado tanto tempo com vocês atletas que acabei influenciada.

— Bem, não sou mais atleta, lembra? — Ele ri e acrescenta: — Mesmo assim vou correr com você.

Nós nos atualizamos sobre o que perdemos na vida um do outro. Conto a ele sobre os livros que li nas aulas, e tento não o secar demais enquanto corremos lado a lado. Acho que ele está pegando leve por minha causa, mas, na maior parte do tempo, consigo acompanhá-lo conforme subimos e descemos as ruas do bairro. Enquanto corremos, ele me conta tudo sobre as coisas que tem feito — ir a reuniões, ter confrontado o pai e trocado seu curso por algo com que realmente se importa. Não acredito no quanto sua vida mudou em tão pouco tempo. Ele parece uma nova versão de si mesmo. Conto a ele sobre minha técnica de respiração para clarinete, sobre a audição do dia seguinte, e então ele para de correr.

— Sério, Eden, isso é incrível — exclama ele, com um sorriso radiante e lindo no rosto. — Estou tão feliz que você voltou a tocar. Sempre achei que isso fazia falta pra você.

— Sim — concordo, parando também, minha respiração se condensando em sopros brancos no ar. — Eu sentia falta da música.

JOSH

VOU BATER NA porta de Eden na manhã seguinte e, à medida que me aproximo, ouço uma melodia. Não uma tocando em um alto-falante, mas no quarto. Quando ela atende, está de pijama, seu moletom com capuz favorito por cima, clarinete na mão.

— Oi — cumprimenta ela, com um sorriso, parecendo genuinamente feliz em me ver parado ali.

— Bom dia — digo. — Era você que estava tocando?

— Depende — responde ela, estreitando os olhos para mim. — Você está aqui para reclamar do barulho?

— Não, parecia muito bom.

— Nesse caso, entre. Quer café?

— Não, não posso ficar. Preciso resolver um lance de ajuda financeira antes de pegar a estrada. Mas falando nisso... Dominic já foi pra casa... está ajudando Luke a se mudar do dormitório.

— Sim, eu soube. O Luke vai se mudar pra cá. Muito legal.

— Sim, é — concordo. — Então, eu só queria ver se você quer voltar pra casa comigo no recesso. Eu sei que você tem a sua audição mais tarde, mas quando estava pensando em sair?

— Ah — diz ela. — Obrigada, mas na verdade vou ficar por aqui.

— Sozinha nas férias? Por quê?

— Ah, é uma longa história. — Ela suspira. — Quando eu estava em casa no Dia de Ação de Graças, foi só... tem uns lances tóxicos rolando por lá agora, e eu preciso de verdade manter a cabeça no lugar para o julgamento.

— Faz sentido — digo a ela, em especial considerando quão destruída Eden ficou depois da última audiência. Aquilo quase *nos* destruiu para sempre. — Você precisa se cuidar.

— Sim — ela responde, triste. — Além disso, esta época do ano é sempre um gatilho.

— Você quer dizer por causa de assuntos de família?

— Ah — murmura ela. — Às vezes eu esqueço que você não consegue ler minha mente de verdade. Humm, não, são as festas. Foi quando aconteceu. Quando Kevin... a agressão — diz ela, e, de algum modo, tenho a sensação de que ela está tentando me poupar de ouvir a palavra "estupro".

— Você nunca me contou.

Ela meio que encolhe um ombro.

— Humm, só uma sugestão. Você poderia ficar na casa dos meus pais, com a gente, se quiser. Como amigos, claro. Prometo.

Ela sorri por um momento.

— Obrigada, mas acho que é melhor eu ficar por aqui mesmo.

Sinto que deveria me oferecer para ficar com ela, mas o fato é que preciso estar em casa com minha família este ano. E, pelas razões dela, Eden precisa ficar. Ela não precisa de mim para consertar ou melhorar nada, protegê-la. Pela primeira vez, sinto que vai ficar tudo bem. Eu. Ela. Aquele incipiente *nós*.

— Tudo bem — digo a ela. — Bem, nesse caso, acho que provavelmente vou embora depois da reunião sobre ajuda financeira, então...

Ela pousa o clarinete no balcão da cozinha. Em seguida, se aproxima, me abraça com força, inspira e expira, a cabeça, como sempre, encaixada sob meu queixo.

— Se precisar de alguma coisa — começo a dizer enquanto nos separamos, as mãos automaticamente no seu rosto enquanto baixo o olhar para ela. E, conforme ela ergue o olhar para mim, acho que, por um momento, quer me beijar. Então levo as mãos a seus ombros em vez disso, e dou um passo atrás.

— Se eu precisar de alguma coisa — ela termina por mim —, te ligo.

EDEN

A SEGUNDA SEMANA de janeiro chega mais rápido do que imaginei. É o mesmo tribunal de antes, só que agora parece ainda menor, porque há muito mais corpos ali. Mais pessoas sentadas nas galerias de cada lado. Mais repórteres no fundo. Um júri.

Tomo um gole de água e olho para Mara e Lane. Então meu olhar recai sobre CeCe, que está estudando suas anotações.

Kevin está sentado à mesa com seus advogados. O de cabelo branco — que adora levantar a mão, objetar e tagarelar até nos deixar tontas — me faz as mesmas perguntas da última vez, só que de maneira mais confusa, tentando me enganar.

Estive me preparando nas últimas duas semanas para poder enfrentar aquela pergunta final novamente. Estudei as transcrições da primeira audiência como se fossem tópicos de outra prova que eu pretendia gabaritar. Pratiquei em meu apartamento, assim como ensaiei com meu clarinete. Em voz alta, treinei dizer "não" de todas as maneiras que pude imaginar. Comparei cada um e acabei escolhendo minha versão de "não", assim como escolhi meu traje. Corporativo. Casual. Discreto. *Não*, eu diria, simples e direta. Impassível. Porque qualquer pessoa com meio cérebro ou meio coração entenderia que dizer verbalmente a palavra, o não, era irrelevante.

Na noite anterior, às duas da manhã, fui até a cozinha para pegar um pouco de água e, quando me encostei na pia, me lembrei de algo. Algo que pensei que definitivamente deveria fazer parte da prova.

Mandei uma mensagem para CeCe contando que ele me agrediu no Natal seguinte em nossa cozinha; tive de praticar o uso daquela palavra também, "agressão". Jamais sequer havia mencionado o fato a ninguém, nem para a detetive, nem para Lane, nem para CeCe. Era algo que pensei que nem importasse antes, não parecia digno de nota. Enviei a ela uma mensagem que ocupava todo o comprimento da tela de meu celular. Contei a ela que tinha me lembrado, quando estava na cozinha ainda agora, pegando água, de que ele entrou quando não havia ninguém ali e me prendeu contra a pia por trás, enquanto suas mãos passeavam pelo meu corpo, minha camisa, pela minha calça, e não era importante que todos soubessem como ele conseguia explorar aqueles pequenos bolsões de terror? Para me lembrar de que estava lá, para me lembrar de que jurei não contar? Que ele me fez de refém por tanto tempo depois daquela noite. Porque eu havia lido aquela matéria — e, muito embora Josh tenha me pedido para não ler os comentários, foi o que fiz — e vi aquele sobre os cinco minutos. *Só* cinco minutos. E todos precisavam saber que ele não me prendeu somente por cinco minutos.

CeCe respondeu imediatamente:

> Obrigada, Eden. Isso é útil. Mas, por favor, trate de dormir um pouco.

Mas agora é o que ocupa minha mente enquanto estou sentada aqui... me perguntando se expressei meu ponto de vista antes, quando CeCe o havia inserido com perfeição nas perguntas que, de algum modo, teceu para contar uma história. E agora perdi a pergunta que Cabelo Branco acabou de fazer.

— Você precisa que eu repita a pergunta? — indaga ele.

— Sim — digo nitidamente ao microfone.

Só que agora estou lembrando que esqueci de contar da parte que ele sorriu para mim. Eu deveria contar a eles dessa vez que ele sorriu para mim antes de sair do quarto. Beijou. Sorriu. Cueca. Porta. Como eu poderia ter esquecido? Idiota. Nós estudamos isso!

— Você pode, por favor, instruir a testemunha a responder à pergunta? — Cabelo Branco está dizendo agora.

O juiz se inclina em minha direção e pede:

— Eden, por favor, responda à pergunta.

Mas, espere, eu perdi novamente. *Porra.*

— Humm — começo, e o microfone emite uma nota aguda no lugar de minha voz. — Pode repetir a pergunta novamente? — peço, muito longe do microfone.

Cabelo Branco zomba e diz:

— Repito. Em qualquer momento durante esse encontro, você disse verbalmente não?

É isso. A última questão. Tenho de acertar. Vasculho meu cérebro, mas não consigo encontrar o não que memorizei. Deveria estar bem ali, à espera de que eu o pegasse e jogasse na cara daquele advogado, todo casual corporativo. Mas que merda. Abro a boca e literalmente nada sai.

— Meritíssimo — diz ele.

— A testemunha responderá à pergunta — insiste o juiz.

Olho para minhas mãos no colo, e vejo meu dente-de-leão saindo de debaixo do punho da camisa.

— Não houve pergunta — eu me ouço dizer, baixinho, ao microfone.

— Por favor, fale mais alto — instrui o juiz.

— Não houve pergunta — repito.

Cabelo Branco suspira e diz, lentamente, enunciando suas palavras:

— A pergunta foi: você, em algum momento do encontro, disse não?

— E minha resposta é: nunca houve uma pergunta. — Escuto o tremor em minha voz. — Ele nunca perguntou.

O advogado repete, desta vez acrescentando:

— Só sim ou não.

— Não havia pergunta para responder — digo novamente, e posso ver quão furioso o estou deixando, seu rosto vermelho e a boca toda rígida enquanto ele fala.

— Sim ou não — insiste Cabelo Branco. — Você disse não a ele?

— Eu não podia responder a uma pergunta que nunca foi feita.

— Você alguma vez disse a palavra não? — ele quase grita agora.

Estudo minha tatuagem novamente. Então ergo o olhar de novo, só que agora, em vez de encarar Cabelo Branco ou CeCe ou Mara ou Lane, olho para Kevin. Ele está me fixando, com aquele mesmo olhar incisivo que usava para me controlar, todo esse tempo, até agora.

Eu me inclino para o microfone, mesmo com todo o corpo trêmulo, mesmo sentindo as lágrimas escorrerem pelo rosto, e digo, agora com precisão, sem quebrar o contato visual com ele:

— Ele. Nunca. Fez. A. Pergunta. — Ignoro Cabelo Branco e olho para o juiz, sentado ali, empoleirado acima de meu ombro. — Essa é minha resposta.

Quando percebo, estou saindo pelas portas, correndo pelo corredor, tentando lembrar se o banheiro fica naquela direção. Mara vem atrás de mim, chamando meu nome. Mas só paro quando chego lá. E, então, empurro a porta e vomito. Tudo.

Mara segura meu cabelo e fica me dizendo quão incrível eu fui.

Ouço os saltos de Lane batendo no piso. Ela diz algo como:

— Ah! Eden. Ok. Está tudo bem.

E, então, estou suando e congelando e rindo e chorando ao mesmo tempo enquanto me ajoelho no chão ao lado do vaso. Mara dá a descarga por mim e Lane me traz um punhado de papel-toalha molhados para limpar a boca; em seguida até ela se ajoelha no chão ao meu lado e de Mara.

— Você conseguiu! — Lane me diz, com um grande sorriso.

— Ela foi incrível, não foi? — Mara pergunta a Lane.

Ela assente, repetindo:

— Incrível.

Quando finalmente chegamos ao carro, Mara verifica o celular.

— É do Josh — avisa ela, enquanto lê.

— Ele está mandando mensagem pra *você*? — saliento.

Ela assente.

— Ele não queria te incomodar. Está perguntando como foi. Tudo bem se eu contar que você arrasou?

Eu rio, mas depois digo:

— Tudo bem.

Seu telefone apita imediatamente.

— Ele disse "Eu sabia".

Ficamos ali sentadas por um momento, e sinto os efeitos da onda de calor no meio do inverno que nos atingiu nesta semana. Raios de sol capturam partículas de poeira no carro abafado. O silêncio não soa desconfortável e é quebrado quando Mara se inclina para a frente e liga o motor, baixando todos os vidros, deixando entrar o ar fresco.

Percebo que há uma calma dentro de mim, pela primeira vez nada em conflito na minha cabeça. Sem medos, culpa ou arrependimentos ou mesmo tristeza, apenas simples e plena quietude. Fiz o que me propus, e fiz da melhor maneira possível. Olho para o tribunal, a solidez do edifício me parece cruel e fria, enquanto penso que Mandy e Gen ainda estão lá dentro, à espera. E eu gostaria de poder, de algum modo, compartilhar um pouquinho desse sentimento com elas.

Pego o celular e encontro o número da Amanda, adicionando Gen e criando um novo grupo. Meus dedos pairam sobre as letras sem saber que palavras posso ou devo dizer. Então, em vez disso, envio um coração. Apenas um. Roxo. Amanda manda um de volta imediatamente, depois Gen.

Observo nossos três corações por um momento e lembro: aconteça o que acontecer, fizemos aquilo por *nós*.

— Então, para onde, Edy? — Mara acelera o motor. — Comida? Café? Mais tatuagens?

Guardo o celular e olho para minha amiga, que se tornou ainda mais minha amiga nos últimos meses, e que, depois de todos aqueles anos, finalmente sinto que entendo. Sempre compliquei tudo, mas era simples. Mara é Team Edy, como ela mesma diz... e não duvido mais. Também acho que ela talvez seja a única pessoa no mundo que vou admitir que continue a me chamar por esse nome.

— Eu sei exatamente onde quero estar.

JOSH

FICAMOS NO TERRAÇO o dia todo, bebendo chá gelado. Parker preparou uma grande jarra de vidro.

— Se é para fingir que é primavera no inverno, então vou preparar um maldito chá gelado — dissera ela, antes de arrastá-lo para o terraço na véspera.

Dominic e Luke estavam fazendo um bom trabalho em me manter distraído com histórias sobre as muitas aventuras de acampamento da banda de Luke, enquanto Parker inseria alfinetadas e comentários sarcásticos aqui e ali para manter as coisas animadas. Eu mal estava ouvindo, minha mente voltava para Eden e o julgamento e o que estava acontecendo a horas de distância. Não saber de nada parecia me corroer por dentro, e não estar com ela era quase doloroso. Passei uns bons quinze minutos desabafando sobre o assunto, durante o encontro da noite anterior no Al-Anon. Ida, uma professora aposentada e a coordenadora designada de nosso grupo, reforçou a importância do autocuidado, me lembrando de colocar minha máscara de oxigênio primeiro, mesmo que o avião esteja caindo, e tento continuar fazendo isso.

Desço correndo para pegar o protetor solar quando Parker reclama que parece um camarão, e, quando abro a porta do terraço, vejo ela e Dominic encolhidos na frente do meu celular.

— O que é? — pergunto, ouvindo o tremor do medo em minha voz. — Culpado? É...? — Não posso nem pronunciar a outra opção.

— Temos boas e más notícias — começa Parker.

— Parker... — Dominic a interrompe. — Não fale assim.

Más notícias. E boas. Não há nenhuma equação que funcione para mim com essas variáveis, não tem como as duas coisas se somarem. Ou é culpado e bom, ou inocente e ruim. O que acontece se for ruim? Quão ruim pode ficar se forem más notícias?

— O júri vai demorar um pouco — explica Dominic, lendo meu celular, provavelmente notando minha expressão de descontrole. — A advogada da Eden disse que pode levar dias.

— E essa é a má notícia? — pergunto. Não é ótimo, mas não é ruim. Posso lidar com isso. — Qual é a boa?

— A Eden está voltando agora — responde Parker, com um sorriso malicioso no rosto enquanto me entrega o celular. — E ela quer te encontrar na fonte, seja lá qual for a do lugar pecaminoso, às seis da tarde.

ooo

Chego cedo e, enquanto espero por ela, penso naquele dia na grama, com os dentes-de-leão. Fiquei a observando por alguns minutos antes de me aproximar. Ela estava sentada lá, toda quieta e intensa. Era como se ela fosse a única coisa colorida para mim, todo o resto em minha vida parecia tão cinzento. Não sei como me convenci a sentar ao seu lado. Ela era diferente de qualquer pessoa que eu já havia conhecido, e eu me sentia tão intimidado por ela... mas gostava dela. Eu queria conhecê-la, queria que me conhecesse. Simples assim. Eu tinha certeza. Ela valia qualquer risco. Antes e agora.

EDEN

SAIO DO CHUVEIRO e limpo o vapor do espelho. Estudo meu reflexo pela primeira vez em muito tempo. Estou quase surpresa ao ver que ainda é meu rosto, ainda são meus olhos, olhando para mim. Meu cabelo, meu corpo, minha tatuagem, minhas cicatrizes.

— *Esta é você* — sussurro para mim mesma.

Mal presto atenção enquanto me visto, focada em apenas chegar logo. Não quero esperar mais.

Pego o caminho pelo qual ele me guiou naquela noite — nosso primeiro encontro de verdade — e sigo em frente, passando por todas as plantas com nomes e pelo salgueiro, e acelero o passo quando vejo a clareira à frente. Dessa vez, porém, não há respingos de água, nem luzes, nem sons. Porque ainda deveria ser inverno, apesar do calor fora de época da noite.

Quando alcanço a fonte, penso ter chegado primeiro. Mas então o vejo sentado no banco dentro da alcova da maçã, olhando para a frente. Quando me aproximo, vejo que ele tem alguma coisa na mão. Tento caminhar na ponta dos pés. E é só quando estou logo atrás de Josh que vejo o que é. É um dente-de-leão e ele o está soprando, observando as sementinhas serem levadas pelo ar. Olho em volta e vejo que dentes-de-leão brotaram em todo o perímetro da fonte, naqueles últimos dias de sol, só para nós, pelo jeito.

Para este instante.

Chego por trás dele, deslizo as mãos em seus ombros e me inclino para beijar sua bochecha.

— Espero que você esteja fazendo um pedido enquanto sopra isso.

Ele vira a cabeça para me encarar, já sorrindo.

— Eu estava — diz ele. — Não se preocupe.

Ele tira minha mão do seu ombro e leva meu pulso até a boca para beijar minha tatuagem. Então me puxa para a frente do banco, onde me sento ao seu lado.

— Bem, só um desejo, na verdade — continua ele.

— Você acha que vai se tornar realidade? — pergunto.

— Sim. Você apareceu.

Eu apareci, penso comigo mesma, e sorrio enquanto entrelaço meu braço no dele, puxando-o para mais perto de mim.

— Este é um bom lugar — digo a ele.

— Para quê?

— Para estar pronta — respondo. E então seguro sua mão na minha. Aperto uma vez. Ele olha para mim e aperta de volta, dois apertos leves. Repito, agora de modo mais nítido, sem perguntas, sem dúvidas.

— Estou pronta.

AGRADECIMENTOS

Em primeiro lugar, agradeço a *você*, caro leitor, por abrir espaço em seu coração e mente para a história de Eden. Por todas as palavras gentis, postagens, posts #BookTok... e pedidos, às vezes não tão sutis, de uma continuação! Você me fez acreditar que outro capítulo para a história de Eden não só seria possível como necessário. Por isso serei eternamente grata.

Minha agente, Jess Regel, obrigada por me apoiar durante os anos de literais trancos e barrancos enquanto eu tropeçava no escuro, tentando descobrir o que de fato este livro deveria ser. Sempre defendendo minha escrita e me protegendo dos altos e baixos deste negócio selvagem ao longo da última década (década, você acredita nisso?!). Sinceros agradecimentos a Helm Literary e Jenny Meyer e Heidi Gall, da Jenny Meyer Literary, por levarem esta história a leitores de todo o mundo.

Enormes e sinceros agradecimentos vão para minha editora, Nicole Fiorica, pelo apoio inabalável a este livro — mesmo quando era apenas um parágrafo de uma ideia. Obrigado por compreender Eden e Josh tão completamente, e por ser a defensora deste livro a cada passo do caminho. Suas sacadas precisas e orientação cuidadosa foram inestimáveis na composição desta história... e me mantiveram sã enquanto a escrevia!

Também sou grata a Justin Chanda, Anne Zafian, Karen Wojtyla e à incrível equipe da McElderry Books. Tantas pessoas talentosas, criativas e dedicadas na Simon & Schuster contribuíram para a concretização deste livro. Da equipe de edição, inclusive Bridget Madsen e Penina Lopez, aos designers, Deb Sfetsios-Conover e Steve Gardner, à gerente de produção, Elizabeth Blake-Linn. E às equipes de publicidade e marketing, com Nicole Valdez, Anna Elling, Antonella Colon, Emily Ritter, Ashley Mitchell, Amy Lavigne, Bezawit Yohannes e Caitlin Sweeny. Assim como Michelle Leo, Amy Beaudoin, Nicole Benevento e a equipe de divulgação nas escolas.

Além disso, agradeço, como sempre, à editora Ruta Rimas, sem a qual nunca teria existido um livro chamado *Como eu era antes*, e nada que pudesse continuar aqui, em *Como eu sou agora*.

Agradecimentos infinitos a meus amigos e familiares por aguentarem todos os compromissos cancelados, chamadas perdidas e mensagens não respondidas enquanto eu escrevia este livro... e por ainda estarem lá quando terminei e rastejei para fora da minha caverna de escritora. O amor e a inspiração que vocês me dedicam são incomparáveis... devo muito a vocês.

A meus amigos escritores, obrigada pelo apoio nos maus momentos e por comemorar nos bons — Cyndy Etler, Robin Roe, Kathleen Glasgow, Amy Reed, Jaye Robin Brown, Robin Constantine, Rebecca Petruck e toda a equipe estendida do "Camp Nebo"... vocês são os melhores dos melhores.

E por último, mas nunca menos importante, Sam. Seu amor me ensinou "a desejar, ter esperança, curar" de maneiras que nunca sonhei possíveis. Agradeço a você por permitir que este livro se infiltrasse em nossa vida diária por tanto tempo, pelas inúmeras conversas sobre Eden e Josh, pela leitura dos inúmeros rascunhos... e por me emprestar nosso lance do aperto de mão no estilo código Morse. Você me inspira a cada passo.

Impresso no Brasil pelo Sistema Cameron da Divisão Gráfica da
DISTRIBUIDORA RECORD DE SERVIÇOS DE IMPRENSA S.A.

COMO NOS CONHECEMOS

Uma história do universo de Como eu era antes

AMBER SMITH

VERUS
EDITORA

Cortei o cabelo e comprei alguns pares de sapatos na semana passada. Pintei as unhas de uma cor suave, sem graça. Acordei cedo e tomei meu remédio para ansiedade. Até deixei a mala pronta ontem à noite. Tudo para garantir que eu sairia na hora certa. Porque eu não queria estragar nada, não hoje.

Mas, ainda assim, acabo nos fazendo sair meia hora mais tarde que o planejado, porque, apesar de todos os esforços para me preparar, não estou preparada. Comecei a ter um ataque de pânico no chuveiro. Eu sentia que estava prestes a chorar, então esfreguei os olhos o mais forte possível na esperança de conter as lágrimas. Só que isso fez as lentes de contato me incomodarem, então precisei tirá-las, fazendo meus olhos lacrimejarem mesmo assim.

Sempre me esqueço de reservar um tempo para o caso de meu cérebro decidir me pregar uma peça. Preciso de um tempo a mais para me acalmar depois de um ataque de ansiedade. Preciso de um tempo para retocar a maquiagem, e assim percebo que meu corte de cabelo no estilo "faça você mesmo" não está reto.

Não há dúvidas de que já estamos atrasados quando eu finalmente consigo sair do banheiro, ofegante por um pouco de ar fresco e sem vapor. Percebo que minha colega de quarto foi embora e Josh está sentado no sofá, com nossas coisas embaladas e prontas, de jaqueta e boné, todo paciente, jogando algo no celular e sem ficar me apressando.

Este dia é importante e preciso que corra bem. Não era assim que eu queria que começasse. Com tudo, tudo, tudo fora do lugar. Tudo, exceto Josh.

— Desculpe — peço a ele pela décima vez enquanto entramos no carro.

— Não tem problema — assegura ele mais uma vez. — Não temos hora marcada para chegar lá. Além disso, já mandei uma mensagem para minha mãe avisando que estamos atrasados. Sem pressa.

— O que você disse? Ela está chateada? Sabe que nos atrasamos por minha causa? Quer dizer, não que eu queira que você assuma a culpa ou algo assim…

Ele ri, como se achasse que estou sendo paranoica, mas não sabe o quanto significa para mim que os pais dele não me odeiem. Eles nem precisam gostar de mim; só preciso que não me odeiem.

— Eden, eles não se importam. Não é preciso colocar a culpa em ninguém. Eles só estão felizes por enfim te conhecerem.

Mas ele também não sabe que já nos conhecemos, e que não correu nada bem. Ele não sabe que, no ano anterior, tanto sua mãe quanto seu pai, do jeito deles, basicamente me disseram para sumir e deixá-lo em paz. Um pedido que eu não atendi.

Está mais frio do que nessa mesma época no ano passado, e abro a janela para respirar o ar gelado, deixando-o se infiltrar no delicado tecido dos meus pulmões até queimar. Quando fecho a janela e encaro Josh no banco do motorista, ele sorri e volta a olhar para a estrada.

— O quê? — pergunto.

— Nada, você só fica muito fofa de óculos.

Tiro os óculos imediatamente.

— Eu trouxe as lentes de contato. Vou tentar colocar de novo, antes de chegarmos.

— Espera, o que você ouviu? Eu disse que você fica fofa de óculos. Por que eles não estão mais no seu rosto mesmo?

— Porque eu não quero parecer fofa. Quero parecer… madura e sofisticada. Não fofa. Eu quero parecer alguém que faça sentido ao seu lado. Quero que a sua família me leve a sério.

— Eles levam. Vão levar. E, a propósito, não importa como você esteja, sempre vai parecer alguém que faz sentido ao meu lado. — Ele espera um pouco antes de soltar a piada: — Mas agora fiquei curioso, eu preciso mudar o visual? Digo, também quero parecer alguém que faça sentido com você. Preciso trocar o suéter ou…?

— Para. Você está me zoando.

— Não, não estou — diz ele, mas, sim, está.

— Você não sabe como é ruim quando as pessoas não gostam de você, ou acham que não é boa o suficiente.

— Para com isso, ninguém pensa assim.

— Pensa sim.

— Bem, ninguém na minha família pensa assim.

Poderíamos ficar discutindo o assunto o dia todo, e eu ainda saberia que tenho razão. Então paro. E, quando dou por mim, Josh está esticando o braço entre nós, puxando minha mão com gentileza para tirá-la da boca. Porque estou roendo as unhas, arrancando a cor sem graça que, para início de conversa, eu nem deveria ter passado.

— Não precisa ficar nervosa. De verdade. Odeio dizer isso, mas, como pais, eles são bem tranquilos. Você vai ver. Vai ser de boa, prometo. Só eu, minha mãe, meu pai. Vamos comer, conversar um pouco. Talvez meu pai nos force a jogar um ou dois jogos de tabuleiro, então vamos para a cama. Saímos depois do café da manhã. Estaremos de volta ao campus em menos de trinta e seis horas.

Historicamente, meus jantares em família têm sido palco de muitas brigas traumáticas e palavras que, uma vez ditas, não podem ser retiradas com facilidade.

Embora eu suspeite de que os jantares em família de Josh sejam muito diferentes dos meus e que não se transformem em explosões e golpes baixos que culminam com, pelo menos, uma pessoa saindo da mesa — ou até da casa — e várias portas batidas na tentativa de provar um ponto.

— Josh, eu sei que você acha que está tornando tudo mais leve, mas essa lista de coisas que vão acontecer nas próximas trinta e seis horas está me dando taquicardia, de verdade.

Ele sai da rodovia e entra em um posto de gasolina. Dirigimos apenas meia hora de uma viagem de cinco horas. Olho para o painel. O tanque ainda está cheio.

— O que está fazendo? — pergunto.

Ele não diz nada até estacionar o carro.

— Tudo bem — começa Josh, virando-se para mim. — Não vou ficar bravo, mas me diga agora se você real e sinceramente não quer fazer isso. Se não estiver pronta para todo esse lance de conhecer meus pais, me fale. Vou ficar desapontado, mas não bravo.

— Josh… — começo, mas ele me interrompe.

— Não, eu sei que é uma coisa importante para você, então quero que se sinta bem com isso.

— Não é uma coisa importante para você também?

— Sim, é importante. Mas não é… — Ele se vira e olha pelo para-brisa, como se a palavra perdida que procura estivesse escondida nas placas anunciando cigarros e refrigerantes com promoção de compre um e leve dois, coladas nas janelas do posto de gasolina. — Não é uma coisa importante ruim — finaliza. — Para mim, é uma coisa importante incrível. E, se não for para você, vamos simplesmente esperar.

Como ele pode ser tão compreensivo quando estou me comportando assim?

— Então você não está mesmo nem um pouco preocupado?

— Preocupado com o quê exatamente? — pergunta ele, e talvez haja apenas uma leve inflexão de impaciência nas palavras.

— Preocupado que eles me desaprovem. Não gostem de mim. Estou preocupada que eles me odeiem, e então você vai começar a me ver de forma diferente e a se perguntar se eles têm razão. E, quando olhar em retrospecto, vai perceber que este foi o começo do fim, e desejar que eu tivesse ficado em casa este fim de semana em vez de…

— Calma, calma, calma. Tempo, ok? — interrompe ele, sorrindo de leve, mas tentando manter uma expressão séria. — Só respire fundo.

— Estou falando sério, Josh!

— Eu sei, é por isso que estou tentando não rir. — Ele estende a mão e toca minha bochecha, então se inclina e me beija. Suavemente. Só uma vez. — E não, não estou preocupado com nenhuma dessas coisas, porque mesmo se, por algum motivo inimaginável, minha família não gostasse de você… Se — repete ele. —

E esse é um grande se… o maior e mais remoto de todos. Ok? Você ainda está comigo?

Eu assinto.

— Se isso acontecesse, não mudaria nada para mim. — Ele coloca a mão em cima da minha e aperta meus dedos nos seus.

— Ok. — Aperto de volta e digo: — Eu quero ir.

— Tem certeza?

— Tenho certeza.

— Ótimo. — Ele começa a dar ré para sair da vaga, mas para e olha para mim, sem nenhum traço de sorriso ou de gargalhada iminente no rosto. — Nunca te ocorreu que eu estou mais preocupado com o que você pensa dos meus pais do que com o que eles pensam de você, né?

— Humm. Não. Isso nunca me ocorreria, nem em um bilhão de anos.

— Para sua informação, não estou atrás da aprovação deles sobre você ou algo assim. Quero te exibir para os meus pais. Mostrar a eles como a minha vida é boa agora.

— Ah.

— Com você — acrescenta ele. — Caso isso não tenha ficado óbvio.

— Não tinha ficado.

— Bem, então acho que eu deveria ter começado com isso, não?

— É, acho que sim. — Dessa vez eu rio, mas ele só me dá um meio sorriso enquanto termina de manobrar em uma brecha no trânsito. Meus nervos continuam à flor da pele durante todo o trajeto. Cerca de três horas de viagem, começo a me perguntar se eu deveria ter avisado aos meus pais que estaria em casa no fim de semana, ou pelo menos a dez minutos de casa.

É a primeira vez que vou à casa de Josh nessas circunstâncias. Respeitosamente. De carro. À luz do dia. Já andei até aqui. Passei por ela no meio da noite. Apareci sem avisar. Entrei furtivamente… e saí. Mas nunca, jamais fui convidada, não desse modo.

Subimos a entrada da garagem até o caminho que leva aos degraus da frente, e no lugar em que eu normalmente pararia e bateria, ou tocaria a campainha, ou consideraria ir embora, Josh simplesmente abre a porta da frente e entra, segurando-a para que eu o siga.

— Olá? — grita ele, colocando nossas malas de lado. — Chegamos…

Seu pai sai da cozinha, enxugando as mãos em um pano de prato, e a mãe entra na sala de estar pelo outro lado da casa — a parte da casa em que eu nunca estive, mas onde sei que o quarto do casal deve ficar, já que não é no andar de cima. Fico impressionada de novo, como da última vez que estive ali, com o quanto Josh se parece com os dois.

Seus pais estão atropelando um ao outro para cumprimentá-lo, perguntando como foi a viagem, cada um se revezando para abraçar Josh. Percebo que estou meio que me escondendo atrás dele, e preciso me esforçar ao máximo para dar um passo à frente e conseguir dizer a palavra mais simples.

— Oi — digo a eles e levanto a mão brevemente.

— Eden — fala sua mãe, estendendo a mão para esfregar meu ombro em um gesto que deveria ser reconfortante, mas não é. — É ótimo finalmente conhecê-la. Devidamente.

— Que bom que você pôde se juntar a nós no fim de semana — acrescenta o pai.

Ok, então estamos todos concordando silenciosamente em fingir que eu nunca estive aqui antes, e que não nos conhecemos em circunstâncias muito tensas que nos deixam desconfortáveis. Bom saber.

— Obrigada por me convidar — consigo dizer, acrescentando sem jeito: — Sra. Mill...

— Não, não — me interrompe sua mãe, acenando com a mão no ar. — Apenas nos chame pelos nossos nomes. Não somos tão formais por aqui. Pode me chamar de Rosie.

— Matt — diz o pai. Matt. Certo, eu sabia disso desde a última vez que ele se apresentou, mas esta é a nossa segunda chance.

— Ok, bem, obrigada, Rosie e Matt — agradeço. — Estou feliz de finalmente nos encontrarmos.

— Nós também — diz a mãe. — Sei que você tem andado muito ocupada com a faculdade e tudo mais. — Ela faz uma pausa, e acho que todos nós sentimos a quebra na conversa, porque o que ela quer dizer com "tudo mais" são todas aquelas audiências, o julgamento, o caos que me fez perder tantos planos de conhecer a família de Josh. — Entre, vamos sentar — convida ela enquanto seguimos para a sala de estar.

— Eden — chama Matt, batendo palmas no que parece um gesto de energia muito paternal. — O que você quer beber?

— Ah, estou bem.

— Temos refrigerante, água com gás, suco espumante de uva... embora nossa intenção seja guardar esse último para o jantar. Eu poderia fazer um chá, café? — oferece.

Josh senta no sofá primeiro e, assim que me acomodo ao seu lado, coloca o braço ao meu redor. Não sei por que, mas não consigo me imaginar me sentindo confortável o suficiente com minha família para receber Josh e fazer demonstrações de afeto na frente dos meus pais. Do meu irmão, talvez. Mas da minha mãe e do meu pai... não.

— Você vai ter de escolher uma bebida. — Ele finge que sussurra, alto o suficiente para todos ouvirem.

— É obrigatório — acrescenta a mãe dele, Rosie, enquanto Matt corre até a cozinha.

— Joshie, refrigerante? — chama ele do outro cômodo.

— Claro — responde Josh. Joshie. Que fofo. Preciso me lembrar disso mais tarde. Aperto sua mão. Ele aperta de volta.

— Eden? — diz Rosie.

— Humm… Acho que água com gás? — respondo em forma de pergunta.

— Toranja ou limão? — grita Matt da cozinha.

— Hum, toranja. — Tento responder alto o suficiente para ele ouvir, sem berrar.

— Qual sabor? — grita ele.

— Toranja! — Josh e sua mãe gritam ao mesmo tempo em resposta.

Graças a Deus, assim que o pai volta com nossas bebidas, sua gata corre para a sala, pula no sofá e fica com as patas dianteiras nas minhas pernas e as outras duas nas de Josh, me dando algo para fazer com as mãos enquanto a acaricio.

— Ela gostou de você — comenta Matt. — Em geral, ela não é dada assim com estranhos.

— Bem… — Rosie começa, um sorriso que se parece muito com o de Josh aparecendo em seu rosto. — Tenho certeza de que ela conheceu a Eden há muito tempo, quando vocês dois viviam se esgueirando por aqui à noite, no ensino médio.

Eu congelo. Sei que meu rosto deve ter empalidecido.

— Mãe — diz Josh. — Qual é.

— O quê? Estou brincando — acrescenta ela depressa quando vê meu semblante mortificado.

— Ela está brincando — repete Josh.

— Ah. — Tento soltar uma risada curta. — Certo. Tudo bem.

— Não ligue para mim, Eden. Eu gosto de constranger logo de cara. Ajuda a quebrar o gelo, não acha?

— Sim — concordo. — É melhor do que falar do clima.

— Exatamente — ela concorda com um sorriso genuíno, e começo a pensar que talvez eu tenha marcado alguns pontos com ela. Rosie é, de fato, a que mais me preocupa. Quando o pai de Josh me disse para sumir da última vez que estive ali, pelo menos ele foi educado, mas ela praticamente bateu a porta na minha cara. — Amor jovem. Ou luxúria — acrescenta baixinho. — Nós entendemos. Sem julgamentos por aqui. Contanto que todos sejam responsáveis e…

— Ok! Mãe, sério — interrompe Josh. — Vamos mudar de assunto, por favor?

Então os pais de Josh riem à custa dele, e, por um instante, acabo entrando na brincadeira também, porque acho que os dois querem deixar Josh nervoso de propósito para ajudar a tirar o foco de mim. Missão cumprida. Pais tranquilos, de fato.

Quando nos sentamos para jantar, faço questão de elogiar a comida. Coloco meu guardanapo no colo e manuseio minha taça de suco espumante de uva com cuidado, porque parece antiga e sofisticada, como o tipo de taça de champanhe que estaria presente em uma festa no estilo Gatsby.

Abordamos os assuntos já esperados. Josh conta como foi o semestre na faculdade, e me ocorre, enquanto o ouço — o jeito como fala, seus gestos, até mesmo a maneira como come —, que ele é o mesmo de sempre. Muitas pessoas são de um jeito com certas pessoas, e depois agem de maneira diferente quando estão só com você. Até Mara — lembro de acompanhá-la à casa do pai e da madrasta em umas férias de primavera, e foi tão estranho vê-la se transformar em uma outra versão de si mesma com eles. Josh nunca é assim. Ele jamais diz ou faz coisas perto de outras pessoas que não faria ou diria comigo. Ele é apenas ele mesmo. Sempre.

É um traço que sei que já tinha notado antes, mas no momento, sentada ao seu lado, me sinto reconfortada. Espero que meu comportamento mais educado, simpático e refinado na frente de seus pais não soe estranho para ele. Se soa, Josh não demonstra.

Deixo o garfo de lado e, por um momento, esfrego as costas da minha mão nas dele sobre a mesa, como faria se estivéssemos estudando na biblioteca, no meu apartamento ou no de Josh, comendo delivery no sofá. Ele vira a palma para cima, e damos as mãos por alguns segundos, antes de eu soltar. Quando o encaro, ele está sorrindo para mim. E, quando olho para seus pais, sentados do outro lado da mesa, os dois também estão sorrindo.

Eles demonstram interesse pela minha especialização, perguntam sobre as minhas atividades acadêmicas e o que pretendo fazer depois de me formar. Não tenho ideia, nada concreto, pelo menos, mas digo que acho que gostaria de dar aulas ou escrever, ou talvez continuar na pós-graduação.

— Sério? — comenta Josh. — Você nunca comentou comigo.

— Eu não sei. — Enconlho os ombros de forma tímida. — Talvez. Quer dizer, não pensei muito no assunto.

— Humm — murmura ele ao engolir uma garfada. — Tenho a sensação de que continuaremos essa conversa mais tarde.

— Bem — começa Rosie —, você ainda tem muito tempo para descobrir. Josh, por outro lado… não tem tanto tempo assim.

Ele encara a mãe do outro lado da mesa e meio que suspira, abrindo a boca como se fosse dizer algo, mas apenas engole outra garfada. É algo em que tento não pensar; o fato de que será como no ensino médio: Josh terminando na minha frente mais uma vez. Outra coisa que nunca discutimos.

Como se ensaiado, no meio do jantar há uma batida na porta. Todos trocamos olhares de interrogação.

— Quem será? — pergunta Rosie, erguendo o braço para checar o relógio.

Matt se levanta da cadeira.

— Eu atendo.

Ouço uma troca de cumprimentos na sala de estar, em seguida ele volta para a sala de jantar seguido por uma mulher que se parece muito com a mãe de Josh.

— Vejam quem está aqui — diz ele com um sorriso estranho no rosto, como se estivesse comunicando algo para a esposa e para Josh, mas que eu não consigo entender.

— Oi, pessoal, desculpem aparecer sem avisar. — Ela carrega um eletrodoméstico gigante que parece uma panela elétrica. E então para no meio do caminho ao nos ver sentados à mesa. — Ah, meu Deus, eu não sabia que era hoje — sussurra. — Oi, eu sou a tia Rachael — continua, soltando uma das mãos da panela para alcançar a minha, do outro lado da mesa. — Você deve ser a Eden.

— Oi — eu a cumprimento. — Sim. Prazer em conhecê-la.

— Não se incomode comigo. Vim apenas devolver sua panela elétrica, Rosie. — Ela se dirige até uma pequena despensa perto da cozinha. — Eu nem estou aqui.

— Sutil — murmura Josh, trocando um olhar significativo com a mãe.

— A panela elétrica que vem mantendo refém há três anos? — grita Rosie às suas costas, levantando-se da mesa para seguir Rachael. — Você simplesmente sentiu um desejo incontrolável de devolvê-la hoje?

Posso ouvir as vozes abafadas sussurrando, indo e voltando.

— Desculpe — pede Josh.

— O quê? — pergunto a ele. — Por quê?

Matt se inclina e diz baixinho do outro lado da mesa:

— Isso é clássico da tia Rachael. É bem provável que ela esteja aqui só para dar uma olhada em você.

— Em mim? — pergunto.

— Ela realmente desconhece limites — acrescenta Josh.

Então Rosie e Rachael aparecem outra vez na sala de jantar, Rachael segurando um prato em uma das mãos, um conjunto de talheres amontoados na outra.

— Bem, a tia Rachael vai se juntar a nós para o jantar — anuncia Rosie.

— Quanto mais, melhor — diz Matt… com sarcasmo, acho.

Ela se senta à cabeceira da mesa e tira o casaco, colocando-o sobre o encosto da cadeira, se acomodando.

— Então… o que eu perdi? — pergunta. — Já ouvimos como vocês dois se conheceram?

— Fizemos o ensino médio juntos — responde Josh.

— Ahã — murmura Rachael com a boca cheia de comida. — E?

— E o quê?

— Bem, eu sei que vocês fizeram o ensino médio juntos. Quero saber como de fato se conheceram. Foi por meio de amigos, aulas, et cetera? Vamos lá, precisamos da versão estendida. Não é assim que vocês, jovens, falam?

Eu rio e depois cubro a boca. Sei que todos parecem irritados por ela ter invadido o jantar, mas, de certa forma, estou feliz. Ela absorve grande parte da tensão e torna tudo mais fácil, de algum modo.

Josh olha para mim, em seguida volta o olhar para Rachael.

— A versão estendida? — repete ele. — Não sei, não, tia Rachael.

— Rach — censura Rosie, balançando a cabeça —, sem interrogatório.

— Ei, só estou tentando conhecer Eden — argumenta ela, então se ajeita na cadeira para se inclinar em minha direção. — Sabe, Eden, você é a única garota que Josh já trouxe para conhecer a família.

— É sério?

Josh assente e diz:

— Você sabe que é.

Na verdade, eu não sabia.

— Então vocês se conheceram na escola — diz Rachael. — Um dos dois se importa de elaborar melhor?

— Nos conhecemos na biblioteca — revela Josh, por fim.

— Não nos conhecemos, não.

Ele parece confuso, aquela linha quase imperceptível já se formando entre as sobrancelhas.

— Sim, nós... Ah, espera, você tem razão. Nos encontramos pela segunda vez na biblioteca. Foi naquela sala de estudos, certo?

Também não é isso, mas concordo com um aceno mesmo assim e acrescento:

— Eu estava atrasada e não tinha mais lugar, aí o Josh esvaziou a carteira ao lado dele para que eu pudesse sentar.

— Ohnn — suspiram Rosie e Rachael ao mesmo tempo.

Matt estala a língua e diz:

— Sempre cavalheiro.

— Calma... eu não mereço tanto crédito, pessoal. Não foi só pela bondade do meu coração.

— Como assim? — pergunto, achando difícil de acreditar.

— Vamos lá: eu te achei, você sabe, bonita. Só queria conversar.

— Eu não sabia disso.

— É, você também não sabia disso na época. — Ele ri, então se dirige ao restante da mesa. — Levou, tipo, meia hora para ela sequer me falar oi.

— Namoradinhos do ensino médio. — Rachael suspira. — Não tem nada mais fofo.

Josh bufa e todos olham para ele, inclusive eu.

— Eu não nos chamaria de namoradinhos do ensino médio.

— Josh! — repreende sua mãe.

— Não, ele tem razão — digo a ela. — Não éramos bem namoradinhos do ensino médio.

— O que é uma coisa boa — comenta a tia enquanto se levanta e começa a recolher os pratos. — Namoradinhos do ensino médio, primeiros amores, como preferir chamar… quase nunca duram.

Depois do jantar, como Josh previu, seu pai pega um monte de jogos antigos de tabuleiro, mas tia Rachael, de quem estou mesmo gostando, insiste em fazer com que todos contem histórias sobre Josh quando criança — o retratando como absolutamente adorável e inocente — e pede para a mãe dele pegar uma pilha de velhos álbuns de fotografias.

Há fotos da escola e fotos do time de basquete ao longo dos anos. Fotos de viagens de acampamento e viagens de pesca e jogos de beisebol com o pai. Mas, então, há intervalos inteiros de tempo em que percebo que o pai está ausente das fotos. E me lembro de que as coisas estão boas e estáveis em sua família agora, mas tudo pode mudar muito rápido. Embora seus pais tenham sido tão gentis e acolhedores comigo esta noite, e a tia tenha se mostrado bastante interessada de um jeito cativante, eles não são perfeitos, e Josh não é perfeito. E começo a sentir que talvez esteja tudo bem se eu também não for perfeita.

— Você era uma criança tão fofa, Josh — digo a ele, repetidas vezes.

Rosie abre um novo álbum — fotos do bebê Josh —, toca o rosto do filho por cima do plástico e diz:

— Ohnn, nosso pequeno Joshie era o bebê mais lindo do mundo.

Rachael entra na conversa:

— Consegue imaginar que bebês lindos eles teriam?

Josh se inclina em direção à mesa de centro e fecha o álbum.

— Bom, depois desse comentário, acho que vamos para a cama.

— Ah, desculpe — lamenta tia Rachael.

— Rach — diz Matt, baixinho. — Não coloque ideias na cabeça dos dois.

— Não seja tão dramático. Foi só uma observação… Teriam o sorriso do Josh, a pele da Eden. A altura dele, o cabelo dela. Sério, seriam lindos.

— Boa noite a todos — diz Josh enquanto pega minha mão e me arrasta com ele.

— Boa noite — repito.

Quando chegamos ao topo da escada, Josh me alcança por trás e me puxa para junto de si, a boca em meu ouvido, sussurrando:

— Como você está? Tudo bem?

Eu me viro para encará-lo e não consigo deixar de sorrir.

— Sim, Joshie, tudo bem.

Ele deixa a cabeça cair no meu ombro e geme.

— Ah, não. Não, eu imploro, por favor, não comece a me chamar assim.

— Ok. Mas é muito fofo que eles te chamem de Joshi...

Ele me beija para me impedir de terminar seu apelido. Mas logo se afasta, sorrindo, e olha para as escadas, ainda me abraçando.

— Eles realmente gostaram de você, deu para ver — diz.

— Sério?

— Com certeza. — E me beija de novo. — Você parecia bem à vontade. Era verdade ou estava só mantendo as aparências?

— No geral, eu fiquei à vontade — confesso. — Sua tia foi uma grata surpresa.

— Ela é um pouco intensa — avisa ele, estreitando os olhos. — O que ela disse agora há pouco não te assustou muito, né?

— O lance sobre — abaixo a voz — "bebês lindos"? Sim, me assustou demais, e obrigada por nos tirar de lá tão depressa.

Ele lidera o caminho pelo corredor e acende a luz do banheiro, que fica do outro lado do quarto. Visto o pijama, o único conjunto que tenho, porque quero parecer apresentável se um dos pais dele me flagrar. Depois de sobreviver a esta noite, não acho que eu me importaria se me vissem com meu casaco de sempre e a calça surrada de moletom.

Vamos e voltamos do quarto para o banheiro enquanto nos preparamos para dormir e, de algum modo, acabamos escovando os dentes juntos na pia. Nós nos observamos pelo espelho, e posso ver um rubor subindo pelas minhas bochechas. Passamos tanto tempo juntos, no apartamento um do outro, na cama um do outro, mas nunca tínhamos feito isso antes. É simples, mas tão íntimo, o tipo de proximidade que faz meu coração martelar no peito. Termino primeiro, cuspo e enxáguo, então Josh meio que sorri quando percebe que ainda estou encarando-o, como se também pudesse sentir. Ele cospe a pasta de dente e seca a boca na toalha, depois me beija de novo, ambos com um hálito fresco de menta quando nos separamos.

— Obrigado de novo por fazer isso. Significou muito para mim.

— Gostei da sua família — digo a ele, porque realmente gostei. — Eles te amam tanto, espero que você saiba disso. — Ele baixa o olhar, aquela timidez que às vezes o domina. — Quer dizer, eles te adoram.

— Sim — diz baixinho. — Eu sei.

Em seu quarto, fechamos a porta. Josh tira meus óculos com gentileza e coloca em cima da cômoda. Ele ajeita meu cabelo atrás das orelhas e me beija de novo. É suave no começo, mas, quando suas mãos descem para meus quadris e minhas costas pressionam a porta, sei aonde ele quer chegar.

— Ok, ok, não vamos nos empolgar — digo a ele enquanto me esgueiro por baixo de seus braços.

— Por que não? — pergunta, me seguindo até a cama.

— Seus pais — respondo, apontando para o chão. — Bem aqui embaixo.

— Eles deixaram bem claro que não se importam com o que fazemos.

— Por favor, não me lembre — peço a ele. — A única coisa que vamos fazer é dormir. Já é suspeito o suficiente estar aqui no seu quarto de novo, especialmente desta vez, quando eles sabem com certeza que estou aqui.

— Tudo bem — concorda ele, levantando as mãos. — Vamos nos comportar.

Nós nos deitamos lado a lado, e Josh desliga o abajur. A luz fraca que entra pela janela ilumina a rachadura em forma de raio no teto, aquela que eu sempre percebia quando estava em sua cama. Rolo em direção a ele, que coloca o braço em volta de mim enquanto me acomodo em meu lugar habitual, no seu peito, o braço em seu abdome, seus dedos percorrendo lentamente minhas costas, para cima e para baixo.

Fazemos o mesmo quase todas as noites, mas esta parece tão diferente. Sua velha cama me traz um tipo de conforto visceral. O modo como o colchão cede um pouco em torno de nós e range quando nos acomodamos. O que me leva de volta àquele breve momento em que nos relacionamos no ensino médio, quando estar ali com ele era praticamente o único momento em que eu me sentia segura. O que me lembra quão assustada eu costumava ser; eu sentia medo o tempo todo naquela época. Eu me aproximo de Josh e tenho de lembrar como as coisas mudaram desde aqueles dias. Como eu mudei.

Ficamos em silêncio por um tempo e, quando começo a me perguntar se ele também está se lembrando do passado, Josh pergunta:

— É estranho nunca falarmos sobre o futuro?

A pergunta paira ali, pesada na escuridão — e eu sei que o peso da resposta foi o que o impediu de perguntar à luz do dia.

— Não sei — respondo. Sei que ele está se referindo ao início do jantar, quando seus pais perguntaram sobre nossos planos para depois da formatura, e como parece lógico que sigamos caminhos diferentes, sendo inevitável que algo se interponha entre nós. — É estranho nunca falarmos sobre o passado? — pergunto em vez disso.

Sua voz é baixa, suave, quando diz:

— Tipo o que do passado?

— Não sei. Você nunca tinha me contado que me deixou sentar com você porque me achou… sei lá.

— Bonita? Pode falar, não é uma palavra ruim, sabia?

Mas acho que ele sabe que eu não vou usar a palavra "bonita" em uma frase sobre mim. Então nós dois ficamos em silêncio por um tempo. Posso sentir sua respiração se estabilizando, mas, quando o encaro, seus olhos ainda estão abertos.

— Josh?

— Hum?

— Também gostei de você na sala de estudos aquele dia.

— Quer dizer que você me achou bonito também? — Ele faz piada.

— É — concordo, embarcando na brincadeira. — Achei seus olhos bonitos. Bem intensos. O modo como você olhou para mim. Causou uma impressão... Você me impressionou. Sério, impressionou mesmo.

Ele solta uma risadinha, a voz soando cansada.

— Eu não fazia ideia. Pensei que você tinha me odiado.

— Não — digo a ele. Eu o achei encantador, assustador, charmoso e bom demais para mim. — Mas... — começo, deixando de fora essa última parte.

Ele me fita outra vez, com aqueles lindos olhos cor de chocolate.

— Há um "mas"?

— Mas — continuo — não foi assim que nos conhecemos.

Ele ergue a cabeça para conseguir me encarar.

— Do que você está falando? Acho que eu lembraria se nos conhecêssemos antes dessa época.

— É muito memorável para mim, mas não há razão para que seja para você. — Minha voz sai trêmula só de mencionar aquela época.

— Se envolve a primeira vez que nos vimos, então deve ser memorável para mim também.

— Não foi um encontro oficial em que trocamos nomes ou algo assim, mas aconteceu. No ano anterior, logo após as férias de inverno. Eu ainda era caloura. Foi logo depois... de tudo. Com Kevin. Apenas algumas semanas depois.

Ele se senta e acende o abajur do seu lado da cama.

— Eden, espera — diz, aquela linha se formando novamente entre suas sobrancelhas enquanto ele analisa meu rosto. — Não tenho ideia do que você está falando.

— Eu sei. — Eu me sento também, e ele pega minha mão.

— Me conta, então?

— Foi depois da escola. Era um dia normal. Eu estava a caminho do ensaio da banda com a Mara. O corredor estava uma loucura, lotado e muito barulhento. Mas eu ainda estava meio em choque ou algo assim. Como se não estivesse totalmente presente, não sei como descrever. — Faço uma pausa, tentando me lembrar do sentimento, ou da falta de sentimento. — Aquelas primeiras semanas depois de... — Deixo uma lacuna para as palavras que não tenho energia de pronunciar em voz alta. — Era como se eu estivesse caminhando por um sonho, meio entorpecida, como se as coisas ao meu redor não fossem reais. Você conhece a sensação?

— Na verdade, não — sussurra ele. — Mas eu... eu entendo o que você está dizendo. Continue.

— Certo. Bom, era assim que eu estava me sentindo naquele dia, e lembro que eu consegui te ver correndo em minha direção. Todo o resto estava quase embaçado, mas você estava tão nítido. Acho que você ia treinar... alguém gritou alguma coisa sobre chegar na hora... e você se virou para responder. Eu sabia que você ia acabar trombando em mim, mas não consegui dizer nada nem sair do caminho. Então meio que me preparei e, quando você me acertou, foi tão forte que, sei lá, parecia que tinha me puxado de volta ao meu corpo ou algo assim. Como se a realidade tivesse chegado tão forte, de todos os lados, e eu pude sentir tudo aflorando de uma vez, e...

— Espera, eu esbarrei mesmo em você? — pergunta ele, parecendo chocado, quase como se não acreditasse em mim. — Eu percebi? Eu parei ou...?

Faço que sim com a cabeça.

— Você parou. Me tocou. Agarrou meu braço e ficou perguntando se eu estava bem e dizendo que sentia muito e que não me viu. Você não me viu — repito.

— Puta merda — murmura ele em sua mão, enquanto a leva à boca.

— Você ficava repetindo: "Eu não vi você". E eu simplesmente tive a sensação... não sei, Por que ninguém nunca me vê? Eu realmente pensei que fosse te machucar. Como se eu pudesse ter descontado em você se me permitisse. — Paro por um instante, tentando absorver a expressão devastada no rosto dele. — Eu sei, é estranho. Pensando bem, acho que não era realmente você que eu queria machucar. Nunca tinha me sentido assim antes... tão furiosa que não consegui dizer nada, nem mesmo para te responder.

Ele balança a cabeça enquanto me escuta.

— Ah, meu Deus, Eden.

— Estou te assustando, não estou? Desculpe — digo quase rindo de mim mesma. — Não foi tão dramático quanto estou fazendo parecer. A interação entre a gente durou uns quarenta segundos. Mas a coisa toda meio que me despertou de um jeito estranho, como se eu finalmente estivesse com raiva o suficiente para querer me proteger. Você pegou meu estojo de clarinete, eu tinha deixado cair e você me devolveu de uma forma muito gentil, atenciosa, eu lembro.

— Eden, eu... — começa ele, mas não diz mais nada.

— Foi basicamente isso — concluo, acrescentando: — Bom, e aí a Mara gritou com você. Ela te mandou...

— Ela me mandou olhar por onde andava — termina ele, parecendo atordoado enquanto encara os cobertores na cama.

— Espera, o quê?

— Não penso nisso há muito tempo, mas eu lembro. Lembro porque foi muito estranho. — Ele olha para mim. — Mas por que não me lembro de ser você?

— Então você lembra mesmo?

Ele fecha os olhos como se estivesse repassando o momento.

— A garota. Você, acho. Nunca consegui me lembrar do rosto dela. Só lembrava de ela parecer tão pequena, tão nova. Nova demais para estar no ensino médio.

Dou de ombros.

— Tipo, eu meio que era.

Ele parece tão perturbado.

— Não acredito que era você, porque… — Ele hesita e desvia o olhar.

— Porque o quê?

— Porque tudo aquilo pareceu tão… estranho. Até pensei sobre o assunto por um longo tempo depois. Tipo, semanas depois, a coisa ainda martelava na minha mente, e eu me perguntava: Aquela garota estava realmente bem? Eu não devia ter simplesmente ido embora… Eu tinha uma sensação tão forte de que não devia ter ido embora. Mas ela, você, não falava, então não tinha mais nada que eu pudesse fazer. Olhei para trás e quase dei meia-volta, mas me contive. Foi isso que continuei pensando todas aquelas semanas depois, que eu devia ter dado meia-volta e me certificado de que a garota estava bem… mesmo que soasse estranho.

— Ei, está tudo bem — asseguro a ele e coloco o braço em volta de seus ombros. — Eu não queria te chatear. Eu não devia ter dito nada, né?

— Não, você devia sim — diz ele, uma rispidez na voz que seria fácil confundir com raiva, se eu não o conhecesse tão bem. Ainda que seja raiva, não é direcionada a mim.

— Eu pensei no assunto. Quando ficamos juntos — explico, estendendo a mão para tocar seu rosto, tentando suavizar a tensão em seu queixo. — Tantas vezes, pensei em te contar. Perguntar se você lembrava. Mas aí eu acabaria te contando todo o resto. E eu só queria esquecer que aquela garota existiu.

— Eu sei — diz ele, colocando a mão sobre a minha. — É só que… — Ele se interrompe.

— O quê?

— É só que eu pensei tantas vezes que queria ter te conhecido naquela época. Que, se eu tivesse te conhecido antes, poderia ter ajudado. Estar ao seu lado quando ninguém mais estava, sabe? E agora vejo que eu poderia ter feito isso. Se simplesmente tivesse…

— Josh, para. — Tenho de interrompê-lo. — Não vou deixar você se sentir mal ou culpado por isso.

— É só triste pensar que perdemos uma chance ou algo assim.

— É, mas tivemos outra. E outra depois dessa — acrescento, sorrindo.

Mas ele não sorri em resposta. Ele me puxa para um abraço, tão apertado, tão abrangente, como se não planejasse me soltar nunca mais. Permaneço ali até que se torna quase insuportável, difícil de respirar, então preciso me afastar.

— Sinto muito — lamenta, e não tenho certeza do motivo pelo qual ele está pedindo desculpas: pelo corredor ou por me segurar tão forte agora.

— Está tudo bem — digo a ele, porque está, afinal. Então deito, puxando-o comigo, e apago o abajur, e abraçamos um ao outro no escuro. Adormeço antes dele.

Pela manhã, rolo de costas e estico o braço, tateando por Josh ao meu lado. Abro os olhos quando percebo que ele não está ali. Eu me sento depressa, levo um segundo para me situar.

— Ei. Você está bem?

Viro a cabeça e vejo Josh sentado à escrivaninha.

— Ah — respiro. — Sim. Só esqueci onde estava por um segundo. — Esfrego os olhos e olho em volta. — Que horas são? — sussurro.

— Ainda é bem cedo — responde ele. — Quase seis.

— O que você está fazendo acordado?

— Não consegui dormir. — Ele fecha o livro que estava lendo e volta para a cama, colocando-o na mesinha enquanto se senta ao meu lado, nossas costas apoiadas na cabeceira.

Estreito os olhos, mas, sem meus óculos, não consigo ler a capa.

— O que você está lendo?

Ele me encara por um momento sem dizer nada. Então puxa o livro para nós. Está desfocado, mas é familiar, e só percebo o que é quando ele o ajeita em nosso colo.

— Nosso anuário escolar?

Ele concorda.

— Sim. É do meu penúltimo ano. Seu primeiro ano.

Ele abre o livro no meio e passa apenas mais algumas páginas. A lombada já ficou aberta por um tempo no mesmo lugar nesta manhã. Eu a vejo quase imediatamente, sentada ali na seção M, bem entre Maureen Malinowski e Sean Michaels, onde esteve esperando esse tempo todo. Sinto meus pulmões trabalhando mais forte, mais rápido.

Os óculos. O sorriso. Toda vez que olho para essa foto, sou tomada por uma tristeza tão profunda. Ela não sabe o que está prestes a lhe acontecer — como ela será mudada pelo que está prestes a acontecer.

— Josh? — Minha garganta está quase se fechando, e sei que preciso deixar o restante das palavras sair rápido, ou não serei capaz de dizer nada sem que as lágrimas caiam primeiro. — Por que você está me mostrando isso? — consigo dizer, a voz toda trêmula e esgarçada.

— Eu vejo você — responde ele.

Estou balançando a cabeça, e meu pequeno retrato três por quatro em preto e branco ganha ares de miragem com meus olhos marejados.

— Porque eu vejo você — diz ele com mais firmeza.

— Não.

— Não, eu vejo você — repete ele. — Ok?

— Eu não quero olhar para isso. — Fecho a capa, mas ele a abre de novo.

Ele vira as páginas até chegar à seção de clubes e organizações. Clube do livro. As maçãs, a bibliotecária. Eu e Mara. Steve e Cameron.

— Eu vejo você — diz ele mais uma vez.

Fecho o livro, mas ele o abre novamente. Dessa vez, são as fotos da banda e da orquestra ao fundo. Enxugo os olhos, mas as lágrimas transbordam de novo imediatamente. Ele aponta para mim compartilhando um suporte de partitura com Mara, segurando meu clarinete alto, sem olhar para a câmera.

— Eu vejo você.

Tento dizer seu nome de novo, tento dizer "Essa não sou eu", mas quase nenhum som sai. Estou fungando e engolindo as lágrimas, e estou tentando pensar em um jeito de explicar.

É como aquela velha pergunta: se uma árvore cai na floresta, mas ninguém está por perto para ouvir, ela faz barulho? É o que essas imagens me fazem pensar, só que é mais ou menos assim: se uma garota morre em uma sala lotada, mas ninguém vê acontecer, ela realmente existiu?

— Josh, por favor — imploro, e estou chorando muito agora.

— É você.

Ele fecha o anuário e o coloca de lado.

— Sinto muito — ele está dizendo, enxugando meus olhos com sua camisa. Ele segura meu rosto entre as mãos e mexe em meu cabelo. — Mas eu vejo você — repete, olhando para mim como se realmente me visse.

Concordo com a cabeça e me sinto ceder, querendo que todas aquelas versões de mim sejam vistas, testemunhadas, importem, sejam compreendidas. Não tento dizer mais nada. Ele me ampara contra si e apenas me abraça, não muito forte desta vez. Então deita de lado, me puxa e se enrola ao meu redor. E eu me deixo afundar. Posso senti-lo respirando em meu cabelo, e ele beija meu pescoço antes de eu adormecer novamente.

Alguém bate na porta.

— Josh? — Seu pai está chamando. — Vocês já acordaram? O café da manhã está servido lá embaixo.

Josh afrouxa o braço à minha volta e rola de costas.

— Sim — responde, pigarreando. — Ok. Obrigado.

— Eu poderia dormir o dia todo — sussurro, rouca. — Que horas são?

O som de seu telefone batendo contra a mesa lateral força meus olhos a se abrirem.

— Ah, uau — exclama Josh, respirando fundo e exalando. — É quase meio-dia.

Minha cabeça dói quando me sento. Avisto o anuário caído ao pé da cama, e tudo vem à tona. Baixo o olhar para Josh, deitado ali, e ele estende o braço e coloca a mão nas minhas costas.

— Você está bem? — pergunta.

Assinto.

— Estou.

Ele se senta ao meu lado e estreita os olhos um pouco, como se estivesse tentando decidir se estou mesmo bem ou não.

— Obrigada — digo. — Por me enxergar.

Ele se inclina e beija minha testa.

— Obrigado por falar sobre o passado comigo.

— Devíamos falar sobre o futuro também — argumento.

Dessa vez, ele assente.

O futuro não parece tão assustador à luz do dia.

— Josh, Eden! — Sua mãe está chamando lá debaixo. — Vocês vão descer para o café da manhã?

— Meu Deus — resmunga ele. — Desculpe. Você está com fome? Aparentemente, eles querem mesmo que a gente tome café da manhã.

— Morrendo de fome.

O café da manhã é um bufê de bagels com todos os acompanhamentos. Há uma variedade de bagels gigantes, manteiga, cream cheese, salmão defumado em fatias finas e um minúsculo pote de alcaparras.

Enquanto examinamos nossas opções, a mãe de Josh diz:

— Passei de manhã cedo naquela loja muito boa de bagels que você gosta, perto da antiga estação de trem, no centro, só para comprá-los bem fresquinhos.

— Ah, senti falta disso — diz Josh. — Eden, estes são os melhores bagels que você vai comer na vida, então não faça cerimônia.

— Ok — digo a ele.

— Claro, não achei que vocês dormiriam até tão tarde — acrescenta ela, baixinho. — Mas tudo bem.

— Obrigado, mãe — agradece Josh, dando-lhe um beijo rápido na bochecha enquanto a contorna até à mesa da cozinha.

— Obrigada — agradeço também. — Parecem mesmo incríveis.

— Bem, vocês vão levar tudo embora. Compartilhem com seus colegas de quarto.

O pai de Josh entra naquele momento e diz:

— É melhor eu pegar outro antes que acabem então.

Depois que terminamos de comer, eu me levanto e começo a ajudar com os pratos. E literalmente cada um deles me diz, ao mesmo tempo: "Você não precisa fazer isso!"

— Está tudo bem — tranquilizo-os. — É o mínimo que eu posso fazer.

Na cozinha, fico perto da mãe de Josh enquanto trabalhamos juntas na pia. Não conversamos muito, mas, de algum modo, parece tudo bem.

— Obrigada, querida — diz ela, sorrindo suavemente. — Vamos deixar o resto de molho. É meu segredinho — sussurra. — Sempre que deixo os pratos de molho, Matt acaba cuidando deles depois.

Eu rio e digo a ela:

— Seu segredo está seguro comigo.

E, quando estou prestes a me juntar a Josh na sala de estar, ela toca no meu cotovelo.

— Hum, Eden, espere um segundo — começa, falando baixinho. — Eu só queria te dizer que sinto muito pela última vez que nos encontramos. Não foi o meu melhor momento, e me senti muito culpada por isso.

— Ah, meu Deus, não, imagina...

— Não — interrompe ela —, é importante. Quero que você saiba que te acho muito corajosa. E consigo entender por que Josh se importa tanto com você.

Fito o esmalte descascado nas minhas unhas.

— Eu me importo com ele tanto quanto... Também quero que você saiba.

— Eu sei — diz ela. — Eu consigo perceber. Mas é bom para uma mãe ouvir isso, mesmo assim.

Os pais de Josh nos acompanham até o carro e se revezam para abraçá-lo. E então... a mãe dele abre os braços para mim, perguntando:

— Gosta de abraços?

Eu assinto e ela me envolve em um abraço, tirando meu cabelo da parte de trás da jaqueta quando se afasta, e é tão bom. Esse contato fácil e afetuoso não é o tipo de coisa que minha mãe e eu temos feito muito ultimamente. Em seguida, o pai me puxa para um abraço de lado. Eles nos dizem para dirigir com segurança, nos mandando de volta ao campus com dezenas de bagels e muito cream cheese.

Josh espera para dizer qualquer coisa até que estejamos de volta à rodovia. Estende a mão e, quando a pego, ele a leva à boca e beija meus dedos.

— E então? — começa. — Qual é o veredito?

— Foi muito melhor do que eu pensava — respondo. — Um milhão de vezes melhor.

— Eles não te assustaram muito, então?

Balanço a cabeça.

— Não, eles não foram tão assustadores, no fim das contas. Consigo visualizar muitos outros jantares em família na casa dos seus pais no nosso futuro.

— Nosso futuro — repete ele. — Gostei do modo como soa.

— Eu também.

Olho para Josh, minha pessoa, meu lugar seguro, que tem me mostrado, há tanto tempo e de tantas maneiras, que eu também posso encontrar meus lugares seguros dentro de mim. Que lar pode ser onde quer que estejamos, porque temos um passado que pertence a nós dois, e um futuro, e um agora. Agora mesmo, aqui mesmo, estamos juntos. E isso é tudo o que importa.

Como nos conhecemos
Uma história do universo de Como eu era antes

Tradução
Adriana Fidalgo